ヘンダーソンスケール

【 Henderson Scale 】

タイトルのヘンダーソン氏とは、海外のTRPGプレイヤー、オールドマン・ヘンダーソンに因む。

殺意マシマシのGMの卓に参加しつつも、奇跡的に物語を綺麗なオチにしたことで有名。

それにあやかって、物語がどの程度本筋から逸脱したかを測る指針をヘンダーソンスケールと呼ぶ。

ウルスラ
Ursula

エーリヒ
Erich

「リードしてくださる？」
「もちろん」
妖艶で蠱惑的、
そして勝ち気な少女の赤い瞳が
笑みに蕩けた。

アグリッピナ
Agrippina

「では、これを見て
喜んでくれるものと
確信していますよ、我が弟子」

やられた！

アグリッピナは
己が知らぬ場で描かれた
邪悪な絵図に気付いて
血の気を引かせた。

「決着をつけようか」

「……語るに、及ばず」

ナケイシャ

Nakeisha

ヘンダーソンスケール

【 Henderson Scale 】

◆ -9 ：全てプロット通りに物語が運び、更に究極のハッピーエンドを迎える。

◆ -1 ：竜は倒れ、姫は国元に帰り、冒険者は酒場でエールを打ち合わし称え合う。

◆ 0 ：良かれ悪かれGMとPLの想像通り。

◆ 0.5 ：本筋に影響が残る脱線。
EX）あれっ、私がPC2に期待していた役割を果たしていないぞ……？　事前に配ったハンドアウトはどうした？

◆ 0.75 ：本筋がサブと入れ替わる脱線。
EX）おかしい、秘密組織の班長であるPC2は、突如力に覚醒したPC1の勧誘を成功裏に終わらせなければならない筈。何故不安を煽るロールをする……？

◆ 1.0 ：致命的な脱線によりエンディングに到達不可能になる。
EX）PC2はPC1に彼が覚醒する契機となるテロの首謀者が自分達の組織であると、事前説明も碌にせずバラしてしまった……嘘だろ!?

◆ 1.25 ：新しいセッション方針を探すも、GMが打ち切りを宣告する。
EX）勧誘しろっつったじゃん!?　それで人が付いてくる訳なかろう!?　何!?　ハンドアウトよく読んでなかった!?　嘘だろ!?

◆ 1.5 ：PCの意図による全滅。
EX）PC1「えっと、俺、これキャラ的にキレないといけませんよね？　幼馴染み死んでるし」
PC3「部下っちゃ部下ですけど、心情的にはPC1の味方なんですが」

◆ 1.75 ：大勢が意図して全滅、或いはシナリオの崩壊に向かう。GMは静かにスクリーンを畳んだ。
EX）PvPなんて想定してねぇぞこのシナリオ！

◆ 2.0 ：メインシナリオの崩壊。キャンペーンの終了。
EX）GMは無言でシナリオを鞄へとしまった。

◆ 2.0以上 ：神話の領域。0.5～1.75を経験しつつも何故かゲームが続行され、どういうわけか話が進み、理解不能な過程を経て新たな目的を建て、あまつさえ完遂された。
EX）怒りのままに反逆したPC1とPC3であるが、多勢に無勢で敗れ、PC3は粛正され、PC1は検体として確保された……あの、PC2は組織の体制に疑問を持っているって前提用意したよね？　何でこうなったの……？

Aims for the Strongest
Build Up Character
The TRPG Player Develop Himself
in Different World
Mr. Henderson
Preach the Gospel

CONTENTS

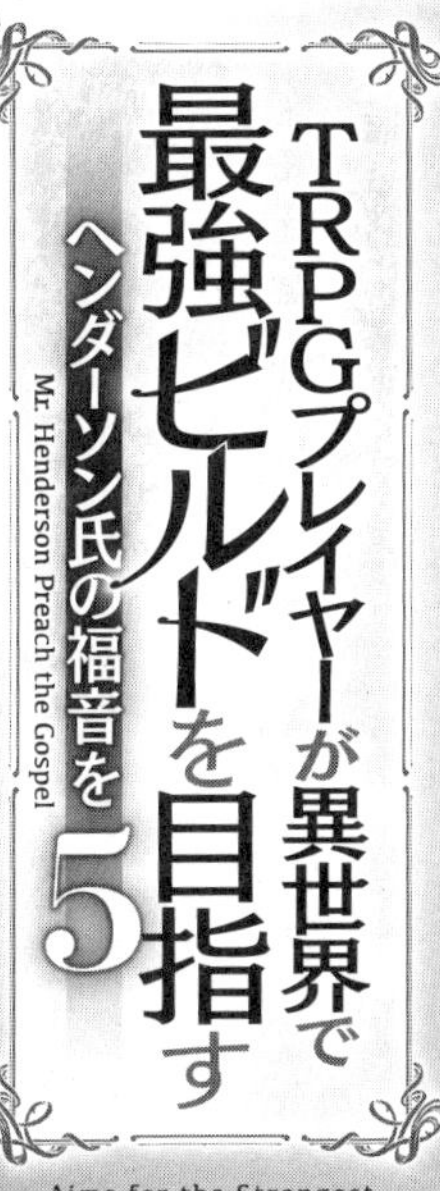

Aims for the Strongest
Build Up Character
The TRPG Player
Develop Himself
in Different World

Author
Schuld

Illustrator
ランサネ

マンチキン

【Munchkin】

①自分のPCが有利になるように周囲にワガママをがなりたてる、聞き分けのない子供のようなプレイヤー。
②物語を楽しむことよりも自分のキャラクターのルール上での強さを追求する、ルール至上主義者なプレイヤー。和マンチとも。

序章

テーブルトーク ロール プレイング ゲーム
TRPG
【 Tabletalk role-playing game 】

いわゆるRPGを紙のルールブックとサイコロなどを使ってアナログで行う遊び。

GM(ゲームマスター)と呼ばれる主催者とPL(プレイヤー)が共同で行う、筋書きは決まっているがエンディングと中身は決まっていない演劇とでも言うべきもの。

PLはPC(プレイヤーキャラクター)をシートの上で作り、それになりきってGMが用意した課題をクリアしつつエンディングを目指す。

現在多数のTRPGが発行されており、ファンタジー、SF、モダンホラー、現代伝奇風、ガンアクション、ポストアポカリプス、果てはアイドルとかメイドになるイロモノまで多種多様。

　空間にほつれが生まれた。生成した者の疲労を表しているのか、最小限の大きさで口を広げたほつれは、アグリッピナ・デュ・スタール男爵令嬢の工房、その主愛用であるハンモックの直上にてか細く口を開ける。

　そして、酷く頼りない印象を受ける裂け目からは、部屋の主がずるりとこぼれ落ちて寝床へと直接飛び込んだではないか。

「ああ、疲れた……本当に疲れた……ただただ無駄な時間だった……」

　固まり具合の甘い煮こごりのように〈空間遷移〉のほつれから現れた、というよりも半ば排泄されたと比喩する方が似合いの令嬢は呻きを上げる。声と共に魂までも漏れ出てしまいそうなほどに深い疲労が滲む声は、酒宴も出世もご免被る人嫌いにとって辛い時間を強制され続けた結果絞り出された本音中の本音だ。

　たしかに長命種は、人類の最高峰とも呼ばれる優れた性能を誇る。食事も睡眠も不要とする優れた臓器の数々、気まぐれに口に運び呑み乾す水分があっても排泄する必要すらない代謝。これらを十全に活かせば、彼女が熟してきたように〝季節を跨ぐ〟ほどの期間、一時も休まず高度な魔導技術の討論を交わしても死ぬことはない。

　さりとて、死なないのと快適なのとの間には非常に、そして非情なまでの隔たりがあるのである。

　アグリッピナは息抜きとして週に何度かは寝もするし、気が向けば食事を口に運び味覚刺激で遊びもした。更には何もせずダラダラと寝床で足をバタつかせる贅沢な時間を楽しむことも愛している。

　しかしながら、対談の相手であるマルティン・ウェルナー・フォン・エールストライヒ公――厳密には大公でもあるが、エールストライヒ家当主からは降りていないため公爵でもある――は、研究のためであれば文字通り寝食の一切を断って平気という性質の非定命であったようで、怠惰と惰眠を趣味とするアグリッピナの対極にあった。

　外道にとって魔導は趣味を果たす〝手段〟に過ぎず、公にとっては〝趣味〟そのものという目的の違いが如実に表れた一件だ。

　彼女は生粋の社交嫌いにして面倒臭がりだが、致命傷に繋(つな)がる怠惰を貪るほど愚かではない。故に将来の生活を破綻させぬよう、マルティン公と航空艦建造の技術について激論を交わす間、帰りたいや休憩したいと不平を口にはしなかった。

　権力が物を言い、時に命など誰かの気分次第でちり紙一枚よりも価値がない物になり果てる君主制国家に生きる人間は、上位者の楽しみを軽々に邪魔などできないのだ。

　特にソレが皇帝就任経験の持ち主であり、今尚(いまなお)魔導院にて〝さわるなきけん(アンタッチャブル)〟として知られる人間であれば尚更だ。

　彼女も国元に帰れば有数の富を誇る大家の初姫様であるものの、異郷たるライン三重帝国においては、単なる外国子女の魔導院研究員に過ぎない。その背景が強力であったとして、より強力な背景を持つ人間に対して権力のゴリ押しで勝利することは難しい。

　なので耐えに耐えた。そして今、漸(ようや)く愛(いと)しの寝床に飛び込むことができたのだ。この喜びは、遠く何十年にも亘る旅路の末に生家へ帰ってきた旅人のそれと比べて遜色のないものと言えよう。

「あぁ～……愛しの我が工房……もう暫く外出すらしたくない……一〇年は引き籠もる……」

航空艦お披露目の酒宴に参加するため贈られた夜会服が台無しな発言を繰り返し、柔らかな寝床に頬擦りして悦に入っていたアグリッピナであるが、歓喜に溶けていた脳味噌の僅かに冷静な部分が異常を察知した。

閉じていた片目を開き、じぃっと部屋を見渡す。常人には穏やかな春の日差しが差し込む、魔導師の工房というよりもお茶会目的で作られた温室にしか見えぬ彼女の工房には、様々な警戒の術式が張り巡らされてある。

工房建設時に魔導院が作った簡素な術式など全て引っぺがされているのは当然で——使い続けている研究員など一人としていまい——十重二十重を超えて八七層の各種抗魔導・抗物理結界が張り巡らされた部屋の術式が、彼女の目には見えた。

そして、異変を察知する。

この工房には掃除のために丁稚が訪れ、弟子が課題を取りにやって来た以外で人が踏み込んだ形跡はない。

しかし、それは工房だけの話だ。

呼気に混ぜて術式を吐き出せば、結界の一つに持たせた入退出者の記録が引き摺り出される。アグリッピナにのみ見える光の羅列を手繰り、その中から〝いて当然〟の人間だけを除外すると、二人の人間が応接間に出て入った形跡がある。

　数度出入りしているのは、丁稚として雇っているケーニヒスシュトゥールのエーリヒの友人だった。散々笑わせて貰（もら）った〝お遣い〟に同行した聴講生で、隠者気取り共の一人であり、一度挨拶された覚えがある。

　これはまぁ、別によかろう。他閥の教授を何の断りもなく招いたなら尻を引っぱたく程度では済まされないが、友人を応接間に通すくらいなら許可したような気がしていた。本腰を入れて記憶を漁（あさ）れば日時まで正確に思い出せようが、これくらいならば朧気（おぼろげ）な記憶でもかまわない。

　問題はあと一人。見知らぬ、しかし知っている家名が躍る名前を見てアグリッピナは大いに困惑した。

　彼女が部屋に張った術式には入退室者が隠そうとしない限り名前を曝（さら）け出させる機能がある。これは並大抵の術式や奇跡で誤魔化せる物ではなく、権力の強さに正比例して敵が多かった父直伝の術式であるため信頼性は高い。

　なにせ張った本人であるアグリッピナでさえ、回避方法を見つけ出せたのは成人して三〇年も経（た）ってからだったのだから。

　魂に結びつく名前を拾い上げる、という精神魔法、つまり禁忌に両肩までどっぷり浸（つ）かった魔法を鍵代わりに置いておくことの是非はさておき、アグリッピナは名前に誤りがないか何度も何度も見返した。

「コンスタンツェ・ツェツィーリア・ヴァレリア・カトリーヌ・フォン・エールストライヒ……えぇ……？」

だが、何度丁寧に読み返しても誤りはない。また、この世に己が本当にエールストライヒの血脈であると魂に染み込むだけの期間を騙り続け、今も息をしていられる慮外者は存在するまい。

「何やったのよあの子……」

ふと思い出せば、おかしな兆候はあった。彼女がマルティン公によって半ば監禁されていた部屋の前に誰かが頻繁に訪れていた気配があり、更には大事なお目見え会にも急遽姿を晦ませていたのだ。

皇帝が平静を装いながらブチ切れていたのをアグリッピナは察しており、これからマルティン公の雲隠れが予定通りの行動ではなかったことが窺える。そもそも、夜会に誘われた後も郊外に停泊した航空艦を案内して貰えることになっていた筈だったのに姿を消したまま戻って来ず、故にこうやって帰宅することが適っている。

何かしら不測の事態が発生したに違いない。それも、この工房に訪れた女性と丁稚のせいで。

アグリッピナは重い体を引っ張り起こしてノソノソと応接間に歩いて行く。一歩ごとに締め上げてきて鬱陶しい靴を放り出し、飾りで重たい髪を解き、平民数人分の人生を買えるような額の装身具を投げ捨てて気楽な姿になりながら。

最終的には体に沿うきつい夜会服も脱ぎ捨てて、整った裸身を惜しげもなく晒して彼女は誰もいない応接間に辿り着く。

そこは従者の几帳面さを示すように、知っていなければ誰も使っていないように整えられていた。背の低い卓も長椅子も綺麗に磨き上げられており、ケチの付けようもない従僕の仕事が光る。

これでは熟練の鑑識官が必死に痕跡を探ったとて、真面な物証は一つも見つけられない筈だ。

しかし、アグリッピナには分かった。探査術式は現場にいればいるほど精度が上がる。この部屋に住人以外が長期滞在していたことは、髪の毛一本落ちていなくても間違いない。

「ん、これは」

部屋の片隅に従者が掃除をし忘れたように酒杯が一つ取り残されていた。何てことのない普段使いのそれを取り上げた彼女は鼻を寄せて、薄く残る香りを探って呟く。

「血ね……大体見えてきたわ」

慌ただしく消えた主催の一人(マルティン公)、何故か部屋に滞在していたその連枝、そして試しに思念波を飛ばしてみるものの反応のない従僕。

夜中であっても呼び出せば即座に反応する下っ端の見本が如き少年が反応しない理由は、思念波が届いている状況下だとそう多くない。

ているかだ。

返事ができないほど疲れ果てて深く寝入っているか、返事ができない状況に追い込まれているかだ。

帝国は広いといえど〝アレ〟を殺せる存在は、今となっては多くない。戦闘に特化していなければ、魔導師を名乗る研究員でも全力を出したエーリヒの刃から逃れきるのは難しい。況して、逃げに入れば殺せる者は更に減るだろう。

つまり、またのっぴきならない事態に陥って死にかけているのだ。

本当に笑わせてくれる話題に事欠かない従僕である。

「ま、つまらない女を連れ込んで遊んでいたのではないようだし、許してあげるとしましょうか」

それはそれとして、どのように囀って弁解してくれるのかが楽しみだ。

疲れているのが自分一人でないと悟った令嬢は気分が良くなったのか、風呂でも沸かして気分転換し、さっぱりしてから寝るかと応接間を後にした……………。

【Tips】魂の残滓を調べる探査術式には、時にそのものの名や姿さえ詳らかにする恐ろしき精度を誇る物が存在する。

少年期

十三歳の晩春

成果の報告

冒険者はドサ回りの自営業者である。必然、雇用主への説明義務も責任も全て依頼を受けた手前が果たさなければならない。たとえそれが、どれだけ苦い報告になろうとも。

めでたしめでたし、で終わるほど世の中は甘くないとセス嬢を助ける算段をしている時に宣ったが、本当にそうはいかない。

人間、やらかしたことの後始末は付けねばならないのだ。自分で、きっちりと。やらかされた側が納得する形で。

「で、どんな面白い言い訳を聞かせてくれるのかしら」

セス嬢と夜を閉じ込めた東屋で一局指し、ミカやエリザと合流してお茶会を楽しんだ後――なにやらミカはフランツィスカ様に気に入られて、帰り際に捕まっていた――エリザを背負って帰ってきた私を出迎えたのは、いつの間にか帰ってきた雇用主という辛い現実であった。

うん、分かってたよ、この人が自分の工房に誰が入ったか知る術を用意してることなんて。むしろ、気付かれなかったら何事かと心配してたわ。不朽の長命種の中でも規格外の雇用主が体調を崩すとか、青天の霹靂どころじゃねーぞ。

私達が無事であったことに喜んではしゃぎ回り、ベルンカステル邸からお暇する時には疲れて寝入ってしまったエリザを部屋に寝かせた私へ、無事にご帰還遊ばされていた主人からの第一声が先のものであった。

「……まずは、無事の御帰還を心より言祝がせていただきます」

精一杯神妙な表情を作った私は、従者っぽいことを口にしながら主人が寝そべる長椅子の前に正座した。大人しく沙汰を受け止めるべく。

　正直、アグリッピナ氏相手に下手な言い訳をしようという気は更々ない。この最高Lvの
PC(プレイヤーキャラクター)が徒党を組んでも簡単には殺せない、上級ルルブに時折掲載される〝殺せるもんなら殺してみろ〟という制作陣の遊び心、ないしはデータ勢への煽(あお)りが滲(にじ)むエネミーみたいな御仁の前で、隠し事なんて無謀以外のなんであろうか。

　それこそ、やろうと思えば精神魔法にて心の奥まで裸にされるのだ。変な嘘(うそ)を吐(つ)くより素直に弁解する方がずっとずっとマシである。

「応接までとはいえ、工房に主の許可も得ず余人を招き入れたことをまずは深く謝罪いたします。全ては私の独断、如何(いか)なる責でも謹んで受け入れる所存」

「何を叱責されるか、分かっているようでなによりよ丁稚。主人の怒りを察せない下仕えは長生きできないと相場が決まっているものだし」

　こ、こえぇ。貴族ってこれだからおっかないんだよな。普段通りの声音と薄い笑顔で、人の生死を左右するような議題を日常会話と同じく扱うんだし。

　とはいえ、私も間抜けではないつもりなので弁解くらいは考えている。アグリッピナ氏が納得してくれるような大義名分も持っている。

　なので、私はこの身に起こったことを隠しもせず、脚色もせずに語った。

　セス嬢との出会いから彼女を逃がすまでのこと。昨夜の戦い、そしてフランツィスカ様と知己を得たこと。

　アグリッピナ氏は私の話を黙って――笑い声は例外とする――最後まで聞いてくださっ

た。そして全て語り終えた後、人の不幸の何がそこまで面白いかは分からないが、笑いすぎで痙攣する腹をひぃひぃと押さえながら「貸し一つにしとくわ」とだけ言った。

「……はい？」

「だから、貸し一つ、それで許してあげましょう」

笑いすぎて一筋溢れた涙を指で拭い、おっかない雇用主は下手な罰金より何倍も恐ろしい代価を提示する。この人に白紙の契約書を握らせるとか、殆ど自殺と変わらないのでは？

むしろ、真っ当に死ねる分、自殺の方が大分マシか？

いや、だとしても私の身分からすると軽すぎる沙汰とも言える。

「か、貸しですか？」

「面白かったし、結果的に丸く収まったようだから構わないわ。分は一応弁えていたのも分かっているしね」

「本当によろしいので……？」

「よろしいかよろしくないかで言えば問題だらけだけども、貴方、その子を突き出してても後々面倒くさいことになってたわよ？　良家の恨みはおっかないから」

実際、それを免罪符にしようとはしていた。セス嬢はそういうことをする御仁ではないが、もし彼女を追っ手に売り飛ばして、それが〝家人を装った悪党〟だった時に親からどんな目に遭わされるか分からないから匿った、という弁解も考えていたのだ。

それによしんば本当だったとして、結婚したあとで「アイツがいなければ」と夫を丸め込んで報復されるのが怖かった、とも。

セス嬢は聖人といっていいほど心優しい人なので、斯様に陰湿な発想を欠片すら頭の中に存在させせまいが、世の中の〝高貴〟な御仁は腹立たしく感じたら、どんなこじつけで人を罰するか分かったものじゃないからな。

「まだ丸く収まった方でしょう。また死にかけたみたいだけど」

「……ええ、流石に四肢が千切れ飛ぶ感覚は二度と味わいたくありません」

「でしょうね。生えてこないし替えも利かないんだから、大事になさいな」

言われずとも大事にしますよ。本当に生えてこないんだから。セス嬢がいるから、私の替えが利かない手足が繋がっていてくれたに過ぎないことは分かっている。

それにしても、フランツィスカ様は「十分に仕置きしておいたから気にするな」と仰ったが、ありゃあ本当に何だったんだろうな。少なくとも教授クラスの魔導の使い手が、外連味たっぷりに準備して出待ちしてるとか今になっても訳が分からん。

まるでシナリオ作成に困ったＧＭが適当に賽子を振って選出したボス敵みたいな唐突さだった。上手く本来のラスボスを回避されてクライマックスが消失しそうだから、回避不能なヤツを脱出地点に置いてやれ、ってくらいの悪意を感じる。

昔あったんだよ。上手く宝物を盗んで遺跡から脱出しようとしたら、なんの脈絡もなく〝隠し出口〟とやらの門柱が水晶疑似生命の本性を現して襲いかかってきたことが。

雰囲気からして遊ばれているのは分かっていたが、本当になんであの仮面の貴人が出て来たのやら……。

「それはそれとして、脱いで」

「はっ？」

「脱ぎなさい」

アッハイ。

脈絡もない命令であっても強く出られると何も言えない。やらかした人間は、やらかされた側の命令に絶対服従なのだ。

ベルンカステル邸で貰った服を脱げば、アグリッピナ氏は上だけでいいと止めた上で、じろじろと私の体を観察しはじめた。

我ながら、まだ若いので筋肉がつき始めているものの生っ白い体だ。肩は張ってきて手足も筋張りつつあり、子供特有のぽっこりした腹が引っ込んで久しいものの〝逞しい〟という憧れの評価には程遠い。

それはいいとして、鏡の前でも確認したが、本当に左手以外が千切れ飛んだのが嘘のように怪我のない肉体だ。

あの仮面の奇人、もとい貴人との戦闘では相当に転げ回ったし、〝雛菊の華〟の術式で柱に体を強打したため打ち身だらけで、全員が痛んだバナナみたいになっている筈なのに擦り剝いた痕すらないと来た。

う。

　されども、アグリッピナ氏には私では見えないものが見えているようだった。多分その辺だったろうな、と思う切断面だった所を視線がなぞっていくのが分かる。私では凝らしても世界を歪めた残滓すら見えないので、これもまた〝目〟につぎ込んだ熟練度の差だろう。

「ふぅん……」

　うーん、悩ましいな。アグリッピナ氏ほど色々見えたら、魔導戦で色々有利になるのは間違いないが、しかし魔法剣士としてフィジカルに割く熟練度を減らすのも拙い。器用万能を目指した結果、配分を誤って貧乏に苦しむのは嫌だからな。

「流石は神の奇跡ね……落日派の肉狂い共でも、ここまで自然には接げないでしょう。魔導的には殆ど千切れなかったのと同じね」

「そこまでですか」

「神経、血管、骨の髄、人間の体は粘土じゃないのよ。皮膚を培養して張り替えても、こうは綺麗にできないわ。連中が僧会に嫉妬するのも少し分かるわね」

　おもむろに伸びてきた指が断面であった場所をなぞっていっても、驚きは来ても変な気分には全くならなかった。ミカとのお遣いで大分〝恥ずかしい〟失敗をしてしまった私だが、まだ性癖は真っ当であったようだ。

　本能が囁くのだろう。危ないからコレは止めとけと。突き上げるような性衝動に悩まされる十三歳の体にあるまじき反応であるが、こればかりは懸命であると褒めてやる他なかろうよ。

「なる程、でも魔法の名残はある。空間の位相を滅茶苦茶にずらして一定空間内を切り刻む術式。回避とか防御という概念を鼻で笑う悪辣な物ね……概念障壁でも並の物じゃ耐えきれないわ。この基底現実に安定して存在していることを弱点に逆用するとか、何食って生きてたら思いつくのかしらね」

そして傷口だった場所に残る魔法の残滓一つで本質を言い当てるアグリッピナ氏。彼女が見せる造詣の深さは凄まじいのだが、それ以上に何てヤベぇ術式をぶち込んでくれたんだ、という恐怖が先に来た。

よくぞ手足が三本ねじ切れるだけで済んだな。つまり、普通は直撃していたらぐちゃぐちゃになっていたってことか。紙の上に描かれた人物が、その紙をくしゃくしゃに丸められたら潰れてしまうように。

本当に帝都はおっかないところだ……マルギット、私、本当にお家に帰りたくなってきたよ。

「ん、大体分かった。魔導波長も覚えたから結構」

「はい？　私の手足をねじ切った者を調べるために見たんですか？」

「そうよ。かといって仇討ちとか損害賠償とか考えている訳じゃないわよ」

「そんなことくらい分かってますが……」

「個人的興味ってやつよ。もう着ていいわよ」

お許しを得たので服を着直すと、服の向こうから甘い匂いが漂ってきた。どうやら一仕事終えたからか、一服なさっているようだ。

髪を服に絡ませぬよう気を付けて頭を潜らせようとしていた、正にその時。生地を貫くように冷たい言葉が鼓膜に突き刺さる。

「生きててよかったわね……ただし、なぁなぁでのめでたしめでたし、は二度と許さないわ」

大抵であれば、いいわね？　と続く確認がなかったため、珍しく冷え切った抑揚の無い声は正しく戒めであったのだろう。私は髪が傷もうが乱れようが構うことかとさっさと服を着直して跪いた。

「畏まってございます」

「ん、結構……じゃ、次からお金が掛かったら後援者に請求書送るから、その辺の手筈は任せるわよ」

「御意に」

「じゃ、疲れたでしょうから帰ってよし。明日からまたよろしく」

普段鷹揚な雇用主ほど、怒るとおっかないことはない。

本当に〝めでたしめでたし〟で全てを締める訳にはいかぬのだ。

後悔はしていないが、高い買い物になったな………。

【Tips】四肢再生術式といえど完璧ではない。新造したならば継ぎ目との皮膚の色合いが異なることは勿論、神経が繋がりきるまでの訓練など障害が多く存在する。

それを信仰という一種の精神論で乗り越えてくる奇跡に対し、理論と探求の徒である魔道士達は、屡々八つ当たりめいた嫉妬を抱くことがある。


夜の帝都の空気は、私が死にかかろうがセス嬢の人生が懸かった狂騒があろうが、何も変わらず流れている。

強いて言うなら、逃亡期間中と比べて多かった立哨や巡回の衛兵がぐっと減ったことくらいか。

騒ぎが収まったなら――裏でどんなやりとりがあったかは、最早知りたくもない――衛兵を張り付けておく必要もなかろうし、当然といえば当然か。

しかし、今になって衛兵諸氏には悪いことをしたと気が咎めてくる。かなり追い詰められていたから、力加減を誤って骨折した者も多いのではなかろうか。福利厚生がしっかりしているため、治療費や休業中の賃金が支払われるにしても、生活に不自由するのは可哀想だ。

私にもっと技量があれば違ったかもしれないけれど、漫画のように一撃で優しく意識を刈り取るなんて器用な真似は難しいからなぁ。首に一撃入れたり、鳩尾一発ぶん殴って気絶するほど人体って簡単じゃないし。

かといって後頭部ぶん殴って意識を強制終了したら予後が心配であり、頸部の圧迫による酸欠での気絶は意外と簡単に目が覚めるから選択肢に含まれない。

不甲斐ない私と、大人げないセス嬢の父親を恨んでくれ。できれば恨みの割合は一：九でお願いします。

あっ、福利厚生で思い出した。昼にベルンカステル邸でミカと合流した時に彼女の献身を労い、お互いに無事、うん、結果的に生きていたことを喜び合ったので忘れていたが、今回の一件で忘れてはならない重要な働きをした面々への労いがまだだった。

「ウルスラ、ロロット」

自分にしか聞こえないような声量で。しかしはっきりと口にすれば、夜の温い空気を浚うように爽やかな一陣の風が抜けてゆく。

それから去って行く風が頭の上に遺していった、二つの落としもの。

見上げずとも分かる。セス嬢の逃亡を助け、私が死なずにすむ勲一等の働きを助けてくれた妖精達が現れたのだ。

本当に良い働きをしてくれた。セス嬢がリプツィまで潜み続けるのではなく、伯母上様を呼んでくれねば私は暗い地下下水道で仮面の奇人と良くて相打ち、最悪避けられて殺せもせず挽肉にされて死んでいたに違いない。

そして、ご令嬢の航空艦探索はウルスラとロロットの助力がなければ成功しなかっただろう。仮にも帝国の最高機密であり、行く末が外交と経済に軍事と重要な要素を左右する船だ。概念に近い高位妖精の助けがなければ、斥候や野伏技能を持たぬお嬢様では、あっという間に警備に引っかかって目的を果たせる筈もない。

熟々恐ろしい存在だ。もし彼女達が気まぐれではなく、もう少し論理に従って動く存在であれば、魔導院に妖精と協力した術式を専門とする学派が生まれていてもおかしくないな。

とはいえ、思い通りにならぬからこそ妖精なのだろうけど。

「はぁい、いとしのきみ。呼ぶのが遅いんじゃなくって？」

「ふぁ～……疲れたよぉ……」

呼び出した二人の声は、ロロットの愚痴が嘘ではないと証明するように沈んでいた。なにか疲れることがあったのだろうか。

「ちょっとお説教をくらったのよ」

「うぅ～手助けしすぎ、ってすっごい怒られたぁ……」

どうやら彼女達は妖精の上役から、疲れるほどこっぴどく叱られたようだ。王や女王と呼ばれる格の高い、精霊や神に近しい格を持つ妖精が存在することは知っていたが、それから直接叱られるとは。

妖精は自らの分を超え、人に関与しすぎてはならない。今回二人は、セス嬢を助けてやってくれという曖昧なお願いに応え、そこまでやってくれたのか。

……これは、報いねばならないなぁ。彼女達も命の恩人であるのだし。

「本当にありがとう、二人とも。何かお礼をしなきゃな」

「でしたら、ほら、あそこ」

頭からずいっと身を乗り出したウルスラが指をさす方へ首を巡らせれば、小路の向こうに小さな広場があった。防火目的で作られた、馬廻(まわ)りの日にミカと合流したようなささやかな広場だ。

「一曲踊ってくだされればよくってよ？　薄暮の丘なら、独り占めできそうにないから」

「分かった、じゃあ踊ろうか」

ウルスラのお願いに応えて広場に行けば、再び風が吹いて頭の上から重さが消えた。

代わりに現れたのは、初めて会った日の晩から変わらぬ美しい少女だ。

月明かりの下に映える上質な蜂蜜を思わせる褐色の肌と、それを隠す長い長い銀の髪。

月光に煙る白銀の髪を割って生える、背のオオミズアオの羽が妖しくも美しく燐光(りんこう)を放って戦慄(わなな)いていた。

「リードしてくださる？」

「もちろん」

妖艶で蠱惑的(こわくてき)、そして勝ち気な少女の赤い瞳が笑みに蕩(とろ)けた。

小さくしなやかな手を取って刻むのは、夜会で踊る気取った拍子の舞踊ではなく、ただ気が向くままに足を動かし、回り、近づいて離れる野趣溢(あふ)れる田舎の踊りだ。故郷のケーニヒスシュトゥール荘(しょう)にいた時、秋祭りや春祭りで踊ったそれに夜闇の妖精(スヴァルトアールヴ)は危なげなく合わせてくれる。

くるぅり一回転、抱き合ってぐるりと回り、向かい合って交互に足踏み。腕を組んで互いの足を軸にその場で何度も旋回。頭の上で、何を貰おうか悩んでいるロロットを落とさぬように気を付けて、体に汗が浮くまで飽きることなく踊り続けた。

気分が高揚し、褐色の肌に朱が差していく艶っぽい彼女を見ていると、誘惑されて永久に暮れず明けぬ夕焼けの丘に行ってしまう子供の気持ちが分かった。

私は行かないけれど、きっと楽しく、苦しみのない所なのだろうと思わされてしまう。

もし私にマルギットとの約束がなければ、エリザがいなければ、家族の皆がいなければ、それも悪くないなぁと思ってしまう一時だった。

「あぁ、楽しかった」

「はぁ、そうだね……いや、しかし汗を搔くな。鍛えていても不思議だ」

四半刻も踊り続けたが、ふと思い返せば結構危ないことしてるな。ウルスラが余人に見えているならば、変なガキが妖精と広場で踊っているという怪奇現象だし、見えていなければ一人で踊ってる変人だ。どのみち衛兵への通報不可避である。

静かに誰に邪魔されるでもなく踊りを堪能できているので、誰かに見つかってはいないのだろうけど、ちょっと軽率すぎたな。

「おとこのこの汗は尊いからいいものよ？　さて、わたくしは堪能させてもらったけど、いつまで悩んでいるのよ」

「うー、うー……じゃあ、じゃあ、なやむけどぉ、おぐしをくださいな！」

「髪の毛？」

　何だってそんなもんを欲しがるのか、と首を傾げると、妖精にとって金髪碧眼の子供の髪は、正しく等量の金に等しい価値を持つらしい。

「あっ、あー！　いいなぁ！　わたくしもそれにすればよかった！」

「だめ！　ウルスラちゃんは、もうおどってもらったじゃない！　おぐしはロロットの！」

「ずるいわ！　わたくしがいなきゃ、今もあそこで干物になってたのに！」

「ひものになんてなってないもん！　おひるねしてただけだもん！」

　きゃいきゃいと喧しく喧嘩をし始める二人を余所に、とりあえず髪を解いて一房ほど切り取って束ねてみる。昔ならば帝国でも人毛で縄や飾り紐を作っていたが、今では紡績技術が向上して余程困窮していなければ使わなくなったので、何に使うかは知らないが。

「わぁ！　すてき！　ありがとう！　いとしのきみ！」

　小さな自分の上背よりも長い髪の毛を抱いて喜んだロロットは、何にしてもらおっかなーと楽しそうに口ずさみながら、くるりと回転し続ける。

　一方で友人を殺意が籠もりそうな嫉妬の目で睨み付ける夜闇の妖精……これは、このままだと遺恨を残すやつじゃな？

「分かった分かった、仕方がないなぁ……ウルスラにもあげるし、ロロットも踊ろうか」

「えっ？　いいのかしら。もちろん、いただけるなら嬉しいけれど」

「ほんとぉ!? おぐしをいただいたうえ、おどってもいいの!? わぁい!!」

私は自分の労がどうこうより、目の前で険悪になられる方が面倒くさいし、しんどいなと思ってしまう人間だ。それに一曲踊るのも髪を一房切り落とすのも、彼女達の働きに比べたら安い物だと思う。

もし、この行為に私が知らない真意が、とても重い代償が隠されていたとしても、命の恩に報いるためなら受け入れるだけの意義はあるだろうさ。

もう一房、髪を切ってウルスラに渡すと彼女はそれを大変喜び、ロロットに手を差し出せば、彼女は小さな姿のまま指を握って踊りに誘った。

果たしてそれを踊りと呼んで良いかは意見が分かれそうだが、私の指先を握り、回って飛び跳ねる彼女は幸せそうだったのでよしとしよう。

「その髪、どうするんだい？」

「そうねぇ、何にしようかしら。首飾りも髪飾りも素敵だけど、指輪や足首の飾りもいいわね」

「ロロットはねぇ、おふくにしてもらおっかなぁ！」

装身具に服？ なんだろうか、妖精(アールヴ)には人間の髪を服に加工する技術があるのか？ なんだか字面だけみたら、どっかの騎馬民族みたいでおっかねぇな。

ともあれ満足していただけてよかった。剣なら何時間振っても疲れないが、不思議と踊ると足腰に乳酸が溜(た)まってパンパンになる。慣れない動きをしているからだろうか？

労いもできたし、下宿に帰って一眠りと思っていると、ウルスラがいつの間にか喜色を消して私を見つめていることに気づいた。

「……どうかした?」

「二つもご褒美を貰っておいてなんだけど、もう一つ言わせてちょうだいな」

二つあげれば三つも変わるまい。そう思って先を促せば、彼女は一層真面目な顔を作って言った。

「なら、次からは命を懸けるような戦いをするなら、のけ者にしないでくださいましね」

「うっ……」

そう来たか。たしかに二人がついていれば、あの戦いはもっと楽だった。助けがなくとも死ぬ寸前までいかずに済んだかもしれない。

魔導は基本的に知覚している範囲を対象とするため、ウルスラが姿を隠してくれれば攻撃することは難しくなり、ロロットがいれば犬の嗅覚も虫の知覚も誤魔化せたからな。

けれども、二人をつけていなければセス嬢がどうなっていたかは……。

答え倦(あぐ)ねる姿を見て色々悟ったのか、ウルスラは小さく笑って身を縮めた。

困ったヒト、と感想を添えて。

そして、やって来た時と同じく一陣の風に浚われて妖精(アールヴ)達は消えていく。

後に取り残されるは、汗みずくで答えが出せない願いを託された阿呆(あほう)が一匹。

どうしたものか。

ただ、ぐるぐると頭を巡るお願いを意識しつつ、決まっていることが一つある。

私はきっと、譲れない一線のためであれば、また二人に頼ってしまうだろう。嫌われてしまうかもしれないが、私が私であり続けるために守るべきものは少ないようでいて多い。

「……難しいなぁ」

解いた頭を結び直し、月に向かって呟いてみたが、今日も変わらず光り続ける夜陰の神も答えまでは授けてくれなかった………。

【Tips】妖精との踊りは時に疲弊のあまり死に瀕することがあり、同時に止めようと思っても止められないものでもある。

僧会は閉じた世界である。

世俗にも高貴なる身分にも通じているものの、その価値観や階級制度は殆どが僧会の内部で完結しているものであり、良い意味でも悪い意味でも閉鎖的であった。

神に信仰を捧げ、その教えを下々に説く集団であるため、これで十分というよりも必要であったから今のような形になったのだろう。

貴族からは出家した奇特な人、庶民からは有り難い僧侶、この認識で僧会は満足している。

しかし、内部ともなれば色々と厄介なものがある。

ライン三重帝国の僧会は太陽の雄神と月の女神の夫婦神を主神格とする神群を崇めており、僧達も全ての神々を尊敬しているものの、信仰とは一身専属的に一柱の神に捧ぐもの。当然、相互扶助のため聖堂は連帯し、制度を共有し、階級も似たようなものだ。だが、神々は信仰という同じパイを取り合っている以上、決して仲が良い神々ばかりではない。自身の神格を高めるため、そして存在の格を維持するため日々信徒を介して表には出ない小競り合いを繰り広げている。

同時に、同じ僧会の中でさえ宗派が存在しているために勢力争いからは逃れられぬのだ。とある金髪に言わせれば、厄介なオタク共が解釈を通じて論戦しているだけ、と断じられる行為でも大勢の悲喜交々が入り乱れている。

斯様な情勢の中で、種族の差というものは大きい。

非定命と定命が同じ神を同時期に崇めて僧門を叩いた場合、得てして後者の方が出世が早い。

それは、定命の成長速度が肉体的にも、精神的にも非定命を上回ることが殆どだからだ。

「改めて、本日からお世話になります。僧正様」

「……よく参られました、僧コンスタンツェ」

帝都大聖堂座主。帝都及びその近隣都市圏における夜陰神の信仰を統轄する僧の最上位たるメガイラのストラトニケは、目の前で恭しく膝を突く〝年上の先輩にして階級が下の部下〟という何とも扱いづらい相手をどう遇するべきか悩んだ。

彼女は小鬼種(ゴブリン)の僧であり、小鬼種(ゴブリン)からすると初老にあたる三〇歳にして僧正に登った逸材だ。信仰への興味が薄い同種の中で珍しいことに信仰に目覚めた彼女は、総本山の月望丘にて熱心に信仰に身を捧げて強力な奇跡を賜った。

その後に各地を巡礼し、人々を助けつつ説法をして回り、その功績により夜陰神より下賜された強力な奇跡によって僧位の極みまであと一歩という所にまで至った傑物は、その金色の大きな瞳を左右に動かして落ち着きのなさを晒(さら)している。

無理もない。ほんの小さな頃、聖堂にやって来たストラトニケの面倒を見たのは、他ならぬ目の前で跪(ひざまず)いているツェツィーリアなのだ。

それこそ、幼き頃にやらかしたあらゆる粗相を目撃され、多義的に尻を拭われてきた。時には、文字通りにすら。

こんな醜聞を知る相手が平の無位僧として懐に転がり込んできた彼女は気が気でなかった。たしかに面倒を見て貰ったし、信仰の尊さや大事さ、そして今に続く姿勢の殆どはツェツィーリアから学んだものであるため敬愛もしている。

だが、厄介さとなると話が別だ。

他ならぬ譲位を間近に控えた皇族の一粒種であり、未成年であることを口実にあらゆる昇進話を蹴り、時に実家の名前まで持ちだして凡僧に留(とど)まって来た先輩が〝爆弾〟以外の何と呼べようか。

僧会内部でも権力との付き合いは大変重要視されており、非定命を簡単に上に登らせては拙いし、特に還俗の可能性がある継承者相手ともなれば慎重になる。

故に彼女の出世話は幾度も夜陰神聖堂の中で持ち出され、同時に潰れてきた。

神から極めて高位の奇跡を許される、揺るぎなき信仰の体現者でもあるのだ。いつまでも無位無冠の凡僧でいられれば収まりが付かないのも事実であるため、政治的なアレコレがあったとしても普通であれば最低でも律師——僧会内における指導者階級。聖堂座主になる最低限の階級——には収まっている筈だった。

それが半ば野放し、殆ど自由に動ける無位僧であることが後輩にして上司であるストラトニケには恐ろしくて仕方なかった。

「どうかセスとお呼びください、僧正様。月望丘の日々をお忘れになるほど、お年を召してはいらっしゃらないでしょう？」

「……ならば、セス。貴女はお忘れでしょうが、拙僧は今年で三〇ですよ。朽ちぬ身をお持ちの貴女では理解が及ばぬやもしれませぬが、十分に老境にあるのです」

こうやって愛称で呼ぶように求めてくる、未だ愛らしい先輩が政治的に己をどうこうしてくるとは思っていない。少なくともストラトニケは、僧位にも役職にも価値を感じていなかった。今から無位僧に戻って聖地を巡礼してきてよいなら、喜んでそうする程に信仰の人であるのだ。

それでも聖堂に詰めている他の僧や、夜陰神聖堂全体のことを慮ってはいる。この小鬼種の平均して四〇年程という短い寿命を使い果たしつつある身で、何か大きな爆弾を爆発させて晩年を汚したくはないだけだ。

自分で責任を取れるならまだしも、あと七～八年もすれば生きていても足腰が立つか怪しい身で、後続に責任を押しつけたくなかったのである。

「もうですか……私には聖堂に僧正様が来た日を昨日のように思い出せるのに、時の流れとは早いものです」

「貴女が早いと感じるなら、拙僧からすれば濁流のようなものなのですよ……では、直ぐに部屋を整えさせましょう」

しみじみと宣う非定命に、定命の中でも短命な方の僧は溜息を吐きたくなった。

彼女が帝都の別邸は居心地が悪いし、総本山以外で修行をする機会を得たのも夜陰神の思し召しである、などと宣って帝都に留まるのはよい。

しかし、皇族関係の厄介事、そして信仰に関する強さでの面倒事を持ち込んでさえくれなければよいのだが。

よくしてくれた年上の先輩が望むように計らってやりたくもあり、敏感過ぎる接触信管が何本も突き立った爆弾を懐に置くのが恐ろしくもあり。老境の小鬼は、先輩に小言をこぼすこともできずに、苦悩を内に留め置くこととした。

この思い悩みを考え抜き、かつてよくしてくれた先輩に多少なりとも報いてやることもまた修行であると考えて。

「ああ、大丈夫ですよ、荷物は雑嚢一つで全てですから。個室も結構。大部屋に通していただければそれで」

「変わりませんね、セス。せめて、もっとこう、年頃の娘らしい物を持っては如何ですか？　我等が慈母も精進潔斎を良しとすれど、一切の楽しみを持つなとは仰っていませんし」

「趣味に合わないだけですよ。故あって世俗の娘衣装とやらに袖を通す羽目になりましたが、一生僧衣がよいと思い知らされました」

　また極端なことをいうと、僧正まで登り詰めたが現在は八児――小鬼種は多産で平均三～五人を一度に生む――の母にして五〇人近い孫が居る身として、もしやこの娘子は永い生を永遠に聖堂で終えるつもりなのかと心配になった。

　神は婚姻も出産も禁じていない。むしろ生の尊さと苦しみを知る、人生という修行にして苦行の一環を深めるとして推奨すらしている。豊穣神聖堂と違って、結婚していなければ半人前とまではいわぬが、慈母を崇める夜陰神聖堂でも妻帯者は多い。

　本質的に責任が本人にある他人と違い、己が責任を持たねばならぬ〝我が子〟に正しい慈愛を注ぐことは、なにより難しい修行であると説かれているからだ。

　いや、しかし、と老いた僧は発言の端から滲む意志を感じ取る。

　僧衣〝が〟よいと言い、僧衣〝で〟いいではなかった。

　つまり、僧衣こそが己に相応しく心地好いと思う一件でもあったのだろう。

　たとえば、男に褒められるとか。

「変わらないと思いましたが、変わることもあるのですね」

最後に見た時から殆ど変わらぬ吸血種だと思っていたが、やはり時の流れは変化をもたらすものだったようだ。小鬼は森林帯に生まれた種が持つ、皺だらけになった茶褐色の皮膚を娘時代のような笑みに染めた。

「……そうですかね？　背があまり伸びなくなったので、肉体の成長は終わりつつあるものかとばかり」

「平均して百年程は成長し、その後最も魂がしっくりくる姿形に落ち着くのでしょう？　ならばまだまだでしょう先輩」

「やめてくださいよ僧正様。貴女にそう呼ばれては、私の立場がありません」

嫌そうにする先輩にして部下の尻をパンと張って――体格差で背中に届かないのだ――最高責任者が良しとすれば全て良しとなるのです、と宣言してストラトニケは僧院の案内を手ずからしてやった。

生活の場、奉仕の場、祈りの場、そして巡るべき地下の者達に教えを授ける帝都各所の小聖堂。その場所を教え、明日以降の奉仕や修行の予定を教え終わると、散歩としては結構な時間を歩いたこととなる。

多忙な大聖堂座主が相手と思うと大変贅沢な時間であったが、先輩と後輩の間柄である二人にそんな気負いはなかった。

なにせ帝室の娘に粗相の始末をさせたことがあるのだ。それに比べれば、帝都をぐるっと半周するくらい訳もない。

「どうですか、帝都大聖堂は。月望丘ほどではありませんが、素敵な聖堂でしょう？」

「ええ、とても気に入りました。街の人々も思っていたより素朴で、信仰も篤(あつ)いようで月望丘で言われていたような冷たい街ではないと分かって安心しました」

「そうでしょう。貴女の新しい家として、一〇年でも二〇年でもゆっくりしていってください」

「ふふ、では後輩のお言葉に甘えて、ゆっくりとお仕えさせていただきますね」

微笑(ほほえ)む若き吸血種(ヴァンピーレ)を見て、僧正はようやく安堵(あんど)することができた。

ここに収まるまでに騒動があったとは聞いている。詳細までは聞かなかったが、何か大変なことがあったのは事実だ。

ならば、その疲れを癒やして貰(もら)えれば後輩冥利に尽きるとストラトニケは思った。

どうせ腰の重い長命種(メトシエラ)のことである。一度居を定めたなら、五年一〇年の滞在は当たり前。もしかしたら二〇年から三〇年は月望丘に帰らないかもしれない。

己が彼女の住処(すみか)や立場を守ってやれる役職にあって良かったと思う彼女は、この調子であれば自分が生きている間、大人しくまた凡僧をやって信仰に磨きをかけるのだろうと安堵する。

「あら、鐘が……もうこんな時間ですか」

ふと見上げると、斜陽の空に帝都各所の鐘が響き渡る。帝都の人々に時を告げる鐘は夕刻に差し掛かったことを報せており、聖堂でも食事の時間だ。

食堂に誘おうかとストラトニケが顔を上げた途端、ふと思い出したかのような唐突さでツェツィーリアは問うた。

「そういえば、僧正様は数年ほど在俗僧をしていましたよね？」

「ええ、まぁ、聖地巡礼の時に、どうせなら一緒に地方への巡行もしようかと思って三……いえ、四年と少しは。その間に様々な奇跡を賜り、在俗のまま僧位を上げていきましたね。懐かしい思い出ばかりです」

「なら、在俗僧のコツを教えていただけますか？」

コツ？　と小鬼の尼僧は首を傾げた。また変なことを聞くなという疑問半分、急に何を言い出すのだという驚き半分で。

その意図は、と聞けば、歩く爆弾は早速巨大な爆発を引き起こしてくれた。

「百年ほど柵なく生きられるアテができたので、暫く修行をしたら在俗僧として諸国を回ろうかなと」

たった一言で色々な物が吹き飛んでストラトニケの脳内で吹き荒れた。局所的な核爆発が尼僧の正気を薙ぎ払い、手に持っていた錫杖を取り落としてしまう。

先輩が、あらあら、などと暢気に言いながら拾い上げようとしているのを止める余裕すらないほど、気楽に宣言された爆弾発言がもたらした衝撃は甚大であった。つい先程覚えた安堵が欠片も残さず吹っ飛んでしまうほどに。

在俗僧ってなんだっけ？　と基本的な知識に意味の変遷が起こったのかと案じてしまうが、僧会発足以来その意味が変わったことなど一度もない。

つまり、どの聖堂にも籍を置かず、自身の信仰のまま在野で人々を導く僧になるという意味だ。

これは単に巡礼で聖地を巡ることや、布教目的で地方をドサ回り的に歩き回るのとは訳が違う。僧会からさえ援助を断ち、己の信じる最も尊い信仰のため身を捧げるという意味であり、最終的には何処とも知らぬ地で頭蓋を晒す覚悟を必要とする業だ。
無知とは程遠いツェツィーリアであるため、在俗となる意味や苦しみを知らぬのでも、軽んじているのでもないのは確かである。

それだけに口にした以上、決意は固いのだろう。

これが普通の非定命の僧であれば、寿命がない種族が生に倦まぬよう、敢えて苦行に身を晒すこともあるかと納得したが……彼女は仮にも皇族であり、更にはあと少しすれば皇帝の一粒種となる。

名目上、僧会は政治から独立しているが故、僧籍にあるツェツィーリアが在俗僧になろうが聖地巡礼として外国に行こうが止めることは誰にもできない。

しかし、世の中には本音と建前というものがあり、同時に例外も存在する。

僧会が〝助言〟という形で政治に介入することがあるように、行政側からも〝要請〟という形で介入されることもあるため、あまり軽々に動かれても困るのだ。

「じょ、冗談ですか……？　在俗ですよ……？　支援もなく、屋根なき道で路傍の石を枕とし、時に行き倒れた亡骸を担いで歩くような苦行ですよ……？」

「はい？　洒脱は嫌いではありませんが、進退に関わるような冗談を言うほど不謹慎ではないつもりですが。もし僧正様からそう思われているのであれば、少し悲しいですね」

違うから焦ってんだよ！　という怒声は喉元まで上がってきたが、口に出すことはしなかった。怒りなど長い修行の末に朽ちさせたつもりであったが、まだまだストラトニケも世俗の感情を捨てきれていなかったようである。

故に悟る。この口ぶりからして、極めて自然に〝確定事項〟として本人の中では将来設計として決まっていることを。

悩み多き僧正は、どうやれば諦めさせられるかと考えを巡らせた後、幼少期からよく知るツェツィーリアという個人が固めた意志が、どれほどに堅いかを思い出して諦めた。

それこそ、家を継ぐことを嫌って何の躊躇もなく逐電し、必要だと判断すれば帝都大聖堂座主の行李に潜り込んでまで阻止しようとする傑物だ。口で言おうが物理的に妨害しようが、決して折れることなどありはすまい。

即座に周囲を納得させ、彼女の道に介入させずに済む方策を探してみるものの、待ち受ける苦難の多さにストラトニケは頭を抱えたくなった。

ああ、せめてこの先輩が、そんなこと知るかと言ってやりたくなるくらいに嫌なヤツだったら話も楽なのにと思いつつ………。

【Tips】僧位の最上位は大僧正位であり、各聖堂の最高位として一人のみがその位階を名乗り、神の位を冠し所属を明らかにする。陽導神であれば陽導大僧正といったように。

しかし、聖堂ごとに固有の僧位を持つため、例外も少数ながら存在する。


優れた技術を養うには優れた物に多く触れ、感性を養わねばならない。

建築家でもある造成魔導師を志願する者が、師とする者から耳にタコができそうになるほど聞かされる言葉に従えば、己は恵まれているとミカは心から思った。

「いつ見ても素晴らしいなぁ、黎明期の堅実派が意匠派とせめぎ合っていた時期の建物は」

若き魔導師志望者は頬に手を添え、ほぅと陶酔の息を吐きながら書見台に広げた巨大な図面を見て悦に入った。

その図面は帝国暦でいえば一〇〇年に差し掛かるかどうかといった時期に書かれた物であり、時代的に効率一辺倒であった開闢帝や次代の礎石帝が基礎を固め終え、洒脱や奇抜さに気を払う余裕が出て来た頃の作品だった。

実用性と費用に拘り頑丈で安い建物を作ることを至上とした一派たる堅実派と、建物の優美さや美麗さにも拘りたいと提唱した一派たる意匠派が同時期に存在し、帝都にて競い合った時期の建物はえも言われぬ雰囲気で同業者を魅了する。

時に非定命でさえ生に飽いて自死を選ぶだけの時間が過ぎているため、建物となれば当時の姿のままで——貴種は流行に応じて建て替えたり、改築したりすることも多い——現存しているものは希だ。

人の入れ替わりが激しい帝都ともなれば、残っている館は古風な趣味の持ち主が維持している数十軒に限られ、高貴な人間の家に資料として観光させてくれと頼む訳にもいかぬので、不敬にならないよう外からこっそり眺めるのが関の山だ。

時の流れに砕かれてしまった過去の姿を残した資料を拝める我が身の幸せを噛み締め、ミカは館の主、フランツィスカ・ベルンカステルに感謝を捧げるのであった。

全ては奇縁。命からがら逃げ出すことに成功した己に人をやって呼び出したツェツィーリア。彼女の計らいがあったからこそ、ミカはフランツィスカと知己を得ることができた。

エーリヒとの再会の後、大事なお友達を一人だけ紹介しない訳には参りませんと自身の大伯母に引き合わされたミカであるが、彼女はその場で大変に気に入られた。

女性時の柔らかで人当たりのよい憂いを帯びた顔付きと、もう少し伸ばせば色気を更に増すだろう艶やかに波打つ黒髪が、彼女が今手掛けているらしい演劇の脚本にて主演を張る女優にピッタリであったらしい。

どうにも案に詰まって筆が鈍りつつあったところに現れ、創作意欲に薪をくべた聴講生を劇作家は大いに気に入り、特別な寵愛を注ぎ始める。定命を可愛がる非定命によく発症する悪癖に又姪が目覚めたのだから、己も久し振りに役者以外に目を向けてもよかろうという気分になったようだ。

故にミカは格別の計らいとしてベルンカステル邸への自由な出入りを認められ、手紙さえ送って約束を取り付ければ広大な書架を好きに閲覧する許可を得た。

この別邸は元々フランツィスカだけが使っていた物ではないが、より帝城に近く便がよい館が建って以降は予備の予備程度の扱いとなり、殆(ほとん)ど帝都におけるフランツィスカの物置となっている。

そして、その書架は劇作家とは多くの物を知らねば現実感(リアリティ)のある物語は書けぬ、として大量の書物を集めた彼女の〝暫くは使わない資料〟を肥やさせておく場所でもある。

一時、時代物を書こうとしていた形跡がある女帝は古い建築資料を方々からかき集めていた。帝国黎明期から始まり、隣国や衛星諸国の様式、果ては一度塞がれた東方交易路から入って来た東方の建築まで様々な物が本棚で唸(うな)りを上げている。

これらの資料はミカにとって涎(よだれ)を垂らさんばかりに魅力的だった。魔導院大書庫には、一生を費やしても研究しきれぬほど膨大な建築資料が蓄えられてはいるものの、その多くが効率的なインフラストラクチャー関係や実用的行政建築などばかりで、優美さや風雅、時に目を惹(ひ)く奇抜さを求められる一般建築の資料は少なかったからである。

とはいえ、これも無理はない。魔導院の造成魔導師は官僚的性質を持つ魔導師(マギア)の中でも一際官僚的な要素が強い職種であり、求められるのは伝統を守ったいわゆる〝堅い〟意匠ばかりで、小洒落(こじゃれ)た物は個人で請け負った仕事の範疇(はんちゅう)でやってくれという姿勢を貫いている。

故にお洒落な建物を建てたいならば、副業で建築家をやっている魔導師から資料を借りねばならない。

然れども残念なことにミカの師は造成魔導師としては一流であり、建築の基礎や対災害設備へは一家言持つほどの人物であっても民間建築には欠片も興味がない御仁であった。

茶会に呼び出されるのも専ら老朽化した館の補修問題や移築への意見を求められてのことで、仲の深い学友も同様の人物揃いとあって伝手には乏しい。

彼女は雪深い北方にある故郷を支えることを夢見て地方から出て来た苦学生なれど、その野望に一つや二つは地方で話題になる壮麗な建物を作ってやりたいということも含まれている。

真面目であるが伊達にも酔狂にも理解と興味を示すミカは、自分が帝都にやって来て壮麗な建築物の数々に胸躍らせたような感慨を、街に出て来た若者にも抱かせてやりたかったのである。

感性の肥やしとなる様々な資料。図面は勿論、完成予想図たる写実的な絵、時に見本として残されていた小さな模型までこねくり回して若き造成魔導師志願者は大いに充実した時間を過ごした。

「根を詰めすぎではないか？　一気に詰め込みすぎても身にはならぬぞ？」

「あっ、フランツィスカ様！」

本を傷めぬために僅かな天窓以外存在しない書架で読書をするには、灯りが欲しくなる時間にフランツィスカが訪ねてきた。貴種への礼を取ろうとするミカを抑えた彼女は、今日も変わらず扇情的にすぎるトガ一枚きりの格好でミカの対面に腰を下ろした。

「熱心でよいのぉ。汝ほどに熱心に台本を読んでくれる役者ばかりであれば、此の身も指導に熱が入るというのに」

「いえ、僕は好きでやっているので……」

「その好きというのも一つの才能であるぞ？　近頃とあっては帝都の老舗、幻燈座などであっても脚本の表面だけをなぞり、見栄えばかりを気にした役者が犇めいておる。此の身としては、もっと、こう、一文一文に託した意味や登場人物の背景を深く理解して演じて貰いたいものよ」

モテるからという軽薄な理由で演者となった者が一番看板とは、嘆かわしいとは思わんか？　と同意を求められてもミカには愛想笑いを返すことしかできなかった。

彼女の立場としては、決して裕福な出身でないため食っていくためや立身出世の道具として役割に就くことを否定する気になれなかったからである。魔導院にもそのような気持ちで勉強している者は少なくないし、官僚としての立場を第一に活動している教授も存在する。

フランツィスカの言は偏に困窮したことがなく、崇高な意志を以て創作に挑む贅沢な人間のそれだ。金がなくても理想を追い、高みを目指して創作する者がいるとしても、全ての関係者に同じ志を期待するのは酷であろうに。

　しかし、沈黙は金。曖昧な笑みは万能の武器。貴族と関わりを持つこともあるミカは、思ったことをそのまま口に出さぬことの美徳を理解していた。全く歯に衣を着せぬ人間は、最終的に口から出る刃ではなく、本当に手に取った刃で語ることになると分かっている。

　同時に愛想笑いに対して何も言わず、深掘りしようとしないことでフランツィスカ自身が己の意見を自我(エゴ)の強要であることを理解しているとも分かる。

　そして、分かった上で押しつけることはしないが主張している。聴講生は、この劇作家が根っからの創作人であるのだなと心から理解した。

「さて、そんな此の身であるが、汝は相当に舞台映えすると思っておるのだが……」

「以前にも辞退させていただきましたが、僕はどちらかと言えば凡庸な性質(たち)でして。必死に縋(すが)り付いてどうにかこうにか今までやって来ました。慣れた靴以外に足を入れて……」

「靴擦れはしとうないか。ま、ベルンカステルもこう詩っておるしな。靴を山ほど拵(こしら)えて」

「あやつは蜘蛛(くも)か百足(むかで)の親類か、ですね」

　分かっておるなぁ、とカラカラ笑う女帝に聴講生は友人の趣味ですと答えた。ベルンカステルという詩人はエーリヒのお気に入りだからか、二人の間で交わされるお遊びとしてのキザったらしい会話にて頻繁に引用されているので、自然と覚えてしまったのだ。

「だとしてものぅ、やはり金と黒の彩りは舞台上で映えるので、姪御(めいご)のお気に入りと共に並んで欲しいという欲求は抑えがたい」

「あはは……まぁ、彼も僕と同じで大仰な演技とかは苦手だと思いますので」

度々こうやって友人共々に役者になれという誘いや、近々帰るのでリプツィに同道せぬかという誘いを受けてもミカは断り続けていた。本人が言うとおり兼業でやっていけるほどの能力はないと自覚し、師から教わることは未だ尽きぬほどあるため帝都を離れる気にはなれなかったからである。

たとえそれが異論を唱えるのが恐ろしいような名家の人間が相手でも、理想を実現させる道を曲げる気は全くしなかった。

「惜しい惜しい。リプツィにも魔導院の出張所はあろうに」

魔導院は巨大な組織であるが、帝都にある箱一つで帝国全土を覆えはしない。優秀な生徒を取りこぼさぬよう、また地方での活動を円滑化するための出張所が各地に置かれており、魔導師の拠点のみならず学び舎としても機能している。

事実として魔導師の勉強はリプツィに同行して移住しようと果たせよう。書架の豊富さは何歩も帝都本院に譲ることになろうとも、写本が共有されているため不便ばかりとも限らない。

「師より優れたる師に出会える縁が僕の懐に都合よく何度も転がり込んでくるとは思えませんから。人の縁を考えると、運も底をついていそうですし」

それでも、真に心から師と慕える先達との出会いは希少だ。環境は整えることができても、人まではそうもいかないのだから。

「そうかそうか。ならば仕方ない。その志を捨てるでないぞ」

譲れぬ一線に限っては謙虚さも捨てて我を通すことを恐れぬ若者の言葉に気をよくした劇作家は、代わりに汝の友人が妹のように後援者となってやろうかと申し出た。

話に聞くところ、この苦学生は一日の結構な時間を日銭稼ぎに費やしており、内職や魔導院内における御用板仕事に精を出しているそうな。

それでは勉学に支障があろうという気遣いにもまた、ミカは首を縦に振らなかった。

「不義理には不義理が返ってきます。僕が新しい後援を見つけてしまえば、代官様の体面にもよろしくないかと」

「おお、推薦というものがあったのだな」

「はい。他にも優秀な者はおりましたが、その中で僕を〝中性人〟という帝国では新入りの種族だとして偏見を持たずに見出してくださりました」

「ならばせめて、己の栄達を彼の功績として語らせてやろうと。よい心がけである」

代官は私塾に通う優秀な生徒を取り立てることで、名望家として名を揚げることを尊ぶ。帝国の官吏として地下の才能を見出し民を鼓舞することは勿論、帝国を支える優秀な礎を捧げることもまた、藩屏たる者の役割だと自認するが故。

ならば、自分を見出した恩人の勲功に傷を付けるのは大変な不義理といえよう。途中で立派な後援が見つかったといえば、才能在る者を送ったとして認められはするだろうが、優秀な人物を最初から最後まで助けたという名誉と比べれば二枚も三枚も劣ってしまうのだから。

「此の身が無粋であった。二度と言うまい」

「いえ、僕こそ非礼をお詫びいたします。折角の善意でいただいたご提案を蹴るなど、これもまた不義理ですから……」

「なぁに、気にするでない。此の身からすれば、恩と理想を大事にする汝の姿勢はどこまでも心地好い。いつまでも、そうあって欲しいと願えるほどにな」

頭を下げる聴講生に、このような者達ばかりであれば脚本にも力が入るのだがと内心で愚痴をこぼしつつ、皇帝を経験した女帝は彼女の道行きが明るい物であるようにと心から夜陰の神に祈った。

「では、その熱心さで我が姪御や、そのお気に入りを助けてやってくれると嬉しい。アレは誰に似たか知らぬが、頑なで無茶をすることも多いでな。そして、その姪御が気に入った黄金の子狼であるが故、困難や無理に事欠くことはあるまいて」

このような友人が多ければ姪御の教育にもよかろうと声をかけたが、フランツィスカは今となると純粋に個人としてミカを気に入っていた。

時に同性として悩みを共有し、男性として愚痴を聞いてやり、どちらでもない立場から別の意見を言ってやれる。生涯において忘れ難く得難い友となってくれればよいと思っていたが、よもや己まで気に入ることになるとはと笑いつつ、長く生きた非定命は己もまだ

まだ若いと自嘲する。

定命との別れこそが非定命を大人にしていくが、もしかしたら何処にも大人などいないのやもしれない。

「はい、勿論。我が命に替えてでも」

気持ちが良い返事に気をよくした劇作家は、自身が郷里に帰った後も書架を自由にする権利を与えた。

全ては生きている間、決して同じものが生まれることのない〝人間〟という素晴らしい娯楽の芽を枯らさぬべく………。


【Tips】魔導院の教育機関にして拠点たる出張所は各地に存在しているが、学府の最高位としてはやはり帝都の本院が最も名高い。

少年期
十三歳の初夏

名誉・地位

時に登場人物の熟してきた偉業に応じて名誉点なる報酬を与えるシステムが存在する。自身の愛用武器を特別な仕様に強化する、かっこいい二つ名を付ける、実利のある爵位や都市戸籍を得るなど使い道は様々だ。

春も終わりを告げてカラッと心地好い夏がやって来る頃には、帝都の喧騒も嘘のように収まりを見せていた。

暫くは噂話の話題を独占した帝都直上に現れた航空艦が、お目見えのつもりなのか出立間際に帝城の尖塔を掠めるほどの低空を飛んでいった出来事の興奮も薄れ、今や普段の落ち着きが帰ってきている。

貴族界隈では大勢の大使や使節が大慌てで国元に帰国して予定が狂っただの、想像以上の政治的衝撃力をもたらした航空艦に補正予算が組まれ、その余波で色々な省庁や学閥が喧嘩しているだのといった問題が発生しているようだが、下仕えの我々には殆ど関係のないことである。

建艦好景気を見込んだ材木問屋が木材を買い込んで燃料費が高騰しつつあるとか、どこぞの商会が一枚噛もうとして人足を大量に呼び込んだために柄が悪いのが増えたなどと言った地下での波風も多少は立っているものの、今のところは全く平和な日々を過ごせていた。

今頃は故郷の人々も農繁期を終えて一息吐き、蒸し風呂で汗を流したら小川に飛び込む楽しい時間を過ごしているのだろうなと思いを馳せつつ、昼過ぎの帝都をのんびりと歩く。

暇を持て余して散歩をしているのではない。本に耽溺しながら怠惰に過ごせる日々を取り戻した我が雇用主が、急に檸檬の蜂蜜割りを飲みたいと宣ったので、その買い物に出て来たのである。

頻繁にではないが、たまにあることだ。何かの食欲を擽(くすぐ)られる本を読んだらしいアグリッピナ氏は、時折こうやって本に出て来た食品を買い求めに遣いを出す。飲食が趣味や暇つぶしでしかない長命種(メトシエラ)ならではの贅沢(ぜいたく)であるが、思いつきで方々に遣(や)られる側としては迷惑極まりない。

とはいえ、今日は帝都で揃(そろ)えられる品物なので許容範囲だ。表紙を目視しただけで精神抵抗と正気を試される本を取りに行かされるのと比べれば、天と地ほどの違いがある。

それに上等なのではなく、敢(あ)えて安っぽいのが良いと――平民が主役の詩か物語でも読んだのだろう――仰(おっしゃ)るので更に楽だ。

蜂蜜も檸檬(レモン)も市場に行けば普通に売っている。前者は庶民だと勇気が要る値段設定ではあるものの、何処の家でも使うため探せば簡単に見つかるものだ。帝国人は葡萄酒(ぶどうしゅ)と並んで甘い蜂蜜酒(ミード)を好むため、養蜂は帝都全土で盛んに行われているからな。

低木(エリカ)の蜜だけを使った上等な蜂蜜がいいとか言われると大店(おおだな)を訪ねねばならないし、更に南内海産の酸味が強い檸檬じゃなきゃ駄目とか注文を付けられると大変だが、庶民が食べる何処とも分からぬ産地の物で納得してくれるなら本当にありがたい。

投げられる仕事が毎度毎度これくらい簡単な日々が続けば良いのだが。

市場で必要な物を買い込んで、ついでに氷菓子の露店でエリザにお土産を買い――おつりはお駄賃、と銀貨を貰(もら)っているため財布は暖かい――帰ろうかと大通りに出れば、何やら人集(ひとだか)りが目に付いた。

「読売ー！　読売だよー！　枢密院と議会から大発表だ！　一枚四〇アスだよー！　はいはい、そこ！　回し読みはしないで！　一人一枚買っとくれ!!」

人集りは読売、つまり新聞に集る人々によって構成されていた。小さな鼠鬼の……やはり獣人系の年齢は分かりづらい。少年か青年か分からないが、とりあえず服装からして男性と思しき売り子が新聞を売り歩いて忙しく駆け回っていた。

「おいおい、マジか、この間の馬廻りじゃご壮健そうに見えたが」

「何が起こるか分からんな、こりゃまた騒動になるぞ」

「たたみかけるねぇ……航空艦の話があったばかりなのに。余所の大使や使節が過労死しねぇか？」

「それで外交的混乱を引き起こすことを狙ってるのかもしれんな。何せあの〝無血帝〟だぞ」

読売を見て会話する人々の顔は、険しいというよりも困惑が強く予想外の報せであったようだ。

ちょっと気になるな。おつりはまだ剰っているし、私もたまには新聞を買ってみるか。こっちに来てからとんと縁がなかったからな。前は商社勤めということもあって、都合四紙くらい購読していたから懐かしい。あの頃は義務感で読んでいたので、面白いと感じたことはないが、肩の力を抜いて読んだら別の感想も出てくるだろうか。

「失礼！　売り子さん！　一部いただきたい！」

「あいよぉ！　四〇アスだよ！　おつりは出ないよ！」

お決まりの文句を言う売り子に料金をぴったり渡して読売を受け取った。小銭の持ち合わせが少ない商人も多いため地球感覚だと異常だが、おつりが出ない商売も別に珍しくはないのだ。

「さて、何々……」

安くない額を出したのだから、下らん内容だったら怒るぞと紙面を辿ってみると、デカデカと書かれた見出しに驚いた。

「は？　譲位……？」

大発表といって振りまいているだけあって、たしかに大した記事だった。

読売が報じているのは、任期が明けていないにも拘わらず今上帝が健康上の問題を理由として退位し、エールストライヒ公マルティンⅠ世に帝位を譲るとの表明。これを七選帝侯家が満場一致で承認したことを議会が発表したとする凄まじい内容。

ライン三重帝国は専制国家であるが、制度的には制限選挙制に基づく寡頭制めいた立憲君主国家に近いところがあるため、任期中であっても存命の皇帝が退く可能性は十分にあり得る。

何らかの政治的に失脚するようなヘマをしでかしたり、弱みを握られた結果、現在報じられているように〝健康上の理由〟と暈して位を譲ることはあったようだ。

たとえば近年だと七代前の皇帝、バーデン家出身にして浮薄帝との蔑称が囁かれる徳政帝レーマスⅡ世であるが、彼は衛星諸国家との善隣外交にしくじって幾つかの信託統治領と同盟国を失った結果、病を原因として譲位を迫られグラウフロック家の復古帝ジェルマンⅠ世に位を譲って隠棲した。

仮にも皇帝であったのだから、最後の幕引きくらいは悪い言葉を添えず、表面上ではあっても体面を守ってやろうという気遣いがあるのだろう。

だが、今回はそんな不名誉な譲位ではなさそうだ。

竜騎帝との異名を取るアウグストⅣ世は、今まで東方諸侯によって封鎖されていた東方交易路を再打貫した偉業で知られており、その厳格な統治と諸軍の再編制により高く評価されている。

近年でも特に拙い話は聞かない。高貴な血筋にありがちな隠し子がどうだの、皇太子との確執がなんのというお決まりの噂もなければ、市井にまで広がるような明確な失政や外交的なしくじりもなく、臣民からの人気が高い皇帝といえよう。

なにせ皇帝は疎か、己の荘園を所有している領主の名すら知らない者も地方には多いのに、竜騎帝の名は知っている者が殆どだったのだ。交易路再打貫戦争は、私が物心つく前には大方決着が付いていたため騒がれることこそなかったものの、戦闘の真っ只中では色々な情報が届いたという。

それに、徴収兵として従軍していた者も荘にはいるのだ。詩に聞く騎竜を巧みに操り、戦線の効果的な地点に絶妙な機を見て竜騎兵を投入して大勝を重ねた彼を、生きて帰してもらった兵士達（たち）が帰郷後に讃（たた）えぬ筈（はず）がなかろうて。勝ち戦だけあって、さぞたっぷりと報酬金も出たはずだからな。

事実、読売に並べられている竜騎帝の功績は輝かしいものばかりだ。

既存の竜種と更に人慣れした個体を掛け合わせて、民生分野でも運用がより容易な新品種の開発主導を進めて行き渡らせた功績。

旧態依然とした竜騎兵運用の戦闘教義（ドクトリン）を一新し、規模も拡充して航空優勢をより堅固に維持することで魔導戦においても有利に戦況を進めさせる改革。更には竜舎の配置と諸侯の関わりを整理し、必要とあらば数日で竜騎兵隊を即応させて帝国全土に配備できるようにする制度の創設。

何と言うかまぁ、どちらかと言えばグラウフロック家の出身なのではと思うほどに輝かしい軍事的功績の数々であらせられる。

かといって軍事偏重で他はからきしかと問われれば、そんなこともなく、運河の再整備や交易路の延伸といった内政的な政策も充実。西方の衛星諸国を幾つか取り込み、武威を見せつけた後に南内海の同盟を結んだ都市国家群――といっても、半ば属国だが――の輪出レートを最恵国待遇から更に向上させるなど、外交的にも隙がない。

軍事的能力に秀でた万能型（オールラウンダー）の為政者であらせられたようだ。官僚の支援はあったにせよ、最終的に上がってくる案を採択する頭は必要であるため、能力は本物に違いない。

同業者（前世持ち）の疑いがある開闢（かいびゃく）帝といい、バーデンの血脈には万能型が生まれやすいのかもしれないな。

しかし、改めて功績を羅列されると凄く個性が濃い。このまま科学技術が進んで前世の如く娯楽が溢れたら、ソシャゲにて極めて高い確率で女体化させられそうだ。竜に跨がる厳めしい美貌の軍人……絵になるな。

などと不遜極まる妄想を今上帝にしたあげく、将来生まれるであろうオタク達の犠牲となることを勝手に心配しつつ工房に帰ってきた。読みながらも〈多重併存思考〉で体はしっかり動かしていたから、道草食って遅れたりはしないとも。

まぁ、流石にアグリッピナ氏の如く、思考を同時多数的に回したりはしないが。一度試したが、気持ち悪いんだよな。脳内に自分が何人もいるリアル自分会議のようであり、同時に己が己の思考を否定する対論をぶつけてくるため正気がガリガリ削られて吐き気を催した。

かなり強めの自己否定というか、ヤバい精神論的セミナーでやらされると聞くソレより数段拙い感じがして直ぐに止めたよ。確実に精神と正気によろしくない。鏡に対して「お前は誰だ」と囁くのとどっこいどっこいではなかろうか。

ほんと、よく長命種は平気だよな、こんな思考を生理的に行っていて。なればこその高性能種族ではあるのだろうが、ヤバいヤツが頻繁に生まれてしまうのが何となく分かる気がした。

「ただいま戻りました……って」

「まあ、おかえり。ご苦労様」

「またなんて格好で……」

荷物を抱えて工房に戻ると、また我が主人がだらしない格好で彷徨いていらっしゃった。

朝の講義を終えたからか昼風呂でも楽しまれたようで、全裸で色々ほっぽり出しながら濡れた髪をそのままにペタペタと素足で闊歩なさっている。

「風呂上がりに冷たく冷やした檸檬の蜂蜜割りを飲みたかったのよ。風呂に入っておかないと本末転倒でしょう」

またアニメとか映画を見て、唐突にコンビニへ行くみたいなムーブを気軽にキメてくださる雇用主だな。同意できるところは多いけれど、使いっ走りにされている側とすると気が抜けるので控えていただきたい。

それに、あれだ。第二次性徴を迎えてしまった私だが、この神工が作り上げた裸婦像も恥じ入りそうな黄金比を見せつける全裸を拝んでも、ピクリとも来ないのが不安にさせられるから本当に嫌なのだが。

美的感覚とかも色々壊れそうだなぁ。我が友が中性体、女性体共に麗しいのは勿論、可愛い成分は故郷の幼馴染みと世界で一番素敵な女の子で満たされていて、並の美人を見ても「ふーん」で済まされてしまう。

目が貧相だと、それはそれで不幸ではあるが、肥えすぎたら肥えすぎたで苦労が多そうである。

「読売でも買ってきたの？」

仕方がないなとタオルを取って来て身繕いを手伝っていると、懐からはみ出していた読売に気付かれた。

皇帝が代わるそうですよと伝えると、まぁ帝国の皇帝なんて誰がやろうと割と大差ないものだし、と身も蓋もない感想が返ってきた。

たしかにこの国だと官僚も強いし、ご自身も官僚に近い身分とはいえ、もうちょっと歯に衣というものをですね……。

「そんなことより、お風呂の熱気が失せる前に作ってきてちょうだいな。ああ、それと、その包みは氷菓子かしら？」

「ええ、まぁ、エリザへのお土産ですが……召し上がりますか？」

「そうね、お風呂上がりの氷菓子って美味しいいし、いただくわ。一緒に持って来てちょうだい」

こんなこともあろうかと、多めに買ってきてよかった。ご希望に応えるべく厨房に引き上げようとしていると、不意に部屋に鈴の音が響き渡った。

「……何だ？」

初めて聞く音だ。来客を報せる鈴の音とも異なる音色であり、何を意味しているか分からない。

とはいえ、工房全体に響き渡るような大音量なのだ。何らかの意味があるのは確実。

そう思っていると、工房の一角、たまにお茶をするテーブルの近くで空気が抜ける音と甲高い金属音が響いた。

漸う見れば、目立たない色合いで隠された配管が壁に沿って走っており、そこから真鍮色の缶が排出されたではないか。

なるほど、あれは気送管（ニューマチック・チューブ）か。真空圧や圧縮した空気を用い、専用の筒型容器を配管内で素早く移動させる一種の輸送装置だ。前世では一八世紀の英国では何十㎞もの配管網が張り巡らされる程活用された代物で、建物間の文書輸送に使われていた。

電信の発達によって廃れていったが、ライン三重帝国では現役であったか。

まぁ、たしかに魔導伝文機や思念伝達や声送りなどの術式があっても、誰にでも使える技術ではない以上、一般には流通していないものな。秘匿性を重んじる内容のやりとりは未だ文書で交わすのが殆どであるし、余人の立ち入りを嫌う工房に文書を届けるには最適の機構と言えよう。

取ってこようかと思えば、珍しくアグリッピナ氏が率先して〈見えざる手〉を伸ばして自分で取り上げ、中身を取りだしてご覧になった。

これは後で知ることなのだが、どうやらこの気送管、魔導院の中でも公文書扱いとなる書類の輸送にのみ使われるものであり、届く手紙は全て重要度が高い物ばかりだそうだ。

「……ライゼニッツ卿からお呼びが掛かったわ」

「それはまた大仰なお誘いですね。いつですか？」

「服を用意してちょうだい」

「え？　今すぐですか？」

「可及的速やかに、とのことよ。厄介事はさっさと片付けるに限るわ。格式だった格好でお願いね」

「畏まりました。では、檸檬の蜂蜜割りは後ほどに」

「氷菓子だけ置いていって。待ってる間にせめてこれくらい楽しむから。器に移したりしないでいいわよ」

ご命令どおりに氷菓子と匙を渡し、寝室の衣装棚を漁りに向かった。

しかし、また妙な誘いだな。ライゼニッツ卿はアグリッピナ氏が所属する閥の主催であるため、呼び出して話をするのは特段おかしなことでもないが、普段使いの伝書術式を寄越すでもなく、態々別の手段で呼び出すなんて。

それに、彼女はどちらかといえば貴族的な格式張ったやりとりを尊ぶ。呼び出しにも数日の余裕を持って確認するようなお方らしくないな。私程度の予定を聞く時でさえ、三日くらいは余裕を持ってお誘いの手紙を送ってくださるのに。

果たしてそれくらい急な用事ができたのであろうか。

考えられるなら譲位関係……ではあるものの、アグリッピナ氏は参内して皇帝に仕えるような立場でもなければ、何らかの連絡会に呼ばれて意見を求められもせぬ。更に厭世的な態度も相まって、陛下のお側に近い人間との繋がりがあるようにも思えない。

はて、となると斯くも礼を無視した呼び出しをする意味はなんであろうか？

首を傾げながらも衣服を用意し、風呂上がりのだらけきった残念な美人を誰に恥じることもなき完璧な淑女に仕立て上げた。

「供は結構。午後は自由になさい。エリザにも講義はなしと伝えて」

「承知いたしました。夕餉は如何なさいますか？」

「戻れるか分からないから、先に始めて構わないわ」

ううむ、気合いの入った服を着て、滅多に持ち出さない杖まで用意するとは。これは尋常なことではないぞ。

既に訪問を要請した手紙は何処かにしまわれてしまい――残っていても読むような無礼はしないが――変態ではあるものの、優秀な魔導師にして官僚たるフォン・ライゼニッツの真意を知る術を持ち合わせていない。

また厄介なことにならねばよいのだが。そう祈りつつ、私は出かけていく雇用主の背中を見送った…………。

【Tips】気送管通信。各省庁施設において導入された文章伝達機構。重要な書類を余人の手を一切介することなく移動させられるため、重要度の高い辞令や召喚状などの送付に用いられる。

また、公文書扱いとなる私信は、内容が複写され送り主と各行政府の管理部署にて保管され、到着確認も取られるため地球における内容証明郵便と同等の役割を持つ。

時は僅かに遡り、正式に議会と枢密院が譲位を公表する少し前。

公式に主が入れ替わった訳ではないが、殆ど決まったものと決め込んだ先帝と皇帝が荷物の引っ越しを終え、装いも僅かに変わった皇帝執務室にて三人の帝室関係者が集まっていた。

一人は称号を近々〝大公〟に変じ、退位の翌月にはバーデン＝シュトゥットガルト本家の当主位も息子に譲って隠居することが決定したアウグストⅣ世。

もう一人は、此度の騒ぎを半ば傍観者に近い立場で暢気に見守っていた、グラウフロック家当主にして公爵たるダーフィト・マクコンラ・フォン・グラウフロック。

最後は物理的な座り心地は兎も角、立場的な座り心地は最悪と公言して憚らぬ皇帝の椅子に腰を下ろしたマルティン・ウェルナー・フォン・エールストライヒ公にして、数日後には正式に四選目の幕を開けて帝冠を戴くこととなる〝無血帝〟である。

「まー、滞りなく終わって善哉善哉」

「選帝侯家が納得ずくなのだ。荒れる筈もあるまい」

譲位に関する諸手続きを終えたアウグストとダーフィトは、適当に引っ張り出した来客用の椅子に腰を下ろして実に気楽に言った。

事実、譲位は皇統家の互選と七選帝侯家の承認によって決まるため、枢密院や議会などはそれを追認するだけに過ぎぬ。関係者が納得を示しさえすれば、後はどうとでもなるような身内行事なのだから。

元々流れに乗っていただけの人狼(ヴァラヴォルフ)は端(はな)から疲れる要素がなく、やっとのことで重い重い職責を肩から下ろすことが適(かな)ったヒト種(メンシュ)は癖になった眉間の皺(しわ)さえ薄れており、老齢により生じ始めた皺のある肌さえ瑞々(みずみず)しさを取り戻したように見える。

「気楽でよいなぁ、まったく……我はこれからの皇帝生活(ごうもん)を思うと気が重くて仕方がないというのに」

一方で不老にして不朽たる吸血種(ヴァンピーレ)であるはずの皇帝は、酷(ひど)くやつれていた。

「早速家の中で二才衆(にせ)がゴタゴタと喧(やかま)しいのだ……どこから漏れたか魔導院の先輩後輩共も騒ぎ立てておるし、我はもう自分の工房に半月も戻れておらぬ」

皇帝就任に伴って、その権力を利用せんと蠢動(しゅんどう)する縁者筋の統制に骨を何本もへし折られているためである。

届く書簡は三桁を優に超えて四桁に近く、親戚であることや、魔導師(マギア)仲間であることを口実として無遠慮に訪ねてくる者も多数。軽々に扱えぬ来客も多いため、引き継ぎを始めとして片付けねばならぬ仕事と共に時間を食い漁られ、どうにもならぬほどの多忙に文字通り殺され掛かっていた。

それこそ、彼が多少無茶の利く体でなければ、二回か三回は倒れているほどに。

「政治好きな一族を持つと大変だなぁ、おい。心中お察しするぜ陛下」

「うむ。権力欲が強いのはなにもヒト種(メンシュ)に限らぬが、割れた酒杯を戴く者達(たち)は尚(なお)恐ろしい。陰ながらご武運をお祈りしておりますぞ、陛下」

「ええい、陛下陛下と喧しいわ！　この逆臣共め!!　こんな座り心地の悪い椅子に人を縛り付けて暢気に酒など呑(の)みおってからに!!」

「おお、逆臣とは心外な。臣は陛下を支えるために口うるさい選帝侯共の下に日参し、説得に労を割いたというに」

「誠に。小職もまた忠ある臣たらんと心がけ、誠心誠意議会を説得いたしましたぞ。陛下のお足下を騒がせぬよう、老骨に鞭(むち)を打ち諸国を回ることを決め、我が愚息を差し出す覚悟をも固めた老臣にあまりでございましょう」

　早速酒を片手にのんびり語らいだした臣下二名に怒りを露(あら)わにする皇帝であったが、表面上は忠臣ぶって見せる古狸(ふるだぬき)二匹には何の痛痒(つうよう)も喚起しなかったらしい。流れるように謙(へりくだ)った嫌みで以(もっ)て返し、皇帝は何か口実があったら本当に大逆罪で吊(つ)るしてやろうかと一瞬本気で考えた。

　しかし、口が減らぬのなど貴族が標準的に身に付けた技能である。これくらいで血管を破裂させていては、如何(いか)に負傷がすぐに再生する吸血種(ヴァンピーレ)とあっても足りなくなる。

　大きく溜息(ためいき)を吐(つ)いた後に深呼吸を二度三度と繰り返して怒気を鎮め、皇帝は椅子に座り直して引き継ぎ事項に関して質問を投げかけた。

「議会はいいが……外(と)つ国(くに)の問題が残っておるぞ。アウグストよ、其方(そなた)、どれだけの諸侯に空手形を切った」

「はて……密書は大体渡したと思っていたが」

「其方も大抵良い性格をしておるな。あれだ、東方交易路回りの諸侯に切った領土安堵の約束と、逆に引き渡しを約して味方に引き入れた不忠者共の仕儀が固まっておるまい。密吏達を動かす支度はしてあるが、其方の書いた絵図を完全に共有しておらんぞ」

「ああ、アレか……そういえばまだだったな。何もなければ来年には片付けを始めようと計画していたからな」

　事務的な引き継ぎは大方片付き、以前は魔導師としての生活を楽しんでフラフラしていたマルティンも帝国内部の問題は粗方把握し、先帝がどのようにことを片付けようと画策していたかは摑んでいた。

　しかしながら、竜騎帝として彼が主導した第二次東方征伐の仕儀については、戦争当時兵站維持に能力の殆どを傾けていたため詳細についてまで把握していなかったのである。

　さて、東方交易路は東征帝が帝国暦二五〇年頃に打通した巨大な国外交易路である。

　東方でしか採取できぬ香草や薬草、帝国では製造できない上質な絹地や染料、異国の医術や先進的な魔法技術などを導入する交易路として帝国暦四〇〇年頃までは大いに栄えていた。

　しかしながら、広大な乾燥帯と礫砂漠に跨がる諸部族の格差が拡大した結果――交易に関われた部族と、そうでない部族の差は大きかったのだ――発生した内乱、及び西方からの物が流通しすぎて国内経済が荒れた東方の大帝国の利害が一致した結果、親帝国派部族が討ち果たされて閉じてしまった。

それから百年程は帝国も希少な国際交易路を惜しいと思いつつ、別の内患と外憂への対処が優先されたために捨て置くしかなかったが、竜騎帝の治世が始まるに伴って余裕が生まれて再打貫することが望まれた。

第一次東方征伐戦争時とは、また異なる目的で。

東征帝が始めた戦争は、東方の物品をより安価に手に入れることが主目的と言えた。当時は危険を覚悟で海路や安定しない陸路を通ってやって来る、僅かな商人達がもたらす異国の品々が大変に希少な物として珍重されていたから。

しかし、現在では製造技術の向上、別の交易相手の登場などにより、純粋に珍しい品を手に入れる相手としての需要は薄れている。

では、何故帝国が態々この交易路の再打貫を望んだのかといえば、主要因は新たな大口顧客となる輸出相手を求めてのことである。

帝国の内需は半ば完成しつつあるブロック経済によって満たされていたが、豊かな国内生産を吐き出す適度な輸出先が不足していた。

衛星諸国も信託統治領も、そして同盟国も帝国の優れた生産力を注ぎ込み外貨を刈り取る場所としては力不足も甚だしい。何よりそれらは帝国の内需を安価に満たし、同時に他国との障壁として機能して貰わねば困るため、下手に製品を注ぎ込んで経済を破壊し、地力を落とさせる訳にはいかなかったのである。

では、新たな輸出先を求めて旺盛な生産能力を持て余していた諸侯の欲求を何処に向けるのが適当かと周囲を見渡せば、最も適しているのが東方だったのである。

彼等は交易通貨として有用な金も銀も大量に持っている。帝国が羨む、豊かな金山や銀山を領内に数多抱えているためだ。

余剰品が増えて取引先を求めていた商業同業者組合は、その旺盛な食欲を満たすことができる市場を与えたならば、経済的な競争力を高める〝金や銀〟を大量に国内へと持ち帰ってくれることであろう。

鉄鋼生産能力に乏しい砂漠帯の部族はいつだって帝国製の良質な鉄器を求めていたし、何十年か前に王朝が倒れて新たな王朝と入れ替わった東方の新帝国も、西方でしか製造できぬ様々な製品を欲しているため、需要は満たしきれぬ程に多いはず。

更に毎度の如く旧帝国を否定する政策を採ることで、新帝国の正当性を主張しようとする習性を持つ東方のことである。一時は不倶戴天として使節さえ送り返される険悪な間柄となったが、一度繋がりを持つ機会さえ与えれば喜んで交易相手となってくれるだろう。

これらの事情により始めた第二次東征であるものの、何も最初から玄関の扉を蹴破ろうと全面戦争を仕掛けたのではない。

様々な諸部族へ密使を送り、戦後の利益を約することで意図的に起こさせた内紛に乗じて始めたのである。

その結果、切られた空手形は山を成し、何人もの姫や王子が人質として帝国に差し出され、何処かの名家にて嫁や婿として遇されている。

そして東征も終わって時が経ち、現地の情勢が戦乱から復興しつつあり、なぁなぁながら交易路が動き始めた今「あの時の約束を果たしてもらおうか」と手形の履行を求める諸侯が増えた。

が、しかし、帝国も最初から全ての約束を守るつもりなどない。下手に強い勢力が生まれて、またぞろ反帝国を掲げ利権を奪おうとされては困るし、さりとて統治能力が不足するほど弱い部族だらけになられては、治安が悪化し肝心の交易路が不安定となる。

そのため、適度に操りやすく、必要とあらばいつでも摘み取れるような連中だけが残る、帝国にとって都合の良い地図を描かねばならぬ。

現状、その絵図はアウグストと彼が信任した外交巧手の貴族達が共有しているに過ぎず、兵站や交易そのものに専念していたマルティンは分かっていない。最終的に目指す形は共有していても、何処を潰して何処を伸ばすかの優先順位と手順を知らなかったのである。

「とりあえず、来週にでも細かい部分を詰める資料を用意し、担当者を帝城に召集して報告させせよう。判さえ突けば済むように大部分は固まっておる」

「ならばよかった。其方の悪辣な部分を我が整理せねばならぬのかと思うと肝が冷えたぞ」

「流石にそこまで無責任ではない。あの砂食み共に好き勝手させる程、楽観主義者ではないとも」

「結構……ああ、それにしても引き継ぎが多くて困る」

帝国が成長するためにやらかしてきたアレコレを、単なる事務仕事の引き継ぎと同程度の軽さで扱う皇帝を何と評するべきかはさておき、丁度よく三人とも集まっているから都合が良いとマルティンは別の一件も片付けるべく書類を取りだした。

「そうだ、これを見て欲しいのだが」

「なんだ？　ええと……外国子弟の特別叙爵決議？」

「ああ、以前急に問うてきた件か」

机の書棚から取り出されたのは、ダーフィトが読み上げた通りの書類である。

ライン三重帝国は多民族国家であり、同時に様々な外交を重ねているため他国の貴族に叙爵を許す国家でもある。そのため、様々な叙爵に関する例外規定を持っている。

これは、その中でも爵位を継承していない外国の子女をライン三重帝国の藩屏（はんぺい）として迎え入れる規定に基づき、叙爵の決議を求める書類であった。

「久しく使われていない規定であったからな。書式を引っ張り出すのに苦労した。異論なくば認めて貰いたいのだが如何（いかが）か」

「あー？　ああ、名誉称号や一代貴族じゃなくて、これ領地権付きの正爵位授与かよ。そりゃ滅多に使わねぇから忘れるわ」

「私も初めて見るな。他国の有力貴族や王を抱き込むため小領を与える物なら書いたが、これは今までなかった」

「そりゃーそうだろ。外国の餓鬼にくれてやるくらいなら、大家の次男三男が寄越せとうるせぇもん。帝国に係争中の領地がどれだけあるか考えたら、こんなの贅沢以外の何物でもねぇぞ」

二選目の半ばを過ぎていた先帝ですら初見となる例外規定は、中々に重く三皇統家の承認、更に半数以上の選帝侯家の了承を要する物であった。これは皇帝が単なる贔屓で外国人に領地を売り渡せぬよう、厳しく土地を管理するべく制定されたためであり、実際は立法時に〝将来あり得る案件〟程度として何かの序でで発布された。

結果的に使われた回数は片手の指で足りる程度であり、今回久方ぶりに引っ張り出された次第である。

「陛下が必要である、と仰るなら別に異論はねぇが、誰にくれてやるんだ？」

「気に入った愛人……はないか。この嫁馬鹿と子煩悩が余所に女を作る筈もなし。何の駒として使う？」

「我と魔導院の間に立てる者が必要だと言っただろう？　アレに使おうと思ってな。宮中伯として取り立てればよいかと考えたが、流石に単なる研究員を据えては鼎の軽重が問われよう」

宮中伯とは一種の役職であり、宮中にて皇帝の側に侍り、専門分野に関する助言と補弼を行う専門家に伯爵相当の位を与えるものだ。単なる助言として軽んじられることのないように、宮中にて正しく機能させるべく高位の貴族と同等の権利を与えるために存在している。

　専ら専門とする役職に従って分野の名を冠することとなり、今回の場合は魔導宮中伯とでもするのが適当であろうか。

　専門家に箔を付け、その者の助言に従う大義名分を用意し、職務を遂行させるための権威を与える名目であったとしても、今まで全くの無位無冠である人物に与えるのは流石によろしくない。

　そのため、何らかの功績を先に認めてやって爵位を与え、更には宮中伯に叙することで帝国の体面を守りつつ目的を果たそうという寸法であった。

「となると、教授に昇進させた後、その素晴らしき研究成果を讃えて爵位と役職を与えると。ふむ……まぁ、一番波風が立たぬと言えば立たぬか」

　実力主義を尊び、能力ある者ならば出自の貴賤を問わず取り立てる帝国の気風ならではのゴリ押しである。かなり無理がある部分も多いが、その者の能力次第で他の貴族達も受け入れ納得するため、下手な縁故人事よりはマシとも言えた。

「題目も用意してある。我と対等以上に渡り合える程に魔導の造詣が深い人物でな。航空艦の運用と、発展について議論を交わしたが得る物が多かった。これを理由とすれば叙爵は堅い」

「今一番熱いっちゃ熱いわな、航空艦関係は。で、どこの領地をくれてやるんだ？」

「……かなり有能なようなのでな。これを機に焦げ付いている問題も片付けてしまおうと思うのだ」

新帝の言に臣下二人は、ほぅ？　と興味深そうに呟いて姿勢を正した。様々な所で発生している領地の継承問題は、帝国の浮沈に関わる重要な問題であるため二人も雑な判断は下せない。

かつて開闢帝リヒャルトが見出した二〇〇と二七の藩屏達も、長い歴史の中で興亡を繰り返した結果、今や四〇〇家に膨れ上がっているものの、その中に最初期から生き残った家は一〇〇を僅かに超えるばかりと入れ替わりは実に激しい。

後継を残せず断絶した家もあれば、政治的な動きにより他家に吸収された家もあり、謀略の果てに取り潰されて消えた家も少なくない。栄えある五将家と呼ばれる軍事の名門すら、名を継承しただけで血の繋がりを持たぬ家が二家を占め、建国戦争にて数多の詩が残された一三騎士家さえも正当血統が残るは半数ばかり。

これだけの入れ替わりがあるならば、当然領地替えが追いつかぬ。さりとて席が空いたからと適当な者を座らせることも能わず、同時に余った菓子を配るのとは訳が違うので分割して誰ぞにくれてやることもできない領地と家名が残される。

家の繋がりを御旗とし、我こそが後を継ぐに相応しいと名乗る者がゾロゾロ現れて意地汚く後釜を争っているが、帝国内での勢力地図を考慮すると簡単に与えることもできぬ。なので決着が付くまで、領地を皇帝直下の〝天領〟として一時的に管理し、継ぐ者の絶えた家名諸共に預かることとなった物が帝国全土に何十とあった。

　中には係争が始まって一〇〇年を軽く超えてしまった領地があり、数十に及ぶ利害関係人が血みどろの暗闘を繰り広げて久しい忌み地に等しい物も存在していた。

　マルティンは、これを機にそんな焦げ付いた領地の在庫処分もしてしまおうと目論んでいるのである。

「一本の矢で二羽の鴨を落とそうとするのは結構だがよ……んな他人のクソがべったりついた下穿きみてぇな領地押しつけられて逃げたりしねぇのか？」

「魔導院と帝国の環境が気に入って、名家の一人娘という立場も擲って移住してきた者だ。帝国は離れがたく、逃げはするまい。なにより会話の端々から露悪的な趣味は窺えても、面倒見の良さが隠せておらなんだ。軽々に逐電はすまいよ」

　ならばいいが、と呟いてグラウフロック公は顎に手を添えて暫く考え込んだ後、鋭い爪が伸びる指を折りながら、丁度よい領地の名を挙げ始めた。

「するってぇと、アルデンヌ男爵領、ヤーマヌス伯爵領、あとはリッペンドロップ子爵領……」

「その辺りでは家格が低くはないか？　どうせなら旧家の方がよかろう」

「だったらシュテュルプナーゲル男爵領はどうだ？」

「流石に皇帝弑逆計画の主犯格で立件されて取り潰された家はな……未遂や冤罪の疑いが強い家ならまだしも、既遂半歩手前まで行った家だと宮廷雀共が面白がるばかりではないか？」

「難しいなぁオイ！　したらヴェルニゲローデ伯爵領かローン子爵領、それかウビオルム伯爵領はどうだ！」

臣下二人のやりとりを聞いていた皇帝は、やがて挙げられた一つの名前を聞いて「それだ！」と手を打った。

斯くして、帝国に断絶していた家の名前が一つ取り戻されることとなる。

その名はウビオルム伯爵家。グラウフロック公爵領に程近い帝国西方の領土であり、二つの行政管区を抱える立派な領地であるものの、係争家の厄介さによって中々決着が付かなかったお家である。

しかしながら、継承争いに参加している家々は半ばこじつけに近い名目ばかりなので、故あれば蹴り飛ばすことも十分に可能であった。

皇帝は厄介事が一つ片付くと上機嫌で書類の空欄部分に揚々とウビオルム伯爵と記入し、臣下二人に同意の記名を求めた…………。


【Tips】領地は家名に紐付くものと、そうでない物があるが、旧家の場合は往々にして家名と領地の名が等号で結ばれる。

魔導師の工房と言えば、幾つもの不気味な標本が詰まった硝子瓶が並び、中央にて不可思議な色合いをした液体を湛えた大鍋が常時煮られている図を想像するだろう。

しかし、実態は千差万別。どこぞの小洒落た温室めいた昼寝部屋を工房と呼んで憚らぬアグリッピナがいるように、魔導師ごとに構える工房の様式は大きく異なる。

となると、趣味人が極まりすぎて一人だけ人生の芸風が違うと形容されることの多いライゼニッツ卿ともなれば、どれ程奇抜な工房を構えておいでなのかと思うところだが、実態は本人の弾けっぷりとは無関係に極めて実用的な造りをしていた。

落ち着いた絨毯が敷かれ、調和した色合いの壁紙が張られた部屋は、地下の穴蔵であるのが嘘のように大きな窓から差し込む陽光によって照らされていた。薬品管理や書類を保管する棚は種類に応じて部屋の両脇に配され、圧迫感を覚えさせないように大きさにまで気が遣われている。

部屋の片隅に設置された触媒製造の機器も、使わぬ時は布を掛けて隠されているため仰々しさを上手に暈されているではないか。魔導師らしい物品が必要以上に余人の目に入らぬ気遣いが凝らされた部屋は、何も知らずに訪れれば名家のご令嬢が使っている書斎にしか見えなかっただろう。

ここがおどろおどろしさの象徴とも言える、非物質依存知性体たる死霊の塒であると紹介されて、誰が納得するだろうか。

魔法使いも幽霊もじめっとした穴蔵で怪しい草とキノコ、そして死体に囲まれているのが似合いとされる上、酷い効率中毒で知られる払暁派の首魁が住まうにしては清潔に過ぎた。

その上、卿の為人を知るならば驚愕すべきことだが、彼女の困った〝趣味〟を窺わせる物品が一つとて置かれていないのである。精々それらしい物と言えば、控えめに飾られた何枚かの、常識的な礼装で身を飾った人物達が描かれている肖像画くらいであろうか。

されど絵画の一つも飾られぬ殺風景な部屋は無粋とされるのが貴族だ。誰を招き入れても失礼がないよう自然に部屋を整えておく気遣いは、五大閥の一つを治める立場だけあるといったところか。

公人の側面を上手に切り取ってきた工房で、緊迫した空気を間において対面する一組の師弟。専ら論文の添削を依頼し、される程度の間柄であっても師弟は師弟。魔導院に来る頃には半ば遺失技術と化しつつある〈空間遷移〉を修め、教授になれる力量があった弟子は教わったことなど殆どなくとも、きちんと師を師として遇した。

「ご指示に従いまかり越して御座います、フォン・ライゼニッツ。して、この不承に何が御用でしょうか？」

「まずは掛けなさいな。私だけ座るほど師として優れている訳でもなし。ゆっくりお茶でもしながらお話ししましょう」

「……では、失礼して」

執務机の前に予め用意されていた椅子にアグリッピナが腰を下ろすと、ライゼニッツ卿は手元の小さな鐘を鳴らして弟子の一人を呼びつけた。当直として弟子の部屋に誰かが常に詰めているらしく、鐘の音に応えて従僕服にて身を飾った麗しい少年が盆を手にやって来た。

「失礼いたします」

一言断って配膳されるのは、アグリッピナからして初めて嗅ぐ芳香の茶。変わり種として青や緑色をした香草茶が饗(きょう)されることは間々あったが、一五〇年を生きた彼女でも透き通る深紅の茶は初めて目にする物であった。

「東方渡りの珍しいお茶です。東方でしか栽培できぬ木の葉っぱを遠方に運ぶ際、発酵が進みすぎて生まれたとか」

「交易路の賜物(たまもの)ですか。また凄(すさ)まじい色味ですね。紅玉を溶かし込んだような色合い。派手を好まれる貴族の方々がさぞ愛好なさるでしょう」

後に黒茶と比して緋(ひ)茶と呼ばれるようになる、とある金髪が紅茶と呼びそうな茶を手にした長命種(メトシエラ)に死霊(レイス)の教授は、毒など入れやしませんよと溜息(ためいき)を吐(つ)いた。

敵が多い家系に生まれついた弟子が、生理的な習性か探査術式を茶に走らせたのが見えたのだろう。余人からして露骨にやられると気持ちの良い行為ではないため、十分に秘匿していた術式を見破られても、弟子は師に「癖でして」と臆面もなく言い放った。

「……渋いですね。舌にキツい気がします。子供は好みますまい」

「でしょう？　だから貴女(あなた)に出したのですよ。家(うち)の子達を持て成すには、大人の味わい過ぎたようで不評でした。あと、眠れなくなるとかなんとか」

「それはまた、特別な差配をどうも。ん……たしかに脳を刺激する何かが入っていますね。論文の期限に追われる聴講生達には丁度よいのでは？」

「若人が買うには些か良いお値段すぎますね。小さな壺一つで四ドラクマもしました。付き合いで買っただけですが、勧めるにはとても」

代謝や体の反応を監視させている術式に脳内分泌物の変化が引っかかったのであろう。カフェインの効用に気付いたアグリッピナは、これは安価に手に入ればあっという間に国中で呑まれるようになるだろうなと察した。

何と言っても一時期は快楽を追求し――若い長命種にありがちな、麻疹のようなものだ――術式で脳を弄って脳内麻薬を分泌させて遊んでいた彼女だ。何らかの変化がもたらされれば、大体のことは経験と感覚で分かった。

とはいえ、態々覚醒効果のある物品を摂らずとも不眠を実現している長命種である。アグリッピナは味が気にくわなかったので、自分には縁がないなと東の大地から届いた茶への興味を失った。

「牛酪や牛乳、塩を入れるとまた違う味わいになるとも聞きましたが……」

「結構です。ああ、それより、特別な差配で思い出しました。先日はエールストライヒ教授へご紹介いただき、ありがとうございました」

緋茶を音も立てず啜り、目を伏せていたアグリッピナの片眼鏡に覆われぬ右目だけが薄く開いた。紺碧の瞳が眇められて視線で師を射貫く様は、言葉に反して責め立てていることが明白である。

　実際、他の出世を目指して魔導を探求する研究員ならば額面通りに感謝しただろうが、自堕落な長命種（メトシエラ）にとっては単なる迷惑である。

　なにせ彼女がこの地を居と定め、魔導院に加わったのは人生の命題である娯楽と、あと数百年ほどかけてじっくり完成させようと思っていた魔導実験のために他ならず、帝国内での栄達などどうでもよかったからだ。

　政治的権力云々（うんぬん）に惹（ひ）かれるようなら、そもそも故地を離れぬのが一番だというのは誰もが分かっていた。押しも押されもせぬ大貴族の長女ともあれば、むしろ故国の方が何倍も動きやすかったであろうに。

「大変有意義な時間を沢山過ごせましたよ。数ヶ月も彼（か）のお方の時間を占有するなど、中々できることではありませんからね。お互いに知見を深め合い、よい関係が築けました」

　彼女が常時多数並列して走らせている思考の演算精度は同種の中でも飛び抜けて秀でており、多くの魔導実験が脳内の仮想処理で片付けられる。更に実家の力を使えば研究員に与えられた予算が小遣いにしか思えぬ金を動かせるし、自分自身が稼いだ稿料や魔導院に献上した特許料でかなりの貯蓄も存在している。

　故に態々出世して、義務と責務に縛られる出世など迷惑以外の何物でもなかった。

　適度に自由で適度に権限を持ち、長命種（メトシエラ）の人生をして読み切れるか分からぬ膨大な蔵書を誇る書架を利用できる。今の立場こそがアグリッピナの理想だった。

それをまた邪魔するような縁を繋げてくれやがって、と殺気さえ香る目線で詰る弟子に、師は優雅に座席へ深く体を預けつつ受け流してみせた。

「それはなにより。紹介した甲斐があったというものです。弟子の栄達は師の最も崇高な喜び。人は己の性能を最大限に発揮してこそですからね」

腹の前で浅く手を組み、深く脚を交叉させる優美ささえ感じさせる座り姿は、怒りで沸々と正気を煮立たせる弟子に対して煽り以外の何物でもなかった。

ライゼニッツ卿とて毒を茶とし嫌みと当て擦りを挨拶で交わす社交界を生き延びて、一代閥を五大閥の一角まで成長させた傑物なのだ。

己の脳内に引き籠もって魔導や物語と戯れてきた、高々百五十歳の小娘に凄まれたところで恐るるものの何ぞある。魔導院の運営にも深く関わり、領邦数個分にも匹敵する予算を差配する大貴族でもあるマグダレーネ・フォン・ライゼニッツにとっては、仔猫が毛を逆立てて威嚇する可愛らしい姿と大差ない。

元より彼女は地下の出である。嫌みやお礼に見せかけた抗議など生前から何十と受け取っており、ヒト種の最年少教授昇進記録更新を確実視されていただけあって慣れている。如何に帝国が実力主義社会といえど、実力の伴わぬ嫉妬は切り離せぬが故、才女として名高かった生前のマグダレーネは憎悪を浴びることに慣れていた。

まぁ、だからこそ今の有り様となってしまったのだが、それはさておくとしよう。

　このような出自、魔導院では間々見られる生粋の叩(たた)き上げ教授たるライゼニッツ卿は、柔和にして慈母然とした外見に反しガチガチの体育会系である。

　人間は自身の性能を遺憾なく発揮し、能力に応じた立場を得て報酬を受け取り、同時に共同体へ貢献すべきと考えている人物だ。そんな彼女からして怠惰を極め、能力があるのに責任を放棄することに全力を投じるアグリッピナは目に余った。

　二〇年も巡検(フィールドワーク)に放り出して世間の荒波で揉(も)んでやれば少しは改めるかと思ったが、帰参後の一年を見ていて何も変わっていないことは明白だった。

　猫は老いても鼠を捕り続ける(三つ子の魂百まで)と古い諺(ことわざ)にあるものの、ここまで筋金入りであるといっそ清々(すがすが)しくもある。

　だが、それを認めては己の矜持(きょうじ)を曲げることとなるため、ライゼニッツ卿はとある書類に記名を済ませていた。

「では、これを見て喜んでくれるものと確信していますよ、我が弟子」

「本題ですか。では失礼して……っ!?」

　あくまで上品な笑顔を保ったまま教授が差し出す文書を受け取った、険しい顔の聴講生は文面を認識すると同時に正気を失いかけた。

　教授昇格試験を受けるための推薦文書だったからだ。

　魔導院の教授は特定の課程を熟(こな)せば昇進できる役職ではなく、博士課程のように何本かの論文が査読を通して特定の学会に承認されれば満了できるようなものでもない。

では、どのようにして研究員から教授に昇進するのかと言えば、それは自閥の師を含めて三人以上の教授から推薦を受けた上、修羅の巷が可愛く見える〝教授会〟にて論文が〝魔導探求において有用である〟と判断されてやっとという険しい道だ。

聴講生や弟子となる者は帝国全土の魔導院分院や出張所を含めれば数千に近い数がおり、魔導師を名乗れる研究員でも千人を超えているが、教授を名乗れるのは定数でも僅か二〇〇人。そして、長らくその定数が充足したことはない。

多くの代官が管轄地から教授を輩出して成果を上げることを望み、一般家庭から見込みのある生徒を推薦して魔導院へ送り込んでも、また栄達を目指す市井の魔法使いが独自に研鑽を積んだ後に門を叩いても、これだけしか潜り抜けられぬ狭き門。

その難易度は皮肉を以て奇跡に等しいと称され、推薦に挑む者には冗談半分で「査読会の門を潜る者は一切の希望を捨てよ」と他国の聖典を引用して声をかける領域にある。

毎年何人もの挑戦者が意地の悪い教授共にけちょんけちょんに叩きのめされて演壇から降りていく、口性がない者達から〝公開処刑〟と渾名された場への招待状がアグリッピナの手の中で、羊皮紙一枚であるのが嘘のような重さで存在していた。

第一推薦人はマルティン・ウェルナー・フォン・エールストライヒ公爵。かつては魔導院中天派に属し、中天派最大閥の子派閥を率いて魔導生命体研究の最先端を突っ走っていた生え抜きの変態の名が躍っている。

しかも、何故か承認日に〝未来の日付〟が記されたそれには、皇帝の承認欄にも彼の教授の名が記されているではないか。

　無言で〝何があろうと失敗するな〟と脅迫するかの如き仕儀である。皇帝の期待を裏切ることが、君主制国家においてどれ程に重い罪かは、今更論ずる必要もなかろう。

　やられた！　アグリッピナは即座に己が知らぬ場で描かれた邪悪な絵図に気付いて血の気を引かせた。

　あれ以降音沙汰がない上、政治的な闘争の臭いにより大人しくなったと勘違いしていたが、別だったのだ。淡々と回避する術がない所で網を作り、巨大な包囲網で逃げられなくする準備が着々と進んでいた。

　そして、己はそれに気付かなかった阿呆か、とアグリッピナは下唇を噛みたくなった。

　荒れ狂う内心をどうにかこうにか抑え、思考領域の殆どを別の演算に割くことで強制的に感情を鎮火。それでも尚燃えさかろうとする怒気は死霊の視界外にて拳を強く握りしめることによって抑え込む。

　許されるならば叫びを上げて髪を掻き乱し暴れ回りたかった。いいや、それどころか満足気な笑みさえ浮かべてみせる上司をぶち殺して多義的になかったことにしてやりたいくらいである。

　しかし、それは不可能だ。

　アグリッピナは己の力量を客観的に理解している。二〇年前にこの死霊の提示する、無期限の巡検に出て反省するか、遠慮なしの決闘をするかの選択肢で前者を選んだのは、負けはしないし殺せるとも思うが、同時に〝勝ちきれる〟自信がなかったからに他ならぬ。

ライゼニッツ卿は政治的な舵取りの巧みさで閥を率いていることに疑いはないが、より本質的な所において極めて強大な魔術師であるからこそ、老いによる引退がない身で長々と権力の座を占有している。

その身に秘めた戦闘力は底知れず、本気を出したならば単身にて都市を落とすのは容易かろう。やろうと思えば帝城を含めた帝都の半分を破壊し、大勢の魔導師や人外の領域に至った騎士と近衛を殺すこともできる筈だ。

不断と不壊の概念障壁に霜が降り、凍結するような術式の担い手と戦って五体満足で勝ちきれると驕るほどアグリッピナは自意識に満ちあふれていなかった。最悪に最悪を重ねた想定をして動ける慎重派の長命種は、どれだけ安くとも四肢の何本か、臓器の幾つかに不可逆の損傷を負うだろうと推察する。

それはそれとして、脳内で憎らしい変態を血祭りに上げつつ、それでも血気が抑えきれなかったため、彼女は深い吐息に混ぜて喫煙の許しを請うた。

「一服失礼しても……？」

「ええ、どうぞ、遠慮せず二服でも三服でも」

「ではお言葉に甘えさせていただきます」

一際鎮静効果が強い煙草を煙管に詰めて一服し、昂る脳を無理矢理抑え込んだ。

脳が冷えると頭も回る。この場で何を言おうと、結論は覆るまいと分かってしまった。

手続きそのものは至極真っ当。ライゼニッツ卿がアグリッピナに約束していた休息期間とて、彼女本人より上からの要請であれば守り切れぬし、約束を反故にしたと責めるにも弱い。

更には教授会への推薦自体は世間一般において〝名誉〟なことである。褒められてキレる方が異常で、世論がそれを認めないのは分かっていた。

「論文を提出する教授会は来秋ですか……。普通、二年か三年は準備期間を用意するものでは？」

「何なら私に出した空間遷移技術の基礎論文のみでも十分過ぎます。今、魔導院であの術式を普段使いに使える者が何人いるか考えれば十分過ぎるでしょう」

それに、万一必要になった時のために論文の書き溜めくらいしているでしょう？　と流し目で窺われると、ぐうの音も出なかった。

二〇年も巡検していたのだ。その間に真面な研究論文を一本も仕上げられなかったなどとは、曲がりなりにも魔導師としての自負を持つに至ったアグリッピナには死んでも口にできなかった。

えぇー？　じゃあ二〇年間ぷらぷら遊んでたんですかー？　と煽られるのは矜恃が許さない。

「ええ、ええ……ならばいいでしょう。ご期待に応えてご覧に入れますとも、我が師」

「そうですか。色よい返事、そしてやる気のある姿勢を見せて貰えて嬉しい限りです」

ならば、もうできることは一つだ。

後退できないのならば、前進して押し潰し、切り開いた道を使って逃げるばかり。

「直ぐに工房に戻り論文の執筆に掛かります。提出期限は？」

「そうですね……何分急ですから、夏の終わり……いえ、秋の頭までは延ばしてみせましょう。査読の時間が取れぬと教授会から文句が出そうですが、皇帝陛下のお口添えがあればなんとでもなるでしょうし」

「承知いたしました。必ず期日までに仕上げます」

後退する序でに首の一つや二つ挙げて、喧嘩を売ったことを必ず後悔させてやるとアグリッピナは満面の笑みを浮かべた。表面上は楚々とした、実に令嬢然とした完璧な笑顔であるものの、内側で滾る殺意が九州の果てで肝練りしている連中に近いことをライゼニッツ卿は察することができただろうか。

「しかし、我が師、伺いたいことが一つ」

「……何でしょう？」

「これ程急な、無茶とも言える命をくだすのです。必ず支援していただける、と思ってよろしいですね？　論文の発表や、その後の対応においても」

死中に活あり、とは使い古されすぎて最早陳腐とも言える言葉だが、真理である。アグリッピナは駄賃とばかりに己に無茶振りを強いてくる者達を使い倒してやろうと決めた。

静かに強い意志が込められた言葉にライゼニッツ卿は内心で一瞬悩んだが、流石にここで首を横には振れぬかと頷いてやることにした。

師という立場を使ったならば、師としての義務を果たさねばならぬ。権利とは何も便利に振るっていい万能の札ではない。使ったならば義務という費用を支払う必要がある札なのだから。

「ありがとうございます。では、時間がないのでこれでお暇いたします」

「ええ、頑張りなさい。健闘を祈ります。頑張れば陛下も〝ご褒美〟をくださるでしょう」

長命種は、お茶をご馳走様でしたと言葉を残して足早に工房を後にした。死霊は気配から弟子が昇降機に乗って帰ったことを確認すると、大きく嘆息して姿勢を崩す。

「あー、疲れた……これで厄介事が一つ片付くといいのですが。下手に放置して、また書庫に引き籠もられては洒落になりませんからね。司書連から山ほどの抗議文が届けられる日々は、もう御免被りたいものです」

小人閑居して不善をなす、という諺があるが、小物でさえ暇を持て余せばなにかやらかすのである。それこそアグリッピナほどの問題児なら、暇を与えれば与えるほど何をしでかすか分かった物ではない。

名目を与えて忙しさで殺しておけばマシになるだろうと楽観しつつ、ライゼニッツ卿は大変なことを片付けたのだから自分にもご褒美が必要だなと考えた。

さぁ、今度は誰を可愛く飾ろうとウキウキして、死霊は頭の痛い問題を一時忘れることにする。

　後に待ち受ける巨大な爆弾が足下に埋められたことに気付かぬまま…………。

【Tips】魔法の才を持つ者は極めて少ないが、それでも多数の人口を抱える帝国中からかき集めれば結構な数になる。

　アグリッピナは、呼び出しの公文書が届いた時点で悪い予感がしていたのだ。

　彼女の専攻は実践魔導分野に寄っており、東雲(しののめ)派の霊感に寄りすぎて魂がアッチの方にいった連中と違って予見だの予知だのに興味はない。

　予感も気配も全ては脳が覚えた既視感に過ぎない。理屈屋が多い払暁派の中でも屈指の理論派である彼女はそう考える。今までに蓄積された経験が脳の中で現状と勝手に重なり合い、確度に欠ける幻覚として形を結ぶだけのことである。

　だから、ある程度の予測は立てて師との謁見に臨んでいた。

　とはいえ、ここまで最悪を突きつけられるとは思っていなかったのである。

「おや、早いお帰りですね？」

　長くなるかもしれない、と前置きして出て行った雇用主がほんの一刻ほどで帰ってきたことを不思議に思いつつ、茶の用意をしていた丁稚(でっち)が出迎えた。

　午後が丸々空いたため、妹とお茶をしようとでもしていたのだろう。盆の上には安っぽい丁稚用のカップが一つと、普段から礼節の勉強として高価な茶器を用いている妹の一式が用意されている。

「お帰りなさいませ、お師匠様。あの、どうかなさいまして？」

明白に自習の成果だけで上達したとは思えぬ流麗な発声で、長椅子にちょこんと腰掛けて本を読んでいた弟子が問うた。しかし師は弟子の問いかけにも、丁稚からのお茶を煎れましょうかとの提案にも答えず部屋の中央に歩み出ると黙りこくって立ち尽くした。

言葉を返すこともせずに立ち尽くす雇用主の姿を胡乱に観察していた兄妹であったが「まぁ静かならいいか」とそれぞれ中断していた動作を再開させようとし……。

「あああああああああ!?」

唐突に響き渡った奇声に驚いて、手前の人生を軽く買えそうな茶器や、数年分の学費に匹敵する稀覯書を取り落としかけた。

「っぶねぇ!?」

全く予想外の行動にて盆から自由への逃走を試みた高価な茶器が宙へと舞い上がったが、とてつもなく価値のある陶器は丁稚が能う限りの速さで練った〈見えざる手〉によって、すんでの所で途方もない価値が〝あった〟陶器の破片にならずに済んだ。

同時に本の確保も忘れず、四隅を鉄板により補強され、宝石飾りまで付いた重量ある本で愛らしい足先が潰されることも防いでいる。

「戻ってきたと思ったらなんですか、まったく……」

冷や汗を拭いながら茶器を安定した位置に逃した丁稚は、しかし雇用主の狂態を見て追及を続けられなかった。

「なんでっ!? どうしてこうなるのっ!? 最低限で済むように根回しして……!?」

神工の逸品もかくやの美貌を歪め、魔法で丁寧に結い上げた銀糸の髪を掻き乱す姿の鬼気にドン引きしたからだ。

未だかつて、この何をどうしたらぶち殺せるのだろうかと不思議でしようがない長命種がかくも無様に取り乱したことがあっただろうか。まるでこの世の終わりだと言わんばかりに血相を変え、この世の全ての理不尽に苛まれているかのようにしなやかな体が捻り上げられる。

ちょっと声をかけるどころか近づくことさえ躊躇われる狂態を前に丁稚は一瞬で宥めることを諦めた。これは多分、そんなことを気にしていられる状態ではない。下手に突っついたが最後、八つ当たりで自分まで酷い目に遭わされる案件である。

「……エリザ、ちょっと散歩に行かないかい? 暖かくなってきて、広場の噴水周りの花壇が綺麗だから」

「……それは素敵ですね、あにさま」

なので彼は極めて賢明なことに妹を連れ、さっさと工房から離脱することを選んだ。精神的な変質――あるいはこれをして成長と呼ぶ――により多少大人びてきた少女も、不安を覚えたのか兄の手をきゅっと握って同意を示す。

あとでお叱りを受けても知ったことではない。むしろ今、燃えさかる炎に突っ込んで命を落とすよりはずっとずっと被害が少なく済む。生きてこそ浮かぶ瀬もあるとばかりに、兄妹はそそくさと工房から逃げ去った。

我が身の不幸に荒れ狂うアグリッピナであったが、別に教授昇進の話が来ること自体は予測できていた。あの忌々しい数ヶ月間の軟禁生活の中で教授は何度も彼女が研究員に留(とど)まっていることを疑問に感じ、同時に惜しいと繰り返していたからだ。

故に誰かを通して教授昇進の推薦が来るのは想像に難くない。なればこそ、前もって準備と心構えはしていたのである。

教授になるには奇人変人の集積所である魔導院の中でも一等の奇人を煮詰めて作った蠱(こ)毒(どく)もかくやの教授会にて認められねばならない。単に論文の出来が優れているだけではなく、実践能力も問われる試験の難易度は極めて高い。

なんと言っても多義的に〝ぶっこわれた〟教授共から凄(すさ)まじい追及を受け、鋭すぎる質問が雨霰(あめあられ)と浴びせられるのだ。この催し(公開処刑)によって「初歩的な質問で申し訳ないのですが」とか「その分野は素人なのですが」という枕詞(まくらことば)で精神的外傷(トラウマ)を負った研究員も少なくない。

唯一難易度を下げている要素と言えば、人品や品性を問うことがないという点か。なればこそ、色々な螺旋(ネジ)とか制御装置(ストッパー)に減速機構(ブレーキ)を脳から撤廃した連中が集まってしまったのかもしれないが、それは一旦置くとしよう。

当然、年に何人も教授への栄達を目指して挫折している試験だけあって、アグリッピナはこれを穏当に失敗（ソフトランディング）させる計画も練り終えていた。

　要は実力を疑われない程度に出来の甘い物を持っていって、悪くないけど将来に期待かなぁと過半数以上から思われれば良いだけの話。常軌を逸した奔放（フリーダム）さを見せ付けながらも、所属閥の教授をガチギレさせるまでに数年は保たせた彼女ならではの発想だった。

　軽んじられることもなければ、過度な期待を向けられることもない。その上で最低限の禄（ろく）を食（は）み、己のしたいことに全力を差し向けられることこそ幸福な生き方というものである。

　だが、今やそれが破壊され尽くそうとしていた。

　皇帝からの信認を受けて教授昇進に臨むとなれば、最早そこに失敗は許されない。それこそ本来ならば二年から三年の準備期間を掛けて申請する規則の横紙を――電話帳を数冊束ねたような分厚い横紙をだ――破いてまでねじ込んだのだ。これを強いられる教授陣も気分はよくなかろう。

　それはそれは良い笑顔で、ここまでやるならさぞ自信がおありで、と重箱の隅を楊枝（ようじ）でほじくるどころか、分解してまで溜（た）まった埃（ほこり）を突っつきにかかる筈（はず）だ。

　なにせ趣味の悪いことに、年に一度の審査会において上昇志向の若者をコテンパンにやっつけることを至上の楽しみとしている教授も少なくない。より最悪なことに、その教授共の連絡会（サークル）が存在していて、和気藹々（わきあいあい）と如何（いか）にして血祭りに上げる（論文にケチを付ける）かを学閥を超えて検討しているという性根の悪さ。

そこまで仲良くできるなら普段からやれ、と皇帝がキレるのも頷ける。

ともあれ、ことあるごとに魔導院の動きに掣肘を加えようとする皇帝肝いりの研究員など、それはそれは〝可愛がられて〟しまうのは間違いない。

更には皇帝からの期待というものが重すぎた。

ここで〝やらかした〟場合、皇帝の権威に傷をつけることになるのだから。

三重帝国の貴種達は大凡が寛容な方である。ありがちな平民がクソ貴族と愚痴っただけで舌を抜かれるような、貴種に非ずんば人類に非ずなノリではない。むしろ、平民共が無礼な小唄を唄うようになってやっと一流、とする風潮まである。

それでも限度は存在した。ここまで皇帝に目をかけられておいて、それを裏切ったとあれば……？

血液の代わりに液体窒素が血管を流れていくような怖気がアグリッピナの総身を抜けていった。思考の速さと半ば予言に近しい演算の精度が見せる最悪の未来が最悪すぎて、胃が絞り上げられたかのように蠕動する。妄想を打ちきるのがもう少し遅ければ、さっき飲んだ緋茶と感動の再会を果たす所であった。

勝手に期待をかけて裏切られたらキレるとは如何なものか、という世間一般での理屈は通用しない。なんといってもこの地は君主制によって統治されている。なれば、君主の面子というものは命よりも重い。

更には、あの師、ライゼニッツ卿が最後の一言に付け加えた〝ご褒美〟とやらが不穏に過ぎた。

あれは何らかの役職、ないしは教授が例外なく受け取れる名誉称号としての一代貴族位を超える〝正爵位〟に属する物の下賜を暗示していたのではなかろうか。

さて、三重帝国における爵位とは封建的な主従関係における世襲的な官職であるが、家に付くものであると同時に土地の支配権にも基づくものでもある。

これにより誰それの家系の某伯爵であると同時に、与えられた領地である何処其処領主の何とか子爵でもあるという、一見奇妙な構造が同時に成立する。要は爵位とは家に紐付けられた格付けであると同時に、領地を治める者に与えられる称号でもあるのだ。

これは魔導院の教授達を見れば分かりやすかろう。彼等は名誉称号としての貴族位と爵位を持っている。元々家名がなければ縁者から新しい家名を付けてもらうか、以前に絶えた家系に肖って付けるものであるが、貴族としての権利は付帯すれど領地を持っている訳ではない。

三重帝国にはこのような貴族位を持つ官僚であれど、支配地を持たない貴族というものも多い。とどのつまり爵位とは、高位官職であることを示す象徴でもあるのだ。

そして三重帝国は血縁を軽視こそしないものの、最も尊ばれる物は実力である。

故に皇帝が承認し他の有力貴族数家からの推薦があれば、生粋の貴族でなくとも貴種になることはできる。それが地下の出身であったとしても、外国出身者であったとしても。

除外規定は精々が犯罪者や大権侵犯をしでかした極度の阿呆くらいのものである。

「どうせ初代は皆どこぞの馬の骨よ」と常のように言い続けた開闢帝リヒャルト以来の国是があってこその制度であった。

この国風により、有用な人物であると見出された――本人からすれば捕まったというべきか――アグリッピナは、皇帝が己を駒として運用しようとしていると見抜いてしまった。

考えられるのは継承が揉めて焦げ付いた家、そして魔導院に関係がある皇帝の折衝役。前者は思い当たる節が多すぎるので特定は困難なれど、後者ともなれば選択肢は絞られる。最も有力かつ使い出があるとすれば、宮中にて発言権を持ち、専門分野においては皇帝より先に問題を把握して上奏する〝義務〟を負う宮中伯あたりか。

「……上等ぉ」

アグリッピナは乱れた髪を手ぐしで掻き上げ、手近に転がっていた櫛で雑に纏めた。そして暫く使っていなかった文机の椅子を引き、投げ出すように腰を下ろすと羊皮紙を引っ掴みインク瓶の蓋を開ける。

本当ならば魔法で代謝を落とした上で豪華な酒を何本も空け、痛飲による泥酔で暫く何も考えたくなかったが、向こうが素早く動いてきたならば此方はもっと素早く動かねばならない。

ならば酔い潰れて不貞寝している時間が何処に売っていようか。

アグリッピナは名声に興味はないが、我慢ならないことが一つあった。

舐められることだ。

嫌われるのは結構、無視したならこちらも関わらぬだけで、好意も鬱陶しくなければ適当にあしらい利用の一つもしてやろう。

だが軽んじられることだけは我慢ならない。嫌悪と違い、軽く見られることは将来的に必ず悪い方向に働くからだ。人間という生き物は格下と認定した相手に何処までも残酷になれることを彼女は重々知っていた。

良いように使えると思われているなど、どうしても認められなかった。別に己が全てを利用する側だと思い上がりはしないが、ちょいと指を伸ばせば望む場所に進む兵演棋の駒と同じ扱いを受けるのだけは容れられなかった。

弱肉強食が世の常であり、文明を築き倫理というお綺麗な皮を被った人類も未だ本質的にその理屈を捨てきれていない。

相手を利用するのは貴族社会において極めて普通のこと。皇帝が自分の仕事を楽にするために政治折衝で人間を一つ磨り潰そうが、学閥の主が意趣返しとして自分の閥の人間を生け贄に捧げて評価を上げようが誰に誹られることもない。

むしろ、それで利益を得ているのであれば帝国貴族かくあれかしと褒められるほどだ。

だが、喰いつかれた獲物が喰い返してはならぬという法もまたない。

最終的に相手の度肝を抜いて、この企みさえ手前に都合のよいよう転がしてやるためならアグリッピナは一時の怠惰を捨てる覚悟をした。

結局、自分の人生に責任を負えるのは自分だけなのだから。

利用するなら利用されることを覚悟しなければならない。アグリッピナは向こうが〝ご褒美〟をくれるというのならば、思う存分むしり取ってやろうではないかと将来の予定に変更を掛けた。

どうせならば、利用し尽くして己の目的を一つ二つ果たしてやらねば、腹の虫が治まらないから。

これより暫くの間、殺気さえ感じられる気迫で紙面を引っ掻くペン音だけが工房を支配した…………。

【Tips】宮中伯。上級官僚の中でも皇帝に直接侍る大臣級の役職。高度に専門的な知識を持つ者がそれぞれ専任分野における責任者として任命され皇帝を補弼する。平均して二〇人前後の宮中伯が帝城で政務を補佐しているが、時代によって人数と役職は大きく変動してきた。

我が師、アグリッピナが発狂を遂げたかと思えば、羊皮紙に文字を書き付ける機械に変貌して暫し。

忙しいから暫く講義は中止。仕事も言い付けぬから好きに過ごせ、という命令を受けた我々兄妹はご指示どおり、師に指一本触れるどころか声すらかけずに生活している。

いや、だってアレに話しかけて事情を聞くとか、それこそ狂気の沙汰だぞ。普段の怠惰さが嘘(うそ)のように色々な所で書き付けてきたらしい文献を謎の空間から引っ張り出して、一睡どころか茶の休憩も入れずに論文を認め続ける気迫は鬼気迫るなんて言葉じゃ生温(なまぬる)い。

邪魔するなら神であろうがぶち殺す、と背中で語る学問の鬼に対し、儚(はかな)い存在である定命の私にできることなんて何もないのだ。

なので精一杯刺激しないよう、衣擦(きぬず)れの音にも気を遣って日々オドオドと暮らしている。

「ええと……ここ、でしょうか？」

「うーん、僕は悪くないと思うんだけど、そうだねエリザ、この場合は」

「ちょっとミカ、それは無粋ではないでしょうか？　一人の指し手が本気で考えて選んだ手ですよ。横から口を挟むのではなく、己の手で以(もっ)て答えるのが正道というものです」

ごめん、嘘を吐(つ)いた。めっちゃのんびりしてる。

我々兄妹は何と言うか、生まれの不幸という己にはどうしようもないことで麗しのケーニヒスシュトゥール荘(しょう)から旅立って以降に真理を見出している。

どうしようもないことはどうしようもないんだから、受け入れて最適の回答を考えた方がよいということだ。

なので、あの状態のアグリッピナ氏(デーモンコア)に余計なちょっかいを掛けて問題に巻き込まれる(ドライバーでぐりぐりして幸運判定を試みる)よりも、命令どおり要らんことをせずしんどくない生き方をすることを選んだ。

あの様を見て我々に何ができようか。集中を切らして激怒されるより、ない物として日々を健やかに過ごすのが最適解以外のなんと呼べよう。

それにだ。古の竜(エルデステン)でさえ単騎で何とかできてしまいそうな我が雇用主が、ああも追い詰められているのだ。

どうせ遅かれ早かれ私にも何らかの無茶振りが飛んでくる。

ならば、それまではせめて儚くも尊い平和を噛(か)み締め、あの時間をもう一度過ごすためにくたばってたまるか、と思える経験を重ねるのが魂にも正気にもよろしい。

「でもエリザは駒の動きを覚えたばかりだよ？　それならば、せめて定石とか基本の陣形くらいは教えてあげるべきじゃないかい？　何も知らず経験者から屠(ほふ)られるのは中々に辛(つら)い物があるよ？」

「しかし、世には〝痛くなければ覚えませぬ〟という言葉もあるとおり、一敗地に塗(まみ)れてこそ定石も頭に馴染(なじ)むものですよ。私とて幼き頃、夜陰神の聖堂にて先達からぐうの音も出ない程に叩(たた)きのめされて鍛えられました」

「い、いや、それは多分君の周囲の……ごめん、何でもない」

と、言うことでアグリッピナ氏が打鍵筆記機械(タイプライター)に転職して時間が余っているので、友人達を誘って下宿で遊ぶ日が増えた。

だって、あんな気迫溢(あふ)れる部屋の隣で生活したくねぇんだもの。本当に文字書いてるだけか？　と疑わしくなる気配が横の部屋から溢れていたら、大人しく本を読んでいることだって難しいわ。むしろ、誰かを呪うため一人で戦術級術式を構築してると言われた方がまだ納得できる。

故に今は、友人達を交えて妹と遊ぶ黄金の価値を持つ時間を噛み締めている。

下宿の机に広がるのはおなじみ一二×一二マスの兵演棋台。自作した駒が机の上に所狭しと並んでおり、中々に賑（にぎ）やかだ。全て私が作った駒にミカが金属の塗膜を貼り塗装を施した逸品揃（ぞろ）いなので、そこだけ見れば貴族の遊戯室のような豪勢さである。

「えーと……これ、そんなに駄目な手でしょうか……？」

「いや、駄目って訳ではないんだけどねエリザ、ただ状況が状況だけに……」

「だからミカ！　詳しいことは感想戦ですればいいではないですか！」

「いやねセス、何度も言うけど君やエーリヒみたいに空で何手目に指したかを全部覚えてる指し手の方が少ないのだし、手心をだね」

姦（かしま）しく――といっても、我が友は今男性体であるが――友人達と囲む盤上で繰り広げられているのは、本式の一対一（タイマン）戦ではなく、四人入り乱れて遊ぶ一種のボードゲームめいた変則戦だ。

両脇の三段二列の六マスを除いた手前三列を自陣として駒一〇個だけで自軍を編制し、全員入り乱れて王を取り合う生き残り戦。複数人が居て一揃いしか兵演棋がない時に遊ばれる、挟み将棋や五目並べのような気安いお遊びのようなものであるが、これが中々奥深い。

なにせ指し手が四倍になるということは、交わされる手も四倍となり、想像できる手に至ってはその自乗でさえ足りないのだから。

多人数戦の規則として皇太子はなし。大駒は一人二つまで。盤中央に配置された四つの城塞の駒は取った者が使えるという規則の遊びは、すぐ混沌とするため本式より考えることが多いものの、その場での判断が試されるため普通の戦法に造詣が深くなくとも戦い易い。

　更には場合によって、一人だけ有利になった者を即席のコンビ打ちで倒しにいったり、唐突に裏切ったりと交渉要素もあるため、エリザのような初心者を交えても気を遣ってやれば格差が出づらくていいのだ。

　なにせ、我が妹が悪手を指そうと、それを妙手に変えてやることだってできるのだから。

「あーあぁ……ほら、またエーリヒがこういうことをする」

　不安そうに首を傾げるエリザを安心させるため――指が駒から離れてしまっているので、規則的にはもう私の手番だ――虎の子の騎士を前進させて戦線を押し上げた。するとだ、ゴリ押しを通り越して投身自殺めいた突撃をしたエリザの竜騎が良い具合に戦線を制圧してくれる。

　これで城塞を巡る序盤の趨勢は分からなくなった。いや、重厚で守勢に強い駒を選出したせいで趨勢に乗りづらいミカがやや不利といったところか。

「参ったなぁ、せめて城塞を一つは確保しておきたいんだけど。我が友、これはちょっと酷いんじゃないかな？」

「甘いことを言うね我が友。勝負は非情なものだよ」

「何という見事な二枚舌……君は心にどれだけ大きな棚を持っているんだい」

　エリザのことならロフトを通り越して立派な屋根裏部屋くらいの面積は確保してあるとも。

「こ、この手は予想外でしたね。うーん、どうしましょう」

　本式より状況が複雑となるため、流石に早指しを捨てたセス嬢が――因みに昼なので、人化の奇跡で栗毛になっている――顎に手を添えて深く唸った。

　ややあって控えめに尼僧を象った僧侶の駒が前に出て来た。己の前にいる駒が取られた時、自身と入れ替えることで擬似的に蘇生できる駒なので、前線を押し上げるための下準備だろう。下手な使い方をすると一手損にしかならないが、素の棋力が高い彼女が猪戦法を止めて粘り腰を見せると中々に鬱陶しい場所に配置されるな。

　うーん、これは次の手が難しくなったぞ。ちゃんと対処しておかないと、後ろで今か今かと突撃の機会を待っている竜騎と、こんな変則戦でまで使うのかよと言いたくなる女皇の支援を受けた皇帝がガンガン突っ込んで来て場が荒らされてしまうではないか。

「本当に参った、エグい指し手ばっかりじゃないか。もう、本当に……」

　とか言いつつミカ、君だってしっかりセス嬢を迂遠に支援する陣形に入ろうとしているじゃないか。これはアレじゃな、私とエリザをセス嬢と争わせて、双方が消耗したところで殺しに掛かる漁夫の利狙いか。打ち合わせをせず勝ち馬の勢いに乗るコンビ打ちとは卑怯な！

「えーと、えーと……じゃあ、こう……でしょうか？」

エリザが少しだけ考えたあとで、冒険者の駒を摘(つ)まんで前線に放り出してしまった。いかん、待ってエリザ、その駒は発展性は高いけど戦闘力は高くないんだ。城塞が欲しいのは分かるが、そう無防備に前に出されると私も困る。

今度は私が困る番か……。

「そういえば、冒険者の駒で思い出したんだけど」

おっと、急にどうしたねミカ。たしかに多人数戦の時は本式と違って積極的に雑談を誘い、注意を逸(そ)らすことも定石の一つではあるが些(いささ)か露骨に過ぎないかい？

「エーリヒは次の秋で十四歳。僕とエリザが次の冬で十四歳と……」

「九つになります」

「そうだった。で、セスは春の生まれだったよね？」

「ええ。よく夏の生まれと勘違いされますが、春の早い時期です。何故(なぜ)でしょうね？」

天真爛漫(てんしんらんまん)で常に全力の姿勢で突っ込むお嬢様らしからぬ生き様からは、夏の暑い日差しのような力強さを感じるからではないだろうか。正直、陽(ひ)に追われる吸血種(ヴァンピーレ)というのが〝似合わない〟と思ってしまうほどの熱量を感じる時があるんだよなぁ。

「来年、僕らは成人だなと思ってね。エーリヒは冒険者になりたいと言っていたから、駒を見て思い出したのさ」

「ああ、そのために準備してきたんだ。予定とは違った形になるが……」

とりあえず駒を摘まんでエリザの支援だ。このままだと冒険者が無料駒になるので、せめて取ったら取るぞの牽制で駒を置いておこう。

　しかし、思えば遠くに来たものだ。十一歳の時、冒険者になる課題を出されてマルギットと共に森へ入って小遣い稼ぎしていた私に聞かせたら、きっと信じないだろうな。

「冒険者になるなら、帝都でやるのかい？」

「真逆。ここは貴族の依頼を片付けられる人外の塒だよ？　初心者に居場所はないだろう。訪ねて行っても私のような未熟者は、どの一党も門前払いじゃないかな」

「……いや、それはどうかなぁ」

　帝都にも一応冒険者の組合があるものの、それは往々にして貴族相手に大きな仕事を承る熟練中の熟練。古巣であれば怪獣大決戦とも揶揄される、最高レベルのＰＣが跋扈する修羅の巷だ。

　噂では近衛に劣らぬ力量の戦士や、論文さえ書けば魔導師になることも容易い魔法使い、そして奇跡を賜った徳が高い高位の在俗僧、歴史的な資料を損傷させず持ち帰る深い知識を持った斥候といった、貴族が子飼いの私兵としたがるような冒険者ばかりが集まっているそうだ。

　反面、初心者冒険者向けの依頼は少ない。帝都の近所に危ない獣や魔物が出るなんてことはあり得ないし、ここに住んでいて態々近所の森に薬草を摘みに行かせる奇特な薬師もいない。護衛が欲しければ腕利きで信頼できる傭兵が事務所まで構えて待ち受けており、失せ物と失せ人捜しも金が掛かろうと魔導区画に専門家が山ほどいる。

金がなくて魔導師や専門家を雇えずとも、それはそれとして、また小銭で動く日雇いの人間も多い。ちょっとした尋ね人や失せ物捜し、買い物の代行とか逃げた愛玩動物を捜す程度であれば、何でも屋みたいに雑事を請け負う者達がお安く捕まるだろう。

諸般の事情も相まって、帝都には初心者冒険者が齧り付けるパイがない。例えるならネトゲで言うレベルキャップが開放されるような最新ＤＬＣエリアみたいなものである。

斯様なところに無課金初心者が訪ねて行ったところで「空気を読め」と言われるのが良いところであり、誰も適当な狩り場に連れて行って修行に付き合ったりしてくれないのが世の中という物だ。

そもそも戦闘に顔出しするだけで勝手に強くなれる都合の良い世界ではないので、強くなりたいなら身になる経験を積まねばならない時点で話が違ってくる。先輩にくっついて後ろでうろちょろしてて達人になれるなら、世界に苦労という言葉は存在するまいよ。

つまり、冒険者としてやっていくなら、もっと仕事が溢れているような地方の街に行かねばならぬのだ。

「熟練の一党も新人を探すなら探すで、最低限基礎が仕上がっている者を求めるだろうからね。せめて幾らか位を上げてからでなければ、鞄持ちすらさせてもらえないさ」

「君なら剣舞の一つも披露すれば引く手数多だと思うけどねぇ、僕は。謙遜が過ぎると流石に嫌みじゃないかい？」

「君は優しいな、我が友。たしかに私は弱くはないが、まだまだ未熟だよ。上には上がいると骨身に沁みて分かっているんだ。魔剣の迷宮でもあっただろう？　私が一対一で斬り結んで勝てないような達人は、世界中にごまんといるのさ」

渇望の剣を継承する者を探していた冒険者の亡骸は恐ろしく強かった。ミカの支援があって、死にかけてやっと奇跡的な勝利を拾えるような相手が世界にはまだまだ存在している。

それに、気分次第で私を軽く殺せる存在が跋扈しているのは、もう嫌と言うほど分かってるからな。雇用主を筆頭に度しがたい生命礼賛死霊、ついこないだカチ合った仮面を被った妙な吸血種といい、ヤベー奴には事欠かない世界なのだ。

ならば、もっと現実的な所から手を付けよう。

「エーリヒは冒険者になりたいのですか？　てっきりこのまま貴族にお仕えして、騎士や譜代の家臣になられるのかとばかり」

「私は最初からずっと冒険者志願ですよ。貴族の側仕えや騎士は向いていません。何より幼少期からの夢ですから」

「アテはあるのですか？　南の方でしたら、伯母上に頼んで口利きして貰うこともできるのですが。この間お話していたのですが、たまに冒険者を呼んで話を聞き、脚本のネタにしているとか」

「そうですね、まだ考え中です。当初は、実家の近くで始める予定ではありましたが、事情が変わりましたからね」

　また嫌らしい手を繰り出しながら問うてきたセス嬢に、お恥ずかしながら何も決まっていないことを告白する。

　マルギットと練っていた変更前の予定ならば、最初は旅費やら何やらをケチるためにケーニヒスシュトゥールから程近いインネンシュタットを拠点にするつもりであった。必要とあらば帰って実家で休むことで宿代も浮くし、農繁期は家業の手伝いができて、農作物を売ったり租税の物納品を調達しに街へ出る手伝いも行えて都合がよかった。

　しかし、魔導院の御用板仕事を熟していく内に、それでは物足りないような気がしてきたのだ。

　こう、何と言うか安全域に片足を置いているというか、保険に頼っているというか……これって冒険者っぽくないんじゃね？　という気がしてきた。

　喩えるなら家業を持っている家に生まれたのをいいことに、実家でフリーターしつつミュージシャンを目指してバンドを組んでいるものの、駄目なら諦めて家を継いでしまおうと考えているみたいな？

　いや、それはそれで堅実で崇高だとは思うのだが、浪漫を追う冒険者という仕事でソレをやるのは違くねぇか？　と心の中でかつて愛した冒険者達が囁くのである。

　多分、マルギットも分かってくれると思う。彼女は彼女で割と博打みたいな冒険も嫌いじゃないようだったからな。むしろ、インネンシュタットを拠点にしようと提案した時、なんだか今と変わらない気がしますわ、と苦言を呈されたほどである。

　となると何処か遠く、冒険者が求められる雑事と荒事が多い辺境域などが最適なのではなかろうか。

「腰を据えてどこかで名を馳せるのもいいですし、高額な依頼を求めて諸国を流浪する冒険者というのも格好いいですよね。色々な詩に詠われているような……」

「本当に物語の冒険者に憧れているのですね」

　クスクスとお上品に笑っていらっしゃるセス嬢だが、繰り出す手のえげつなさと対照的過ぎて湯冷めしそうだ。

「なら、私はそれを助ける在俗僧にでもなりましょうか。聖堂の柵なく、信仰に身を捧げる尊さに興味があるので、人助けにはよさそうです」

「はは、じゃあ僕も学派のしきたりというか、習わしがあるから巡検の時に冒険者としてエーリヒにくっついて回ろうか。冒険者の英雄譚には道を助ける魔法使いが欠かせまい？崩れた橋でも切り立つ崖でも、君のための花道に変えてみせるよ」

　なる程、それも楽しそうだ。名家の子女であらせられるセス嬢が根無しの在俗になれるかだとか、将来有望なミカが巡検で実力を積むためとはいえ冒険者をやる暇があるかはさておき、実際そうなればとてもとても楽しかろう。

　何よりバランスが最高である。

　魔法が使える前衛の私。いざとなれば前衛もできる回避特化の斥候であるマルギット。

そして妨害、補助どちらにも秀でる魔導師（マギア）のミカ。更には回復の奇跡を扱える僧であり、しっかりした出自と振る舞いから〈説得〉が求められる場面で輝く交渉役にもなれるセス嬢の一党は実に優れた構成だ。

欲を出すならガチガチに固めた前衛（タンク）か、デカい一撃を叩（たた）き込める魔法使い型の後衛（ダメージディーラー）が一人欲しくなるな。今のところ専業の攻撃役が私しかいないし、その私も小回りが利く火力や味方を頑強に庇（かば）える能力を持ち合わせていない有り様ときた。

戦端（イニシエート）を切って相手を混乱させるのには自信があるものの、決定力がね……。

「わっ、私も！ 私もついていきます、兄様（あにさま）！ 必ず！ お師匠からお許しを貰えるくらい、強くなりますから！」

和気藹々（わきあいあい）と、あり得る可能性の低い〝もしも〟を語っていると、エリザも乗ってきてくれた。手をぴんと挙げて勢いよく立ち上がり――盤が崩れぬよう〈見えざる手〉で持ち上げておいた――自分を忘れないでくれと必死に主張している。

「分かったよ、エリザも行こう。魔導師（マギア）が二人もいてくれたら、みんな心強い」

「おいおい、君も魔法使いだろうエーリヒ？ 豪勢どころじゃない面子（メンツ）だよ」

「私のそれなんて手品みたいなものさ」

「物騒な手品があったものだなぁ……」

きゃっきゃうふふと楽しい将来に思いを馳せつつ、駒を交わし合って夕方前に兵演棋の大戦はエリザの勝利で決着が付いた。最後には私の残り駒が皇帝だけになって、エリザも三つしか残らない大熱戦だったよ。

「ああ、頭を捻りすぎて汗を掻いた……エーリヒ、君は本当に過保護だね」

「何のことかな？　軍師の才能も持っているなんて、と我が妹の腕前に感じ入るばかりじゃないいか」

「では、早速感想戦を……」

いや、セス嬢、それもいいが、我が友とエリザが初夏の気候のせいで大分汗ばんでいる。このままでは汗疹が出たら大変だ。浴場にでも行きませんかと誘ってみた。

「むぅ、折角ですのでちゃんと検討したいのですが……」

「まぁまぁ、それはまた今度でもいいじゃないですか。なぁ？」

「そうだね……それに今なら空いているし一番風呂だ。工房のお風呂もいいけど、たまには広いお風呂も気持ちいいと思うよ」

「私も兄様がそう言うなら、お風呂がいいです。気持ちいいので」

未だ熱戦の痕が残る盤上に未練をお持ちであったようだが、流石に他の皆が納得しているならとセス嬢も折れられて、四人で連れ立って風呂に行くこととなった。

丁度よく、男女二人に分かれているしな…………。


【Tips】変則戦、地域によっては大戦とも。兵演棋を応用した別の遊び方。四人の指し手が各々一〇個の駒を選抜して戦う。皇帝を取られると敗北する、基本的な規則以外には様々な規則変更がある。
尚、地方によって規則が大幅に異なるため——先手が賽子で決まるか年齢順で決まるかなど——様々な地方出身者が遊ぶ際に喧嘩になりやすい遊び方としても知られる。

長湯でほてった体に冷えた柑橘水を流し込む快感は何とも得がたい物である。

「ぷは……うまい」

これで氷が浮かべてあれば最高なのだがと思いつつ、私は浴場内で飲み物を売り歩いている水売りへとカップを返した。製氷機どころか冷蔵庫もないのだから、飲み物に氷を浮かべるというのは大変な贅沢だ。魔法でできなくもないが、それだけで魔力を無駄遣いするのも勿体ないからな。

「ああ、最高だね」

同じ柑橘水を飲んだミカも私と同じように口を裸身の腕で拭って、水売りに入れ物を返す。

さて、ここは帝都の公衆浴場。入湯料が平均より幾らか高いが清掃が行き届き、設備も良好というちょっと立派な一軒だ。浴槽も一番安い浴場より多く、蒸し風呂も広くて熱い私好みの温度。そして、中庭の休憩所や運動場も広いため、満足度は値段に比してかなり高いものを供給してくれる。

セス嬢をお通しするのだから、流石に一番安い無料の恩賜浴場とはいくまいとして、設備も利用客も一段上品なここを選んだ。

混浴の文化はないため、論ずるまでもなく二人は女湯に行っている。本当なら十歳未満は保護者がいる方の風呂に入れるし、エリザも私についてきたがったが、セス嬢を一人にしては悪いため向こうに行ってもらった。

そして今は、三度ほど蒸し風呂と冷水の浴槽を行き来した後の小休止である。

最近は風呂にも抵抗なく付き合ってくれるようになった――勿論、女性体の時は無理として――北方育ちの友人と私は風呂の趣味が合っていた。

ただ、私をして十分と思う温度に「ちょっと温いかな」と呟く彼は、一体故郷でどれ程熱い蒸し風呂に入っていたのだろう。温浴に親しんだ帝都育ちがあんまり入ってこないくらいには熱い蒸し風呂だったのだけど。

タオルで腰から下だけを隠し、中性時より肩幅が増し逞しさを身に付けた胸板を惜しげもなく晒す友人は、同性であっても所作が妙に艶めかしくていけない。

そんな彼は、中性時よりかなり癖が強くなった黒髪を掻き上げ、運動場で徒手格闘に励む他の利用客を眺めて息を吐いた。喉を通った水が全体に染み入るのを感じ入るかの如く瞑目し、渇きが癒える感覚を全身で愉しんでいるようだった。

吹き抜けになった中庭の休憩所のベンチ、微かに夕日の朱色を帯びた木漏れ日が入るカラッとした心地好い夏の一時。お互い昼間に仕事で拘束されていない身分なればこそ楽しめる至福の時間である。

「で、本当のところどうなんだい？」

「……いや、実際悪くはないんだよ」

流し目で問うてくる友に私は悪くないと答えた。雇用主が文章を出力するだけの残念美人型機械に成り果てている様は、正直に言えばおっかないが、どうせ今まで散々やらかしてきたツケの支払いだろうと確信している。

飾らずに言うなら「ザマァ」と内心では笑っている。何なら草だって生やしてやっても構わない。

まぁ、おっかなすぎて本人に向かって口にすることは、とてもではないができないのだが。

私の溜飲はさておくとして、発狂を遂げる前のアグリッピナ氏と相談した結果、私はエリザが魔導院の聴講生身分を得ることができたら丁稚としての任を解かれることと相成った。

後援者を得たことでエリザの学費に心配がなくなり、私が労働することによって支払う必要がなくなったからだ。

私達の雇用関係は極めて合理的な〝必要性〟に応じて交わされたものであり、契約書の文面にも無期限ではあるが永遠にとは書かれていないし、学費の対価としての労働とも明記されている。

故にエリザの学費が別口から支払われてしまえば、労働を提供する〝理由〟が消失してしまうため、必然的に契約は終了となる。

反面、エリザのそれは彼女が暴走の危険がなくなり、完全に自己制御を身に付けたと魔導院が判断する領域に至らぬ限り続く。これればかりは変えようがなく、更に最低限認められるまでの障壁も極めて厚い。

アグリッピナ氏は、現実的なところで言うならば聴講生になってもまだ足りず、最低でも魔導師と名乗れる研究員になってやっとだろうと仰った。

如何にエリザが天才といえど、魔導院は軽々に格を上げることはしない。江戸時代の剣術道場の如く、金で皆伝を与えて武家に箔を付けてやるような集団ではないからだ。

聴講生から研究員になるのには、教授になるほどの難易度ではなくとも困難が伴う。研究員昇格すら叶わず魔導院を去る聴講生も少なくはないのだ。中には五十路近くまで粘りに粘ってやっと、ということもあると聞く。

ならばエリザがヒト種基準の最年少で昇格しても十五歳。あと七年はかかると思っておきなさいと言われた。

それに懸念が一つある。

エリザは狂騒の一夜が明けた次の日、私と二人きりになった時に大泣きして縋ってきたのだ。突然のことで、何が起こったのかよく分からなかった。

しかし、泣き声に混じって聞こえた言葉を読み解くに、彼女の〝目〟は奇跡によって修復された傷口を見抜いてしまい、更にそこから私がどれだけ痛めつけられたかを分かってしまったようだ。

ミカやセス嬢がいたこと、そして私が無事だった喜びで当日は我慢できたが、夢で私が〝帰ってこなかった〟光景を幻視して耐えられなくなったという。

そこで彼女は私に言った。

兄様が危ないことをしにいくのを止められないのは、もう分かった。きっとどれだけお願いしても、必要だと思えば行ってしまうことも。

だから、私も頑張るから。もっと魔法を覚えて、兄様が危険な目に遭わないよう隣にいられるよう強くなるから。そうしたら、兄様が危ない目に遭うことなんてないでしょう？と。

腹に埋めて泣いていた顔を上げ、じぃっと見上げてくる目は、父譲りの濃い琥珀色をしている筈が、金色に輝き酷く危うい光を宿していたのを今でも忘れられない。

愛おしくあどけない顔の中で月のような目が二つぼんやり浮かんでいるようで、私は言い知れぬ不安に駆られ、悲鳴を上げそうになった。

果たして彼女を強く抱きしめたのは、揺れる彼女を元のままに押し止めたかったからなのか。

それとも、私が私自身の頭に浮かべてしまった悪い妄想を否定したかったからか。

説明の付かない愚かな衝動を誤魔化すよう、強く強くエリザを抱きしめる私。

強くなるから。そうしたら、おいて行かないでね、兄様。

こう囁(ささや)かれた声が、伽藍(がらん)に響く鐘の音のように頭に反響し、何時(いつ)までも消えてくれなかった。

彼女が泣き疲れて、腕の中で安らかに寝息を立て始めても。

翌日から、元々大人びてきていた彼女が更に成長してしまったと感じた。今まではようやく精神が肉体に追いついて来たかと思っていたが、それを追い抜きつつあるように見えたのだ。

所作はより洗練され、正確さを増した宮廷語はより貴族的に。

なにより、魔法を囓(かじ)った程度に過ぎぬ私の目から見ても、彼女が魔力を消費するための〝お遊び〟として香水を作っている時に漏れる魔力の量が増えていた。

私など比べようもない膨大な量だ。たしかに彼女は半妖精(チェンジリング)、その身に人とは比べものにならない概念と親しむ存在の魂を宿し、呼吸と等しく魔法を使う存在である。ヒト種(メンシュ)たる此(こ)の身では習得できぬ、種族特性やスキルで魔力量が底上げされることは予想できていたが……ここまでとは思っていなかったのだ。

アグリッピナ氏やライゼニッツ卿(きょう)といった〝規格外(ぶっこわれ)〟には未だ遠くも、この時点で私を軽く超えていく魔力量。どうなるのか考えるだけで、足下が虚空に熔(と)けて消えたと錯覚するほどの不安を得たものだ。

だから私はまだここにいる。エリザがもう行ってしまっても構わないと言ってくれても、アグリッピナ氏の丁稚として彼女が聴講生になるまでは残ると決めた。

精神というものは一見安定している時の方が危ないと聞く。臨界を越えた精神の動揺、それが反動となって肉体表面に出てこなくなることもある。

だから私は兄として為（な）すべきことを為し続ける。アグリッピナ氏が基礎教育の充足を認め、魔導師（マギア）を目指すに足る領域に至ったと判断するまで。私自身がもう大丈夫だと確信できるまで。

「で、君こそどうなんだい？」

「僕？　僕か……」

流石にこれは語れまい。そう思って話題を逸（そ）らすために問いかければ、我が友は暫（しばら）く唸（うな）ったかと思えば、こてんと私の肩に頭を預けてきた。

「お疲れのようだね？」

「……まぁね。やっぱり日銭を稼ぎながら聴講生をやるのは中々に難儀だよ。以前のファイゲ卿から賜ったお礼や、君が誘ってくれた駒作りのおかげで随分と楽にはなったけど」

彼も故郷の代官から後援を受けて魔導院の聴講生をやっているが、それでも生活は中々に苦しいようだ。代官からあてがわれた下宿に住んでいるので住環境と学費の心配はいらないものの、生活費は自弁せねばならない。

衣服も食費も安くはなく、都度都度必要となる触媒も手前で用意するのは大変だ。私も手伝ってはいるけれど、やはり買うのと比べると手間は段違いであり、さりとて買おうにもモノがモノなので御用板で費用を稼ぐ手間はさして変わらないときた。

そして生活のため日銭稼ぎに偏重すれば勉学がおろそかになり、研究員に昇格し魔導師（マギア）として認められるまでの道が遠くなる。苦学生の辛（つら）いところだ。研究員にさえなれれば工房が与えられ、研究費と年金が出るのだが先は険しい。

なんといっても聴講生から研究員になるまでの平均年数が五年。厳密に種族適性などを加味した中央値を取れば七年前後とくれば気が遠くなっても仕方がない。

それをして登山に喩（たと）えれば五合目にすら至っていないと来れば、魔導の深奥はどれほどに深い物か。神に近づく手段、と高尚に形容する魔導（マギア）師達の気持ちが少し分かる気がした。

息抜きになればと思って遊ぶのに誘ったが、本当に疲れていたようだから正解だったな。駒が下手な御用板の雑用よりかは稼げるため――下水道を徘徊（はいかい）する仕事より上程度だが――彼の助けになって本当によかった。

「僕ね、師匠が認めてくれたのか課題が難しくなってさ」

「そうなのかい？」

「ああ。師匠が理論の理解が深まってきたし、術式起動の速度や練度も見られるものになってきたから、実践に舵（かじ）を切るべきだとね……ま、たしかに僕らの領分は実践あってこそだけど」

北方生まれの彼は思わず触れたくなるほど白い肌をしているが、その肌が更に白くなっているような気がした。蒸し風呂でよくなった血行が治まって、先ほどまでは健康的に赤らんでいた体の白さからは魔力の不足が窺（うかが）えた。

「作ったり潰したりの繰り返しって結構きついね。魔力もだけど精神的に……なんというか、徒労感が凄い」

説明して貰ったところ、彼は課題として穴を掘ったり埋めたりを繰り返すという、どこかの収容所を彷彿させる課題をさせられているらしい。

穴を掘るというのはあくまで喩えだ。しかし、頑張って作った小型の建造物を、同じく規模縮小した災害で吹き飛ばされる日々の徒労感は似たようなものだろう。

むべなるかな。彼が目指す造成魔導師というのは、そういった地味な作業が生涯の伴侶として付き従う職種である。全ての建物は基礎が固まっていなければ成立せず、基礎の設計をおろそかにして巨大な建築物の設計などできる筈もない。

弟子を立派な造成魔導師として立脚させるため、彼の師は殊の外地味でキツイ課題を課した。魔力切れで顔色が悪くなるほどの課題をこなしながら日銭を稼ぎ、日常の雑事を熟すのはさぞしんどかろう。

「毎日毎日作っては潰しだからね、気が滅入るよ。構築が甘かったら見せ付けるように潰されるし、これ見よがしに、規模に見合った死人の数を言われるんだ……」

溜息に苦労を混ぜて吐き出している彼の目からは、遊んでいた時と打って変わってハイライトさんが職務を放棄していた。いかん、兵演棋をしていた時は、あんなにキラキラしていたのに。

「分かってるけどね、嫌がらせではなく、僕が将来作る物は人が住み、上を通っていくことになるんだから、絶対に甘い作りをするなと教えてくれてるだけだって」

だとしても辛いね、と肩に預けた頭を擦りつけてくる彼は、郷里を離れて縋れる相手が少ないいから無意識に甘えてきているのだろうか。中性の時であればいいかと私は慰めるように頭を撫でてやると、彼は嬉しそうに掌に頭をすり寄せてきた。

頭を撫で、額をさすり、掌が頬を覆うと彼は悦に入って小さく吐息した。なんというかアレだ青年時の彼は中性時と雰囲気が負けず劣らず耽美的すぎて、見ていて凄くドキドキする。

まずいな、ソッチの趣味に理解はあっても私自身は習得していないはずなのだが。

「君は優しいね……」

感じ入って呟く彼から逃げるように私は一つの提案をした。コレ以上、このベクトルで話が進むと個人的に致命的な事態に陥りそうな気がしたからだ。

「なら、私の趣味が少し助けになるかもしれない。これからは家で食事を摂らないか？」

「へっ？」

色々苦し紛れな提案であるが、これは私の成長の一つでもあった。

さて、ツェツィーリア嬢のお家騒動キャンペーン――勝手に命名――攻略によってもたらされた熟練度は膨大であり、色々な使い道があったので私は悩みに悩み抜いた。

その結果、まず優先したのはかねて宿願であった〈器用〉を〈寵児〉へと引き上げ、〈戦場刀法を〉を〈神域〉に到達させることだ。

神に愛されて産まれなければ至れない高みとされる最上位と、血が滲(にじ)む長年の鍛錬の末に辿(たど)り着ける技量の頂。

〈器用〉を行き着くところまで行き着かせた理由は、使用する判定の広さやコンボで散々悪用している〈艶麗繊巧(えんれいせんこう)〉特性を一番効率よく活用するためである。地力が物を言う剣術において、これ程まで素晴らしい相乗効果(シナジー)をもたらす特性は他にない。

なにせ通常ならば〈俊敏〉と〈器用〉を掛け合わせる命中判定が〈器用〉一本に絞られることで、何処(どこ)までもお高い〈寵児(スケールⅨ)〉の技能を二つ持っているのと等価になる。更には火力計算の〈器用〉と〈膂力(りょりょく)〉にも適用されるため実質〈寵児(スケールⅨ)〉が三個扱いだ。勿論(もちろん)、武器を振り回す最低限の〈膂力〉や敵に置いて行かれないための〈俊敏〉は必要でも、最終的な出力を考えると最も効率的な熟練度分配と言えよう。

なんといっても固定値。基礎判定値を底上げすることは全てに優先される。固定値は致命的失敗(ファンブル)以外の理不尽を踏破する我らの守護神。固定値を崇(あが)めよ!!

メイス様への信仰が溢(あふ)れて一瞬オリジナルの手印を作ってしまったが、運が細い私が安定を取るのは普通のこと。この世界の事象がステータスの数値と特性を足した後、賽子(さいころ)の乱数で成否を決めていると推察できる以上は固定値こそが正義である。

二つの悲願を達成し、完成形に一歩近づいたものの、熟練度はまだ残っている。ということで〈佳良〉止まりであった〈魔力貯蔵量〉を一段階上の〈精良〉に引き上げて継戦能力の向上も図っている。

主動作に合わせて魔法を連発し、リアクションでも多用する私はどうしても息切れが早いきらいがあるので、魔剣の魔宮のようなミドル戦闘が多発する場面で苦労してきた。冒険者になれば遠出して戦闘以外(シティーシナリオ)でも魔法を使う機会が増えるだろうし、それでは困るだろうと思っての選択だ。

因(ちな)みに一度に使える魔力量を意味する〈瞬間魔力量〉は、消費の大きい術式を使う予定もないし、今のままで不便していないから据え置きだ。まぁ、将来的に〈空間遷移〉でモノや人を移動させようと思えば、こちらも解決しなければいけない問題ではあるのだが。

それでも唸りを上げる熟練度を――あの仮面の変人は、一体どれだけの強敵だったのか窺える量だ――どうするかを考え、私は暫(しば)しの逡巡(しゅんじゅん)の後に野営に関する諸スキルを細々と取得した。

〈野営料理〉や〈料理知識〉に〈調味配分〉などの低レベルであれば、日常生活でもペイできそうな安い特性を〈基礎〉レベルで取得し、多重発動することで、一つのスキルを下手に高レベルにするよりも高効率で運用する。

これはかつて愛したTRPGのシステムでもよくやっていたが、実は結構難しい運用である。というのも、往々にしてコンボゲー的なシステムでは、新規スキルを習得するよりもスキルのレベルを上げる方が消費する経験点などは少なかったからだ。

私が与えられた福音もこの例に漏れず、習得だけを考えれば単純にレベルを上げた方が効率がよい。

ただ、組み合わせることとレベルを上げるだけだと、どこかの一点で効率の差が現れるようになるのだ。レベルを上げるごとに必要経験点が増えていくシステムだと効率の差が特に顕著であり、これを考えるのと考えないのとでは同じ経験点を消費していてもPC(プレイヤーキャラクター)の強さに如実な差が現れる。効率の塩梅(あんばい)を見極められるかが巧者と下手を分けるのである。

斯様(かよう)な点を熟慮の上、計算を重ねて現状の最高効率で簡単な料理を作れるようスキルの取得を行った。これで旅の途上でも最低限の品さえあれば、米軍の戦闘糧食よりはマシな食事が摂れるって寸法よ。

この手の道中でも活躍できるスキルを取得して今回の成長は一段落と相成った。

ええ、体の若さに駆られて頭の悪いスキルとか特性に手が伸びて盛大な無駄遣いをしかけたけど、理性を総動員して我慢しましたとも。若さって怖いね。

……将来的にどうするかは、ちょっと余裕が出たら考えるけども。

閑話休題。料理のスキルを取った私の中では、今は料理がプチブームになっている。取得したスキルとはいえ使っておかねば体に馴染(なじ)まないので、市場に繰り出して安い食材に目を付けて色々作っているのだ。

そのせいで灰の乙女(グラウ・フラウ)が若干臍(へそ)を曲げて、目が覚める度に髪が凄いことになったりするが——今朝はシニヨンにガッチリ固められていて滅茶苦茶(めちゃくちゃ)苦労した。アグリッピナ氏とお揃(そろ)いというのは心穏やかでいられない——色々な発見もあるし、熟練度も溜(た)まるので楽しめている。

　そして自炊とは一人でやっても実は効率がよくなかったりする。

　そこで私は友人に食事を提供すると共に雑事を肩代わりしてやろうと思った次第である。

「いいのかい……？」

「勿論いいとも。風呂上がりにセス嬢も誘おうと思っていたのさ。なんなら洗濯や掃除もしてあげようか？　最近そっちにも少し凝っててね」

　少しでも頼りがいがあるように見えたらいいなと胸を張って言ってやると、ミカは口をもごつかせて何か言おうとし、行為判定に数度失敗した後……。

「お願いします」

「うむ、任された。じゃ、風呂から出たら買い物に付き合ってくれたまえ。新鮮な食材で夕飯を仕立てて進ぜよう」

　精神判定にも失敗したのか、折れて私の提案を呑（の）んでくれた。

「……思わず君のことを母さん（ムッター）と呼びたくなったよ」

「せめて父さん（ファーター）にしてくれまいか」

「うーん……でも、君の後ろ姿は心臓に悪いんだよね」

「は？　何が？」

「いや、聞かなかったことにしてくれたまえよ。で、何を作るんだい？」

　唐突に話題を変えようとする友人に疑念を抱かなかったといえば嘘（うそ）になるが、聞いてくれるなと言われたことを追及するほど無粋ではないので、夕飯の話題に切り替えることにした。失言をつっついて楽しむボドゲの最中でもあるまいしな。

さて、今晩は何を作ろうか。市場で何が安いか次第だが、香辛料が高価で流通が少ない以上は選択肢が然程ない。お金はかけずに手間かけて、と下ごしらえの際に鼻歌を歌っていた今生の母の苦労が偲ばれるね。

とりあえず御用板の依頼で熟した薬草採取の際、自分で使うために取ってきた香草が幾らか残っているから、それで一品美味しいものができたらいい。

手作りの夕飯をご馳走して貰えることに気をよくしたミカと、あと二回ほど蒸し風呂と水風呂の間を往き来して汗を流して浴場を出れば、どうやら私達は女衆二人を結構待たせてしまっていたようだ。

お詫びに食事をご馳走するよと誘えばエリザは大喜びで首に飛びついてくれたが、セス嬢は嬉しそうに笑った後、不意に表情を曇らせて傍目に見てもガッカリしていると如実に分かるよう肩を落とす。

夕方には聖堂の奉仕活動として、下町で炊き出しをしなければいけないそうだ。そういえば、近々領邦に引き上げられる伯母上様の館から、大聖堂に居を移したと言っていた。一僧侶として神に仕えている身としては、勤労奉仕の修行をサボる訳にはいかぬのだろう。後ろ髪引かれるように何度も振り返って手を振る彼女を三人で見送りつつ、その場の全員が同じことを決意した。

近々、また四人で集まって夕食会を開かねばと。
その時は、ちゃんと彼女の予定を前もってたしかめた上で…………。

【Tips】帝都には貧民街はないものの、低所得者はどうしても存在するため、日雇い労働者や不定期労働者の生活を助けるために聖堂は各所で炊き出しを行っている。豪華とはいえぬ大麦の粥（かゆ）や硬い黒パン、放出品の塩漬けなどであっても無料で受け取れる食事を有り難く思う者は多い。

マスターシーン

マスターシーン

GMによって運営されPCが登場せず、またPCによって干渉することができないシーン。PC達が参加することになるセッションの概要を説明したり、シナリオの終わりにPC達の行動が敵や他のNPCにどのような影響をもたらしたかを演出するために設けられる。

ライン三重帝国に数ある皇帝の藩屏たる家名にウビオルム伯爵家という名家が存在する。
古くは小国林立時代の軍閥に端を発する家であり、趨勢を見抜く目と好機とあらば迷いなく動ける機敏さを併せ持った初代ウビオルム伯爵となる人物に率いられていた。
まだ軍閥の家長に過ぎなかった彼は、開闢帝リヒャルトが〝小覇王〟と揶揄される以前、鋭敏な感覚に従って彼の下へ馳せ参じて剣を捧げた。
優柔不断にして吝嗇であった自らが仕えていた王、及びその有力家臣達の首を手土産に。

今では不義だの何だのと誹られる凶行であるが、君主と臣下の結びつきが相互扶助的な互恵関係という側面が現在以上に強かった戦乱の時代では当たり前のことだ。むしろ、これだけの目を持った臣下に見限られた君主の方が、死して尚も名を落とすような時代であった。

今後の浮沈は全てリヒャルトが中心になると見抜いて幕下に加わった彼は精力的に働き、リヒャルトの帝国建国に大いに貢献したことで選帝侯家に次ぐ権力者である〝伯爵〟の名を与えられ、元々の領地であったウビオルム行政管区及び隣接するデューレン行政管区の支配者に封ぜられた。

以後も皇帝が重用する槍の穂先として活躍し、槍の勲を重ねて名を高めていったが、それも今や昔のこと。正統は数十年前に最後の一人が斃れ断絶。広大な領地は天領として皇帝預かりとなり、最早領民からも名前を忘れられつつある。

諸行無常にして栄枯盛衰、盛者必衰が武門の理なれど、その最後はあまりに見窄らしい様であったという。

ウビオルム伯爵家はヒト種(メンシュ)の家柄であり、その世代が回るまでの時間は短い。二五年を一世代とするヒト種(メンシュ)の目まぐるしい歴史の中で、かつては栄光の中で槍を掲げた尚武の家も何時(いつ)しか政治暗闘に明け暮れる愚昧の家に落ちていった。

その中でも最後から一代前の当主は、初代の見る影もない最悪の為政者と言えよう。

彼は放蕩(ほうとう)と遊芸に多くの時間を浪費し、身に余る権力欲を持て余して皇帝の外戚でもあった身分を恣(ほしいまま)に政治的な暗闘に耽溺(たんでき)。遂(つい)には皇帝となる夢すら掲げてしまった。

拙い企(たくら)みは忽(たちま)ちの内に露見。決定的な証拠がなかったことと、悪巧みだけは上手(うま)かったため〝身代わり〟を立てて破滅は回避された。更にはウビオルム伯爵本人が帝城前まで赴いて両の膝を屈し、石畳に額を擦(こす)りつけて詫びることで潔白であるとの表明(パフォーマンス)をしたため改易も爵位の降格も免れたが、その死までは避けられなかった。

皇帝は全てを許す代わりとして、帝国の政治を乱した罪を償わせるべく致死の魔法が掛かった葡萄酒(ぶどうしゅ)を下賜したのだ。

この圧力にウビオルム伯爵は抗しきれず、結局は賜った毒杯を呷(あお)って果てた。心労から来る〝病死〟を装って幕を引き、長子が家督を相続することで皇帝の怒りを鎮めたのである。

しかし、一度躓(つまず)いた家に、それも皇帝弑逆(しいぎゃく)を企てたと〝噂(うわさ)だけでも〟流れた家に社交界は冷たかった。

最後の当主は懸命に家を建て直そうとしたが、そこで最悪の手段を選んでしまった。懸命に仕えて時が悪名を流すのを待たず、暗闘によって復権しようと無謀な試みに手を伸ばしてしまったのだ。

それは彼が悪かったのか、はたまた自らの背を見せることで毒と短刀、そして弱みを握った密書だけが政治であると誤解させた先代が悪かったのかは分からない。厳然とした結果として、不審死した彼の死体が残されるばかりであり、全ては歴史の中に消えている。用心深い帝国貴族達であるので、諸侯の日記を探ったとして、真相が明るみに出ることは永遠になかろう。

当主が不審死を遂げたことでウビオルム伯爵家は大いに荒れた。

なにせ所有する領地は帝国の中でも重要な河川交易路と陸上交易路がどちらも通っている上、帝国有数の繊維、皮革、鉄鋼業が盛んな土地であった。税収は帝国でも上位に入り、数百の貴族の中でどれだけ調子が悪い年でも確実に五〇位の内に含まれる富んだ土地だ。乙女の胸元、と呼ばれるライン大河の肥沃な土地に次ぐ領地を継承したならば、どれだけ家の名前にケチが付いていようと手に入る財貨は、莫大(ばくだい)という言葉でさえ陳腐な量となる。

これを伯爵に連なる者達が欲さぬ訳がなく、当然の帰結のように陰惨極まる継承争いに発展し、直系は全て何かしらの理由でこの世を去った。

直系は去ったものの、それでも全ての親戚縁者が絶えはしなかった。しかし、末の方に上がってくるのは伯爵家を継承するなどとてもではない木っ端騎士家や、一体何代前に嫁いでいったのだと問い質したくなる血の薄い縁戚、或いは養子を送った送らなかったと不確かなところがある家ばかり。

　その上、自称先々代の庶子や先代の隠し子を名乗る者。果ては我こそが初代の正当後継者であるとして、遠方に逃れていた正嫡子――二代目は長男が夭折したため次男であった――の末裔を自称する輩まで現れるなどして修羅場は更に混沌へと墜ちてゆく。

　要するに伯爵領の財貨目当てに、半ばこじつけに近い理由で名乗りを上げた禿鷹が雲霞の如く群がってきたのだ。

　これを皇帝は大いに危ぶんだ。係争地は開闢帝リヒャルトの寵愛篤き忠臣が封ぜられた場所だけあり、交易路の重要中継点である上に工業生産的観念においても帝国の要衝である。

　ここを下手な人間に継承させて荒らさせることは勿論、この地を養分として邪なる者を富ませて内患を太らせることも断じて避けねばならぬ。

　行き着くところまで行くと係争者が百を超えてしまった喧々囂々の争いを、時の皇帝は痛みを受け入れることを覚悟で散らした。

　伯爵家は皇帝の外戚でもあるため、正当後継者が絶えた今、相応しき者が現れるまでは天領として慎重に管理すると。

　だから自分達が相応しき者だと言ってるだろうが！　と大騒ぎする係争関係者は、皇帝の豪腕、親皇帝派臣下の協力と連帯、時には暗闇にて握られる短刀まで用いて黙らせられた。

以来数十年、この土地は正式な主を持たず、天領という管理も監視も緩い環境で温々と過ごすこととなる。

さしもの皇帝も数ある天領を自領まで含めて完全に面倒を見ることはできない。故に官吏を派遣し、代官に調査させて綱紀の引き締めに掛かってきたものの、全ての腐敗を食い止めることは適わなかった。

子供ですら親の目がなければ菓子箱から焼き菓子を一つ二つくすねてしまうのだ。上役の目が行き渡らないとなれば、金を握る者達が考えることなど、その子供と変わることがあるだろうか。

代々の皇帝が注力することで致命的な腐敗を防ぎ続け、表面上は健全に運用している領地も裏では軽微な腐敗の温床と化すことは不可避であった。

僅かな悪徳を貪るだけで代官や官吏の首を刎ねていれば、いずれ運営に必要となる最低限の人材すらも枯渇する。そして、新たに送り込む者がより〝酷い〟人間でない保証もなければ、面従腹背の徒が未だ諦めていない継承権者を有利にするべく送り込んできた裏切り者でないとも限らない。

故にどうにかしなければならない問題を抱えつつも、なぁなぁで時は過ぎてきた。

当時、雨後の竹の子もかくやの勢いで現れた継承権者も半数以上が寿命や病でこの世を去り、熱気も次第に失われていく中で諦めが悪い者達も残されていた。

その多くは寿命を持たず、生命のスケールが大きい非定命達だ。

彼等は定命と違って待つことができる。そして、待つことを戦略の基軸に据え、大勢が脱落していった末、済し崩し的に自分達の有力候補が継承することを狙っていた。

斯様な者達の中にドナースマルク侯爵がいた。

彼は侯爵ではあるものの選帝侯家の傍流であり、選帝侯には含まれない歴史の中で生まれた微妙な立場の一人である。

長命種たる侯爵は愛妾が一人、彼のウビオルム伯に連なる者であったことを名目に継承権を主張していた。これに際してとっくに寿命でこの世を去った愛妾は、書類上だけは正妻であったように装われ、更には直接血が繋がらない侯の子供が一人、彼女の子供だったことにされた。

今のところ、最も伯爵位に近いとされているドナースマルク侯爵グンダハールは、日々の政務を邸宅の執務室で片付けていた所、密偵の一人から良からぬ報告を受け取ることとなる。

「ほう？　例の件に動きがあったと？」

ドナースマルク侯は、美男と呼んで誰に恥じることのない偉丈夫であった。

細面で上品な顔付きの中で慈しみを感じさせる灰色の目が煌めき、同色の後ろへ撫で付けた長髪が魔法の照明を反射して艶やかに光る。

適度に鍛えられた痩身は椅子に座って尚も高く、本人に誂えた机でなければ窮屈になるほど長い脚が悠然と組み替えられた。

その足下に跪くのは、全身を闇に溶け込む濃紺の装束で覆った密偵。彼とも彼女とも分からぬ、体型を覆い隠す服に身を包んだ密偵は、声さえも声帯を歪ませて個人どころか性別すら特定させぬ奇妙な音色に変えて報告する。

「はっ……譲位に合わせ、幾つかの恩赦と先帝への功労に報いるという名目での昇爵、叙爵、新規人事が行われることとなり、その一つにウビオルム伯爵家の名が……」

人当たりの良さそうな顔の中、緩い笑みの弧を描く瞳が一瞬剣呑な光を帯びた。

ドナースマルク侯は篤志家や慈善家としての側面で名を博しており、自領における孤児、貧民の救済政策に多くの予算を投じている。のみならず帝都にも己が名を冠した救貧院を設けるなどして高貴なる責務を果たし、柔和な外見に見合った好漢として知られるほどだ。

しかしながら、実態はウビオルム伯爵家に留まらず、幾つかの継承問題へ積極的に関与し、家名を奪い取ること数家分。実質的には彼の家臣である身分を重んじ、皇帝よりドナースマルク侯に忠誠を誓う当主を何名も抱える策謀家であった。

実質的に帝国の諸侯、その何十名かが彼に首根っこを押さえられているといえば、抱えている権力の絶大さが分かるであろう。

自身の趣味に没頭し、家名の浮沈など二の次という放蕩家が多い長命種にしては珍しいことであるが、これは何も彼が大きな権力欲を持っているからではない。

彼は自身が生涯を以てして追求する趣味を〝策謀〟と定めているからだった。

多くの者達にとって政治や金を稼ぐことは、面倒で煩わしいことと考えられてきたが、これは長命種の多くが自己の脳内で完結する趣味を尊んできたからだ。思考の演算速度と並列思考に優れる彼等にとって、最も大切なのは膨大な思考を如何にして飽きさせぬかということ。必然、思考を多く割く必要がある魔導や科学、数学や天文といった学術分野、ないしは感性も使う必要がある芸術と音楽に流れていくこととなる。

しかしドナースマルク侯にとって、策謀はどれだけ見ていても飽きぬ千変の芸術であった。

人々の暗い欲望が絡み合い、時に純な忠誠や平和への願いがちりばめられ、それが所以なき害意と悪意に塗りつぶされる政治劇の数々は、全て似ているようであって本質的に同じ場面は一つとして存在しない。

追求し続けて飽きぬ趣味の場所として、彼は暗闘と策謀の暗がりを選んでしまった。

全ては他人より秀でた彼が数百年も飽きずに泳ぎ続けようと、未だ帝位には指すら掛からぬ複雑怪奇極まる奥深さ故。

時に命を懸けて死の淵に触れる興奮に溺れた長命種は、配下からの報告を聞いて興味深そうに頷いた。

「ほぉ……我々係争の関係者に一言の断りもなく、か」

「帝室としては、既に五〇年前の協議にて天領としたことで最終解決をしたと見做しているようで、枢密院の御配下も口を挟む機会さえ与えられませんでした」

「それは穏やかではないな。議会の同意を以て皇帝の決断は尊く瑕疵なきものとする、という開闢帝以来の伝統を蔑ろにするようなものではないかね」

ぎしりと椅子を軋ませつつ、他の策謀に割いていた思考領域の多くを此度の一件に差し向け、しかしドナースマルク侯は半ば諦めてもいた。

元々、こじつけと捏造により口実を作り出し、時間をかけて対抗馬を蹴り落として行き、最後に残った有力者として爵位を拾うつもりであった。そのあまりに消極的な策謀は、ウビオルム伯爵家の悲喜劇に彼が最初から関わっていた訳ではなく、最後の当主が倒れた後に〝勝ちの目があるな〟と考え加担し始めた後発組に過ぎないからだった。

たまたま拾えそうだっただけに過ぎない果実ではあるものの、多少の労を割いて最も良い場所に収まって落ちてくるのを待っていた身としては気分が良くはない。

とはいえ立場がそこまで強い訳でもないのは事実。有象無象の中で幾分か正当性がある程度に過ぎぬ身では、強硬に主張したとしても帝国の重要領地が五〇年空白になっていることの危難に抗しきれまい。

ウビオルム伯爵領の騎士や代官、下級貴族も大勢取り込んでおり、その腐敗と汚職を助けることで正当性を強めていたドナースマルク侯であったとして、皇帝の意志を曲げさせることは現実的ではなかった。

たとえ領内の配下に血判状を捺させ、このまま故も知らぬ誰ぞの下に付けというなら自裁も辞さぬと言わせたところで、皇帝は喜んで自裁を認めさっさと死ねと書状で促しすらするだろう。

厄介な連中が勝手に死んで、新しい役職を空けてくれるなら万々歳だ。むしろ、着任後の騒動で相当の首が多義的に飛ぶことを想定してコトを始めたに違いない。然(さ)もなくば、古傷を気遣うように何十年も放っておいた継承問題を今更解決しようなどとは思うまい。

「他の係争者の動向を見て動く他ないか……これは吾(わ)の手抜かりだな。この段に及んで、帝国が荒療治を望むとは」

肘置きに頬杖(ほおづえ)を突いたドナースマルク侯が憂いを帯びた溜息(ためいき)を吐(つ)き、一房垂れた前髪を憂鬱そうに弄び始める。

とはいえ、気にするほどのことでもない。長い歴史の中で気にくわないことや、算段が思い通りに進まなかったことなど数え切れないほどある。それこそ、他は流行に合わせているにも拘(かか)わらず、一人称のみは古語に近い帝国語を用いる古(いにしえ)の長命種(メトシェラ)である。

帝国建国以前。リヒャルトに加担した三人の小王の下で、小僧と呼ばれながら仕えていた時代から連綿と重ねてきた成功と失敗の中では些事(さじ)の一つ。同時並行する大きな企ての欠片(かけら)だ。

床に落ちた欠片に拘泥しては、本当に食べたい大きなパイ(本命)は得られない。

いつか、どの時代でもよい。その時代でも有数の国家で王や皇帝に登り詰めてみたいという欲求の中では、何かを諦めて受け入れるのも必要なことだ。

「さて、その新ウビオルム伯爵の為人は如何なものか」

「此方に調べて御座います」

ほう？　と侯が視線をやれば、静かに控えていた密偵が分厚い報告書を捧げ持っていた。

長く彼に仕えた一族は、ただ起こった事実だけを報告する伝書鳩のような存在ではない。侯が次の一手を打つため、思索を巡らせるために必要と思われる情報全てを集めて一緒に持ってくる出来者揃いなのだ。

「む、外国の子女か。これはまた思い切った抜擢だな。それも魔導院の所属か……新帝、いや、マルティンⅠ世らしい差配だ。名はアグリッピナ・デュ・スタール……」

周到なことに報告書には人相書きも添えられていた。分からぬことだらけ、という結論を出すしかない資料ではあったものの、それでも相手の来歴と容姿を知れることは大きかった。

人品とは外見に滲み出るものだ。それに何より……。

「美しいじゃないか。吾の好みだ。意志が強く、知性に溢れ、それでいて頭でっかちの思い上がりではなさそうだ」

彼は長命種にしては珍しく、子を残すことに意味を見出した個体であった。多くの同族が興味を失って下を萎えさせていく中で、彼は婚姻外交の重要性を知ることもあり、少なくない子供を残している。

性的嗜好においても同種では珍しい旺盛さを見せるドナースマルク侯は、人相書きをそっと机の上に飛ばして呟いた。

「そそられるな……引き続き情報を集めよ」

「はっ」

主人からの命令に応え、密偵は闇に溶け落ちるように気配を消して去って行った。休むこともせず、ただ主人の要求を満たすため、闇を走るべく。

帝国成立以前より活動を続ける梟雄は、爽やかな笑みの下に欲望を隠して新たな絵図を脳裏に描き始める…………。

【Tips】長命種はその長い人生の中で一人か二人子を為せば良い方で、千年生きた個体でも三人しか子供を作らなかった事例も存在する。当然、己の趣味に耽溺するあまり、生命体としての責務である、次代を一切作らぬまま没する個体も多かった。

少年期

十四歳の秋

昇進

名誉点の消費、或いはシナリオの報酬として共同体での地位を授かることができる。しかし、演ずることが主題の一つであるTRPGにおいて、自らの地位を鑑みて行動を制御することも求められるため、今まで通りのロールを続けるだけではいけないこともある。厳格なGMが相手ならば、身分相応の振る舞いが求められるようになるだろう。

知性が取り繕えるものでないのと同じように、気品とは漂わせようと気負う者には纏えないものである。

礼節に従って並べられた匙をほっそりとした指が静かに、それでいて淀みなくつまみ上げて琥珀色の汁物へと差し入れる。波紋さえ生み出すことなく匙は静々と沈み込み、多くの素材が煮込まれえも言われぬ深みを醸す美味な滴をすくい上げる。

そうして無駄な滴をこぼすこともなく、流麗な所作ですくい上げられた汁物は雑音の一つもなく微かに開いた唇へと消えていく。

まったくもってケチのつけようもない貴種の所作。私はそれを色々な場面で目の当たりにして見慣れていた。何の因果か高貴な場に——もちろん従僕として——引き立てられる機会も少なくないから、自然と慣れてしまったのだ。

まぁ、それも我が麗しの妹がやっていなければの話だけれど。

「どうかなさいまして？　兄様」

「いいや、なんでもないよエリザ」

給仕をしている私の視線に気づいたのか、エリザは振り返って貞淑に微笑んでみせた。この秋口、皇帝の譲位式典を間近に控えた季節で私がついに十四歳になったから、彼女も冬が来れば九つになる。

私の可愛い可愛い妹は、近頃ますます所作が洗練されてきて気品すら漂うようになってきた。少し前まではスープ一つ飲むのに四苦八苦して、内股で嫋やかな歩き方をするだけでも苦労していたというのに。

それが今やライゼニッツ卿肝いりの平服――荘のおしゃれ着も霞む豪奢さだが――が似合う、貴族のご令嬢の如き佇まい。今の彼女を見れば、香油を垂らした産湯に浸かり、絹の産着を着せられたと言われても説得力を感じてしまう。

私は季節が二つ変わっても、未だに彼女の変容に慣れずにいた。

別に彼女がまるっきり変わってしまった訳ではない。記憶が変質している訳でもなく、嗜好に変化が生まれた様子もない。

「そう？　おかしな兄様」

ああ、そうだ、言うなれば成長している。

今までエリザは言うなれば幼かった。八つの幼子としても幼いと思えるほど成長速度に乏しく、むしろやっと年相応になり始めたところだった。

それがどうだ。帝都に来てからは、見違えるように大人になりつつあるじゃないか。

上流階級向けの宮廷語が舌に馴染み、所作の端々に教え込まれた作法が滲む。荘を出て一年以上、貴種の下で毎日仕込まれたとすれば自然なのかもしれない。

事実、魔導院を歩けば時折見受けられるエリザと同年代の聴講生は、みな年齢を感じさせぬ気品と知性を漂わせていた。あの年齢から聴講生として受け入れられているということは貴種の子弟であろうから、教育を受けた身分ある者として妙なところはない。

ただ、それでも……ほんの少し前。ケーニヒスシュトゥール荘を離れた十二歳の頃。私に縋(すが)り付いて、舌っ足らずな言葉で甘えていた彼女から〝離れて〟いく速度が異常すぎた。

いいや、これはきっと私のエゴか。エリザはいつまでも小さくて可愛くて……頼りない妹だと思い込んでいた私のエゴ。

　きっかけがどうあれ、人は成長するものである。私は兄としてそれを受け入れねばならない。

　エリザはエリザだ。私が可愛い妹として見ていたエリザも事実であるが、彼女自身が〝こうなりたい〟と望んで成長していく姿の先もエリザである。

　私は思っていたよりずっと我(わ)が儘(まま)で独善的な人間であったらしい。あの日、私に泣きすがるエリザから感じた〝恐れ〟は、エリザ自身の変質への恐れではなかったのだろう。頼られる兄であることに存在骨子の一つを託していた私が感じた不安、それが感情としてあふれ出したに過ぎない。

　エリザは確かに半妖精(チェンジリング)であるけれど、それ以前にエリザなのだ。故に私は恐れるのではなく、受け入れねばならない。彼女の成長を。自分が感じた〝錯覚〟に整理をつけて。

　それに変わらないところも多いじゃないか。所作に気品を帯びていても、好きな物ばかりに伸びがちな肉叉(フォーク)や、嫌いな物を少しでも細かくして味を感じづらくしようと刻んでしまうナイフ、食後の御菓子(デザート)として供される大好物の牛乳の蒸し菓子(プディング)をついつい多く掬(すく)ってしまい後悔する匙。

　達者になってきた宮廷語でも、未だに私のことを〝おにいさま〟ではなく、幼児語の

〝あにさま〟で呼ぶ所だって。

これはもしかして、親離れされた親が感じる寂しさや違和感と同じものなのかもしれない。ある日を境に子供は一人称を僕から俺と言い換え、親と並んで歩くことを恥ずかしがり、本当は大好きなのに「別に甘い物好きじゃねぇし」などと宣(のたま)って三時のおやつを辞し、夕方六時のアニメを見なくなる。

エリザも大人になることが必要だと思い、大人になりたいと思った。そして、精神の相がヒト種(メンシュ)よりも妖精(アールヴ)に近い半妖精(チェンジリング)である彼女は、ヒト種(メンシュ)とは違う成長を見せるが故、ヒト種(メンシュ)でしかない私には違和感を覚えるほど劇的な速度で成長した。

なればこそ、私は彼女の成長を受け入れて喜ぼう。

うん、舌っ足らずに頼ってくれるエリザも可愛いけれど、大人になろうとする彼女もきっと可愛い。

私の妹のことだから、必ずや社交界で耳目を集める美人になる。母のようにすらっとしていて、楚々(そそ)とした振る舞いの似合う一本の百合(ゆり)の花が如き淑女に……。

はっ、魔導師(マギア)として大成する美人!?

アグリッピナ(腐れ外道)氏やライゼニッツ(度しがたい変態)卿のような致命的欠陥を抱えていないエリザは、ともするとそれはもうモテてしまうのではなかろうか。そうなれば悪い虫が花に集るようにぶんぶんと……。

「……兄様、本当に何もございませんこと？」

「ああ、大丈夫だよエリザ。ちょっと決闘の作法で、どっちの手袋を顔面に叩き付ければいいんだっけと思い出そうとしていただけだから」

「決闘!? あ、あとそれ、正式には足下に叩き付ける筈では……」

可愛い妹にちょっかいを出そうとする不埒者の顔なんて床と似たようなものだろう？ あとで踏みつけるのだから一緒一緒。

なにやら焦る妹に「何も心配はないよ」と笑顔で答えてやりながら、私は給仕の続きをした。

礼儀作法の鍛錬を兼ねた食事が終わり、ではそろそろ片付けて下宿に引き上げようかと思ったその時。

長らく開かずの間と化し、呼びつけられることもなかった工房の扉が開いた。

その時私は、何重もの閂で何百年も閉じられていた重々しい錆び付いた扉が、崩壊の軋みを上げて開く様を幻視してしまったね。

開ける者が絶えて僅か数ヶ月程度――呼ばれたら行くつもりでも、一度も呼ばれないことが却って怖かった――の油を注された扉が軋むはずもなく、忠実に己の仕事を果たしただけだ。

果たして、静かに開かれた扉の向こうには鬼が立っていた。

とても綺麗な鬼だった。薄柳と紺碧の異色の彩りを見せる瞳は上品な笑みに撓み、更には身に纏う装束が見たこともない豪奢な品となっている。良質品が帝国では手に入らない、濡れたような艶を宿す本繻子の生地は普段彼女が好む素材ではないし、況してや落ち着いた原色を好む筈なのに真っ黒なローブなど初めて見たぞ。

しかもただのローブではない。数多の術式が編み込まれて術者を恒常的に守り、同時に支援し、更に敵対者に害をもたらす魔導的な甲冑と呼べる有り様。少なくとも、彼女が何も反応をしなかったところで、私が斬りかかっても殺せるかどうか怪しい代物であった。

更には何を思ったか、滅多に持ち出すこともない杖を抱えているではないか。たしかこの間、ライゼニッツ卿の工房を訪ねていく時にも杖を抱えていたが、あれは魔導師の礼儀として用意した〝お洒落用〟の代物で見た目の豪華さは兎も角、魔導的な性能は大したものではなかった。

長命種は殆ど杖を持たない。それは、彼等が体内に生来持っている魔力を体外に放出する機構が、並の焦点具を陳腐にしてしまう程に高性能だからだ。

故に態々使うことで魔法の性能が落ちるような物を合理主義者のアグリッピナ氏が持ち出すことはあり得ず、つまり態々持っているということは、彼女が使うに相応しい業物ということ。

それは、杖の頂にて禍々しく輝く、彼女の目とよく似た薄柳色の宝玉から嫌という程に実感させられる。

そう、失名神祭祀韋編を読む際、片眼鏡が取り除かれた目と同じ、見ているだけで不安を抱かせるような澱んでしまった緑色の光……絶対碌なもんじゃないな。

え？　じゃあ何？　その無手でも化物染みた魔法の腕前に補助をかけなきゃならん事態……てコト!?

ヤベー奴がヤベーくらい気合いを入れた格好でヤベー武器を持ち見るからにヤベー笑みを浮かべている状況に放り込まれ、無意識の内に体が臨戦態勢を取って手が剣を求めていた。

上品さに磨きが掛かったエリザも、この状況は全く想定外だったのか口元を拭っていた手巾を取り落とし、数ヶ月ぶりに姿を見せた師を見て呆然と固まっている。

「あらあら、久し振りね。壮健そうで何より」

誰だお前、と叫んで呼んでもいないのに手の内に現れた〝渇望の剣〟を構えそうになってしまった。

いや、本当に何があったんだ？　こんな貴族然とした表情で楚々と笑う人ではなかった筈だし、雰囲気まで変わっていやがる。

こ、これがアグリッピナ氏の臨戦態勢だとしたら、おっかなすぎるぞ……？

困惑のあまり身動きが取れぬ私達を認知していないかのような優雅さで彼女は歩き、そして唐突に言い放った。

「これから出かけるから、準備なさい。今回はエリザもよ」

数ヶ月の沈黙を破って直ぐに外出とは何事か。それも、用事があれば気軽に〈空間遷移〉の術式でびゅんびゅん飛び回る御仁が、よもやその二本の足でお出かけになると？

しかも、供や弟子を連れて歩かねば〝恥ずかしい場〟ともなると、よっぽどではないか。

「い、今からですか？」

「勿論。最も上等な服を用意なさい。帝城に上がるんだから。適当なのをライゼニッツ卿からいただいているでしょう？　それから馬車の用意も」

帝城に訪ねるのに正装が必要なことくらいは分かっている。しかし、この短距離で態々馬車を使うのは、単なる業務目的での参内ではなく、何らかの重要な〝儀式的行事〟に参加するために他ならない。

帝国は実利と効率に拘るが、儀式においては仰々しく畏まってやることも効率の一つだと判断しているため、時に無駄と思えるような距離でも馬車を使わせることがあるのだ。

正しく馬車で帝城の正面口に乗り付けねばならない……？　こりゃあとんでもない事態だと戦慄している私の前に、唐突に巨大な木箱が空間のほつれから放り出された。

「ファッ!?」

驚いて一歩――全力で離脱したので一〇m近く跳んでしまった――後ずさる私に、アグリッピナ氏は笑顔で十四歳になった誕生記念であると告げる。

え？　何で？　今更？　十三歳になった時には貰いませんでしたが？

笑顔の目線で開けてみろと促されたため、私は慎重に慎重に木箱へ手を伸ばした。

極めて敏感に調整された核地雷の接触信管を解体する心づもりで箱を開けた私にとって、中に詰まっていた物は意外でしかなかった。

大量の書籍と覚書らしき紙の束であったからだ。

「げっ!?」

そして、実際それらは、私にとって核地雷に近い物であった。

手に取ったのは、基底現実空間における魔力と個人存在の相関関係について、と銘打たれた古い書籍。端が焦げているのは焚書にあいかけたのをすんでの所で救出でもされたというのか。どうあれ帝国の〝禁忌〟に触れているのは確実のヤバい書籍であることに間違いない。

更に漁ればヤバい物が出るわ出るわ。直接的な魔導を深める物から結界、攻撃術式の教本、果ては堂々と〝発禁〟という判が捺された魔導的な毒薬の専門書まで。

持っていることを知られただけで手が後ろに回りそうな書籍を押しつけた師匠は、輝かんばかりの貴族スマイルを崩さぬまま親指を立ててみせた。

「それ、今後使うことになると思うから、戻ったら目を通しておくように」

「はぁ!?」

「従僕としてもだけど〝貴族の側仕え〟としての仕事を任せることになると思うから、よろしくね」

「ちょっと!?」

「じゃ、そういうことで、準備よろしく。一刻以内ね」

ひらひらと手を振って工房へ戻って行く主人を止めることができなかった。せめて親指を下に立ててやりたかったのに。

私達を荘(しょう)から連れ出した時と同じく、旋風のように現れて、また唐突に去って行ったアグリッピナ氏に我々兄妹は困惑するばかりであった。

いや、本当に何なの………？


【Tips】三重帝国において私闘は罪だが、届け出の上、制度に則(のっと)って行われる決闘は正当な行為として認められる。剣によってのみ雪(すす)げる恥があることを専制君主制の国家はよく知っているからだ。


帝都に聳(そび)える白亜の帝城に存在する都合二十五室の会議室には、全て華の名が与えられている。

最も華やかな催しのための議場は赤薔薇(ローテ・ローゼ)の間として他国に知れ渡るほど誉れ高く、荘厳に飾り立てられた白百合(ヴァイス・リーリエ)の間は厳粛なる催事の場として名高い。

そして、皇帝臨席の教授会で用いられる専用の会議室として畏怖を以(もっ)て語られる場。

その名を黒睡蓮(シュヴァルツ・ヴァサーリーリエ)の間という。

広大に伸びるすり鉢状の階段席が設けられた会議場は、中央に据えられた演台のせいもあって、一部の口性(くちさが)がない者からは〝処刑場〟とも呼ばれている。

まぁ無理もなかろう。国中の英知を集め、これ以上頭が回る人間を集めるのが困難といって差し支えのない面々が座る会議室だ。如何(いか)なる身分であれ的外れなことを口にすれば、魔導士どもが基礎教養の如(ごと)く修めている容赦ない煽(あお)りが浴びせられるのだから。長い歴史の中、ここで魔導師(マギア)達に突飛な協力要請をし、アラというアラを突き倒されて憤死した官僚がいるほどの地獄だ。

農繁期の最中、貴族は国元で徴税業務に励んでいる微妙な時期に開催された教授会に参列者の多くは嵐の到来を感じていた。

社交シーズンの開幕目前に昇進試験があるのは毎度のことだが、皇帝が発表したいことがあると事前に通告するなどよっぽどだ。

それも、この秋が終わりを迎える頃、不可侵にして神聖なる御座に着く新たな皇帝が発表することなど、決して軽い話ではなかろう。

教授勢の中には政治に関心が薄い根っからの学者も多いが、どっぷり政治に浸(つ)かって研究という名の黄金を溶かす大釜の燃料を集める者もまた多い。それ故、名誉称号しか持たぬ教授も、実権ある地位を持つ教授も社交界の趨勢(すうせい)には敏感であった。

教授達は一波乱ありそうな空気に胸を高鳴らせながら、重要な議題の前に新たに教授とならんとして訪れた者達の発表を聞く。

とはいえ、ここで行われる発表会は殆ど最終確認作業に過ぎない。参加する教授達の全員に前もって論文は配布されており、大体の内容が把握されているのだ。

それもその筈。音楽の発表会と違って研究の発表とは難しいもので、精査しなければ正当性は認められない。実演が必要な分野であったとして、それが偶然できた魔法なのか、きちんとした理の上に立った魔法なのかを判断するのは一度見ただけでわかる筈もないからだ。

彼らは全員前もってこれでもかとばかりに査読を済ませており、嬉々(きき)とした表情で「その分野に関しては門外漢ですが」や「聞き漏らしていたら申し訳ございませんが」などといった枕詞(まくらことば)を添えて叩き込む致命の一撃(バックスタブ)を用意しているのである。

そして予定調和で数人の心がボッキリへし折られた後、一人の長命種(メトシエラ)が演台に立った。シニヨンに編み上げたまばゆい銀糸の髪、そして紺碧と薄柳の金銀妖眼(ヘテロクロミア)を挑発的に輝かせるアグリッピナ・デュ・スタール研究員である。

赤や青の原色を好む彼女にしては珍しく、黒い繻子織(サテン)の生地に暗色の刺繍(ししゅう)糸で幾何学模様の複雑な刺繍を施したローブを着込み、これまた珍しいことに普段手にしない魔法の発動を補助する杖を手にしていた。

生まれながらにして焦点具を身に宿す長命種(メトシエラ)が杖を持つことは少ない。彼らが杖を持つのは、生来持った焦点具では出力が足りなくなる魔法を使う時か、儀礼的に杖を持つ必要がある時ばかり。

だが、あの禍々しく奇妙な緑色に輝く宝珠をいただく杖は、どうまかり間違っても儀礼で引っ張り出してくるような品ではなかろう。実演をするしないに拘(かか)わらず、本気の装備で挑むほどの心意気を表しているのだろうか。

「では、発表を始めさせていただきたく存じます」

朗々と響く声に迷いはないが、教授達はそれぞれ査読した結果のアラをどこで突いてやろうかと内心で舌なめずりをした。却下するほどではないが、言及不足というところが幾つかある論文は下手に出来が悪い物より教授達の嗜虐心を擽ってくるのだ。

彼らもまた、多方面から叩かれ煽られながら教授の位に上ってきたのだから。

その様を眺める者達の中で、楽しみによってではなく、不安で落ち着かない者が一人。

予め査読した論文の出来に「体調が悪いのか!?」と茶を噴出させられた、発表者の師匠マグダレーネ・フォン・ライゼニッツ卿である。

まず考査を通過できないのがおかしな力量の持ち主が出すにしては、問題が多い論文であったからだ。必ず通らねばならない、と釘を刺した本人からしては気が気ではなかろう。

無論、彼女も今日この舞台が始まる前に何通も手紙を出して、本当にこれでいいと思っているのかと問い質した。しかし、全て心配は要らないと返ってくる上、再度公文書で召喚しても論文執筆に忙しいという、断るに足る大義名分で拒否されて梨の礫。

気を揉みに揉んで、遠い昔に失ってしまった胃が痛むような幻痛に苛まれつつやって来た死霊は、このままだと色々破滅だと発表の始まりを見守る。

少なくとも己であれば、絶対に通すことのない論文であったからだ。

しかし、もう遅い。始まってしまった発表を止めることはできない。死霊の心痛と胃痛を余所に長命種は朗々と語り始めた。

脚本を演じる役者の如く歯切れよく語られる論文を聞いている内、誰かが首をかしげた。ある一人は「おや？」と呟いて持ってきた論文をめくり、ある一人は「ん？」と自前の手帳をめくって覚え書きを復習う。

語りが提出されてきた論文からズレてきていた。

よくある準備不足や緊張によって論文の内容を逸脱した語りになっているのではない。突っつかれる筈だった穴に蓋をするように精緻な理論の当て布が施され、さらには〝言及〟のなかった……いや、記述の意味を変える新しい論理が刺繍として刻まれる。

提出済みの論文の内容を逸脱しないまま、全く別の結論を導き出す語りに議場はざわめき始める。

普通であれば分からない。魔導師が書く論文とは過程こそ明確にせよ本旨や結論を本当に魔導に精通していなければ欠片も理解できぬように書くから。

しかし、ここにいるのは魔導師の中でもぶっ壊れ揃いの教授達。伊達や酔狂で他人に教えを授ける立場にある者達ではない。

それに普通であれば為されない、ここだけでの語りが教授達へ〝教えてやっている〟かのように論を支えていく。語りがなければ、読むだけであれば表題通りの内容にしか受け取れぬ論文が変貌する。

彼らには分かる。分かってしまう。

この論文は〝非幾何学平面上における効率的魔力伝達〟の論文ではない。

その表題を借りた……三重帝国において禁忌の一つとされ、同時に〝不可能〟と見られていた魔力を負の時間軸に載せる魔導の極点。

時間遡行魔法の基礎理論魔導論文であると。

抑えきれぬざわめきの一切を無視し、長命種(メトシェラ)の魔導師(マギア)は全くの無傷のままで語りを終えた。

この語りと論文だけでは〝極めて実現性は高いが理論的には不確か〟という絶妙な塩梅(あんばい)の内容にとどめたままで。

そして、質問は？ の一言もなく、締めの言葉を勝手に紡ぐ。

たっぷりの毒を込めて。

「拙論のご静聴、誠にありがたく存じます。皆様のお耳に若輩の論、まこと小賢(こざか)しく不出来なものに響いたことと愚考いたしますが、今後も精進し〝摑(つか)みかけた〟尻尾を逃がさぬよう鋭意精進いたします」

湛(たた)えた微笑(ほほえ)みは意図なく見れば至高の彫刻が如く映ろうが、意図を察した者からすれば悪鬼羅刹のそれに他ならぬ。開場前から死者である事実を差し引いて尚(なお)も顔色を悪くし、発表が始まってからは加速的に更に顔色を悪化させていたライゼニッツ卿には、それが嫌と言うほど分かった。

「また、改めて私の研究に〝全面的な支援と添削〟をしていただきました我が師、マグダレーネ・フォン・ライゼニッツ教授……そして〝強力にご後援〟いただきましたマルティン・ウェルナー・フォン・エールストライヒ教授に感謝いたします」

やられた！　と死霊(レイス)の才媛は場も憚(はばか)ることなく頭を抱えたくなった。

魔導院において禁忌とは故あれば紐解(ひもと)き、実力あらば扱うことが許されることだ。

そこはいい。教授会など禁忌に浸りきった、世間的には人非人と誹(そし)られても何の反論もできぬ人種の集まりなのだから。

問題は今まで完全に不可能だとされていた技術。コレ一つが可能になるだけで、実現不可能だと諦められていた技術に手が届く一種の技術的特異点(シンギュラリティ)にして、魔法・魔術の視点を不可逆に革命する変化(パラダイムシフト)。

全ての学閥、あらゆる魔道士が欲する技術。

それを一つの閥が握りかけて、あるいは掌握している事実を匂わせており、ついでに〝三重帝国〟の大公までが触れているという。

あまつさえ、これからただの大公ではなく三重帝国の皇帝となる人物が関わり、存在していることを知っていたと匂わされた日には……。

優位極まる一つの技術。それを一つの閥が独占しているとなれば、一体どれほどの混乱が魔導院に巻き起こされるか想像さえできない。しばらくは大人しかった〝学閥紛争〟の再発を嫌というほど予見させる。

勿論(もちろん)、確実にとは言うまい。閥を率いる長の絶妙な政治差配さえあれば、平和裏にコトを進め更に閥の地位と名声を高める起爆剤(カンフル)にもなり得る。

ただ、その起爆剤は処方をほんの僅か、粒子の規模でさえ誤れば周囲の人間を鏖殺(おうさつ)する特上の毒薬でもあるだけだ。

そして残念ながら機械的(システマティック)な官僚制を敷いている三重帝国において、一度決まって引き受けられた叙爵をその場のノリで取り消すことはできない。

特大の爆弾が〝宮中伯〟の名を借りて、皇帝と教授を盾にしつつ好き勝手動けるような場が作られたのだ。

全てを覆すことはできない。これから決まっていることは予定通りに進む。既に議会を通った内容、即(すなわ)ち教授に昇進したならば功績を讃(たた)え叙爵と宮中伯の位を与えるという提案には認可の判子が捺(お)されてしまっていた。

これを土壇場で拙(まず)いことになった、と翻すのは個人の権力が強い旧来の君主制国家ならまだしも、議会を重んじる帝国においては不可能である。

さにあらずんば三重帝国が三重帝国として成立しなくなるが故、正当性を担保するべく過回転の歯車は回り続ける。絶望の軋(きし)みを供にして、皇帝と学閥の長を破滅にも栄達にも導く機構は既に動き始めてしまった。

「ええ、では、この場で以てアグリッピナ・デュ・スタールの教授昇進の決を採ります……さ、賛成の方はご起立ください」

今回の進行役にして議長を務める教授は、声が震えそうになるのを抑えながら式次に従って物事を進める。彼自身、教授に叙されるだけの頭があるため、興味と、この真理を己が見出せなかったことへの悔しさで叫び出したい気持ちで一杯だったが、貴種としての矜持が不格好ながらも口を動かしてくれた。

やがて、のろのろと衝撃から現実に帰ってきた教授勢が立ち上がる。

誰もが分かっていた。これは大変なことだと。舵取りを誤れば帝国の興廃にすら関わると。

しかし、これを認めないことも実力でのし上がってきた教授という自身の立場が容れはしない。否定しては存在の拠り所である自負に傷が付くと分かっていたからだ。

そして、近年希に見る〝参加教授全員の承認〟を受けて、ここにライン三重帝国魔導院教授、アグリッピナ・デュ・スタールが誕生する。

これから驟雨の如く襲いかかる難事を予見し、本当の死人の方がマシと言いたくなる顔色を並べた師と皇帝に向かい、アグリッピナ・デュ・スタール、あらためアグリッピナ・フォン・ウビオルム伯爵にして魔導宮中伯となる魔導師は艶然と微笑んでみせた。

自分だけでは地獄におちねぇぞ、と………。

【Tips】三重帝国における君主の権力は絶大であるが、腐敗と一家による独占を防ぐ構造により皇帝の独力で爵位の剝奪や叙勲の取消などができぬといった、普通であれば当たり前で些細な欠点が存在する。

要は二言を口にせぬこと。ただ、それだけの話。

　発表を最後まで聞くのも自由であれば、もう必要ないとして立ち去るのも自由である。結果的に叙爵の公表云々は皇帝の口からされるものであって、発表する行為そのものに本人は何ら関わりがないからだ。

　少なくともこの場において皇帝の前に跪き、剣や書類を賜るといった仰々しい行事が執り行われることはない。

　行事は行事が相応しき場にて行われるもの。ここは試練の場であり、そして事実のみを尊ぶ場である。

　故にアグリッピナが演壇から退いた後、発表者控え室に戻るでも、他の教授と同じく黒睡蓮の間に残るのでもなく、帰ってしまうのも勝手だった。

「……一先ず、教授昇進を御言祝ぎいたします」

「お、おめでとう……ございます？」

　さっさと帰ろうとする主人の背を追う従僕と弟子が、廊下の人気がない所にまで来て彼女の昇進を祝ってみせたが、その声はとても喜んでいるようには思えなかった。

　従僕は、さっき渡された誕生祝いや、これから貴族の側仕えとしての仕事が増えるというのは、こういうことかと察して声に殺気が混じっている。

　一方で会場にまで同道し、師が教授になる瞬間を見た弟子は、一体何を見せられていたのか理解が及んでいないらしく疑問形であった。

「ん、ありがと。凄く不本意だけどね」

　しかし、師は当たり前だろうという態度と、更には心底不服であるという不快感を表情から隠さずに答えた。教授に昇進するか、師匠を殺して逐電するかを天秤にかけるほど苦い選択であったのだ。控え室で死んでいた、落選した者達から羨望の視線を注がれ、嫌み混じりに称賛されようと喜べはしない。

　むしろ彼女としては、これから帰って工房に引き籠もり、術式で代謝を落としきって〝酒に酔う〟という自棄な行為に耽らねばやっていけないくらいだった。

「忙しくなる、とはこれのことだったのですね」

「えー、そうよ。今日は内示に近い発表があるだけだけど、少ししたら教授の就任式もあるし、貴族の叙爵式もある。多分、皇帝の譲位式典でも任命式やら何やらで引っ張り回されるわ。差配と準備、任せたわよ。多分、伯爵くらいにはなるから、そのつもりでね」

　貴族でも何でもない丁稚に任せるこっちゃねぇ！　と金髪は帝城でなければ叫んでいただろう。何なら不敬の極みを目指し、主君の胸ぐらを摑んでやってもよかった。

　大体のことは官僚達、帝国でも絶対に失敗できない行事だけあって一際優秀な人間のみを集めた実行委員から「お前達は何も考えなくていいから、命令通り熟せ」と迂遠に言い含めるように事細かな指示が書かれた文書が届くから、何とかなる筈。

　しかしながら、こんなもの普通の丁稚に任せることでも、況してや任せていいことでもない。

だが、悲しいかなエーリヒにはできてしまう。やろうと思えばできてしまうだけの性能を身に付けてしまっていた。

従者としての宮廷語は皇帝の前に出しても恥じぬ領域にあり、主人の代筆を務める手紙も〈器用〉を用いる行為判定だけあって〈神域(スケールⅨ)〉の技能により優美の極み。金勘定など並行する思考を使えば瞬く間に片付いて、調べ物も〈見えざる手〉と〈遠見〉によって金勘定と同じく〈多重併存思考〉によりあっという間だ。

更には重要な文書を運ばせても奪われる危険性のない戦力を持ち、何があろうと主人の利益に逆らわぬ忠誠(エリザ)を勝ち得ている(人質に取っている)のだから、これ以上を探す方が難しかろう。

「安心なさいな、全て投げつけたりはしないわ。私が動かないと拗(こじ)れたり、貴方(あなた)の能力が及ばない場所は片付けるから。厄介だけど人も雇うし。それらの監督はよろしく。古参の家臣、という体にしておくから。給金にも色を付けるわよ」

「……畏まりました(Jawohl)、伯爵(Frau Gräfin)」

これ見よがしの全く瑕疵(かし)がない宮廷語の返答に気をよくし——この程度の当て擦(こす)り、ないも同じであった——男爵令嬢から伯爵への華麗な、そして不本意なる転身を果たした長命種(メトシエラ)は堂々と工房へ凱旋(がいせん)した…………。

【Tips】爵位に任ぜられるのに際し、元から貴族の家柄で大金持ちでもないかぎり、帝室の歳費から支度準備金が下賜される。

一代貴族といえど相応の屋敷や装束、使用人がないと恥を掻くため、無位より叙爵される者には行政府より就任祝いとして相応の物が下賜される。艱難辛苦の末、赤貧を噛み締めて栄達するに至った者達を労うために創設された制度であり、予算は帝室費より捻出される。

少年期

十四歳の晩秋

中世ファンタジーお約束の立場。時にこの身分だけを利用することにより、交渉が判定なしで成功させられるような強力無比たる立場であるが、その身分故の柵（しがらみ）や厄介事に捕まることも珍しくはなく、お手軽なキャンペーン導入の名目としても重宝される。

秋とは皆に等しく忙しい時期ではあるが、私は多分帝国で上位に入る忙しさであったと誇っても、誰の誹(そし)りを受けることはないと確信している。

激動の数ヶ月だった。

たしかにライン三重帝国の官僚は優秀でいい仕事をしてくれたさ。彼等(ら)にとっては何年かに一度教授が誕生するなり、大いなる貢献をした者を貴族に取り上げるなりしているだろうから、地盤のない人間を貴族らしく仕立て上げることも慣れているんだろうとも。

だから諸々(もろもろ)の準備には滞りはなかったさ。

雇用主の教授昇進は既定路線だったのか、教授会の翌日から色々な書類が届いてお膳立ての周到さが分かった。

帝都での館を用意するために候補を用意したので選んでくれだとか、新しい流行の衣装を仕立ててやるから反物を好きに見繕えや、女性は宝冠(ティアラ)を被(かぶ)るのが流儀だから突貫でも納得いく物を仕立てられる工房を紹介するだとか……兎(と)も角(かく)、そんな授爵に当たって必要となるだろう諸々だ。

で、これを雇用主に持っていくとどうなると思う？

そう、全部が私にブン投げ返されて「良きに計らえ」とムカつく笑顔と共に押しつけられるのだよ。

正直に言えば、普通だったら死んでると思う。いや、むしろ下手に死なないしできると理解されているからこそ、あの腐れ外道は私に仕事を投げてきたに違いない。彼女は嫌がらせの被害者がのたうち回っている様で酒を何本か空けられるド外道であるものの、それで自分が迷惑を被るなら愚かな無体を優先するほどの阿呆(あほう)ではないからな。

　もしも私が年齢相応の、社会に出たこともない下働き専門の丁稚であれば、彼女はしまりが悪い蛇口の如(ごと)く文句をポタポタ漏らしつつも自分で全て熟しただろう。

　調子に乗った私が悪いのもあるが、下手にできることを見せつけてしまったのが今更ながら悔やまれる。

　精神年齢では五十代(アラフィフ)が見えてきた私だが、外見は儚(はかな)いヒト種(メンシュ)の少年だぞ。〈短時間睡眠者(ショートスリーパー)〉や〈静養上手〉といった特性がなきゃぶっ倒れるような仕事を投げるんじゃねぇよ。

　私の色々な物――時間や正気と将来の健康――を犠牲に準備は進み、斯(か)くして表面上は穏当かつ滞りなくアグリッピナ・フォン・ウビオルム伯爵にして魔導宮中伯が誕生する次第が整えられた。

　飾らずに感想を述べれば、二度とご免どころの話じゃないが、まだ終わらんのだろうな、きっと。

「アグリッピナ・デュ・スタール、前へ」

　むしろ、これが始まりでさえある。

　さて、私が今にも寝床に倒れ伏したい気持ちが一杯で立っている場所は、帝城の中でも最も神聖と呼べる玉座の間だ。流石(さすが)は帝国建築の粋を凝らした場所というだけあって、白亜の大理石が敷き詰められた床、勇壮な柱が支える床とは色合いの異なる石壁、有色硝子細工(ステンドグラス)や開闢(かいびゃく)帝の戴冠図を描いた天井壁画の調和が素晴らしく、立っているだけで圧倒される見事さである。

前世の旅行で訪れたエルミタージュ美術館で見た玉座の間とて、この雄大さには幾歩も劣ると言わざるを得ない。

配置が考え抜かれた天窓から差し込む光は幻想的に玉座を照らして帝位の神聖さを演出し、同時に天井の絶妙な勾配と魔導照明の設置によって帝国百家が居並ぶ両脇は神妙に光が沈むのだから、設計した建築家の力量高さを窺(うかが)わせる。

部屋が優れているように全ての調度もまた、見劣りしない逸品ばかりだ。

壁際に並ぶのは皇帝の権威を示す戦利品の数々。過去の戦にて打倒した国家の王冠や王(おう)笏(しゃく)、名剣や如何(いか)にも由縁のありそうな装身具。現存する大国相手であれば、戦争で奪い取った軍旗や名のある将軍が使っていた甲冑(かっちゅう)などで目が眩(くら)むほどだ。

そして玉座の優美さは語るべくもなかった。天を衝(つ)く高さの背もたれや、一般的な大きさの人間が座るには巨大すぎる座面といった、誇張が過ぎる要素が全く無理なく融合して、座る者の偉大さを何倍にも引き立てる。

その中で実に象徴的だと感じたのは玉座の奥に掛かる、どうやって描いたのか知りたいくらい巨大な肖像画の数々だった。

半円形に窪(くぼ)んだ玉座が収まる数段高くされた空間の壁には、中央に開闢帝リヒャルトのかなり美化された――当人は大の肖像画と彫像嫌いで、当時に作られた物は殆どないそうだ――肖像が飾られ、その左右に二代目の礎石帝、三代目の整軍帝が並んでいる。

　徳川幕府ほどではないが、帝国では開闢帝リヒャルトが神格化されつつある。

　当人が「余は人として生き、人として死ぬ。然もなくば、人がための楽土を築くことは適わぬ」として神への昇華を拒んで死んでいったという、嘘か誠か分からぬ逸話はあるものの、実存する神々に勝るとも劣らぬほど熱心に奉られていた。

　他ならぬ神々も、自分達をここまで盛り立てた相手だけあって悪い気はしていないのか、この不遜な信仰に神罰を下すこともなく――見ようによっては神の地位を軽んずることでもあるから――受け入れているため、初代から数えて三代は公然で別格扱いされている。

　そして、空いた空間に飾られるのは、ここ直近六代分の肖像画。退いたとしても、常に国を案じ、皇帝の道行きを見守り、同時に監視しているとの表現だろう。

　名を呼ばれたアグリッピナ氏が、これまたどうやって織ったか想像も付かぬ幅広かつ長大な、初代の頃より使われつつも一切の汚れが付かぬ真紅の絨毯を踏みしめて前に出た。

　皇帝から下賜された上質な絹の反物に自ら魔導的な強化をもたらす刺繍を施し、上質な染料でお気に入りらしい緋色に染めた魔導師のローブ姿で堂々と闊歩する姿を見て、絨毯の左右に居並ぶ帝国百家が息を呑んだ。

　銀の髪は神経質なまでに手入れしたため、大粒の金剛石を大胆にあしらった神銀の宝冠が褪せるほどに神々しく、薄化粧を施した顔は歌劇場の美姫が恥じらって顔を伏せんばかりの麗しさ。

これだけの視線を浴び、そして皇帝より直接言葉を掛けられる場ともなれば、大抵の者は萎縮して動きが硬くなるものだ。幼少より貴種として厳しく養育され、社交の場に慣れた生粋の貴族であっても、人生の一大行事である叙爵式典では緊張しても恥ではないと言われるほどに。

しかし、彼女はそんな物知ったことかと。まるで全ての視線も思惑も、価値のない路傍の石を蹴立てる勢いで進んでいく。

やがて、皇帝の前に至った彼女は、恭しく跪いて頭を垂れた。

叙爵式のほんの一刻ほど前。先帝となったアウグストⅣ世より帝冠を譲り受けた、新帝にして三選目を務めることとなるマルティンⅠ世の御前に。

「余はライン三重帝国皇帝の名を以て問う。汝は何者なりや」

「此の身は西の地にて受け継がれし血により生を賜った者。デュ・スタールの血脈にしてフォレの家名を継ぐアグリッピナ」

応答にも淀みはなく、声が反響しやすい部屋の構造や拡声の魔法が掛けられていることを加味しても、実に音吐朗々たる声の響き。厭世的な引きこもりで、社交に一切の興味がないとは信じられない卓越した発声術である。

「余は汝、個として此処に立つに至った何者でもなきアグリッピナに問う。汝、帝国の藩屏たるを志し、帝国を守り、臣民を安んじ、あらゆる不義に敵対する者なりや」

「ただ我という個の存在を以て応答いたします。此の身は不断の忠誠を心の要と据え、我が身全てを陛下の帝国、及び数多の臣民、天上にて我等を見守る神々の穏やかなる統治の礎石として擲たんとする者と任じます」

これぞ儀式と言いたくなるやりとりだが、何とも恐ろしいのが、これが決まり切った様式ではなく〝個々人独自のやりとり〟であり、一から自分で考えねばならないところだ。貴族をやるには詩の才能も必要だとは分かっていたものの、実際に目の前で文才を必要とするやりとりをされると中々に感じるものがあった。

いやはや、何ともアグリッピナ氏には似合わない、されどもこの場では実に適切なお言葉である。これを彼女自身が熟すべき大量の仕事を片付けつつ、片手間に捻出したとは思えない劇的さだ。

「我が命、我が忠誠、我が体に流れる血の全てをラインの乙女に抱かれた健やかなる帝国の、ひいては御身の揺るぎなき足跡を支える捨て石とすることをお許しいただけますでしょうか」

「余、ライン三重帝国皇帝マルティン・ウェルナー・フォン・エールストライヒの名を以て汝アグリッピナ・デュ・スタールを祝福し、我が帝国の一員として受け入れよう。そして、その職責を果たす第一の義務としてウビオルム伯爵に叙し、宮中にて余を補弼する魔導宮中伯に任ずる」

マルティンⅠ世は一拍おいて会場を見回し……って、今更ながら、どっかで見たことあるな、あの人。どこだっけ……？

「余の意向に正当が足りず、帝国のためにならぬと思う者よ、声を上げよ」

思い出そうと首を捻ってみるものの、ピンと来ない。となると、多分どこかで一度見かけただけとかだな。もう少し〈記憶力〉や人相を覚えるような特性と技能に熟練度を割り振っていれば、悩むこともなかったのだが。

因みに、皇帝からの問いかけは所謂お約束というやつで、本当に此処で異を唱えたらえらいことになる。どっかの結婚式に闖入して花嫁を攫っていく映画でもあるまいし、土壇場で段取りを壊されては洒落にならんのだ。

それでも様式美は様式美として守らねばならぬので皇帝も問うことだけは行い、同時に参列者も皆神妙な顔をして口を噤むのであった。

とはいえ、給仕や従僕に交じって壁際で待機しているだけでも、不服そうな態度を隠そうともしない人間が複数いるのが分かる。

アグリッピナ氏は仰っていたな。どうせ厄介な領地だろうから、係争相手が山ほどいて、そんな連中を黙らせたくて寄越したんだろうと。

となると、ウビオルム伯爵領が欲しくて暗躍していた連中が、何とか挽回しようと手を打ってくるのか。

適わんなぁ。既にちょこちょこ、館の維持に関わる人間とかで官僚から紹介された面子に怪しげな動きを見せる人物が交じっているというのに。アグリッピナ氏に密告し、危うそうな者には〝鈴〟をつけてはいるものの、さてはて穏やかな滑り出しは望めまいな。

「これにて儀は成った。アグリッピナ・フォン・ウビオルム伯爵に祝福を。帝国よ永劫に安らかなれ」

「帝国万歳（Sieg Reich）！　皇帝陛下万歳（Sieg Kaiser）！　帝国よ安らかなれ（Heil dem Vaterland）！」

アグリッピナ氏の声に合わせて唱和が三度。この最後のやりとりだけが、爵位授与において決まった内容だ。流石に雇用主の前に数人見ているため、きちんと揃った万歳の唱和にも感動は薄れてくる。

後は皇帝から領地の運営に必要となる、正式なウビオルム伯爵の印鑑や印章指輪などが授与されて、アグリッピナ氏の出番はお終い。続いて叙爵される人間に出番が回り、貴族位の授与が終われば、帝国騎士への叙勲が始まると。

皇帝の戴冠に朝から半日がかりだったのを考えると、まだ簡素な方だな。騎士の方は何人か纏めてやるようだし、日が沈む頃には終わるだろう。

私はアグリッピナ氏が後ろに引っ込んだら、一緒に下がってお色直しの手伝いをせねば。そのために半ば敵地に近い帝都の館に引っ込んで、着替えやら準備をして、また馬車を出して帝城に参内し、祝いの夜会に従僕として参列せねばならぬ。

昨日も最後の確認やらで忙しく、二時間も寝られていないからキッツいな。どうせ、譲位祝賀の夜会も深夜まで続くのだし、極めて高確率で今晩も眠れそうにない。

ほぼ二徹か……御賃金とかどうでも良いから一二時間くらいぶっ続けで眠らせて貰える

方が嬉しいな。前世じゃ徹夜はマネジメントの失敗だとして笑っていたが、こりゃどうにもならんぞ。

欲を言えばもっと人を増やして欲しい。私より権限が強くて、貴人に会ってもナメられないちゃんとした家宰を一人——できれば貴族家出身——と教育が行き届いた側仕えが五人か六人。その手足となれる宮廷語を覚えた雑用が二〇人もいれば、一日の労働時間が三時間くらいで済み健全な生活を営めるのだが。

とはいえ、それも望み薄だろうな。見るからに敵の方が多い現状で、下手に人間を増やすのは泣き所を増やすのと同義であるし、無理をしながらでも二人でやる他あるめぇ。

もう暫く、といってもまだ半年とかが必要になりそうだが、アグリッピナ氏が実家とやらから信頼できる一門衆を何人か呼びつけて、あとこっちの伝手も使って不安のない人員を確保するとは仰っているが、面談などを含めれば実働態勢が整うのはまだまだ先のことであろう。

……となると、疑問が一つ。

我が悪辣なる雇用主は、この展開を論文執筆時点で既に分かっていた公算が高い。然もなくば、こうも堂々かつ展開を読んだ準備はできなかっただろう。

ならば、人員だってもっと手早く集められた筈だ。〈空間遷移〉があるのだから、やろうと思えば国元にだって帰ることができただろうし、ライゼニッツ卿に頼れば裏切らない人間を一ダースは集められたろうに。あの度しがたい死霊は貴族間政治にも長けていて、名家の子女を弟子としているため、その卒業者で幾人もアテがあったろうよ。

つまり、現状も彼女の絵図の内か？　敢(あ)えて隙がある体制を作り、内側に密偵を誘い込もうとしている？

うん、そう考えるとしっくり来るな。研究にばかり耽溺(たんでき)していた才女が、急遽(きゅうきょ)貴族に抜擢(ばってき)されたことで忙殺され、隙を晒(さら)しているように見せかける。さすれば政敵は油断し、与(くみ)しやすいと見て何らかの攻勢をかけてくることだろう。

来ると分かった攻撃ほど受け止めやすい物はない。準備万端待ち構えて、初撃を躱(かわ)され隙だらけになった顎に逆撃(カウンター)を叩(たた)き込む。予想外の反撃に相手は困惑し、強力な一撃に脳を揺らされて昏倒(こんとう)。あとは煮るなり焼くなりご自由にと。

なら、今日の自信満々の立ち振る舞いも、敵から見れば健気(けなげ)な高楊枝(たかようじ)ってやつか。

本当に我が雇用主は油断ならんな。情報戦をやるため、敢えて不利を装うか。

まぁ問題は、本人は装うだけで済むだろうが、絶対に裏切らない駒として使われている私はフリでもなんでもなく本気で困窮しているのだが。

こっちは凡人だぞ。しかも飯も食うし寝もするしクソも放(ひ)る儚(はかな)い定命様で、その中でもかなり虚弱なヒト種(メンシュ)と来た。勘弁して貰えんかね。

残念ながら、どれだけ熟練度を取ったって普通のヒト種(メンシュ)は〈睡眠不要〉も〈飲食不要〉の特性も取れんのだ。〈頑強〉に纏(まつ)わる特性で無理をさせることはできても、ヒト種(メンシュ)の域にある内は絶対に不可能。

これを覆したいなら、肉体改造系の魔法に手を出して内臓の大工事が必要となる。探せば仙人めいた特性などもあるのかもしれないが、現状見つからないため私の経験不足でロックされているようだし、如何(いかん)ともし難い。

忙しさのせいで非定命の身を嘆くことになろうとは。クソめ、ここは一体何処(どこ)の世紀末だ。

ちょっと金を出せば体を機械に置換して長命種(メトシエラ)めいた存在になれる、とある未来の東京に思いを馳(は)せつつ、私は仕事を片付けるべく気配を殺して、退場する主人の後をそっと追うのだった……。

【Tips】宮中行事。多くは質素かつ時勢を見て略式で執り行うことも多いが、譲位ともなると全てを節制のため簡易に留(とど)めることもできない。

そのため、帝都では多くの酒や食事が邸宅を開放して市民に振る舞われ、近隣の荘(しょう)でも祭りを開催し、遠方でも祝賀記念で免税や減税の触れを出すなどしており、皇帝のみならず多くの貴族が何らかの出費をしている。

仮面を被(かぶ)るにも慣れたもので、アグリッピナはデュ・スタールとしての仮面から、早くもフォン・ウビオルムとしての仮面を仕立てて身に付けることに成功していた。

「お初にお目に掛かる、フォン・ウビオルム。私はロヴロ・ヘルマ・テオドール・フォン・ヤンカ。貴領とは遠いが、払暁派の活動を支援している」

「まぁ、ヤンカ伯爵？　あの薬草学者でもあらせられる？　研究員時代に貴方の論文を拝読いたしましたわ。その時は貴公が魔導師を辞し、論壇を去られてしまったことを本当に惜しく思いましたのよ。それが何の奇縁か、直接お声をかけていただけるなんて！」

　アグリッピナ・フォン・ウビオルム伯爵は魔導に造詣が深く、熱心な親皇帝派であり、根っからの学徒にして純粋なご令嬢。それがアグリッピナにとって都合の良い仮面であるため、彼女は自らのことを知らぬ人間ばかりという環境をいいことに性格とは真逆の仮面を何の恥も抱かずに作り上げ、そして完璧に被ってみせた。

「おお、拙著を読んでいただけたとは。恥ずかしい、あれはまだ此の身が思い上がった若木の砌に認めたもので、今思えばとても世に出せた物では……」

「真逆！　情緒と感慨に満ちた文体は詩の如く格調高くて、無機的な報告論文より何倍も本質が真に迫って伝わりました。どうかご謙遜なさらないでくださいまし」

　樹傍人――樹人とは異なり、一本の木から生じるも完全に独立した人類種――は無邪気なまでの賛辞に気をよくしたのか、その上質な無垢材の如き白い肌を微かに上気させて笑った。外見はヒト種の青年の如く見えるが、魔力波長からして二〇〇年は生きているであろう古木とアグリッピナは愉快そうに言葉を交わしつつ、正確に品定めを終える。

　彼は魔導師を退いたが、今も払暁派に多額の献金を行う先達だ。恐らく、ライゼニッツ卿からの根回しで「仲良くしてやってくれ」と前もって依頼を受けて来たに違いない。アグリッピナが転けると連座して酷い目に遭うことが確定した死霊も、本気で長命種を支援する態勢に入っている。

既に彼女の縁故と思しき貴族が声を掛けてくること二〇と幾つ。義務感で仕方がなくという者から、可愛い後輩として味方になってやろうという者まで様々だったが、その大凡を味方に付けられたとアグリッピナは確信している。

さも面倒臭そうな態度を隠さなかった重鎮が、最後には彼女の手を取り、自身が属する閥の盟主の所にまで紹介しに連れて行ってくれたのだ。更には内々で行われる娘の誕生記念にまで呼ばれるとあれば、宮中伯と皇帝のお気に入りという下駄を加味して尚も気に入られたと見てよかろう。

こういった出来事が付き合いが増える度に行われたため、父親に方々を引きずり回された時に身に付けた政治センスは一切錆び付いていないと元男爵令嬢は確信した。

元魔導師の貴族との歓談の後、少し間を空けて給仕の運ぶ発泡葡萄酒で口を湿らせたアグリッピナは、近づいてくる気配に反応して振り返った。

すると、何とも胡散臭い男が目に入る。

「フォン・ウビオルムですな？　吾は……」

「まぁ、グンダハール・ヨーゼフ・ニコラオス・フォン・ドナースマルク侯爵。ご挨拶に伺おうと思っておりましたのよ？」

貴族的で柔和な笑みが似合う細面の美男子も、裏を知っていれば笑顔がキナ臭く感じられて仕方がない悪党にしか見えぬ。

相手の名乗りを遮って、名前を呼ぶ一種の礼儀破りを受けても心を落ち着ける笑みを湛(たた)えた長命種(メトシエラ)は怒りもせず、優雅に腰を折ってその通りだと答えた。

アグリッピナは、この譲位記念の夜会を一枚の試験紙と考えていた。

敵と味方を見分け、どう利用するかの算段を付ける玉虫色を見せる複雑な試験紙だ。

しかし、紙を浸す前に敵だと分かる相手には対応も変わってくる。

ウビオルム伯爵領係争にて残った最有力候補。これが穏やかに横から美酒を攫っていった盗人(ぬすっと)に等しい相手を歓迎する訳がなかろうと。

敵対者のアタリは付いていたため、彼女はこの場に臨む前に下調べを済ませている。貴族年鑑に目を通すという簡単なことから、彼への言及がある史書を取り寄せて読むこと。そして、ライゼニッツ卿に頼んで貴族間にのみ出回る情報を聞くことも。

最も敵に等しい存在と相対するに当たって、アグリッピナは虚弱な兎(うさぎ)として振る舞わぬことを決めていた。

何と言っても相手は平時においても梟雄(きょうゆう)と呼ぶに相応(ふさわ)しい相手だ。並の手合いと違い、狩られる側を装う無防備な演技は役に立つまい。

故にアグリッピナは、中途半端に謀略への覚えがある素人を装うことにした。

お前は敵だろう？　と下調べは済んでいると言わんばかりに振る舞うのだ。さすれば、下手に無害を装うよりは与し易(やす)い相手を装うことができる。

この界隈において、素人よりも下手に知識がある相手の方が釣りやすいのは常識であるが故に。

……と、思っていたのだが。

「それは光栄だ、アグリッピナ・〝ヴォアザン〟・デュ・スタール嬢……ああ、いや、今はフォン・ウビオルムとお呼びすべきだったね。失礼した」

もう少し経験が浅ければ。或いは、アグリッピナが人間らしければ表情が歪んでいたかもしれない。

この帝国においては誰も知らないはずの名、その一つを知っていることに驚かされたからだ。

貴族が多くの名を持つのは誰もが知るところであるが、アグリッピナも例に漏れず全てを記載すると二〇以上の名前が熟々と続く。しかし、彼女にとって意味がある名前は最初に父母から与えられた名と、家名くらいの物であるため、敢えて名乗ることはない。

それは公式の場においても変わらず、帝国における名簿では全て省いて記入してきたため、叙爵の場においてすら彼女はアグリッピナ・デュ・スタールと呼ばれた。

しかし、出生時にセーヌにて崇められる神群より託宣と共に与えられる〝洗礼名〟をドナースマルク侯は口にしたではないか。

最早、故地においても知る者が少ない名を。

「いえいえ、私も新しい名前に慣れるまでに時間が掛かりそうですわ、ドナースマルク侯」

「ああ、それは分かるよ。吾も若い頃、継承した名を名乗るのに不慣れで二度呼ばれてやっと気付く醜態を晒したこともある。ではフォン・ウビオルム、卿をアグリッピナと呼ぶ栄誉を賜れないだろうか？　その方が卿も楽やもしれぬし、吾も卿とは領が近いため昵懇な付き合いができればと思っている」

　あらあらうふふ、と笑って貴族らしい会話をしつつ、アグリッピナはさらっと未婚の婦女を名前呼びし、手を取ろうとするあたり相手が相当な〝遊び人〟でもあると察した。

　長命種にしては珍しいことだ。肉体的な快楽など、大抵は脳の神経を魔法で弄くれば終わってしまうため、敢えて異性と遊ぶことで性欲を満たす個体は少ない。大抵の場合――アグリッピナも例外ではなく――若い頃に魔法で色々試して普通の刺激では飽きてしまう筈である。

　となると、この個体、ドナースマルク侯は相手の反応を見て楽しむ手合いであろう。

　なるほど、本質的には他人を娯楽と見做している部分は己と似ているが、自身が積極的に干渉して相手の反応を引き出すことで悦びを得ようとする点においては対極の位置にあるとアグリッピナは察した。

　同時に、何があろうと相容れないと。

　性質が真逆すぎるのだ。正しく同じ天を戴かず、何かの弾みで確実に意趣遺恨を抱かずにはいられない関係に変質する。

さて、どうやって殺そうかと考えつつ、アグリッピナは将来的な宿敵の軟派な誘いかけを迂遠に躱すのであった………。

【Tips】貴族間において名を呼ぶ関係は極めて昵懇な間柄を除いて希である。一般的には家名、あるいは役職名で呼びかけるのが適切とされる。

少年期

十四歳の冬

主要人物が王や将軍という国内における重要な立場であるシステムに不可欠の要素。臣民の要望を聞き、敵国の情勢を探り、国内における内憂を除く。クライマックスでの劇的な戦闘に赴く前に、誰が敵かを把握しておかなければ、剣を振り下ろす先を誤ることとなろう。

人間死にそうな環境にでも身を置き続ければ慣れるものである。

前世の頃、大学の同期がまぁまぁブラックな会社に勤めており、たまに会って軽く酒を呑(の)んだ時には思ったものだ。

こんな五時に起きて終電で帰り、土日も祝日もへったくれもない生活をしてよく死なんものだと。

普段は慰めるだけに留(とど)めていたのだが、ある時二件目に行き、各々ウイスキーの瓶を半分も空けた頃にポロッと言ってしまった覚えがある。

どうしてそんな酷い様になっても逃げぬのだと。

自分で言うのもなんだが、彼は私の同期だけあって学歴はあるし、何年も逃げずにブラック企業に勤め上げただけあって職歴は綺麗(きれい)だ。

それに同期には院(ロー)に進んで弁護士先生になった仲の良い友人もいれば、資格を取って税理士や社労士となったヤツもいたので、法律にも金にも強い知人がいたため、助けを求めれば幾らでも手を使って違法に搾取された労働力を取り返してくれただろうに。

ただ、それを分かっていても彼は言った。

「煮られている蛙(かえる)は、多分死ぬと分かってても億劫(おっくう)になって逃げられねぇんじゃねぇかな……飛び出した先が、熱湯より酷い場所じゃないって保証もねぇし」

バーの卓に突っ伏した横顔の儚(はかな)さが、彼の名前さえ思い出せなくなった今でも不思議と記憶から消えなかった。

そんな酒より苦い思い出はさておくとして、私もこのクソブラックな勤務体系に慣れてしまった。

山ほど届く書簡も、読むだけなら〈多重併存思考〉で事務的に片付けられるようになったし、最初は「何だこの餓鬼」という目で見てきた同僚――ということになっている、行政から斡旋（あっせん）された人員――との付き合いも円滑に進むようになってきた。

人間、目の前で子供が目の下に濃い隈（くま）を作りながら真面目に働き続けていれば、多少は情でも湧くような構造になっているのだろう。ちょっとした密偵仕事で確実に〝黒〟だと分かっている相手からも同情され、たまに飴（あめ）なんぞを貰（もら）ってしまうと精神にクるものがあった。

しかし、精神的均衡（SAN値）を犠牲に仕事は波に乗っている。

敵が交じっていると分かっていても、仕事をする人間に投げて良い仕事は投げてしまえば楽になるし、むしろ仕事を任せてやることで〝信頼されている〟と誤解して動きが次第に大胆なものになるから、尻尾を摑（つか）みやすくて話がより一層早くなる。

これにより冬になるまでの間で、敵味方の選別は殆（ほとん）ど完了している。

大雑把に分類するなら、面従腹背の輩（やから）が五割、余所（よそ）の息が掛かってても軽い悪さで済んでいるのが二割、あとの二割が割と真面目で自分の領分を守っており、残りの一割が旧主家より統治機構に忠誠を捧（ささ）げた忠臣といったところだ。

うん、地獄かな？

領内から上がってくる税収の報告書がヒデぇもんだったよ。恐らくウビオルム伯爵領諸侯にとっても、今秋で天領から貴族領に戻るのは寝耳に水であったに違いない。必死こいて体裁を整えようとした形跡は見られるものの「うぼぁ」と奇妙な呻きを上げる程度には酷い代物だったからな。

如何に今まで天領という監視が緩い環境に甘えて温々してきたかが分かる有り様だった。何せ経済を専門にしておらず、前世の講義で簿記二級取った程度の私でさえツッコミ所が満載だったからな。

人口比での税収は勿論、農地比率にしても散々で、厳密に計算したら農民が全員飢えて死んだのか？　と胸ぐら摑んで聞き出したくなるような荘園がぼつぼつあった。全体の数値で上手いこと目を晦ませ、官僚にも鼻薬を嗅がせて誤魔化してきたようだが、それも領主直卒会計部隊——総員二名。上長アグリッピナ氏、部下私、以上！——の前では無意味だ。

これが領地経営物のシミュレーションゲームだったら、速攻で全員の首を多義的に刎ね飛ばして新しい代官を送り込むところである。問題は金さえ払えば人員ガチャを無制限で引けるゲームと違い、用意するのにも派遣するのにも手間がかかるため、殺してやりたくても軽々には手を下せぬところだが。

因みに、これがどれだけ酷かったかというと、領地からの収入に特に期待していなかったアグリッピナ氏でさえ眉を顰めたといえばご理解いただけよう。

人間、見張られていないと何処までも弛んでいくという良い見本であった。真っ当に再計算したなら、雑な計算でも領主の懐に入る金が倍くらいになりそうというのが何とも笑えない。

これ、私はまだ仕えている側だから酷さに笑えているが、責任を取る側だったら笑えなかっただろうな。何せアグリッピナ氏は、これを引き締めて経営を健全化させ、帝国への納税額を増やすことも期待されているのだから前途多難だ。

現実的なところで言うなら、何人か吊るして甘くないことを見せつけ、やる気のない連中を引き締めつつ、どうしようもない腐ったのを新しいのと入れ替える。

一気にやると激烈な反応が起こって領内で反乱を起こされかねないため、真綿で首を絞めるよう少しずつ少しずつ。

順調に行って四半世紀くらいはかかるかしら？　定命なら一代かけて負を零に戻すだけと思うと、その無為さに心が折れるのではなかろうか。普通の会社だったらもう潰してやり直そうぜ、という具合だな。

帝国に籍を置き続ける限り、これと付き合わねばならないアグリッピナ氏の心中をお察しして余りある苦行である。

だからといって、私の苦行も軽い訳ではないのだが。

「まーだー？」

「今暫しお待ちを！」

部屋の外から投げかけられる、気の抜けそうな催促に声を張り上げて答えつつ、私は姿見に映る己を改めて見定めた。

仏頂面をした、衣装ばかりが煌びやかな子供が一人鏡の中で突っ立っている。

今日の装いは黒の上衣だ。流行のヒダ襟はつけず簡素なアスコットタイで胸元を隠すことで、敢えて流行遅れの風情にして〝私は従僕ですよ〟と口にすることなく主張する体裁をとった。貴種の間では従僕に華美な格好をさせる文化もあるが、その際は流行から一つ外して貴種ではないと一目で分かるようにするのが流儀だそうだ。

「服はこれで良し……」

皺は一切なく、襟も乱れず、裾に至るまで汚れは付いておらず隙はなし。主人の後ろに控えていて一切恥じる所のない、完璧な従僕の装いだ。

さて、なんだってこんな生命礼賛主義者の死霊から寄越された服を自分から着込んでいるかというと、端的に言うと仕事だからである。然もなくば、こんな仰々しい格好を進んでする筈がなかろう。

私の好みは簡素な襯衣と少し余裕のある動きやすい脚絆である。体の各所に小道具を隠すだけの空間が空いており、剣帯を巻きやすい構造であれば尚良い。

が、そんな格好で帝城へ上る主人の付き添いができる訳がないので、やむなく死蔵しておきたかった一張羅の数々を引っ張り出したのである。

被服に乱れがないのを確認したので、次は顔だ。

　自分の顔の造型をとやかくいうつもりはないが、醜くはないよう綺麗にしてある。ここしばらく消えなくなった隈も白粉（おしろい）を叩（たた）いて誤魔化してあるし、食生活に気を遣ったおかげで吹き出物が出やすい年頃であっても肌には赤らみ一つない。鼻にくすみが浮いていたり、毛穴が詰まって黒くなったりもしていない。

　よし。前日からちゃんと風呂に入って顔を洗っておいたから、これで誰の文句も出るまいよ。

　それから腰元にまで来てしまった髪を梳（くしけず）り、髪油を薄くまぶしてうなじの辺りで括（くく）る。前髪はある程度切りそろえているので左右に流し、余った髪は耳に引っかけて整えた。

　多少派手な動きをしても疎ましく感じず、手間がかからない結び方を選んでみる。幾房か三つ編みにして、それで他の髪を括る北方人のやり方も悪くないが、アレは結構手間がかかるので今回は見送った。

　いい加減邪魔になってきたので多少短くしようとしたけれど、妖精勢（アールヴ）から――しかも見たことない子達（たち）まで連れてきて――デモ隊行進までして大反対されたので我慢している。彼女達のご機嫌取りで伸ばし始めたのなら最後までやりきらないとな。

　まぁ、こうやって括った髪を首にくるっと回せば襟巻きになって温かいからいいんだけど。それに髪というのは思っているより頑丈で、こうやって束ねれば簡単に刃が通らないくらいには強靱（きょうじん）だ。故に古代の豪族は首を守るため髪を伸ばしていたという話も聞いたことがある。

再度鏡で自分を見て、手鏡で後ろ姿も確認。寝癖なし、ほつれなし、はみ出ている所もなし。従僕として主人の後ろにくっついて、なんだあの見窄らしいのはと笑われない見た目になっていることを確認して一安心。

「どうかな？　エリザ」

「ええ、兄様、今晩もとても格好好いですよ」

最後に自分以外の目を通しての確認もよし。

最近はアグリッピナ氏の外出が増えたため、エリザの部屋に衣装箪笥を一棹増やして私の余所行きを入れさせて貰っている。帝都は舗装が行き届いているとは言え、通行人や馬車が持ち込んだ泥や土埃が何時着くとも限らないので、ここで着替えるのが一番効率が良かったのだ。

それに急な呼び出しを受けても身一つで駆けてきて、着替えれば対応できる状況を作っておくのも必要だからな。そのせいで、エリザの巨大な寝台――例のライゼニッツ卿から贈られた天蓋付きのアレだ――で同衾させて貰うことも増えたが、睡眠時間の確保には代えがたいため我慢して貰っている。

とはいえ、たまには帰らないと灰の乙女が臍を曲げるからな。丁稚としての立場と私人の立場を両立させるのが、尚難しくなってきてしまった。

あちらを立てればこちらが立たず、というのは世の中の摂理ではあるものの、本当に何とかしたいものである。

さぁ、悩みはさておき、今はお仕事に行くとしよう。

「遅いわよ」

「申し訳ありません」

工房に出ると、そこには内面さえ知らなければ溜息が出そうなほど見事に着飾ったアグリッピナ氏がいた。

真っ白な肌を引き立てる沈んだ白の夜会服は、大きく胸元を曝け出したデザインだというのに清楚さを醸し出し、淑やかに結って垂らした長髪が色気を遺憾なく増している。今まで中々見なかったお洒落の様式は、新しい最適解を模索しているかのよう。

いや、事実模索しているのだろう。今日は帝城にて開催される大規模な晩餐会に参加なされるので、ウビオルム宮中伯とお呼びすべき場面でもあるから。

内政物の主人公への転身を遂げた次は、乙女ゲーの主人公にでもなるおつもりなのだろうか。正直なところ、あの手のゲームで主人公が標準装備しがちな素朴で純情、といった要素の極北にあらせられる我が主は、どう控えめに評価しても悪役令嬢が似合いだが。

仮に主人公に負けても自前の腕っ節で敵に転んだ攻略対象諸共薙ぎ倒してくる悪役令嬢とか始末が悪いにも程があるな。この場合、何をどうすれば彼女にざまぁ展開を見せつけて幸せな未来に突入できるのか。

「それ、忘れないようにね」

「かしこまってございます」

最終的に沢山の美男貴族を落としてハーレムルートに入ろうが、その顔の良い男達を何人並べれば打倒できるのだろうかという不穏な妄想を脳味噌(のうみそ)の片隅に追いやり、私は従僕兼護衛として必要な表道具を腰にぶら下げた。

そう、護衛だ。一体全体どんな奇跡を用意すれば殺せるんだ？　と言いたくなるアーチエネミーであっても、体面上は護衛が必要なのである。そして、政敵に戦力を持っていると思わせたくなかったらしいアグリッピナ氏は、自領から騎士団を呼び寄せることもせず「貴方(あなた)一人で十分でしょ」と宣(のたま)って私に護衛の役割まで投げつけたのだ。

おかしいな、本来なら伯爵ってのは、最低限でも分隊規模での護衛を引き連れている筈なんだけども。

何はともあれ、態々(わざわざ)ライゼニッツ卿が新調してくださった――無駄に小洒落てて実用には向いてないんだよなコレ――帯革で〈送り狼(シュッツヴォルフ)〉を吊るす。余談であるが、妙に憔悴(しょうすい)した顔の彼女は衣服に似合う剣も用意しようとなさっていたが、それは丁寧に辞退した。だって、実用性は兎(と)も角(かく)、見た目に拘(こだわ)った刺突剣(レイピア)とかぶら下げたくないよ。趣味に合わないのは置くとしても、柄(つか)や鍔(つば)でぶん殴り、刃部を握るハーフソードも使う〈戦場刀法〉での運用にはそもそも向いていないのだ。

何より本当に護衛としての仕事が発生した時、慣れない得物より慣れた剣があるほうがずっとやりやすい。あと、刺突剣を強化するアドオンは片手剣のアドオンと非互換だから、最終出力が落ちるのであればデータマンチとして装備する理由が一切ない。

「じゃ、行きましょうか」

言って命じるでもなく髪を掻き揚げる主人の肩に、心得ておりますよと真っ白な毛皮の大外套をかけてやる。この時季、流石に夜会服だけでは冷え込むからな。障壁を張れば外気など関係ない魔導師であっても、流石に見た目から感じる寒々しさを耐えるには外套が不可欠だ。

故に私もこれまたライゼニッツ卿プロデュースの外套を引っかける。左側のみを隠す片外套は、ぶら下げた剣を隠すことで威圧感を消すと同時に、心臓がある左胸を守る防具にもなる。

因みに裏地へびっしりと魔法の刺繍が施されており、対刃・対衝撃・耐熱仕様になった上物だ。この術式陣の癖を見るに、時折稽古をつけてくださっていた時の色が滲んでいるから間違いなくライゼニッツ卿の手製だな。

こういうさりげない実用性を兼ねられると、中二臭くて抵抗感あるデザインでも突っぱねられないのがなんとも……。

「行ってらっしゃいませ、お師匠様」

「ん。まぁ戻れたら今日中に戻るわ。課題を忘れずにね」

エリザに見送って貰い、私達は工房を後にした。なんだろう、ここで行かないでって雰囲気を出してくれないのが寂しく感じるあたり、私は本当にどうしようもないシスコンだったようだ。

ううむ、それにしても帝都で帯剣しているというのは未(いま)だに妙な感覚だ。カストルとポリュデウケスが牽(ひ)く馬車の御者も務め、帝城に繋(つな)がる橋を渡る。帝城の四方を守る出城である〝鴉の巣(クレーエスシャンツェ)〟はアプローチを廻(まわ)るだけで向かえるので楽なのだが、市街を歩く時にまでぶら下げていると本当に不思議な気持ちにさせられる。

私自身は身分も変わっていないのに、周りの変化が急激すぎて酔いそうになるというべきか……。

なにはともあれ、帝城は今日も夜の暗さを撥(は)ね除(の)けるかのように神々しいまでの白さで聳(そび)えていた。無数の尖塔(せんとう)が天を衝(つ)き、煌々(こうこう)と明かりを焚(た)かれたテラスが実に目映(まばゆ)い。四方のいずれから見上げても美しく映るよう偏執的に凝らされた技巧の高さが、培った〈審美眼〉の能力を飛び越してして「はぇー、すっごいきれい」という感想しか出てこない。思えば、ここへ出入りしているというのも三重帝国臣民である身分からして凄(すご)いことなんだよな。

華やかな馬車ばかりが停(と)まる帝城の正面馬留へ馬車を着け、アグリッピナ氏の下車を助けて城へ入る。衛兵は馬車の側面に刻まれた家紋――ウビオルム伯爵家の家紋は剣と笏(しゃく)を手にした双頭の鷲(わし)――と標旗(バナー)を見て我々を素通しにした。

この標旗は単なる旗ではなく、魔導的な識別術式が織り込まれているらしく貴人の足を不必要に止めさせないような仕組みになっているのだ。

玉座の間と同じく戦利品である他国の玉座や軍団旗に王冠・王笏が並べられる正面ホー

ルは、三重帝国の歴史を、威厳を視覚的重圧に変えて叩き付けてくる。この壮麗さは幾度見ても慣れないな。

恐ろしく高い天井は空間拡充の術式によって実現されたものであり、全ての柱、全ての調度、全ての天井に絢爛（けんらん）極まる装飾が施されているにも拘（かか）わらず、成金めいて行き過ぎた派手さに繋がっていない建築家の神業に感服するばかり。

私の仕事は城内の待合室にまで主人に付き従って終了。ここから先、会議室や宴席には貴人が貴人を伴って向かうからだ。

三重帝国にも貴人が入来する際は同伴者（エスコート）がいることが好ましいとされる。

既婚者であれば配偶者が、未婚者であれば家族や親しい同格の者と連れ立つか、上位者からの同伴が最良。完全な男性優位社会ではない三重帝国においてこの文化が育まれたのは、同輩からの紹介であり完全な外様（とざま）ではございません、と初見の参列者に示すための行為が下地にある。

元々は群立していた小国家を糾合して生まれた国。当初はありゃあ何処（どこ）の誰だと集会の度に知らない人間がいたことだろう。その中で異物として、ともすれば間諜（かんちょう）なのではと怪しまれないようにするため、自分はこの人の紹介でここにいます、と明示するために斯様（かよう）な文化が生まれた。

そして、その文化は今も続いており、帝城の待合室で合流してから現場へ向かうということも多い。ま、中には家まで迎えに来られるのが嫌な人もいれば、アグリッピナ氏のように態々迎えに来て貰うまでもない魔導院暮らしもいるだろうからね。

従僕の待機室へ引き上げようとしていると、入ったばかりのアグリッピナ氏が同伴役の男性を伴って待合室から出てきた。成人して然程時を経ていない若々しさに溢れた彼は、堂々たる体軀の牛軀人だ。体の軸がしっかりした歩き方からして、文官ではなく武官だな。

身に纏う装束も一級品であるから――この辺の判断にも随分慣れてしまった――貴族としては上級。外見の華美さは抑え、上位者より目立つことを避けるよう気遣っていることからして金を持っている男爵家のご長男といったところかな？　自信がありそうな立ち振る舞いからして自負心も相当に高そうである。

にしてもお相手さん、この気合いの入れ様はアグリッピナ氏に結構本気みたいだな。一度選ばれた同伴役が、現状では二度と選ばれていないとも知らずにご苦労なことである。

アグリッピナ氏は登城の度に違う同伴役を連れていた。最初は如何にも誑しといった甘い顔付きのヒト種で、次は嫉妬しそうなほど見た目の整った長命種。子供と大人みたいな体格差の子鬼の時もあれば、何の種類か判別しかねる有翼人の時もあったな。

多分、人脈は適度に構築しながら面倒くさい〝親密な〟お付き合いを避けるための方策だろう。やり手のキャバ嬢かあの人は。

去り際にチラリと私を見て悪そうな笑みを作る主人を見送り、私は従僕の待機室へと潜り込む。入り込む前、手の中に忍ばせた枯れない薔薇へ〝お願い〟を囁いて。

あっちはあっちで大した物だが、こっちはこっちで中々凄かった。

まるで美男美女の博覧会だ。宴会場にも劣らぬ広い待合室では、様々な種の美形がひしめいている。この中に入るのが非常に心苦しいほどの美形濃度である。

貴種は元々見目麗しい従僕を連れ歩く文化がある。こっちの文化が養われた下地までは分からないが、人間の本質を察するにあまりあるので難しく考える必要はなかろう。中には容姿に優れた者を代々番わせた、純粋培養の従僕家なんてのもあるそうだしね。

サロンにも使えそうな待機室の隅っこでウルスラのご加護により存在感を可能な限り薄め、長椅子の隅っこで時間が過ぎるのを待つ。ここで主人を待つ従僕の面々は、それぞれ固まって時間を潰しており、従僕同士にも繋がりや派閥があることを窺わせた。

ここで従僕同士面を繋ぐことも重要なのだろう。下から伝わってくる情報が政治に関わることもあるのだろうし。

ただ、私は率先して絡みに行くつもりはなかったし、絡まれたくもなかった。

上司命令で無駄に顔を繋ぐなとのお達しがあったからだ。

これは彼女の政治下手演技を助けるためだろう。好意的な者には「仕方ないなぁ」と有力な私の後釜を紹介して貰うため。敵対者には「やはり外国の礼儀知らずだ」と油断させるために。

個人的にこれは大変ありがたいことだった。それもこれも、来年の今頃にはお役御免になりそうだったからである。

アグリッピナ氏は宮中伯として働くことになると同時にエリザへ正式な魔法の教育を始

めた。ここしばらくの立ち振る舞いを観察するに、基礎教養が十分な水準へ至ったと判断してのことである。

今までも溜まった魔力を消費させるため簡単な魔法を使わせていたが、今からエリザが教わるのは私も知らない学術としての魔法・魔術の専門知識。私が祝福で習得した魔法はどこか〝感覚的〟に使っている節もあるけれど、彼女がこれから仕込まれるのはまさしく理であり論。熟練度を割けば私も触れることができるけれど、敢えて触れなかった深奥に踏み込んでいくのだ。

喩えるなら私が教習場で普通免許を手に入れたのに対し、エリザは車の構造から高度なドライビングテクニックに整備法まで仕込まれ、玄人が鎬を削るサーキットを走るプロドライバーになろうとしているようなものだ。

エリザが聴講生身分となれば私の任は解かれるので、深く貴族の政治に関わる必要性はない。むしろ、できる限り避けた方が無難なんじゃないかしらとアグリッピナ氏から雑な忠告を頂戴した。

既に斡旋されたウビオルム伯爵領関係者との繋がりがあるにはあるが、それも会わなくなれば切れる程度の弱い繋がりに過ぎないため心底嬉しい心遣いだ。

変に人付き合いをして、退職後に断りづらいお誘いを受けたら適わんしな。

そういう気遣いできたんですね、という目で見て耳を魔法で引っ張られたのは今ではいい思い出である。

とはいえ……向こうから興味を持たれたら如何(いかん)ともしがたいのだけれど。

今冬、アグリッピナ氏からの言い付けで〈熟達(スケールV)〉で習得した〈精神防壁〉に反応があった。妖精(アールヴ)のご加護を抜いて私を視認し、その上で何かしらのちょっかいをかけられているらしい。

外套の内側で暇そうにしていたウルスラが、むっと唇をとがらせるのが見えた。軽いお願いだから本気で私を隠した訳ではなかっただろうけど、存在感を曖昧にさせる夜闇の妖精(スヴァルトアールヴ)の結界に爪を立てられたのが不快だったらしい。

ま、ちょっかいをかけられるのも無理はないか。鳴り物入りで登用された宮中伯、それも外国の有力貴族子女にして、最新の研究論文で教授位に登り詰めた相手となれば、なんとしても情報を摑(つか)みたくもあろう。

見るからに未熟そうな従僕なんて、これ以上の狙い目はなかろうて。

難儀な話だ。多少巻き込まれるのは覚悟していたけれど、こうまで露骨に釣り餌(デコイ)として使われると雇われの身が急に侘(わび)しくなってくるね。

いや、路地で攫(さら)おうとしてくるよりは随分と紳士的なお誘いと思えば、自分を抑えることも適おうか。

つい先日もちょっとした熱烈なお誘いを受けてしまった。自宅に帰る途上で買い物をしてのんびり歩いていた所、唐突に路地へ引っ張り込まれそうになったのだ。

慮外者がどうなったかは、こうやって私が元気に壁の花をしていることで察して貰いたい。

なぁに、殺してはいない。今後仕事とか性生活とかに支障を来すかもしれないけれど五体満足で帰してやったよ。お駄賃はちょっと貯まった熟練度ってことで勘弁しておいてやった。

成人前の子供に六人も寄越すなよな大人げない。私は確かに従僕だが、アグリッピナ氏の秘密なんて欠片も知りやしないというのに。

精々、実態は怠惰極まる残念美人で、服を脱ぎ散らかしながら全裸で工房を彷徨き、夜着を着ていても酷い時は仰向けで片乳放り出しながら本を読んでいることさえあるって程度だ。

いや、これはこれで暴露されたら結構な醜聞か。自堕落な美人というのは、前世だと結構人気ジャンルだったけれど、今生においては「えぇ……」とドン引きされるだけだからな。

……ちょっと身構えてみたけれど、これ以上干渉される気配はなし。〈気配探知〉にも近寄ってくる気配や不躾な視線は感じないし、無礼を重ねるつもりはないと。

ぷくりと頰を膨らませたウルスラに「もうちょっと強めでお願い」と隠蔽術式のかけ直しを依頼し、私はカウチの膝掛けに上体を預けて脚を組み直した。

干渉してこないというなら趣味で時間つぶしをさせて貰おう。望外の収入もあったので、権能を引き起こしお得なスキルを求めて可能性の海に飛び込むのだ。

実のところ、喫緊の問題を一つ抱えている。

今まで頼りに頼った〈神童〉特性の賞味期限が近づきつつあるのだ………。

【Tips】 同伴役は紹介される身分の者が紹介する身分の者の左手を摑み、かすかに体を預けるようにして移動することで周囲に示される。因みに男性側が同伴役でなければいけないということは全くなく、男性が女性に同伴されることも多い。

三重帝国において女性貴族が独身でも○○爵夫人と呼ばれぬのと同じ理屈で、必ずしも男性側が優位に立つ訳ではないからである。

笑顔の裏に毒を秘め、柔らかな言葉の舌下に短刀を忍ばせる夜会は、外見だけであれば大変な華美さに人を惹き付ける。

世界を知らぬ若人であれば、この世界の住人になることを一種の成功と見做して栄達を望むだろう。貧困の辛酸を嘗めた者であれば、貧民に何年も食えるだけの金を与えて尚も有り余る贅沢に殺意を抱くだろう。

しかし、実態を知れば嫌になる筈だ。

これ程までに煌びやかに飾った世界が実は強酸の大気に満たされており、その中で生存できるような怪物でなければ泳ぎ切れぬ重金属の海のような驚嘆場であることを。

「私見ではありますが、新帝の政策に俺は些か共感できずにおります。軍備の効率的な再配備により効率的な軍縮を行うことは賛成ですが……」

如何にも武官らしい物言いをし、同時に流行の話題に言及して〝デキる男〟の雰囲気を醸し出そうとしている牛軀人（アウズフムラ）の美男。彼の前で相槌（あいづち）を打ちながら示唆に富んだ返答をする美女がその実、興味の一割も相手に割いていないことを知れば、この場の悲惨さが一端なれど理解できよう。

夜会に参列したアグリッピナは、思考領域の僅か数部程しか今宵（こよい）の同伴者に割いていなかった。見目麗しい、皇帝の寵愛篤（ちょうあいあつ）く今をときめく魔導宮中伯をオとしてやろうと必死の若い貴族の会話は、彼女の興味を一切惹かなかったのだ。

別に彼が取るに足らぬ立場という訳ではない。選帝侯家とも姻戚関係にある豊かな男爵家の御嫡男であり、若いなりに東方へ出征して匪賊（ひぞく）退治に従事して名を揚げた豪傑の一人だ。

語る言葉にも理知が香り、皇帝の政策に対する批判も――些か声高過ぎるが――的外れではなく、軍事だけを見ればそれも正当であろうと言える内容。

ヒト種（メンシュ）に近い美的感覚を持つ長命種（メトシエラ）では、彼の容貌の良さは分かりかねるものの、偶蹄（ぐうてい）類（るい）の形質を持った人類種のお嬢様方が羨望の目線でアグリッピナを見ていることからして、きっと容姿も優れたものなのだろう。

それでもアグリッピナにはどうでもよかった。端的に言って、今宵この場を円滑に訪ねるための招待状（チケット）程度の価値しか彼に見出（みいだ）していないのだから。

普段の厭世家っぷりが嘘のように様々な夜会や茶会に出入りする彼女は、社交界を泳いで情報を集め、敵と味方を見分け、同時に新たな味方を作ることに腐心していた。

そのためには社交の礼儀を破ることはできず、それでいて軽んじられることのない相手を連れて出歩かなければならないため、必要に応じて相手を見繕っただけのことである。

その点、彼は完璧な同伴役だった。適度に武功がある、つまり社交界で軽んじられるような身分ではなく、家格も十分で〝家だけを見た〟と笑われない程度には外見も整っており将来性も抜群。

現状では付かず離れずのお付き合いをして、暫く間を空けまた誘ってやることで興味を引き続け、最終的には取り巻きの一人に引き込んでもいい相手だが、この場では他に注視すべきことが幾らでもあった。

会場内で交わされる数多の会話を特別製の魔法で聞き回り、雑多な無数の情報の中から宝石を拾い上げて成果とする。帝城の強固な魔導結界を抜いて夜会の内側にて魔導を操る〝小細工〟には中々骨折りであったが、それだけの価値がある場所なのだ。

アグリッピナは自分の立場を正確に理解している。即ち、夜会に出て人目に付けば、驕りではなく己が話題に上ることを知っているのだ。

故に彼女は自身を囮として話題を誘い、人々の会話から断片的な情報を拾うことで俯瞰的な絵図を作り出そうとしているのだ。

一つ一つは下らない情報でも数が集まれば違ってくる。

例えば、会場の端っこで会話する数人の奥方衆の一人が武官の青年と楽しげに会話するアグリッピナを見て笑みを作った。一瞬のそれは好意的な物とは言えず、微笑に歪んだ口の端から出てくるのは「好色」と新参の伯爵を嘲笑うもの。

そして、彼女と同席している者達は「よしなさいよ」などと窘める風でいて、本心では純粋に同意して楽しんでいた。

端から見れば、本人に絶対聞こえないのをいいことに話題の種として溜飲を下げるだけの、人間社会であれば有り触れた話題に過ぎないが、相手を見れば社交界の旗色が分かってくるものだ。

笑った相手を見つけ出して閻魔帳に書き付けるような、狭量な真似をしているのではない。偏に複雑怪奇な社交界を泳ぎ切り、一番美味しい獲物の群れを見逃さぬようにする諜報活動のためである。

言いたいなら言わせておけばいいとアグリッピナは思っている。同格の相手から軽んじられ利用されるのは我慢ならないが、全く身のない連中が自身の矜持を慰めるためにしているだけであれば、それは侮蔑ではなく悲惨な自慰に過ぎない。

敢えてじろじろ見てあげつらうのも暇人の所業だ。ただ見逃し、同時に見下して鼻で嗤っておけばいいだけの話である。

「おや、音楽が始まりましたな」

「ええ、そうですわね。今日の楽団はどこかしら」

いつの間にやら、静かな背景音楽(BGM)を提供していただけの楽団が、心が浮き立つような旋律を奏で始めた。今まであって当たり前、程度の雑音消しであった音楽から、舞踏に用いられる快活な旋律に包まれた会場で若い男女が色めきたつ。

適度に場を盛り上げるため、合間合間に奏でられる舞踊の曲だ。踊るも自由、踊らぬも自由なれど、若人であれば美人と踊れる場を見逃したくないものである。

「どうです、ウビオルム伯爵、よろしければ俺と一曲……ぬ」

麗しの長命種(メトシエラ)を踊りに誘おうとした牛軀人(アウズフムラ)は、婦人の白い夜会服を這(は)う一匹の虫を見つけた。取るに足らぬ天道虫だが、貴人の体を無遠慮に冒しているのは我慢ならぬと大きな指がさりげなく弾(はじ)き飛ばそうとしたところ、嫋(たお)やかな指がそっと窘めた。

「ウビオルム伯？」

「虫の命も、我等(ら)と変わらず尊い物ですわ。ただ迷い込んだだけですもの、潰してしまうのは可哀想(かわいそう)ではありませんか？」

「はっ、まぁ、そうですな」

「それに、よく見れば可愛(かわい)らしいではありませんか。ねぇ？」

細く透き通る指先が天道虫の進路に差し出されれば、ちっぽけな虫は静かに指へ乗って頂へと這って行き、導きに従って翅(はね)を広げ飛び立つ。

「ふふ、一つ徳を積まれましたね」

「いえ、徳を積んだのは貴女(あなた)ですよ、ウビオルム伯。きっとあの虫も、そのご恩に報いようと化身となって御身の下を訪われることかと」

「あら、童謡の一節ですわね。懐かしい」

虫の命も軽んじることなく、そして無垢な子供のように微笑む淑女を見て、戦場の砂でスレていた戦士は心が洗われるような気持ちになった。

可憐だ、と内心で呟き、牛軀人は改めて彼女を踊りに誘い、快諾された。

しかし、彼も知れば戦慄したであろうに。

今し方見逃した虫が、不遜にも伯爵が皇帝を〝強請って〟巻き上げた、情報収集用に改造された魔導生命体であることを知れば。

天道虫の使い魔は群れを構成する使い魔であり、戦闘や暗殺に使えるだけの複雑な術式は宿せぬが、一つだけ特別な改造が施されている。

性能などは普通の天道虫とは変わらぬものの、魔導を一切外に漏らさず、使役者と接触する際にのみ術式を通すため、抗魔導結界や探知術式にも引っかからないのだ。

そんな虫がしていることは、聞き耳を立てる魔法の代わりに周囲の音を〝録音〟して、一定時間ごとに使役者へ届けること。

この天道虫は、その帰りに運悪く牛軀人に見つかってしまったのだ。

だが、見つかっても単なる小虫かと無視されるのが、この使い魔の妙である。貴人は近くを虫が這っても不快そうに目を逸らすか、扇子で吹き飛ばすのが精々で、態々潰そうとするのは男性が義務感に駆られた時くらい。

誰だって態々虫一匹のために、上等な絹の手袋を駄目にしたくはないものだ。

正しく社交の場において使うのに最適な使い魔であった。天道虫は室内で越冬する習性を持つため、暖かな室内であれば見つかっても不思議でないあたり、製造者が単なるコネや権力によって出世したのではなく、本当に優れた魔導生命研究者であることが窺(うかが)える。

社交術と並んで幼年期に仕込まれた舞踊の腕前を遺憾なく見せつけ、手を取る武官を夢心地に、見ていた他の男性参列者を骨抜きに――ついでに隣の女性に頬を引っ張らせ――したアグリッピナは、舞踏曲の終わりに合わせて優美に腰を折った。

間もなく次の一曲が始まる。牛軀人(アウズフムラ)の美男は、この素晴らしい時間をもう一度と踊りに誘おうと思ったが、しかし、その望みは別の男によって妨げられた。

空気を読まない、同時に〝読まなくても咎(とが)められぬ〟圧倒的格上が登場したなら、黙って引き下がるしかないのだ。

「奇遇ですな、アグリッピナ。貴女もこの夜会に参加なされているとは」

「あら、ドナースマルク侯！」

胡散臭(うさんくさ)いまでに朗らかな笑みを携えてやって来たのは、これまた上質な装束を身に纏(まと)ったドナースマルク侯であった。今冬の流行と思(おぼ)しき交易路沿いに活動する砂漠の民族の装束を絹で仕立て、帝国風の伊達(だて)な意匠を取り込んだ東西折衷の装束がよく似合っている。

権力に勝る相手の登場に牛軀人(アウズフムラ)の武官は尻込みしつつ、お親しいのですか？　と問うた。

不本意ながら、と内心ではつけたくてたまらないのが嘘のような、友人に会えたことを喜ぶ笑顔を作ってアグリッピナは肯定した…………。

【Tips】抗魔導結界。内部において魔導の働きを阻害する結界であり、帝城の中では極夜派が威信を懸けて構築した結界が恒常的に張られている。これにより内部では殆ど魔法を放つことができず、暗殺や諜報、突発的な刃傷沙汰を防いでいる。
一方で魔法の掛かった品を持ち歩く者が貴族には多いので、あくまで〝術式を外に漏らせない〟構造になっていることが殆どである。これは、帝城の維持や政治のために多数の魔導具が運用されているためだ。

数ある人権性能とも呼べる特性の中でも、〈神童〉は頭一つ抜けて有力であると断言する。

さて、取得経験値を上昇させるスキルや装備が存在するのは、昨今のゲームでは珍しいことではない。

これはゲームの攻略中に難易度を上回るLvとなることで敵との性能に開きをつけ、更に高Lvスキルを一足先に取得することで強キャラを作るという、シナリオを〝性能差の暴力〟で殴り倒す脳内筋肉率の高い発想に基づいている。

いわゆる〝稼ぎ〟に時間を使わず、Lvの暴力で敵をすり潰す解法の一つであり、多くのプレイヤーが取ったことのある戦略であろう。

反面、ＴＲＰＧには取得経験点を上昇させるスキルや、成長に必要な経験点を軽減させるようなスキルはないに等しい。あるにしても精々、成長時にランダムで伸びる能力値を高い目に安定させたり、固定値で成長を助けたりするようなものだ。

これは何故(なぜ)かというと、基本的にＴＲＰＧにおいて〝パーティーの成長速度は一定でなくてはならない〟という不文律が存在するからである。

言うまでもなくＴＲＰＧは家庭用の電源依存ゲームと違い、血の通ったＧＭ(ゲームマスター)とＰＬ(プレイヤー)が――時に通っていると信じたくない外道行為に手を染める者も多いが――協同して行うゲームであるため公平性が求められる。

シナリオのギミックとして、重要な役割(主人公的立場)を負ったＰＣが何らかの下駄(げた)を履かせて貰(もら)えることはあっても、最終的にはＰＣ(プレイヤーキャラクター)達の成長は足並みが揃(そろ)うように調整される。然(さ)もなくばシナリオのバランスが崩れ、一足先に成長したＰＣ(プレイヤーキャラクター)だけいれば戦闘が終わるような様になってしまうからだ。

この問題を避けるため、同時にキャラを作成し、原則として同じ速度で成長するＴＲＰＧでは貰える経験点を増やすようなスキルは殆ど存在しない。

だったら私の〈神童〉は何なんだという話になるが、これはある意味でゲームの演出(フレーバー)に近いものだと思っている。全く同じLvのキャラでも年齢に開き上がった場合、じゃあこのオッサンは隣の子供と同じだけの経験しか積んでない無能なのかよ、という設定的なツッコミを回避する言い訳みたいなものだ。

だから〈神童〉は読んで字の如く子供の間、成人する十五歳までしか機能しないのだろう。

それでも〈神童〉は強かった。実質的な成長限界を持たない私だから、生涯取得熟練度の差が大きく開くため、取らなければ逆にクソド素人扱いされても仕方がないくらいに強い。もし〈神童〉がなかったなら、十代の半ばにして〈神域〉や〈寵児〉の領域には届くまいて。精々、現状の三分の二程度の〝控えめな〟性能で終わっていた筈だ。

だからかねて危惧はしていた。この高い高い下駄が脱げてしまうことを。

今までの私は補正がかかった熟練度の取得に慣れていた。きっと、今後普通の熟練度獲得になっては物足りなくなるに違いない。なんかの薄い本の如く、一度凄い物に触れたら並では満足できなくなるのと同じである。

……いかんいかん、また思考が変な方向にブレた。余裕ができたら、この若い体と折り合いをつける方法も見つけねばならんな。

さて、これでもデータマンチを自称するだけあって〈神童〉の賞味期限が切れた時のことを考えてはいたのだ。忙しすぎて今まで失念していたのは事実だが――もう効果が切れるよ、と教えてくれないとは不親切なものだ――一応、めぼしい物がないかを子供の頃から探してはいた。

それに幸いにも熟練度には余裕がある。

アグリッピナ氏のために色々出費を強いられはしたものの、かなり神経を使う仕事の連続でペイできているからだ。

主の代筆で書簡を送るための〈上級宮廷語〉を〈基礎（スケールⅢ）〉で取るだけで、高給なスキルでさえ〈熟達（スケールⅤ）〉に届くほどの熟練度を要求されたし、〈流麗な筆致〉や〈速記〉といった仕事の質と効率の特性を取得するのも大変な出費だった。

また従僕らしくさりげなく動くために、幼少期のガチョウと狐（きつね）で負けが込んで取得した〈隠密（おんみつ）〉や〈気配遮断〉を約一〇年ぶりに手を入れて〈熟達（スケールⅤ）〉にまで持っていき、更には動く際に衣擦（きぬず）れで相手を不快にしないよう〈無音の衣服〉なる、衣擦れしないよう動ける特性まで取得する破目になった。

そこに社交界で必要となるだろう最低限の知識を詰め込んだ結果、念の為（ため）に残した熟練度の貯金が根こそぎに近い勢いでスッ飛んだが、繊細で難易度が高い仕事ばかり寝ずに頑張ったからか差し引きで辛うじてプラスといった懐具合だ。

まぁ、精神的な疲弊が大きいので、この熟練度を利息と考えても大幅に負債が勝っているのだが、それは良しとしよう。

しかし、取得できるにしても悩ましすぎて中々決まらないのが現状だ。

というのも、〈神童〉の後釜になりそうな特性で一番わかりやすい〈天才〉という物があるのだが、これは何かの分野に決め打ちで取る特性であり、互換品ですらない。

〈天才〉の最大の特徴は〈神童〉と異なり、選択したジャンルに関わる成長に必要な熟練度を減らすことにある。種類さえ合っていれば〈神域（スケールⅨ）〉にも〈寵児（スケールⅨ）〉にも比較的お安く手が届くほどの恩恵は凄まじい物がある。

その上、決め打ちしなければならない特性上、なんと重ね取りができるのだ。〈剣術の天才〉と〈魔法の天才〉といった具合に複数種の天才を併存させられるのは単純に強力である。

ここまでなら出費に目を瞑れば〈神童〉に劣らぬ強特性で、脳死でこれさえ取ってりゃ強キャラになれるぶっ壊れと言えよう。そう〝ここまで〟であれば。

〈天才〉特性は欠点を一つ抱えている。

一つ取得する度に選んだ項目以外の成長に必要な熟練度が〝大幅に増加する〟という、私の構築から鑑みるに目を瞑ることができない大きな欠点だ。

一つの才能に秀でた人間は、往々にして他のことが壊滅的だったと言い伝えられている。相対性理論のアインシュタインは浮気などで知られるよう人間性が割と壊滅的だったし、電算機を完成させたノイマンも控えめに言って変人で、現代の電気インフラの祖たるテスラも明らかに宇宙からの電波を受信しているとしか思えぬ逸話が多い。

つまりは、〈天才〉の特性を持った人間は、大凡得意分野以外では大分〝アレ〟な人間だったので、その弊害を表現されてしまっているのだろう。

この欠点を容れれば〈天才〉は大変優れた特性ではあるものの、器用万能を最終的な到着点とする魔法剣士型構築の私には全く合致しないのだ。

魔導院の教授になるのであれば、剣の腕前は現状で我慢して〈魔法の天才〉に舵を切ればよかったのだけど、やはり冒険者となる将来を考えると効率に劣る。

……なんだろう、今妙な電波を受信したな。それはやめてくれ、と縋るような。

気のせいかな、うん。それにほら、もう私人格はできあがってるんだし、天才特性で色々な不具合が出ることもなかろうよ。人格面の成長は終わってるようなものだし。

流石に今更色々と拗らせて鳩と同居し始めたり、電話帳の暗記に血道を上げるような奇癖に目覚めることもなかろうて。

では、次にめぼしい物があるとすれば〈秀才〉という特性があったが、こちらは〈神童〉の完全な下位互換だ。〈天才〉と違って指定なく熟練度が伸びるものの、倍率は比べるべくもない。

十で神童、十五で才子、二十過ぎれば並の人、の再現にしては中々しんどいところがあるな。歳を重ねるにつれて覚えることも難しくなるので当然の流れやもしれないが、ここまで故事に倣われると世の無常さに頭を抱えたくもなる。

あと、もしかしなくても熟練度を平均的に増やす〈秀才〉が一分野に傑出した〈天才〉には勝てないという表現でもあるようだ。一分野に傾倒するなら〈天才〉がよくて、満遍なく熟したいなら〈秀才〉となるが……命を懸けた戦場に突っ込む仕事で、格上の天才にぶつかったら勝てないのは辛い。

この世界を運営するＧＭはゲームバランスとか考えてくれないからな。幼少期に絶対勝てない域にある魔法使いがエリザを攫っていった時点で嫌という程分かっているのだ。

それこそ、アグリッピナ氏が助けてくれなければ、兄妹共々原子核の一つ残さずこの世に存在していないのだから。

　ともあれ、色々漁(あさ)ったが明確な解決は見出(みいだ)せていない。どれも一長一短で、何も考えずに重ね取りすれば欠点が殺せるような構造になっていないのだ。

　例えば〈轗軻不遇(かんかふぐう)〉という特性は〈神童〉に劣らぬ熟練度補正があるものの、文字通り隠された能力(マスクデータ)と思しき運勢とやらに大幅に負の補正をかけることが想像に難くない。幼少期に見つけた〈屍霊(しりょう)術〉カテゴリの技能群が、普通にしていたら街中で暮らせない欠点が書いてなかったあたり、この辺の曖昧な欠点を権能は書いてくれないのだ。

　多分、権能に頼り切らず、ちったぁ考えて行動しなさいねというゲームデザイナー(神)から無言で託された神託なのだろうよ。

　他にも二十代の内は能(よ)く伸びるが、以降は逆補正がかかる〈甘井先竭(かんせいせんけつ)〉——良質な井戸ほど皆が使うため直(す)ぐ涸(か)れるという故事成語——や、ヒト種(メンシュ)としては肉体的な頂点を過ぎる三十代以降に補正が始まる〈晩成の器〉など、時期や条件の指定がキツい物ばかりだ。

　いや、本当に校正とテストプレイがしっかりしていることで。

　もしや神代の英雄とやらは、この辺のデバッグとエラッタが利いていなかった頃の人間ってことなのかもしれない。だからグリッチで石がパンになったり魚が無限ポップしたり、筋力だけで山を動かしたりできたに違いない。

　となると、今私がたぐっているのは第何版なのだろう。データマンチ的にはきちんと最新版のエラッタが施されたデータを使って最高値を出してこそだと思うけれど、練り込み不足の初版を使った壊れデータもそれはそれで楽しいんだよな。

……ただ座って考えているのも勿体(もったい)ないし、目立つ動きでもないから静かにルルブ漁りでもするか。膨大なデータの海に溺れていれば、退屈な時間も直ぐに過ぎようというもの。

おっ、これはどうだろう。〈誓約者〉という特性に興味を惹(ひ)かれた。一つの誓約を立て、それを守ることにより熟練度を上げる試練の制約。

ケルトのゲッシュに近い特性だ。立てた誓いを守る限り強い加護を神より与えられるが、一度破れば今まで受けた恩恵以上の罰則を受ける本場物に近く、誓約の内容に従って獲得熟練度に補正がかかり、守り抜いた時には特別報酬(ボーナス)もあるときた。

これは存外悪くないかもしれない。

私が志す冒険者、そのなかでも〝かくあるべし〟と将来物語に語られるような冒険者を目指すって誓約はどうだろう。英雄譚(たん)の主人公になるというのは、ありきたりだが実に困難で壮大な誓いであるし、途中で心折れたり、そもそも死んだら熟練度も大して必要にならないだろうから悪くないんじゃないか？

あ、でもな、どうせ私のことだし効率に拘(こだわ)った外道行為をやりたくて仕方なくなることもあるか。夜討ち朝駆けなんてのは冒険者の十八番で、土下座しながら不意打ちの機を窺(うかが)うのは一般常識で、ＧＭ(ゲームマスター)の頭を悩ませ結果的にラスボスを演出でぶち殺すような前科持ちでもあるため、衝動的に破ってしまうことが起こり得るかもしれない。

やはり〈秀才〉でお茶を濁し、時が来たら〈晩成の器〉で加速する方が安定するかな。たしかに誓約ってアレだもんな、悪用されて死亡するための物と化してないか？　ケルトの英雄とかどいつもこいつもゲッシュを悪用されて酷い死に方してやがるし。

しかし、このプランでは肉体的に伸び盛りである二十代が些か物足りないことになりそうだが……。

おっと、こいつは……〈光輝の器〉？

見慣れぬ特性をソートの下方で見つけて開いてみれば、これはまた面白い特性であった。〈光輝の器〉特性は熟練度に関連する特性であるが、これそのものは熟練度の上昇や習得必要値に関係してこない。ただ周囲から注がれる信頼や賞賛、畏怖などの正負は問わぬ自分への評価を熟練度に変えるという。

つまり分かりやすく言うと名誉点と同等の経験点を取得できる特性か。

これから私は冒険者として常に他者の評価に晒される。仲間は勿論、雇用主や同業者、活動している場の住人まで。何か凄い冒険を熟し、活躍が吟遊詩人の詩になんかなっちゃったりした日には……!?

いいなこれ！　負の効果もないし、頑張らなきゃ意味がないからかお値段も〈秀才〉と一緒に購入しても〈天才〉より安いくらいで、総合的に考えて私に見合った組み合わせなのではなかろうか。

悪目立ちは嫌いだが、働きが正しく評価されるのは好きだ。将来、何か大きな冒険を成功させて、英雄譚の一つも謡われたいなぁ、くらいの野望は抱いているのだし。

よし、これにしよう。負の補正が掛かると状況を選びすぎるからな。安定感でこれ以上を求めるのは、高望みになってしまう。

うむ、やはりルルブ漁りは最高だな。今までになかった発見があるし、ふとした記憶の整理で「あれ、このコンボで使えばかなり強いのでは？」となる組み合わせも見つかるくらいだから。

いやぁ、大変有意義な時間を過ごした。

そう満足気に頷(うなず)き、首をほぐそうと天井を仰いだら……誰かと目が合った。

紫水晶の輝きを秘めた瞳が私を見下ろしている。燃えるような橙(だいだい)色の髪と能面を貼り付けたかの如き、〝整いすぎて〟いるが故に却(かえ)って特徴のない顔。

感情の色を全く感じさせない、美貌の無面目を貼り付けた褐色の肌をした美女が〝長大な胴体〟に密生した〝無数の脚〟で器用に天井へ張り付いて私を見下ろしていた。

胴が長い種族といえば、南内海の蛇体人(ラミアー)が有名だが、上衣を伸ばして背中側を神経質に隠した胴体は蛇ではない。

百足(むかで)、それも常識を遥(はる)かに超えた巨体の上体のみがヒトの形を取った亜人。百足人(センチピードニィ)だ。

人種の坩堝(るつぼ)たる帝都でも初めて出会う、この辺りでは珍しい人種である。蜘蛛人(アラクネ)と同じく南内海を始め世界中に分布している亜人種の一派であるが、耐寒性に乏しいため三重帝国では比較的暖かい地域に植民していると聞いた。そんな珍しい種族が何だってこんな所(帝国北方)

に。

ああ、あの綺麗なお仕着せを見れば考えるまでもないか。私と同じく、彼女も従僕なのだ。誰かの従僕、あるいは護衛として城にやってきただけ。

それでも色々な亜人を見慣れている私をして、思わず悲鳴が飛び出しかけた。普通、そんな誰もいない所に人がいたという驚きと、かなり強い印象を与える見た目をした人物と遭遇した驚きが重なってのことだ。

美人であることに間違いはないとも。だとしても、あの体の何倍もある胴とスカートのような装束で覆われた攻撃的な尾――曳航肢という脚の一部であると後で知った――の破壊力は半端ではない。

「こ……こんばんは？」

なんとも間抜けなことに、一瞬の硬直に後に出てきた台詞がこれだった。逆に聞かせてほしい、これ以外になんと口にするのが正解なのか。

「こんばんは。よい夜ですね？」

ずるりという擬音が似合いそうな、それでいて全くの無音で彼女は天井から落ちてきた。ウルスラの力で存在を隠している私を間違いなく認識している。

加護を抜くほどの注意力を持った斥候であるのか、何らかの魔法や奇跡を使っているのかは分からない。

確実なのは決して油断できない相手だということだけ。

「え、ええ、穏やかで良い夜です……して、何処の御家中の方でしょうか？　面識はないと思いますが……」

流石に挨拶まで交わしてしまっては無視することもできない。寝椅子の上で姿勢を正し、問うてみれば彼女は長い体を上手にうねらせ、ヒトの胴体から逆算するに腰に近い辺りを椅子に落ち着けた。

「仰る通り、お初にお目に掛かります。初見の方とあって、つい熱心に観察してしまいました。どうかご無礼をお許しあれ」

「いえ、此方も大仰に驚きすぎました。不調法な田舎者故、どうか御寛恕いただければと存じます」

「では、お互い様ということにいたしましょう。……小職はドナースマルク侯爵家に仕える従僕にございます。主共々、以後お見知り置きを。して、御身はどなたにお仕えしていらっしゃるので？」

流暢な宮廷語は従僕が使う謙ったものとして文法、発声共に一切の瑕疵が見当たらない素晴らしいものであるが、とてつもない違和感が一つ。

唇が全く動いていないのだ。

口唇を動かすことなく発声する術は、前世でも腹話術を見て知っているが、何だって彼女はそんなことをしているのであろうか。私は疑問に思いつつも、種族的な問題があるのかと問い詰めることなく名乗った。

この段階で名前を暈(ぼか)しても仕方がなかろうよ。それに知っている人に聞けば、私がアグリッピナ氏に仕えていることくらい直ぐに分かってしまうから。

「私はケーニヒスシュトゥールのエーリヒ。アグリッピナ・フォン・ウビオルム伯爵の下で禄(ろく)を食(は)む従僕に御座います」

「ああ……ウビオルム伯の」

感情も薄く私を見下ろす様は、最初から身分を知って近づいてきているとしか思えなかった。値踏みしているというよりも、獲物として見られていると言うべきか。
二、三当たり障りのない会話をした後、部屋の戸が開いて帝城の従僕が「ウビオルム伯爵、御帰参です」と告げた。城内では一部の人間を除いて長距離伝達魔法が使えないため、こうやって城内を走り回る伝令役がいるのだ。
ちらと時間を確かめてみれば、随分と経(た)っていた。どうやら〈神童〉の後継を考えるのに相当没頭してしまっていたらしい。となると、どれくらい天井から観察されていたか分からんな。

敵がいないし、いたとしても絶対に無体を働けぬ場所だからと気を抜きすぎた。〈常在戦場〉も無敵の特性ではないのだから、主の身分を思い出して気を引き締めねば。

力及ばぬ討ち死にするにしても、せめて剣を手に前のめりでいきたいからな。後ろから刺されて死ぬなんて、剣士としてこれ以上の恥もそうあるまいて。

「失礼、主人から呼び出されておりますので」

「ええ、驚かせてすみませんでした。いずれまた」

意識を新たに立ち上がって挨拶をすれば、初めて彼女の表情が動いた。微かに作られた笑み、ほんの僅かに開いた口から見えたのは歯ではない。

折りたたまれた大顎だった。

なるほど、威圧的な顎を晒すことなく喋るよう教育されているのか。貴族的な美的感覚からすると、公の場で晒すのがよくないと判断されたのかもしれない。

嗚呼、本当によろしくない、よろしくないよアグリッピナ氏。私が見るからに強力な斥候……いいや、暗殺者に向いた種族に目を付けられるとか、もう政敵がやる気満々でアップを始めちゃっているじゃないですか………。

【Tips】百足人。南方の温暖、熱帯域発祥の亜人種。惑星の広範に分布するが、極寒の北方域では希。複数の体節が連なって構成される長い胴と体節側面より生えた多数の脚が最大の特徴であり、天地を問わず這うように進む。

口腔の内側に第二の顎――大顎と呼ばれる――が存在し、堅い甲殻でも砕いて食べることができる雑食の食性を持ち、中には毒を忍ばせる種もある。そのため、三重帝国に植民した一部の部族ではできるだけ口を開かぬよう教育する文化が発達した。

優雅に奏でられる四分の三拍子の旋律に身を任せる美男美女は、互いの美貌を間近に近づけ合いながら、踊りの最中にも拘わらず言葉を交わしていた。

「しかし、今冬の冷え込みは強い。これは来年は麦が豊かに実りそうで、今から楽しみだ」

「あら、そうですの？　寒い冬の次の収穫がよくなるのですね」

「ああ、厳冬により雪が地表を覆えば、地面の浅い所に住む害虫の多くが死ぬのでね。蝕まれる作物が減ることで実りを多く享受できる」

鳴り物入りで貴種に列され、基本的な知識がないご令嬢に経験豊富な領主が知識を授けてやっているといった微笑ましい光景ではあるものの、その実、この会話は単なる腹の探り合いに過ぎなかった。

アグリッピナは乱読家であるため、手当たり次第に読んだ本の中に農業関係の本も多ければ、農業に力を入れていた領主の回顧録なども含まれていたため、やる気のない小作農よりも多くの専門知識を抱えていると言えた。

一方でドナースマルク侯も演技が上手なことで、と微笑みながらもここで突っつくと己が悪者になるため——胡散臭い美形と華やかな美女、どちらに男が味方するかは明白だ——乗ってやる。

二人きりの会話であれば粗を探し合うこともできるが、お互いに綺麗な外面の仮面を被っていることもあり、お互いが騙せないと分かっていても周囲を欺くために演技をする必要があるのだ。

「そうですのね。私も楽しみですわ。豊かに実った重そうな麦穂がお辞儀して、それが風に揺れる光景は実に美しいですもの」

「伸びようとする麦の青々とした生命力溢れる美しさも、また良い物だよアグリッピナ。我が領の別邸が、麦畑を眺められる良い所に建っていてね……よければどうだい、夏の避暑にでも」

　余人に親しい間柄であることを見せ付けるため誘いを掛けつつ、同時にアグリッピナの予定を探ろうと試みるドナースマルク侯。

　ここで曖昧に暈して逃げることもできたが、彼女は敢えて揺さぶりを掛けることにした。全ては一気呵成に行うのが吉である。特に温々と寝転けている阿呆を叩き起こしてやるのなら、全員に冷水をぶっ掛けるのが一番なのだから。

「あら、とても魅力的なお誘いありがとうございます。でも……この春から、どうしても忙しくなりますの。夏にお休みするのは難しいかもしれませんわね」

　意味深な物言いに柔和な眉の根が僅かに寄った。普通であれば殆ど気付かないような変化であるも、目聡く見抜いたアグリッピナは畳みかけるべく情報を開示する。

　どうせ、近々書簡でウビオルム伯爵領の者達が皆知ることになるのだ。ならば、彼からも情報を流すことで精一杯慌てて貰おうではないか。

「陛下から預かった土地を富ませるよう厳命されておりまして。領地を見て回らない訳にはいかないでしょう？　それに、諸侯も急に天領から領主が押しつけられたのに、その本人が一切顔見せもせず命令だけしてくるなんて、きっと良い気分をなされないでしょうし」

　取り込みはやはり現実的ではないか、と策謀に長けた美男はこれまでの想定が正しかったことを再確認した。

　できることならば、アグリッピナを自閥に取り込んでウビオルム伯爵領を遠回りに手に入れてしまうのが最も手間も費用も掛からないが、それは望み薄だろう。

　本人が煮ても焼いても食えそうにない怪物であることは勿論、皇帝に近すぎて金や利潤だけで動かすことができない。忠誠とは縁遠そうだと薄々察しつつ、敢えて皇帝に近い立場にありつつ、それを有効的に利用しない程の阿呆ではないことが明白だからだ。

　更にアグリッピナは巨大な爆弾を投じて揺さぶりを掛ける。

踊りに託けて、社交界での注目度が高い二人の会話を盗み聞きしている者も多いのだ。また、何らかの方法で結界を誤魔化し、会場内で会話を拾っている者もいるだろうから、そんな連中にも聞かせてやるつもりで彼女は口を開いた。

「それと、魔導宮中伯としての任を賜ったのです。近々ご連絡があるのですが、航空艦を使った新技術の実証実験が」

「ほう？　それは、吾が聞かせていただいても良いのかな？」

「宮中では知っている方も多いですし、それに近々正式公表されますのよ。親しくしていただいているドナースマルク侯がお相手とあらば、陛下もきっと悪い顔はなされませんわ」

見事な狸であると感心しつつ、グンダハールは若き長命種への関心を益々強めた。欲しい、との想いは強まっていくばかり。

この令嬢をモノにすれば、政治における先の展望が大きく広がるばかりか、己の貴種としての人生がより楽しくなるだろうと確信できるが故に。

「航空艦から俯瞰することで、効率的な検地が行える技術が開発されたのですよ。魔導波長によって地表との高度を正確に測ることで、上空から一歩も動かず農地面積を事細かに再計算することが」

「それは……また凄い技術だ。帝室地理院の者達の発想かな。実現すれば、益々帝国が豊かになるだろう」

「仰る通りですわ。地理院の方々から開発要望があったので、払暁派の数理者達が喜んで開発したようです。現在の届け出からの誤差、実際に地上で検地を行って数字の誤差を検証する予定ですの」

拙い。表情は動かさぬまま、ウビオルム伯爵領の内情に詳しい侯爵は内心で冷や汗を掻いた。いや、誰にも気付かれぬから構わないが、背にも大量の汗を掻いている。

長きに亘る監視者の不在。鼻薬を嗅がされた官僚からの目こぼしもあって、ウビオルム伯爵領の税収は無惨とさえ言えるほどに誤魔化されている。

脱税と腐敗の楽園とも呼べる状況を作り出した一人でもあるドナースマルク侯は、時期が最悪だと叫びたくなった。

既に修正をかけることが不可能な秋の時点でアグリッピナがウビオルム伯爵に叙爵されたため、脱税を行った上での税収報告が彼女の手の中に収まってしまっている。

そこから検地をすれば不正は一発で露見する上、先帝肝いりの事業だけあって航空艦の開発、運用関係者はガチガチの皇帝シンパばかりとあれば、どれだけの黄金を積んだとしても懐柔は不可能。

況して、航空艦を破壊する訳にもいかぬので、再検地の阻止は絶対に適わない。

更には領主自ら赴いてとなれば、もうどうやっても隠蔽のしようがなかった。幻覚を見せる初歩的な手段も精神魔法による〝都合の良い記憶の植え付け〟も、この長命種には通用するまい。

これは色々と詰んだ者達が現れるなと思っていると、舞踊の最中に胸が触れあうほど身を寄せ合った令嬢が笑みを作った。

実に外連味溢れる笑顔は、まるで彼に問うているかのよう。

さ、王手詰みが近いけれど、どのような手を指して下さるので？　と。

突発的に投げ渡された無茶な仕事を逆手に取り、全て知っていなければ完全に対処不能な状況が作られつつある。ここから逆転できる手札は限られており、優雅とはいえない発想が必要とされる領域に差し掛かっていた。

切り捨てねばならない陣地が多いことを悟りながら、さてどうしたものかと常と変わらぬ笑みで応戦するドナースマルク侯。

彼もまた、決着は近いと見抜いていた………。


【Tips】航空測量。近々実験が予定されている最新方式の測量法。定点に留まることができる航空艦の利点に目を付けた帝室地理院が、地図作成や農耕検地に有効であると考えて魔導院に開発を依頼した。魔法で距離を測り、その数値を用いた三角測量によって面積を割り出す航空レーザ測量の親戚といえる技術。


馬車を用意した後、夜会の会場で出迎えた雇用主は一人であった。普通ならここで男性の一人二人引っ掛けて堂々凱旋、というのが社交界で輝く婦女ともいえるが、残念ながら牛軀人の彼はお眼鏡に適わなかったようだ。

まぁ、私からすれば将来有望な帝国の藩屛が食虫花の餌食にならなくてよかった、という所だが。

この御仁に手を出したら、自分がしゃぶっているつもりでも逆に骨までしゃぶられるからな。いやまったく、貴族になったということは、遠からず伴侶を得ると思うが、誰がその不幸な座にダンクシュートされるのか見物であるね。

私はその頃にはお役御免だろうから、高みの見物としゃれ込ませて貰おう。

粛々と仕事を済ませ、工房に戻ってきたアグリッピナ氏の終い支度を手伝った。遅くまで待たせたのでと心付けを貰ってしまったので、今日の夜会は相当の難敵であったようだ。

　とりあえず気になったので聞いてみたところ、眉を顰めたくなる答えが返ってきた。

「今晩はドナースマルク侯に絡まれてね。まーだ色々諦めてないみたいだわ。だから、まだやるつもりかって揺さぶりを掛けておいたのよ。結託してる連中も多いみたいだから、反応を引き出す序でにね」

　案の定であった。待合室であったことを報告してみれば、彼女は面倒くさそうに指を一つ鳴らして髪を解いた。そして、指折り数えて聞き覚えのない家名をいくつも挙げていく。

「で、その如何にも高貴なお家の数々は？」

「最終的に見晴らしが良い所に行って貰うことになりそうなウビオルム伯爵領諸侯のお名前」

　思わず、うぼぁ、と従僕がしてはいけない呻きがこぼれてしまった。

　見晴らしが良い、つまりは絞首台の迂遠な言い回しだ。貴公の首は柱に吊るされるのが似合いだ、と言い換えても良い。

　主人が虐殺を企てていることも勿論――連座はないとはいえ、事実上死ぬ者も多かろう。貴族は潰しが利かないのだ――だが、そんなに敵が多いのかようんざりさせられた。

　敵も木っ端ではあるまいし、密偵や暗殺の心得がある配下を幾つも抱えていることであろう。これからのことが思い遣られる。

　既にちょっかい掛けてくる者達の数には苦労していないのだ。いや、むしろこの場合は苦労させられている、というべきか。

殺されるくらいなら、と下克上を考える、ないしは絶望して短慮に走る者達が増えそうである。

「ほんと、貴族の閥に属していない新参者は大変ね。嘗めてかかられるし、利用したくて近寄ってくるのばかりで流石に疲れるわ」

それが宮中伯なんて立場であれば尚更ねー、と等閑に呟きながら外套を脱ぎ捨て、独りでに紐が解けて靴も脱げ、被服までも緩められる。そして、どこまでも自堕落に豪奢な夜会服を着崩したアグリッピナ氏は、寝椅子に身を投げ愛用の煙管片手に邪悪な笑みを作った。

「ま、こっちの手札は上々、全部上手いこと利用してやるわよ。魔導院五大閥と皇帝お墨付きのご威光は伊達じゃないしね。予算もたっぷり絞り上げたことだし。本当は来年完成予定だった新技術も無理矢理来期には稼働させてやったわ」

ほんと悪い顔してるな。エリザが半妖精だと分かって勧誘にかかった時と同じくらいの悪い顔だ。子供が見たら泣くぞ。

「じゃ、お風呂の準備よろしく。今日は薔薇でも浮かべて貰おうかしら。香油は……任せるわ」

「かしこまりました、我が主」

「それと、明日の晩まででいいから、この名簿通りに手紙の代筆をしといてちょうだい。

貴方に任せる意味、分かるわね？」

「代筆であることで明白な言質ではない、とする保険ですよね。分かっておりますとも。具体名は一切出さず、筆跡もちょこちょこ変えてますって」

　ぷかりと吐き出される煙に巻かれ、抗議しようという気も萎えた。ま、この怪物がやる気出している以上、なるようになるか。私如きが心配することでもないわな…………。


【Tips】書簡代筆。忙しい主人が従僕に手紙の代筆をさせている、という体で「これ、本当に私が書いたって証拠はあるの？」と保険を掛けつつ悪巧みをする手段の一つ。正式な書簡であれば代筆を詫びる旨を書き添えた上、印章などを捺すが、当然、後で利用されぬよう出自が分かるような要素は一切残さない。

少年期
十四歳の晩冬

道中表

単なる移動で場面を終わらせないため、また不確定要素によりシナリオを盛り上げるために道中何が起こったかをランダムに決める要素。平穏無事に済むこともあれば、野盗に襲われることもあれば、幸運にも物資を得られることも。システム側が用意してくれることも多いが、時に内容が苛烈過ぎて"大惨事表"などと揶揄されることも。

送った内容と届いた返信の内容を頭の中で纏め上げ、アグリッピナは最終的な決を下した。

人員整理の名簿の最終選考に関わる決定を。

春から全領地の視察を順次実施する書簡を送ったところ、様々な反応が返ってきた。

明らかに迷惑そうにしている者、準備を整えるのに――一体何のかと問いたい――時間が掛かるから後にしてくれと懇願する者、来訪を歓迎するという者。

中には社交期なので帝都に滞在しているからか、態々邸宅にまで訪ねてくる者もいた。

当然、彼女は工房と帝城で仕事をし、邸宅は必要に応じて貰っただけなので立ち入ったことすらないため、彼等は皆、落胆を土産として帰っていった。

なにせアグリッピナは私的な場では誰とも会おうとしないのだ。

公的な場で彼等が館を訪れた目的を果たせる訳もないため、ただ焦燥を胸に沙汰の時を待つしかなくなる。

不正への申し開きなど聞かないぞ、という無言にして明確な姿勢が彼等を苛んだ。

今は出立への根回しでアッチコッチへ走り回っている金髪の丁稚に言わせれば、宿題が終わっていない八月三一日を延々と繰り返しているような心地であろう。

ともあれ、何十人かがゆっくりと時間を掛けて吊られていくことが確定した。

ちょっと税収を誤魔化すだの、人事にあからさまな優遇を見せる、幾つかの荘を私物化するくらいは可愛いものだ。どこの領地でもこれくらいやっている人間はいるし、〝この程度〟の悪徳は権利の内とも言えるため、咎めていればキリがない。

しかし、目に余るほどの脱税や領内の重要な情報を余所に流したり、関所の札を偽造したり、況してや御法度の一つである人身売買や違法な鉱山操業などに手を染めている者は見過ごせぬ。

これを看過していれば、領主たるアグリッピナの名に傷が付くのだ。

厳正に対処せねばならぬ所は、冷徹になりきって一切の呵責なく切り捨てる。

帝国の法典に刻まれた序文。一罰を以て百罪の戒めとす、は貴種が貴種として守らねばならぬ精神そのものでもあった。

「それにしても、真面目なのも生き残っているとはね」

重ねた書簡の一つを手に取り、大鉈を振るうように踏み切る重要情報をくれた男の名を見て伯爵は微笑む。

その名はモーリッツ・ヤン・ピット・エアフトシュタット男爵。腐敗と汚職の巣窟と化したウビオルム伯爵領にて、汚濁の朱に染まらず実直な白を貫いた希有な男である。

就任早々に訪問したいと訪ねてきた貴族は多かったが、その一人に含まれる彼は熱意が違った。新伯爵様にお目通りし、是非ともお伝えしたい話と提出したい証拠があると。

エアフトシュタット男爵家はウビオルム伯爵家と並ぶ旧家であり、元々は伯爵となる前の初代ウビオルム伯が抱える家臣の家柄であったそうだ。叙爵に当たって忠勤に励んだ配下にも褒美をと開闢帝に願い、それが聞き届けられた結果、主君共々叙爵された。

彼の血統は五〇〇年の時を超えても初心を忘れることなく、ウビオルム伯爵家の血は濁れど、伯爵領に魂が宿っていると信じて忠誠を保ち続けていたのだ。

そして、時は来れりと新たな領主の下へ訪れる。

多大な期待と、次々悪徳に溺れていく同僚達に歯がみしながらも耐えに耐え、密かに集めた続けた情報を手にして。

提出したのは祖父の代から「いずれ正当なる候補が来た時のために」と三代に亘ってかき集めてきた不正の証拠。時に泥を噛む思いで背信の輩と笑顔で酒を交わしながら集めた情報は、辛酸の苦さに見合った大したものだ。

元々やる予定であったアグリッピナの仕事が、何年分も先倒しで始められる程に捗ってしまったのだから。

故にアグリッピナは忠勤への褒美とし、勲一等の働きをする機会をエアフトシュタット男爵に与えることにしたのである。

この晩冬より出立し、春にウビオルム伯爵領へ到着する領地視察の逗留地に指定したのだ。

今、従僕が死ぬ思いでしている準備は、このためのものであった。

普通であれば忠臣たらんとしても中々に受け入れがたい要請と言えよう。

なにせ今、ウビオルム伯爵領で領地を預かっている人間は、その大凡がアグリッピナの死を願っている。その破滅を運ぶ使者が訪れる館と指定されれば、どのような妨害が飛んでくるか分からない。

ちょっとした嫌がらせ程度では済むまい。予定を挫(くじ)いて破滅を遠ざけるためであれば、火を放つ程度は序の口で、暗殺者など挨拶の使節と同程度の心づもりで差し向けられよう。短慮が極まれば、軍勢を挙げて館を包囲することもあり得る。

主君は臆面もなく、要請を言葉に代えてこう宣(のたま)っているのだ。お前を囮(おとり)にすることで、腐敗を一掃する助けとするが、その苦難を受け入れて忠誠を示す覚悟はあるのかと。

答えは一切の淀(よど)みのない是(jawohl)であった。

忠臣斯(か)くあるべし、として末世まで誉れ高く伝えられるべき回答にアグリッピナは厳かに頷(うなず)き、今回の仕儀を固めたのだった。

もう直に準備が整い、帝都の雪も失(う)せて出立の時がやって来る。方々への根回しも済みつつあり、仕込みも殆(ほとん)ど終わっている。

後は万端の仕掛けに対し、相手がどう動いてくるかだ。

「なんて言ってみたものの、十中八九どうなるかは分かっているのよね……」

皮肉っぽく笑い、アグリッピナは持っていく予定の書簡を束ねて〈空間遷移〉によって異相空間に隠した。

古代から現代に至るまで、縺(もつ)れに縺れた謀略において劣勢に陥った側が取る手法など一つしかない。

その人間と関係者が死ねば、最終的かつ永遠に問題は解決されるのである。

相手が外国有力貴族の子女であれど、やりようは幾らでもある。

法に触れず、相手に文句が出ない死に方をしてしまえばいいだけのこと。

そして、どれだけ有力な貴族であっても、遠く離れた異郷の地で丹念に偽装されては真実を見つけ出すことは難しい。距離の障壁、時間の隔たりは世界で最も強固な概念障壁すら上回る大きく固い壁なのだから。

ふと、アグリッピナは昔に読んだ事件の調査報告書や、それを題材にした戯曲のことを思い出した。

どこぞの侯爵が凄（すご）い暗殺のされ方をした喜劇だ。

何をどうしたかは本腰を入れないと思い出せないが、何と竜を誘引して館諸共（もろとも）吹っ飛ばさせたのである。一族郎党、老いも若きも一緒に纏めて。

あれは古代の演劇でたまに見られた舞台上の神（デウス・エキス・マキナ）のようでありながら、入念な準備と策略によって実現された本当にやれそうで現実味のある爽快な劇であった。

痛快にして無比。そして誰に文句を付けりゃいいのだ、という論法もあって復讐（ふくしゅう）する側が完勝するよい劇であった。

あれは劇だが、実際に誰にもバレず全てを木っ端微塵（みじん）にしてしまえば似たようなことはできる。

「さて、どう出るかお楽しみね。せめて陳腐な筋書きでないことを祈るわ」

煙草（たばこ）をぷかりと一服し、来る闘争に備えて長命種（メトシエラ）は寝ることにした。

別に寝なくとも死にはしないが、魂に栄養をやる必要もあるだろうと………。

【Tips】人事権を持つ貴族は、その裁量の中で合理的かつ合法的である限り、あらゆる処罰を与える権限を持つ。たとえそれが、首に縄を掛け、名誉の下に毒を垂らした酒杯を贈ることでも。

雪は去れども足下から這(は)い上がるような寒さが失せぬ中、私達は帝都を発(た)とうとしていた。

「うーん、本当にこんなものなの？」

「はい、こんなものです」

豪華な馬車もなく、大勢の供回りもなく。簡素極まる旅装を整え、カストルとポリュデウケスの二頭だけを道連れとして。

「何と言うか、着心地悪いわね。肌にも良くなさそう」

「貴女(あなた)が仰(おつしや)ったんでしょう、平民が着ててもおかしくない旅装を用意しろと」

「そうだけど……」

私の前で文句をたらたらこぼしているアグリッピナ氏は、今まで全く見たことのない服装をしていた。

魔法の髪染め――ミカが貰った試供品の製品版――で髪を地味な茶色に染め、目も魔法の眼鏡とやらでレンズ越しに見れば濃い褐色に変じていた。

更に身に纏っているのは洗練された貴族の装束などではなく、私が古着屋を訪ねて安く用立ててきた麻の旅装だ。無骨な上着と厚手の脚絆に大外套という、丈夫さのみを追求した旅装の内側には保温のために綿がぎゅうぎゅうに詰め込んである。

私も同じ格好をしているが、これは道中を安全に進むための準備だ。

「もうちょっと何とかならないの？　これで馬に乗ったら内股がズタズタになりそうなんだけど」

「庶民の皮膚は硬くて頑丈なんですよ。お得意の魔法で何とかして下さいとしか……これ以上上等な旅装だったら、設定変えないと無理ですよ」

なにもどこぞのご老公ごっこがしたいのではなく――もしあと一人道連れがいるなら、私は格さんがいいな――危険な状況を避けるため、アグリッピナ・フォン・ウビオルム伯爵と露見せぬように変装しているのである。

今のアグリッピナ氏には生きている方が都合の良い人間も多いが、同じくらいに息をしてない方が喜ばしい人間もいる。

そのため、ウビオルム伯爵領に辿り着くまで暗殺や襲撃を避けるため、こんな面倒なことをしているのだ。

因みに影武者も同時に大勢放たれている。

どういった交渉手腕を発揮したのか知らないが、皇帝から予算と権限を絞り上げ〝近衛〟を動員した豪勢な囮が放たれていた。

　変装が得意な猟兵がそれっぽく容姿を整えて馬車に乗ったり、魔導衛視隊の魔法使いが魔法で顔を変えて馬車に乗ったりした上で、騎士に守られて帝都を数日前に発っている。

　正直、この人の何処に暗殺に怯える必要があるのかといったところだが、安全策というよりも敵を炙り出す目的の方が先に来ているそうなので、もう何も言うまい。大方、怪しげな奴儕に偽の旅程を流して襲撃されるかどうか見ているのだろうさ。

　然もなくば、この人は遣いを送って〈空間遷移〉で跳躍する場所の指標となる標を届けさせ、向こうに直接飛んでしまえば旅の苦労も暗殺の危険も回避できるのだから。

　実にＧＭとしては鬱陶しいことだ。〈空間遷移〉が半ば遺失技術となる程に習得困難なのも頷ける。

　こんなんが気軽にビュンビュン空間を飛び越えて動いてきたら、考え得るセッションの八割は問題が問題として成立せず破綻するからな。

　ともあれ囮として立った彼女が実際に襲撃されれば、何処の誰が下手人かは一瞬で露見する訳だ。巧妙に計算して流された情報は、襲撃地点や宿泊する宿から首謀者を逆算し、全てを詳らかにすることであろう。

　で、私達はより親しい所に敵がいないか確かめるため、最後発でひっそりと出立するという寸法である。

　このことを知っているのは、アグリッピナ氏曰く親アグリッピナ氏側の限られた貴族と偽装に関わっている近衛府の上役数名、そして我等兄妹くらいのものである。なら安心だな！　と暢気していられる程、私も自分の運と雇用主が買ってきた恨みに無知ではない。

どうせ、ここまで念入りにやったって、どっかで何かあるんだよ。絶対。

あー、やだやだ。一人の方がずっと気楽な旅ほど神経を削る物はなかろうて。上司や取引先とサシで呑んだり野球観戦に行く方がまだマシだぞ。

「できるだけ魔導反応を絞って進みたいのよねぇ……」

「宿には泊まらず、〈空間遷移〉で帰って休む時点で不可能では？」

「そこら辺は手抜かりはないわよ。天幕に極夜派の魔導隠匿結界を張らせたから。勅命、という体にして予算も青天井だから気合いの入った逸品よ」

「また凄い物を……どの程度の代物なんです？」

「貴方が中で隠す気なしに魔法を使っても、隣に立った私が気付かないくらい」

そいつぁスゲーや。

だから私一人で馬を連れて下町から出発し、こんな人気のない林の中で天幕を張らせたんですね。見つからないよう合流するとは言われていたけど、中から出て来たからびっくりしたわ。

あ、そうそう、私も変装はしているとも。譜代家臣と周りから思われている私だけ残って、後から一人で出かけたらモロバレだからな。近衛から、影武者に同行する私くらいの体型のヒト種(メンシュ)で戦闘できる面子(メンツ)を探すのに苦労した、という苦情をいただいたという余談は業腹に過ぎるので忘れよう。

魔法の薬で髪と目をアグリッピナ氏と揃(そろ)いの色合いに変えており――妖精(アールヴ)達から凄(すさ)まじく文句を言われた――今なら父や兄達と並んでも素直に血縁だと分かってくれるだろう。

以前は母がいなければ、余所(よそ)の子を預かっているのかと思われたこともあったからな。兄妹の中で私とエリザだけが母に似ていたので、鏡を見て大変新鮮であった。

父達も私を見れば驚くのではなかろうか。

まぁ、ウビオルム伯爵領とケーニヒスシュトゥール荘(しょう)は馬で何ヶ月も離れた所なので、西に行った序(つい)でにちょっと里帰りとはいかぬのだが。

「んー……最小の隔離結界を服の内側に張ろうかしら。それはそれで違和感凄いから気持ち悪いのよねぇ」

「一番良いのは移動の時間を減らすことかと」

「言うようになったわね。ま、いいわ。行きましょう」

アグリッピナ氏は普段の怠惰さが嘘(うそ)のような身軽さで、ひらりとカストルに跨(また)がって進み始めた。私も置いて行かれては困るため、ポリュデウケスに乗って後を追う。

「じゃ、行くわよ……愚弟」

「……かしこまって御座います、姉上」

ああ、そうだ、忘れたくて忘れていたが、忘れちゃならん設定が残っていた。

今の私達は、帝都に奉公に出ていたが、休暇を貰って実家に帰ろうとしているユリアとアルフレートの姉弟だ。

笑えるだろう？

長命種の最たる特徴である笹穂型の耳を隠せば、ヒト種への変装は簡単だからな。むしろ、表面的には簡単という言葉でさえ大仰だ。

一番大変なのは、私が彼女を「姉上」と呼んで苦い顔をしたり、噴き出したりしないよう我慢することだった………。

【Tips】平時においても影武者を用意するのは帝国貴族の嗜みとも言えるが、そんなものを用意する必要のない者も多々存在するため場合に因りけりである。

見栄と虚飾の都ベアーリンからウビオルム伯爵領の州都、ケルニアまでは直線距離で約四〇〇㎞。基幹街道沿いに進んで約六五〇㎞の旅程である。

これはケーニヒスシュトゥールからベアーリンまでの距離と大差なく、二一世紀の日本では新幹線で数時間であっても馬を使うと数ヶ月の距離である。

荷と人を乗せた馬に負担を掛けず進めるのが一日で二〇～四〇㎞、ちょっと頑張って貰って最大で六〇㎞程。その上で四日から六日に一度は休息日を設けてやらねばへタるため、まぁ一〇日かけて二〇〇㎞から三〇〇㎞進めれば上等といった具合だ。

しかし、馬は車と違って快適に進める条件が限られるため、安定して毎日同じ距離を進める訳ではない。

蹄鉄が外れる、蹄に異常を来す、腹を壊すなど生物であるため体調不良に悩まされることは多い。自分達自身の体調を気遣うのと同じくらい、彼等の様子を見てやりながら進む必要がある。

更には天候が荒れれば進める距離は短くなるため、次の旅籠や補給を考えて進まねばならないとあれば、何日も旅籠に釘付けと言うこともあり得るため、現実的な旅程を組むと片道で三ヶ月となってしまう訳だ。

因みに護衛を大勢引き連れて、宿泊する旅籠の格を選ぶというお大尽道中を望むと更に一月から二月は旅程が延びる。護衛のせいで足が鈍るのは勿論、護衛や使用人とその乗騎まで食わせる飯が十分にある旅籠となると数が限られるため、より面倒くさい道筋を辿らねばならないのだ。

早馬を何回も乗り換える急使なら一ヶ月で済み、騎竜を使えば僅か数日となるのだが、残念ながら我々は旅人に偽装しているため無理な強行軍はできない。

と、いうことで早一月が過ぎようとしているが、何の変化も起きない穏やかな日々が続いた。

思い出したように降り出す雪や、自分の鼻先さえ見えなくなる霧といった悪天候に捕まって足止めをくらうこともあったが、十分に想定内の遅延だ。予定通りにウビオルム伯爵領まで到着できそうである。

さて、今はブラウンシュワイクという、帝国中部の大きな都市——なんだか縁起の悪い名前である——を目前にした旅籠に入ったところだ。

旅籠の名前は黄金の小鳥亭といい、一般人でも少し背伸びすれば泊まれるような格の店を選んだ。用心棒ではなく、きちんと護衛と呼べる洗練された戦士が常駐し、厩も警備が行き届いた安心の一軒。

そこに二人部屋を借りたが、アグリッピナ氏は天幕の結界を使って早々にご帰還遊ばされている。

まぁ、〈空間遷移〉が使えるのだから、態々貧乏くさい——私基準では十分に贅沢だ——旅籠で夜を明かさず、自分の工房で休んだり仕事をしたりできるなら、そうするわな。

「あぁー、疲れた！」

仰向けに寝台へ体を投げれば、一日馬に乗って強ばった体から力が抜けて、なんだか報われたような気がした。

この瞬間が旅の中で一位二位を争うくらい気持ちいいのではなかろうか。あ、家に帰った時は殿堂入りなので別にするが。

寝台は前の客が使ったシーツそのままということもなく、中の寝藁も頻繁に換えられているようで心地好い匂いがする。ノミやシラミに悩まされることなく寝転がることのできる寝床のなんと有り難いことであろうか。

　これが一晩、食事と風呂付き、厩使用料込みで一リブラ二五アス。安いと見るか高いと見るかは人それぞれだが、品質に比べたら安い方だと思う。

　ヒデぇ所は金とって本当にこれか、と亭主を締め上げてやりたくなるくらい酷いからな。アグリッピナ氏はどうせ工房に帰るからと、泊まった証拠が残れば結構とばかりに、選択肢がそれしかなければ安い旅籠でも気にせず入る。そのせいで何度か酷い目に遭った。

　ダニやノミ、ケジラミだらけの寝床は序の口で、口に出すも悍ましい〝黒いアレ〟がドアを開けた瞬間部屋の中で逃げ回るのに遭遇したこともある。その時は野宿の方がよっぽどマシだと開き直り、部屋から抜け出して近くに天幕を張ってその中で寝たよ。屋根と壁があって外より酷い場所がこの世に存在することを、帝都暮らしのせいで久しく忘れてしまっていた。

　ほんと、私だけが泊まるからって適当しないで貰いたいものだ。

「おっと、あんまりダラダラしていちゃいかん」

　寝床といちゃいちゃしていたい気持ちは拭えないが、片付けはしておかねば。アグリッピナ氏が移動のために広げた天幕を片付け、予備の毛布を丸めてもう一つの寝台で人が寝ているように見せかける。万が一誰かが入って来てもいいようにしておくのだ。

　さてと、偽装もできたし風呂にでも入ってくるか。食事は後で宿の人が運んでくるし、その前に旅の泥を落としてしまおう。

　まぁ、風呂と言っても湯殿のない蒸し風呂なんだけどね。

「女将さん、お風呂の支度できてますか？」

「ああ、はい勿論済んでますよ。今日はお客が少ないんで、もう少しで焚かないところでしたよ」

それは重畳。たしかに時季からして、人々が街道を盛んに往き来し始めるのは、もう少し暖かくなってからが普通だからな。人が少なきゃ従業員のためだけに大きな蒸し風呂を焚くのも不経済だろうから、運が良かった。

「お姉さんも入られますかね？　湯殿は一刻ごとに男湯と女湯で切り替えているんですが」

「あー……疲れて今日は寝ると言ってたので、入らないと思いますよ」

乾いた愛想笑いを残して受付を去った。未だに受け入れがたいものの、一月もやっていれば〝アレ〟と姉弟扱いされるのにも少しは慣れてしまった。

途中であの人がちょっとその気になったのか、姉ネタでからかってきたのは本当に止めて欲しかったが。

人前で被服や髪型を整えさせたり、口を拭いてくるとか何考えてんだろうね。いや、どうせ私の百面相を見て暇つぶししたかっただけだろうけど。

気を取り直して風呂場に向かい、脱衣場で服を脱いで入ってみれば、蒸し風呂は値段相応に綺麗なものだった。

床が掃除不足で滑っているようなこともなく、椅子に座れば軋んで崩壊するのを心配する恐れもない。使っている水が悪いせいで、水ひっかぶるだけの方がマシといったこともなかった。

有り難い有り難い。ちゃんとしている、というのが無料で手に入らない世界で、これは本当に有り難いことなのだ。

薪ストーブの上でカンカンに焼かれている石に水を掛けて湯気を出し、部屋の中が乳白の靄で埋まるくらいにしてやると、いよいよ風呂という気がしてくる。

ああ、良い気持ちだ。もっと言えばあと少しばかり温度が高い方が私好みだが、勝手に薪を足したり、魔法で加熱させる訳にもいかんしな。これくらいで我慢しておこう。温度はじっくり長く浸かればいいさ。

それに今日はもう寝るだけ。アグリッピナ氏のお世話も要らぬし、気楽気楽。白樺の枝で体を叩いて血行をよくしたり、汗によって浮いてきた垢を落としたりしていると、私以外の客もやって来たようだ。脱衣場の戸が開き、足音がする。

ん……？　妙だな、衣擦れの音がしない。それに耳を澄ませて待っていれば、靴を脱ぎもせず脱衣場を歩く音がする。

私は予感を素直に受け取り、手ぬぐい片手にドアの戸に陣取って気配を殺した。息すら止めて静かに待つこと十数秒……突如、無礼極まることに湯殿の扉が強引に蹴り開かれた。

そうかそうか、君らはそういうことをするのか。

なら、遠慮する必要はないわな。

蹴破られた開いた戸の向こう、蹴りを放ち終わった〝敵〟が残心を取るよりも前に、私は手ぬぐいを思い切り振り抜いて闖入者の顔を打ち据えた。

「ぎゃっ!?」

無論、ただの濡れた手ぬぐいではない。二つに折って、ストーブの上で〝カンッカンに焼かれた石〟を挟んでおいた。

逆手に思い切り振り抜いた即席の高温ブラックジャックは敵の顔面に命中。頭巾を目深に被った顔を完全に砕いている。この手応えだと、鼻骨骨折では済まないな。完全に頭蓋が拉げているだろう。

火傷と骨折の痛みにのたうちながら倒れ行く男の手から、墨で黒く塗られた片手剣がこぼれ落ちていく。私はそれを虚空で捕まえ、勢いよく脱衣場へと飛び出した。

そこには顔面を砕かれた者の他に二人の敵がいた。まぁ、一人で来る訳ないわな。

暗色に染め上げた煮革の鎧と全身を覆う陰気な大外套。そして、如何なる角度からも顔の中が覗けぬよう魔法が掛かった頭巾で揃えた一団。

単なる物取りではあるまい。暗夜にて剣を振るう、汚れ仕事専門の玄人か。

それでも暢気に風呂に入っている餓鬼一匹、それも全裸で武装なしと見て心の何処かで気を抜いていたのか反応が何呼吸も遅れている。同輩の顔面が手酷く砕かれて悶える様を見て呆気に取られるのは分かるが、玄人がそれじゃいかんでしょ。

「きさっ……ぐっ!?」

「何……がぁっ!?」

　奪った剣を素早く振るい、敵が正気に戻る前に短刀を握る手と、見たことのない形の弩弓(クロスボウ)を取った手を切り裂いた。

　こういった手合いは動ける限り反撃してくるので、一切の情け容赦なく〝手首から先〟とお別れしてもらった。無辜(むこ)の少年を殺そうとする悪い手なんて、ない方が世のため人のためというものだろう。

　傷口を押さえて蹲(うずくま)る連中の後頭部に剣の柄(つか)を叩き込み、ついでに顔を押さえて転がっているヤツの後頭部もサッカーボールのように蹴飛ばして意識を刈り取り三丁上がりっと。衛兵と違って死にさえしなければ構わないので楽なものだ。

「なんだ、呆気ないな」

　はっきり言って拍子抜けだった。近衛(このえ)や魔導師(マギア)の質からいって、貴族が使うような暗殺者はどんな手練(てだ)れ揃(ぞろ)いかとビクビクしていたのだが、これでは蒸し風呂の方が汗を掻(か)かせてくれるじゃないか。ちょっと脆(もろ)すぎないか?

　専門家となれば、もうちょっと手間取るかと思って色々準備していたのに。いや、風呂の中で襲われるのは予想外だったけどね。

「んー……顔だけじゃ流石(さすが)に分からんか」

　気絶させた敵――一応、出血多量で死なれると困るので止血はしておいた――の頭巾を剝いでみるものの、当たり前だが見覚えのない顔だった。短刀を持っていたのが人狼(ヴァラヴォルフ)、いいや。

援護要員らしき弩弓がヒト種、最初の一人は……ちょっと顔がよく分かんなくなったから

しかし、私に分からずともいいのだ。念入りに拘束して転がしておいて、アグリッピナ氏に頭の中を直接〝覗いて〟貰えば全てが分かる。私や他の魔道士達のように〈精神防壁〉の魔法を恒常的に張っておくか、相当に強い意志がなければ、我が雇用主相手に隠し事など不可能であるのだし。

「……いかん、しまった!」

拘束し終えて一仕事終わったところで、大変なことを見落としていたのに気付いた。

私はアグリッピナ氏が部屋にいないことを分かっているが、敵は知らない。

そして、人目を憚らずに殺しに来たということは……だ。

脚絆だけを穿き、靴下も履かず長靴に足を突っ込んで寒い外に飛び出し、宿屋に駆け込むと懸念が当たっていたことが分かってしまった。

そして、私が手遅れであったことも。

「畜生共め!」

宿の中で女将と護衛が死んでいた。女将は受付で宿帳へ顔を突っ伏すように斃れており、地面に血を垂れ流している。後ろから首を掻っ捌かれたのだろう。

一方で護衛は扉脇の椅子から転げ落ちており、片手は剣に添えたままの姿で首から弩弓の矢を生やして絶命している。

女将が先にやられ、それに遅れて気付いた護衛が射られたか。

怒りに目の前が赤黒く染まりそうになるのを精神力で抑え、私は部屋へ走った。目くらいは閉じさせてやりたかったが、そんな時間はない。

部屋に戻るまでに開け放されたままの扉が二つあった。静かで誰の反応もないため、女将と同じく宿泊客が始末されたに違いない。恐らく、主夫婦の住居である三階でも同じことが……。

廊下の角を曲がり、自分達の部屋に繋がる廊下に差し掛かる。

いた！

黒ずくめの四人組、風呂場で倒したのと同じ格好をした連中が扉の前に集まっている。一人が鍵を弄くろうとしているようだったので、今将に突入しようとしているのだろう。させるかよ。部屋には誰もいないが、ここまで好き勝手されて見逃してやる道理が何処にあろう。

「ッ……!?　お前!!」

一人に気付かれたが構わん、私は奪った短剣を全力で投擲してやった。〈戦場刀法〉においては戦場で武器を投げ敵を怯ませることも技の一つとしているため、剣は吸い込まれるように一番手前側の敵に突き刺さる。

酸素をたっぷり蓄えて赤々とした血液が凄まじい勢いで噴き上がり、綺麗に掃き清められていた床を汚していく。

冷静になったつもりで我を忘れていたらしい。狙いが逸(そ)れて剣は〝首〟に突き立ち、半ばほどを断ちつつ胴体に食い込んでいるではないか。

くそ、あれでは即死だ。楽に殺してしまうとは。アレが指揮官だったらどうするんだよ。

気を取り直して、今は向かってくる敵の始末だ。流石、そこら辺の野盗と違って倒された味方を気にするでもなく、悪態の一つも吐(つ)かず得物を抜いて襲いかかってくる。

一人は室内でも振り回しやすい片手剣、もう一人は刺突に向いた半端な長さの短刀。もう一人は戸の前から動かず、懐から杖(つえ)を取りだしているではないか。

魔法使い付きか、豪勢だな！

これを無手で相手取るのは、如何に〈戦場刀法〉が徒手格闘にも対応しているといっても不利だな。敵方も足運びと姿勢からして間違いなく手練れであり、流派は知らぬが〈円熟〉(スケールⅥ)を超えて〈妙手〉(スケールⅦ)はあるだろう。

心得た相手であれば、宿屋の廊下など正に指呼の間合い。さっさと次の武器を補充せねばならない。

故に私は、その名を呼んだ。

あの忌々しく寝所を這(は)いずり、盲(めし)いた愛を語るおぞましき魔剣を。

「～～～～～～！！！！」

空間が割れ響く言葉にならぬ狂喜の絶叫を背景音楽として、下段から切り上げた刃によって断ち切られた右腕が血煙を上げながら虚空を舞った。

無論、私の腕ではなく、先頭を行く敵の手だ。

「があぁ!?」

鎧の隙間を抜いて肘から先を吹き飛ばされれば、玄人でも寡黙ではいられまい。敵は腕を押さえながらもんどり打って倒れる。先程まで愚かにも初手で武器を手放し、更には上半身裸という阿呆な餓鬼の手に剣が握られている事実が信じられないのだろう。

空間を斬り削る叫びは、呼び出されたことへの歓呼。求められ剣として握られる事実へ随喜の絶叫を上げる〝渇望の剣〟が我が掌中にある。

しかし、これは下段から振り上げるには重すぎるし〝長すぎる〟筈だった。普通ならば両手で扱うのが精一杯の特大両手剣は、宿屋の狭い廊下では振り上げることは疎か、横に振ることさえ不可能だっただろう。

「良い子だ」

黒い刀身は相変わらず。かすれて読めない古語が刻まれた樋の文字も悍ましく、窓から差し込む傾いた陽を浴びて凄絶に黒く輝く剣は些か〝短く〟なっていた。

私の手に最もよく馴染む〝送り狼〟と同じ寸法にまで。

何も今急に縮めるようになったのではない。

ある日、鍛錬のため――あと、放置しすぎると夜啼きが激しくなるため――呼び出して使っていると、言語として認識できぬが曖昧に意味を理解できる思念の絶叫が私への愛を叫んだ。

至らなかったと。愛されるには愛さねばならないと。

そして、愛されるために貴方をより強く愛すると。

気が付けばこの呪物は私の都合のよい身幅に手前を合わせることを覚えていた。

至らなかったとは、あの晩、仮面の貴人と殺し合った時のことを言っているのだろう。

もし自分が担い手である私が最適に振るえる形であったなら、刃はもっと深くに届いていたと。

届かなかった結果、私は死にかけたのだと。

そして、あの剣は愛を叫ぶならば、態度にも示さねばならぬとして、あろうことか長さや身幅を変え始めたのだ。

今や、この剣は私が願えば剣の範疇に収まる形であれば何にでもなる。

短刀より少し長い程度の片手剣から、出会った時の振り回すのも大変な特大の両手剣にまで。

まるで恋人に合わせてファッションを変える女性のようだと考えてしまったが、それもまた愛であると言われれば否定できないのも事実。愛した相手から心底惚れて欲しいと思うのは自然なことだろう？

男だって相手のためにスーツをバシッとキメることもあれば、財布より溢れそうな贈り物で気合いをいれることだってある。愛のため真摯に自分を擲っていると思えば、悪い気はしなかった。

相手が精神を削ってくる、呪物としか思えぬ魔剣であっても。

倒れる仲間を押しのけて、二人目が短刀で刺突してくるが遅い。私は屈むことで回避しつつ、踏み込まれた足を狙って渇望の剣を振るい、膝の裏を撫で切りにした。

手に伝わる感触は、肉と腱を切り裂き骨に食い込む硬い物。踏み込みに際して全体重を預けた右足が全く使い物にならなくなったせいで、刺客は前転する勢いで前のめりに倒れ込む。

その加速度を床に突っ込むだけに使っては勿体ないため、私はそっと足を伸ばして倒れてくる顔を迎え撃った。

殆ど力は込めていないものの、足の甲にはきっちり硬い物を蹴り砕いた感触があった。この長靴には靴底と足の甲に鉄板が仕込んであるのだ。異物を踏み抜かないため、上から踏まれても怪我しないために入れられた鉄板は、蹴りに使えば立派な打撃武器となる。

当たり所が悪かったな。目が潰れたか、眼窩の骨が骨折したかしただろう。暫くは立ち上がることすらできまい。

「綿の抱擁、一握りの百合の花びら、棘を抜いた薔薇の茎……」

しかし、のんびりはしていられん。魔法使いが杖を手に、更に触媒を握って詠唱している。杖、触媒、詠唱の三重補助、魔導師ではなさそうだが、ここまで強固に世界をねじ曲げる準備をしているなら威力はかなりの物になるか。

なら、術式など構築させせん！

出せる限りの速度で踏み込み、間合いを一瞬で埋める。〈俊敏〉は以前から上げていないが、それでもこの程度の間合いなら瞬きの合間に踏破できるとも。

「心地好き墓の中……がっ!?」

そして、斬撃の途中で望みに応えて〝伸びた〟渇望の剣ならば切り裂ける。

厄介な魔法を構築する、その口を。

両手剣の姿に戻った渇望の剣の切っ先が、頭巾を貫いて敵の顔を横になぞった。血に交じって散らばる白い欠片は、斬り砕かれた歯の名残。小さな肉片は舌の一部か。

中途半端に練られた術式が詠唱の補助と術者の制御を失って暴発する。反応して跳びのけば、刺客の周りに真っ白な煙が立ちこめた。

念の為、吸い込まぬよう顔を覆って背後へと跳びのいたが……さっきの詠唱、子守歌の一節を引用していたことからして〈眠りの霧〉かもしれない。

抵抗に失敗した敵を眠らせる恐ろしい魔法だ。バランスを重視するGMの間では遺失魔法扱いにした方がいいのでは？　と議論されることもあるぶっ壊れ魔法だが、使えるモンは全部使う主義の古巣ではよく使ったし、逆に使われもした。

誠に恐ろしい魔法を使いやがる。寝てしまったら、どれだけ鍛えていても何もできないからな。味方がいれば庇ってくれたり起こしてくれたりもするが、一人ならどうにもならん。一人旅の勇者に麻痺をかますような真似を何の遠慮もなくぶっ放すなよな。

まぁ、精神に影響する魔法だろうから〈精神防壁〉で防げたかもしれないが、撃たれないに越したことはない。

　しかし、コレがあるから滞在客を騒がれずに殺せたのか。私は地獄耳ではないが、流石に宿の隣の風呂にいたから悲鳴が上がっていればもっと早く気付いていた。

　クソ、もっと耳がよければ、死人を少なくできた筈なのに……。

　いや、悔やむのもない物ねだりするのも後だな。まだ周りを固めている刺客がいるやもしれん。とりあえず、この始末した連中を拘束して、脱衣場に転がしてある糞野郎共も引っ張ってこなければ。

　あとはアグリッピナ氏に引き渡し、情報を絞りに絞ってから代官に突き出してやる。和に死ねると思うなよ。

　自害と逃走防止のため刺客共を縛り上げたので、荷物の中に入れっぱなしにしてあった〈声送り〉の魔法を届けるための標を取るついでに服も着るかと起き上がった瞬間。

　廊下の窓から音もなく何かが投げ込まれた。

　丸いそれが何かを察するより早く、私は反射で〈見えざる手〉を操り窓の外へ捨てていた。

　そして、扉を押し倒すように自分の部屋に飛び込み、耳を塞いで口を開ける。

　数秒の後、耳を塞いでも脳が揺れる程の衝撃に襲われた。

　爆弾だ。火薬式か魔導式かは不明だが、無茶苦茶しやがるな!?

　まだ外に見張りがいるという予感は当たったらしい。しかも、私の〈気配探知〉に引っかからない手練れが。

「畜生が！　勘弁してくれよ！」

今のは私を殺そうとしたのか、それともしくじった馬鹿の口封じかは分からんが、やる気だっていうならやってやる。もうここまで大暴れしているのだ、あと二〇人か三〇人くらい来たって構わんぞ。貴様らが殺した宿の人や無関係の宿泊客が神々の御許に行くまでの先導役が、ちょっと足りんかなと思ってたくらいだとも！

私は部屋の壁に引っ掛けておいた大外套を〈見えざる手〉で引っ摑んで手早く身に着け、廊下に出ると、同じく〝手〟で賊共を部屋の中に放り込んで窓に足をかけた。

見える範囲にはいない。となると、上か！

「ロロット、頼む！」

「ふえっ!?　ああ、はぁい!?」

空中に身を躍らせ、何処かを彷徨いているであろう妖精の名を呼べば、彼女は唐突なお願いにビックリしながらもしっかり答えてくれた。

シャルロッテは風の妖精、風が吹く所であれば私の声が届き、そして彼女の助力が得られる。

荒々しくも優しい風が吹き上げ、私の体を屋根の上に持ち上げてくれた。普通なら人体が飛ぶ勢いの風など台風に近しいものだが、世界を歪める魔法の風ならば体が煽られることもない。

だからだろう。飛んで来た短刀に反応できたのは。

屋根と同じ高度に達すると同時、私を叩き落とそうと投げつけられた短刀を横っ飛びで回避した。

鈍く薄く、しかし絡みつくような殺気に体が弾かれたかの如く反応してのことだ。屋根瓦をまき散らしながら手を突いて着地し、間髪を容れず練り上げた〈見えざる手〉で体を左方へ跳ね飛ばさせる。

刃物の投擲が防がれるやいなや、無骨な鉄の塊が襲いかかってきたのだ。

次撃は大気を引き裂く振り下ろし。殆ど間もなく追い上げてきた一撃は、投擲のために研ぎ上げられた棒のような短刀の追い打ち。初撃を凌いだことで安心していれば、その場で痛い目を見ていた。小ぶりなので死にはすまいが、大打撃は避けられない。

それにしても恐ろしい使い手だ。殺気が薄すぎて気配を読み辛いことこの上ない。下で相手をした連中とは段違いじゃないか。

着地を刈るように弧を描いて襲いかかる〝何か〟を体に沿うよう構えた渇望の剣で防ぎ、打撃の勢いを借りて間合いを空ける。威力が高すぎてその場で無理に受け止めると、渇望の剣が無事でも骨や筋を痛めると思ったので、二度三度と転がって衝撃を殺すのだ。

しかし、回避か防御に成功したら短距離移動されるとか、思えばメチャクチャ鬱陶しい挙動してるな私。

冗談はさておき、回転の余勢を借りて素早く起き上がり、渇望の剣を構えて改めて敵手と対峙(たいじ)する。

　ぱっと見て、なんと形容するのが良いか悩む敵手であった。

　上体の輪郭を隠す覆い付きの外套(フード)、そしてその下から伸びるヒト種(メンシュ)にはあり得ない長い胴。地を踏みしめる外骨格の細い足の群れは虫に連なる亜人であると察せられる。

　ヤスデとムカデ、どちらであろうか。

　傾いてきた陽がいよいよ勢いを失い、陽導神のご加護が視界から失われつつあるせいで全貌がよく分からない。逆光なのも相まって、無数の脚が胴に纏(まと)わり付くように着込んだ服の間から伸びていることだけが辛うじて分かった。

　一分の隙もなく姿を隠し、男女の判別さえつかぬ敵が担うは長大な棍(こん)。のたくる体に負けぬほど長い得物を優美に振り回し、襲撃者は初撃を凌いでみせた私の様子を見ている。

　こいつは……やりにくいな。

　しなやかに長い手、二足歩行する人類種であれば上背の都合で持て余すほど長い棍、そして一番は……。

「ぬっ……!?」

　全く出足の読めない多節の足！

　多数の脚を蠢(うごめ)かせることで進む敵は、二本の足と異なり出足が極めて読みづらい。攻撃の起点は脚にあり、ついで胸を見ていれば腕の動きの起こりが分かって何処を狙っているか読めるのだが、この脚の動きは全く先を読ませてくれない。

左右にも前後にも大きな動作もなく歩いてくる上、間合いの詰め方が独特すぎて、回避にも防御にも機を外される。その上、胴を高くもたげることで上を取ってきて、ただでさえ長くて始末の悪い棍を円運動で振り下ろしてくるので性質（たち）が悪すぎる。

更には不安定極まる屋根の上でも、全く意に介さず縦横に動き回るのだ。接着が甘い瓦に足を取られ、踏ん張るのにも苦労する私を嘲笑（あざわら）うかの如く。

極めつきは巨体に見劣りしない怪力ときた。普通の兵士なら分隊で横列を組んでも軽く蹴散らされる怪物だ。

クソ、突入が失敗した時に備えてえげつないのを伏せてやがる！　まだ宿に乗り込んできてくれた方がずっと楽だったぞ!!

棍の振りは速く、小さく連続する円運動は動きの大胆さに反して繊細そのものだ。凄（すさ）まじい鉄量を誇る棍が振り回されて生まれる円は、攻撃であると同時に接近を阻む鋼の結界となる。

あまつさえ、二本足ではすり足を駆使しても不可能な細やかな移動によって、微（かす）かな隙さえ殺している。

敵ながら見事な構築。自らの種、その強さを完全に活（い）かしきった戦術は、卓（セッション）であったら次の参考にするのでキャラ紙見せてと頼みたくなるほどだ。

攻撃精度も素晴らしい。二本足の悲哀、どうしても次の一歩までに生じる体の揺らぎを刈り取るように振るう一撃の正確性は、その時その時で狙って欲しくない所へ的確に襲いかかってくる。

刺客じゃなくて、もっと華々しい地位にあっても良いくらいの妙手であった。

遠心力を用いた攻撃は半端な防御を弾き飛ばす勢いがあるので、私は幾度か回避することで機を計り前に出る。剣を両手で逆に握り、袈裟に振り下ろされる棍を掠らせるようにいなした。

帝都にて警杖や槍で武装した衛兵を相手にした時と同じ対処法だ。弾くのではなく、優しく衝撃を殺すことで反発力を利用させぬやり方は、戦場において長柄を相手にしてきたランベルト氏から嫌という程仕込まれたからな。

かなり上手く決まった手応えがあった。覆い隠された顔が驚いているのが気配で分かる。殆ど弾かれたという感触すらなかっただろう。

さぁ反撃だ。長柄の得物は間合いに優れるが、こうやって懐に入られると途端に弱い。それに、多節の脚部はしなやかに全方向へ動く蛇体人と違い、前方へ振りたくって攻撃に使うこともできまい。背を向けることなく後退する速度は中々だが、追いつけないほどでもない。

一番の手練れとあれば、恐らく指揮官はコイツだろう。一番深いところに繋がる情報を持っているとあれば、逃がしたくはない。

このまま無力化するのであれば、親指を切り飛ばせば良いだろうかと思っていると首筋にひやりと嫌な感覚が。

咄嗟に渇望の剣を掲げて防げば、甲高い音を発して何かが弾け……同時、腹に鈍い痛みが走った。

呻きを堪え〈雷光反射〉により緩やかに流れる視界で弾いた物を追えば、それは刀身を灰で塗って夜間でも目立たなくした投げ短刀であった。最初に奪った片手剣と同じく、視認性を下げて間合いを誤魔化すため暗殺者がよく使う手。

投ぜられた短刀は〝二本〟あった。

軌道を重ね、初撃で二撃目を隠す技巧。何かの漫画で読んだことがあったが、本当に実践できる者がいようとは。

外套の下から覗く〝もう一対の腕〟が棍を操りながらにして、二本の短刀を同時に投擲してみせた。ああ、畜生抜かった。

思えばそうではないか。敵は最初の奇襲で棍の一撃を放ち、同時に短刀を投じてきた。片手で振るえる得物ではないのだから、腕がもう一本あるほうが自然ではないか。

いやまったく、外套を羽織ったのは正解だった。一見地味な旅装に過ぎないこの大外套だが、実は裏地の中にアグリッピナ氏がびっちりと防御術式の刺繍を施しており、下手な帷子より硬いのだ。

今回は私も着込みや武装を最低限で移動するため、身を案じてご用意してくださったのである。

うむ、もの凄く雑に軽減されたり貫通されたりするけれど、やはり装甲点は偉大だな。

これがなかったら位置的に拙(まず)かった。肝臓に直撃して死んでいたかもしれん。

防げたとはいえ、金属の塊を本来なら刺さる勢いで投げつけられたのだから当然痛い。

その痛みを返すよう、速度を数段上げて本気で斬りかかった。

こいつは、最初から生存を前提に掛かって倒せるような甘い敵じゃないな。

本気で殺しにいって、結果的に生きてたら運が良いくらいの覚悟でなければ、私が痛い目を見る。

襲撃者は懸命に棍で防御し、もう一対の手で短刀を抜いて攻撃してくるが〝二回攻撃してくるなら二回リアクションするだけ〟と割り切って動けばなんとでもなる。

それにこちらにも隠し種はあるのだ。

後退し最適な間合いを取ろうと追いすがる襲撃者に張り付きながら、私は〈見えざる手〉で大外套の衣嚢(ポケット)から触媒を引っ張り出して〈閃光と轟音(せんこうとごうおん)〉の術式を叩き付けた。

こんなこともあろうかと、色々な所に分散して隠し持ってあったのだよ！

そしてダメ押しだ。

私はもう一本〈見えざる手〉を練り、腹に当たった短刀を握らせて突き出した。

お返しだ、敵が投擲武器をくれたのだから、使わない方が勿体(もったい)ないだろう？

長い長い〝手〟が繰り出す刺突は投擲より正確にして高威力。貰(もら)ったばかりの贈り物は、送り主の肩口に深々と突き立てることで返礼とする。

相手がやったことをそのまま返す。別に見て思いついた訳ではないけれど、パクってしまう形になってしまったな。

　って、あぶねぇ!?

　あろうことか襲撃者は、刺された衝撃で後ろに倒れながらも体をのたくらせ、鞭のように脚を撓らせて蹴りつけて——果たしてこれは正確な表現なのだろうか——きた。

　いや、むしろ隙を殺すため、自身の特性を活かした逃走と反撃を兼ねた体術か。これは流石に予想外である。

　丸太のような体を叩き付けられては堪らないので屋根に伏して回避すれば、颶風を纏って振り回される脚のせいで瓦どころか屋根の地盤までもが盛大に抉られて宙を舞う。なんて威力だ、真面に貰っていたら肋骨が片側根こそぎ持っていかれるぞ。

　蹴りを放つために這いつくばった襲撃者は、体を低く伏せたまま、思わず「うぇっ」と漏らしたくなる速度で走り出す。

　馬鹿な、あの距離だ、ともすれば失明するような至近で真面に目潰しを食らったはず!

　私は驚いて立ち上がるのが数秒遅れ、その隙に刺客はするすると屋根から壁伝いに這い降りて消えてしまった。

　急いで屋根の縁に向かうものの、姿はもう見えない……。

「ああ、クソ!　しっかりしろ私!　初見の種族相手とはいえ、良いようにやられすぎだろ!!」

「……おっかけるぅ?　捜そっかぁ?」

「私の足じゃ見つけてくれても追いつけないよ。クソ、詰めを誤ったか」

ふわりと頭に着地するロロットの提案を断り、憤りに任せて瓦の残骸を蹴り飛ばす。

視覚と聴覚は潰しているはずだったが……そうだよ、虫に連なる亜人種の多くはヒト種(メンシュ)とは異なる感覚器を持っているじゃないか。ムカデかヤスデならば触覚で匂いを嗅ぎ、移動できることを考慮しておくべきだった。

それにしても、如何(いか)にもな節足動物めいた挙動。久しぶりに幼馴染(おさななじみ)の狩り姿を思い出してしまった。確かに彼女も短時間であれば、到底追いつけないくらい機敏に走るからな……。

相手はほぼ殲滅(せんめつ)し、情報源も得られたが勝ちきれなかった。精々痛み分け、といったところか。多分、この感じだと脱衣場の刺客は私が離れている間に持って行かれたろうな。どうあれ派手に立ち回りすぎた。建物を盛大にぶち壊してしまったし、爆弾まで炸裂(さくれつ)したため周囲が何事かと騒ぎ出している。

こりゃあさっさと雇用主を呼んで事態の収拾を手伝って貰わにゃ、下手を打てば私の手が後ろに回るぞ。これだけ暴れ回ったし、直(す)ぐに誰かが様子を見に来て殺された女将(おかみ)や護衛を見つけるだろうから、権力の盾がなければ捕まえた刺客共があっても面倒な事態に発展しそうである。

あー、もう、どうして行く先々でこんな目に遭うんだ。一ヶ月も穏やかに旅ができたんだから、あと二ヶ月くらい見逃してくれたってよかろうに。

「いてて、折れてないだろうなコレ……」

外套を捲り、腹の様子を見つつ戦闘で空けてしまった大穴から下に降りた。着地の衝撃で腹がしくしくと痛む。殺されてしまった人々の痛みに比べれば軽いものだが、それでも結構響くな。息をするだけで痛いって程じゃないので、折れていないとは思うが罅くらいは覚悟しておかねばなるまい。

ああ、そうだ、雇用主を呼ぶ前に服を着なければ。

折角風呂に入ったのに、もうすっかり湯冷めしてしまった。

風邪を引かなければいいのだが…………。


【Tips】市街地・荘園内・旅籠の付近などの生活域における私闘は一〇リブラ以上の罰金刑ないしは半年の社会奉仕活動を科せられることがあり、抜剣しての私闘ともなると一ドラクマ以上の罰金刑及び拘留・投獄の可能性もある。

そして、暗殺ともなれば首謀者諸共、極刑は免れない。


襲撃があった宿場街より離れた林の中、樹上にて黒喪の一団が集っていた。

隠密行動のため深い紺色に染め上げた装束を着込んだ、夜色の一団の影だけを見れば、僅か四人の集まりとは思えないだろう。

ヒト種の優に二倍から三倍はあろうかという巨体をのたくらせ、枝に体を固定する姿はあまりに異質であった。

無数の脚を食い込ませ、二足二腕の生き物では身を固定するのも難しい木々の枝に紛れているのは百足人(センチピードニイ)である。

「無事か？　手傷は」

その内の一人が頭巾を脱ぎ、素顔を晒(さら)した。皺(しわ)の刻まれた顔と総白髪に近い髪は彼が刻んできた年月を物語り、口も動かさずに喋(しゃべ)る能面の如(ごと)き顔が密偵としての練度を感じさせる。

目の前で味方が血を流していても、眉一つ動かさぬ冷徹な目。

その視線を注がれる密偵も頭巾を外し、微かに乱れた呼吸を整えつつ、同じく能面の表情で答えた。

「問題ありません。重要な血管は外れていますから」

燃えるような炎の髪と紫水晶の瞳、そして僅かに上気した蜂蜜色の肌を持つ女性の百足人(センチピードニイ)は、帝城の待合室にてエーリヒに声を掛けた彼女であった。

肩に深々と突き刺さった自分の短刀、投擲(とうてき)にのみ特化した棒手裏剣とでも呼ぶのが似合いのそれを抜こうとするも、老人は手を摑(つか)むことでそれを止めた。

「この位置は下手に抜けば、太い血管や筋を傷付ける。引き上げるまで、そのままにしておくがよい」

「……承知」

頷き、それから彼女は微かに無表情を歪めた。普段は閉じて開かぬよう教育された口を微かに開き、大顎を覗かせてカチカチ鳴らすのは不快の証明だ。

「……し損じました。挙げ句、手傷まで」

「心を落ち着けよ。感情に任せて口を晒すなど、それでも殿の血を引いているのか」

「しかしねご老公、お嬢が仕事で手傷を負うなど初めてでしょう」

「憤りを感じるのも無理はなかろう。まだ若いのですから」

　頭巾を外さぬ二名、比較的若い声音の二人が若人の激情に味方した。彼等も分かるのだ、初めて鍛錬以外で辛酸を嘗める気持ちが。

　特に下手をすれば死ぬかも知れぬ実戦で、敵を逃し手傷を負い、本懐を果たせなかったとあらば口中を撫でていく苦みは筆舌に尽くしがたい。

　一族の寵児として愛され、幾度も仕事を熟しながら失敗したことのない天才であれば、尚のことである。

　更には、公的に呼ぶことは決して許されずとも、父の期待を裏切ったとあらば自責の念と相まって酷く精神を痛めつけているはずだ。

「ふん……分からんでもない、分からんでもないが、それでも心を押し殺せというのだ。そうでなくては、どうやって殿の影を務めきれる」

「ご老公は相変わらずお堅くいらっしゃる」

「それより、どうしますか？　再度仕掛けましょうか。我等二人で足止めすれば、捕らわれた密偵を始末することくらいはできると思いますが」

提案を受けた老人は、腕を組んで僅かに考えた後に頭を振った。

若き後陣に手傷を負わせた剣士は並ではなかった。今頃は捕らえた者達を窓のない部屋に放り込み、一方向からのみしか奇襲できぬよう迎撃態勢を整えているに違いない。

あの腕前、そして尋常ならざる剣を見るに四人で掛かっても倒せるかは怪しい。

準備が万全でない今であれば。

「まず、やれることをやり、それから指示を仰ぐのだ。手伝え、捕らえた者達から話を聞かねばならぬ」

名を出さず、顔を見て命じられた燃える髪の乙女は頷いて木を下りた。

木陰に隠してある、脱衣場で伸びていた密偵共を尋問するべく。

「お前達は痕跡を再度消した後、鳩の用意をせよ。此度の相手、小兵と侮れぬぞ」

「「御意に」」

若い二人組が去って行くのを見送り、乙女に続いて木より下りた老人は、未だ悔しさが拭えぬのか唇を歪ませた彼女の肩を叩く。

優しく、表情には窺わせぬ労りを込めて。

「雪辱の機会は必ず訪れる。その時にお前の全力を見せてやるがよい」

「……必ずや」

一度だけ大顎を鳴らし、無表情を取り戻した乙女は意識を仕事に切り替えた。

私に一撃入れられた男など、祖父を除けば彼が初めてだったなと思いつつ…………。

【Tips】百足人(センチピードニイ)はその見た目(い)より体重が軽いため、木を選べば枝葉に紛れて姿を隠すこともできれば、扁平(へんぺい)な体を活かして穴に潜るなどできるため、巨体に見合わぬ隠密能力を誇る。

壮麗な美術品に囲まれた部屋があった。如何にも貴族の私室といった具合であるものの、そこには決定的な物が欠けている。

腰掛けるための椅子以外に、大凡(おおよそ)休憩に使うべき家具が見られないのだ。

典型的な長命種(メトシエラ)の寝室であった。生まれ持った恵まれた体で眠ることを必要としない彼等は、時に睡眠を娯楽としても不要と感じる個体が生まれるため、このような普通の生物としてみれば歪(いびつ)な部屋が作り出される。

常人であれば心が安らげぬ部屋の椅子に座り、息抜きに絵画を眺めていたドナースマルク侯爵は、微(かす)かに開けてある小窓から鳩がやって来たことに気が付くと、そっと手を差し伸べて止まり木の代わりとした。

「お帰り……何かあったかな？」

そして、さも当然の様に話しかけるのだ。

『待つ者こそ、最も多くの物を得る』

するとだ、鳩が低い唸るような声を上げた。それはライン三重帝国にて伝わる諺の一つであり、根気強さを褒め称えると同時、長命種の恐ろしさを語るもの。

魔導的に調整された使い魔を用いる〝遠隔伝声術式〟の仕様では、声までは再現できぬ。そのため通話先の相手を特定すると同時、奪い取った余人が使っているのではないと証明するための符号が必要となるのだ。

「君か、ナケイシャ。担当は確か標的B－1だったね。何かあったかな？」

『お耳に入れたきことが二点……まず、申し訳御座いません、我が君。失態を犯しました』

「君がかい？　珍しい。聞かせたまえ」

彼は数多の密偵を抱え、それを各地に飛ばしている。此度はウビオルム伯爵領の一件で、ウビオルム伯爵の動向を探らんとして大勢の密偵を派遣していた。

多数の班を構築し、囮に過ぎないウビオルム伯爵の一団を装った者達に片っ端から鈴を付けていたが、その内の一つが音を立てたのだ。

貴族は、その特性上移動経路一つからでも政治的な旗色を覗かせる。近くに行ったなら訪問せねば無礼に当たる相手がいることもあるし、その領を通過するだけで危険ということもある。旅程一つで、その人物の旗色を窺うことができるのだ。

故に全ての可能性を拾い、未知なる部分が多数の強敵を知るべく情報を収集していた。

標的B－1は現状でウビオルム伯爵本人の可能性が高い標的群に振り分けた呼唱で

あり、彼女が教授時代から使っている馬が使われていないことを疑問に思った密偵により尾行が付いた一団である。

旅の姉弟を装う二人に一見おかしなところは見られなかったが、密偵は養った〝カン〟によってこれらが目標の可能性が高いと感じ取っていた。

『彼等に他の者の手によって放たれた刺客が襲いかかりました。班員の見張り交代の隙を突かれ、止めきれず……』

「それは……また運が悪かったな。では標的B－1は無事かな？」

『標的B－1－aは終始姿が見えませんでした。標的B－1－bは健在。むしろ、彼が密偵の過半を独力で始末しております』

「なんと、ではつまりもう一つの報告は」

『標的B－1が目標です。標的B－1－bが彼女の懐剣でした。恐ろしき使い手です』

ナケイシャと呼ばれた密偵が属する一団は、見張りの要員が交代する一瞬の隙を突かれて刺客の襲撃を許したが、その後の行動は迅速であった。

暗殺に邪魔が入らぬようにと周囲を囲んでいた見張り四人を瞬時に無力化、拘束し、気配を消して状況の推移を見守る態勢に移る。

万が一にでもウビオルム伯爵が〝害される〟ことがあってはならないからだった。

しかし、展開は予想外の方向に流れていく。

あろうことか茶髪茶目の少年が、全ての障害を身一つで蹴散らしてしまったのである。

それも卓越した剣術と魔法を併用して。

このままでは生きた情報源がウビオルム伯爵に渡ってしまう。死なれるのは困るが、どうせこの刺客達もウビオルム伯爵領の関係者が放った者とあれば、下らないことでも情報を握られるのは拙い。

彼の手が届かない脱衣場の刺客は機を見て回収したが、流石に目の前のソレはどうにもならぬ。

護衛であれば死んでも構わぬかと、火の妙薬を用いた魔導具にて暗殺を試みるも失敗。更には追撃され、負傷までする結果となった。

「そうか、それはご苦労だったね。大事ないかい？」

『……お気遣い、痛み入ります。半月もあれば問題なく腕は動きます』

功罪全てを偽らず詳らかにした密偵を侯爵は叱るでもなく、負傷を労ってやった。

それは配下への信頼あってこそだ。ナケイシャが後れを取る程の使い手であれば――たとえ隠密行動のため、本気の装備でなかったとしても――第三勢力の排除に失敗したのはやむなきこと。人手があと倍もあれば何をしていたのかと叱るところだが、彼女は戦力が許す限り最大限の仕事をしている。

ならば、ここは一時の気持ちに任せて怒鳴りつけるより、粛々と次の手を練る方が上策である。

「それで、確保した刺客との〝お話〞は済んでいるかな？」

『滞りなく。雇われれば暗殺でも諜報でもやる無頼の一党でした。ベルケム帝国騎士よりの依頼であると吐きましたが……』

「なるほど、となると首謀者はリプラー子爵か」

膨大な係争者の知識を漁れば、直ぐに誰が企てたかは予想がついた。そして、この密偵が敵を拷問に掛けて情報を引き出したというのならば、嘘を吐かれているということは絶対にない。

「堪え性のないことだ。下手に動くなと叱っていたのだが」

リプラー子爵とドナースマルク侯爵には繋がりがあった。彼が抱える隠し鉱山の商売で便宜を図ってやっていたのだ。

これがちょっとした鉄山や銅山、宝石や石材であれば問題はなかったが、彼が隠していたのは帝国が重要資源として報告を義務づけている〝銀山〟であった。

銀は金とならぶ通貨資源であるので、帝国の通貨価値を安定させるため、また交易通貨としても有力なため、貴族ではなく帝国が一元管理している。無論、産出地の貴族にも利益を与えてはいるものの、全てを自分で管理することと比べれば四分の一以下の利益だ。

それを惜しいと思ったリプラー子爵は帝国に報告せず、銀山を私的に占有してしまったのである。

国内で消費すれば目聡い財務官共に目を付けられるため、銀器に加工して諸外国へ秘密裏に流すことで莫大な利益を上げていた子爵の商売をドナースマルク侯爵は、足が付かぬよう慎重にではあるものの強力に支援していた。

なにせ、海外への窓口は彼であったのだから。

大変儲けさせて貰った相手なので、吊るされてしまうことは残念であったが、彼は顔面を蒼白にして自らに縋り付く子爵を言いくるめて大人しくさせていた。

いざとなれば外国に逃がしてやると甘言を囁いていたものの、内側に抱えた恐怖に口約束では勝てなかったと見える。

その莫大な財貨を用いて有力な暗殺者を雇ったのはいいが、相手が悪かった。

ウビオルム伯爵は長くを生きたドナースマルク侯爵でさえ、一対一で魔法をぶつけ合っては絶対に勝てぬ傑物である。それに金で雇える程度の暗殺者をぶつけたとて、殺せる筈がないのだ。

たとえ数百人集めたとして、あの美貌の令嬢は鼻歌交じりで指を一つ打ち鳴らすだけで全てを片付けるだろう。お話にすらなっていない。

全く、知らないとは恐ろしいことだ。肉叉だけを供として、全身を甲冑で固めた巨漢の騎士に喧嘩を売るような真似を平気でさせてしまうのだから。

リプラー子爵は小心であるのならば、敵の本質を知るだけの周到さも併せ持っておくべきだったというのに。

「とはいえ参ったね……ウビオルム伯爵に良い手札を配られてしまった。いよいよ劣勢だ。これは吾も優雅ではない手段に手を染める必要があるか。リプラー子爵に最後の仕事をして貰うしかないかな？」

くるると鳴く鳩の頭を撫でてやりながら、侯爵は次の展開を考える。

せめてウビオルム伯爵の次の手を緩めさせ、時間を稼がねば、またぞろ不安がって余計なことをする小物のせいで計略が破綻しかねない。

いや、そもそも、この遊戯は開始の時点で勝ちの目がない物なのだ。

喩えるならば、実力が伯仲する指し手が兵演棋で八駒落ちで戦うような状況。これだけの下駄と幸運が相手にもたらされているとあれば、如何にドナースマルク侯とて取れる手は少ない。

仮にウビオルム伯爵領にて関与してきた全ての関係者が物理的に吊るされ、情報を絞り取られたとして自身の懐が探られることはないような構造を作ってきたとはいえ、情報網と利益を一割少しは削られることになる。

「なら、少し博打を打ってみるか。ご苦労だった、ナケイシャ。交代要員を送るので、到着を待って君の班は引き上げたまえ」

『撤収ですか』

「ああ、もっと重要な仕事を任せたい。養生して体調を万全に整えたまえ。君の配下共々、温泉にでもつかってのんびりするといい」

『……かしこまりました』

鳩を放してやりながら、侯爵は別の鳩を呼ばせるために従者を呼ぶ鐘を手に取った。

さて、エアフトシュタット男爵の近くで直ぐに動ける班は何処（どこ）に配置したかと記憶を漁りつつ…………。

【Tips】帝国の取り締まりは厳しいものの、国内にて暗殺や拉致などの非合法な専門技術を提供する一派の連帯が存在しているのも事実である。


質素にして実用的な執務室で一人の男が仕事を片付けていた。

質実剛健の文字を人に仕立てたような、初老を間近に控えたヒト種（メンシュ）の男性だ。

四角く角張った顔、そして短く整え後ろに髪油で固めた灰色の髪も相まって〝堅物〟以外の印象を残さない彼の名は、モーリッツ・ヤン・ピット・エアフトシュタット男爵。

アグリッピナに切り札の一枚を提供した、数少ない忠臣のまとめ役であった。

「……まるで巣を奪われた蜜蜂だな」

机上に堆（うずたか）く積まれたのは書簡の山だ。今、ウビオルム伯爵領内における書簡の流通数は、普段の三倍、いや五倍にも届こうとしている。

多くの汚職貴族や代官が、今春にも訪れる新領主への対応を模索して連絡を取り合おうとしているのだ。

比較的罪の軽い者は、同程度の者と結託して〝行政処理手続き上の誤り〟であったとして全てを誤魔化そうと奔走し、ある者は租税を追納した上で謝罪することで家の命脈を繋ごうとしている。

一方で諦めの悪い者達は結託し、新領主が粛正に走ろうとするなら一斉に仕事を放棄して脅しをかけようと画策しており、それに参加する貴族を求めて誰彼構わず声を掛けているようだった。

彼等としては、着任早々に領内にて混乱を巻き起こす領主など問題だ、と皇帝が罷免することを期待しているのだろうが、中央の有り様を見てきたエアフトシュタット男爵には望み薄どころかあり得ないと確信できる。

むしろ、皇帝は仕事を放棄した者達の貴族位を喜んで召し上げ、そして親皇帝、親領主派となり得る有力家の次男・三男を見繕って来ることであろう。そうすれば数年、領内は混乱するものの、四半世紀掛かる筈だった改革が五年程で済むのだ。諸手を挙げて歓迎されるに違いない。

皆、先が見えていない。一時甘い酒を嘗めた所で、それは身にならぬのだ。大勢が腐敗に手を染め始めた祖父や親を恨んでいるだろうが、止めなかった自分達も同罪であることを忘れて騒いでいる様のなんと滑稽なことであろう。

実直であることで知られる己の介添えがあれば、多少の罪も許されるのではないかと尻尾を振ってくる者の愚かさに呆れつつ、下らぬ内容の書簡を紐で束ねたエアフトシュタット男爵は軽く目頭を揉んで深く嘆息した。

最早茶番だ。生き残りを懸けた政治劇といえば聞こえは良いが、網に掛かった小エビが必死に逃れようと跳ね回っているようにしか見えぬ。これもウビオルム伯がやって来て、全てを片付けてくれるまでの辛抱と思っても、見苦しさのあまり情けなくなるのも無理はなかった。

現状が栄えあるウビオルム伯爵一門の行く末かと思えば、涸れた筈の涙腺が緩みかける程だ。

書簡の整理が済んだので、家宰を呼んでウビオルム伯爵を歓待する準備の進捗を聞こうかと手元の鐘に手を伸ばした所、ふと金具が軋む音がした。

見れば、閉じていた筈の戸が開いている。風に揺れて蝶番が軋んだようだが、何時開いたのか。少なくとも使用人達は皆厳しく躾けられていることもあり、扉を半端に閉めるような無作法をしでかすことはない。

いや、風？　と気付いた瞬間、エアフトシュタット男爵は懐剣に手を伸ばしていた。

咄嗟に抜剣し椅子を蹴立てて立ち上がるも、既に遅かった。

背もたれを貫通しながら突き出される二本の刺突剣。首を狙った一本は辛うじて懐剣によって防ぐことができたが、もう一本は深々と胸に突き立っていた。

被服に帷子と同等の硬度をもたらす、先祖伝来の魔道具は役に立たなかったとみえる。相手の剣に魔法を掻き消す効果があったか、或いは、魔法を断ち切るだけの腕前を誇っていたか。

肋骨に邪魔されぬよう、寝かせて水平に差し込まれた刃が肺を深々と切り裂いていた。

大量の血が肺腑に満たされ、気管を逆流して口から溢れる。体に走る痛みは少なく、反面抗いがたい脱力によって力が抜ける。

　エアフトシュタット男爵は後ずさり、執務机に手を突いて姿勢を保とうとするも、適わずに滑り落ちて尻餅をついた。後退するに従って抜かれた刃に絡みつく血の量と、片方の肺が潰れた息苦しさから、彼は己の命が長くないことを悟る。

　戦場で何度も見てきたのだ。胸を突かれ、長生きできる種族などそういない。保って五分、もっと早ければ数分で満足な呼吸ができなくなり意識が落ちる。

「……抜かっ……たか……げふっ……どこの……ネズミ……だ……」

　視線の刃で斬り付けるものの、暗がりに立って姿がよく見えぬ刺客は口を開かなかった。ただ、畳んだ肘の間に刃を挟み、淡々と血糊を拭って刃を仕舞うのみ。

　男爵は、相手の落ち着き方からして時間稼ぎは無駄だと悟った。

　彼も武門であると自らを律し、周囲から堅物と疎まれながら腐敗と汚職の地で生き抜いてきた傑物だ。暗殺には常に備えており、忠誠深き密偵を抱えている。

　昨今の事情を鑑みて部屋の周囲を固めさせていた筈だが、この刺客が入り込み、自身が斬り付けられても誰も出てこないということは、彼等の命脈が先に断たれたことは明白。

　つまり、敵の方が暴力において格上だったに過ぎない。

　納刀した刺客はエアフトシュタット男爵に近づくと、その頭を無遠慮に摑み艶やかな白髪交じりの髪を幾本かむしり取った。

そして、懐から取りだした瓶に入れ、反応を数秒待って中身を一息に呷る。

「ぐっ……」

するとどうだ、彼が顔を押さえて苦悶の声を上げ、数秒経った後に覆いを外せば、そこにはエアフトシュタット男爵の顔があるではないか。

「そういう……狙い……か……下衆め……」

聞いたことがある。魔導院の開発した魔法薬には、本人と成り代われる程に精巧な変装を可能とするものがあると。それは国を大いに揺さぶることのできる危険物のため、製造も所持も、存在しているという情報すら禁忌に指定して隔離されている。

だが、この刺客の持ち主は、どうにかしてそれを持ち出せる立場にあるらしい。

このままではウビオルム伯爵領が危難に晒されると確信した男爵は、業腹ながら一つの切り札を切った。

本当ならば使いたくはなかった。

自らの主君となる人間を顎で使うような真似は、実直な彼の矜持が許さなかったのである。

胸を押さえる仕草の中、懐に呑んだ護符の一つを彼は割った。

「何をした？」

木切れが割れた程度の小さな音でさえ、刺客は聞き逃さなかったようである。己の顔と己の声で喋る不気味な敵を見ながら、男爵は滅多に緩むことのない唇を歪めて笑う。

「我が領主は配下に寛大であらせられてな……」

刹那、ぶつりと鈍く響き渡る音。

刺客には理解できなかった。何重にも魔導防護を張った体から首が切断され、何の抵抗もできずに殺されることがあるのかと。

首が落ちても賦活術式の残滓（ざんし）により意識は続く。しかし横隔膜から切り離された頭部にできることといえば、視線を彷徨（さまよ）わせ下手人を探すことと、声の出ぬ口をぱくつかせることばかり。

敵は探すまでもなく、向こうから姿を現した。

髪をむんずと掴んで切断された頭を持ち上げ、ご丁寧に視線を合わせてくれたのだ。

「また奇妙な来客ね、エアフトシュタット男爵。うり二つなご親戚……ではなさそうね」

そこに立っていたのは、平民の旅装に身を包んだ長命種（メトシエラ）だ。濃い褐色の瞳が眼鏡越しに眇（すが）められており、刺客を胡乱（うろん）に眺めている。

このままではいかん、と彼は最後の仕込みを起動させた。

使うことになるとは思っていなかったが、使うことに一切の逡巡（しゅんじゅん）を覚えぬ最後の策を。

「きゃっ!?」

珍しく常人めいた声を上げ、執務室に姿を現し刺客を始末してみせた長命種（メトシエラ）は掴んでいた首を放り投げた。

見れば、首の口と耳からブスブスと黒い煙が上がり、あらゆる穴から沸騰した血液と煮崩れた体組織が溢れ出している。

「チッ……脳に何か仕込んでいたわね」

情報を外に漏らさぬよう、全てをなかったことにする自害術式が起動したのだ。頭蓋の内に手術で埋め込んだ魔晶を暴走させ、脳味噌を焼いてしまえば精神魔法の使い手であっても遺体から情報を抜くことは適わない。

そして、脳はもっとも繊細な組織にして、魔力の起点の一つであるため干渉が困難な場所。術式の発動を阻害しようとしても殆どの場合は間に合わないし、察知もできぬ。しくじれば進んで死ぬことで、主君に迷惑をかけぬことを選ぶ鉄の忠誠を持った者達が身に付ける最後の武器が仕事をしてしまったのであった。

「ああ、勿体ない……まぁ、忠臣を死なせずに済んだだけで良しとしましょう。大丈夫……ではないわね、エアフトシュタット男爵」

「しゅ……主君の……あ、あしを、わ、わわ、煩わせ……げふっ」

「無理に話さないでいいわ、忠臣を失う方が痛手ですもの。って、存外深いわねこれ、刃に何か呪いでも掛けてあったみたいね。私の術式じゃ完全には治せないわ。仕方がない、魔導院にまで跳んで癒者に診せるとしましょうか」

旅装の長命種（メトシエラ）。変装していたアグリッピナは、エアフトシュタット男爵が自らを顧みず情報を与えた褒美に一つの護符を渡していた。命の危機とあらば報せるよう、彼女は配下となる者に情報が伝わる護符だ。

男爵に厳命していた。

最悪、首から上が無事なら何とかしてやる、と約束した上で。

片肺が潰れ、一分後には心の臓が止まるような重症でも熟練した魔導師(マギア)ならば何とでもなる。この場で応急手当てして命を繋(つな)ぎ、魔導院に引き返して宮中伯権限で身体再生術式を癒者に使わせたなら、二週間とせず全快するであろう。

彼の胸に手を当て急場を凌(しの)ぐため治癒の術式をかけるアグリッピナは、ふと思いついたことがあって男爵に問うた。

半年くらい、瀕死(ひんし)の重傷ってことにして家族と温泉にでも出かけないかと……。


【Tips】見た目や声まで本人と寸分違(たが)わぬ変装を可能とし、結界にさえ本人と誤認させる魔法薬が存在するとまことしやかに囁(ささや)かれているが、魔道士達はその問いに曖昧な笑みしか返すことはない。

存在するともしないとも、答えることすら彼等には許されていないのだ。


目的地を変える、と唐突な宣言に朝食の麦粥(むぎがゆ)を噴き出しかけた。

凄惨な暗殺劇から一夜明け、事態を収拾した——勿論(もちろん)強権を振るいに振るいまくって——と思えば、急に消えた雇用主を新しく借りた宿で待っていたが、また帰って来た途端に唐突なことを仰(おっしゃ)る。

そういう方だと分かっていても、いい加減疲れてきたぞ。

たしかに前世じゃイケメン美人に振り回されて良いように使われるのは性癖の内だったけれど、こうも色々ぶっ壊れた怪物は対象範囲外なのだ。

「エアフトシュタット男爵を訪ねるのでは？　そこを活動の拠点にすると……」

「そのつもりだったけど予定が変わったのよ。リプラー子爵家を訪ねるわ」

「はぁ」

聞いたことのある名前だな。何度も受け取った書簡の宛て名に書かれていた名前で、凄まじいおべっか使いだったと記憶している。

矢鱈と機嫌を伺ってきて、都度都度大量の銀器や銀の宝飾品を送りつけてきたため、アグリッピナ氏は送られてきた量の倍にも相当する銀を添えて送り返していた。

ご機嫌伺いの贈り物さえ返送し、手紙も社交辞令だけで返していたため重要な人物ではなかった筈。家業は確か鉄工と鉱山運用……だったかな。

預かっている業務と子爵たる下級貴族の上位という立場を鑑みれば、新たな逗留先に据えるに過不足はないように思える。

しかし、そんな重要視していなかった、むしろ疎んでいた相手の所へ暗殺騒ぎがあった直後に行き先を変えるとなれば、穏やかな理由ではなかろう。

エアフトシュタット男爵はアグリッピナ氏からして、裏切ることはないと断言するような御仁であるため、この襲撃が彼の指図によるもので行き先を変えたということはなさそうだ。

　となると、敢(あ)えて虎口に飛び込み、その顎を上下に引き裂いてやるつもりなのか？

　昨日、血に塗(まみ)れたばかりなのに、また物騒な所へ行こうとしないで欲しい。たしかに私は戦えるように我が身を鍛えはしたが、それは輝かしく英雄的(ヒロイック)な冒険をするためであって、狂信的(ファナティック)な従僕をやるためじゃないんだよ。

　というより、私のことを騎士か何かと勘違いしてないかね、この人。たしかに魔法使いである彼女の前衛に配置するには丁度よい駒だとは思うけれど、丁稚(でっち)ぞ？　我単なる丁稚ぞ？

　まぁ、ぷるぷる、ぼくかよわいでっちだよぅ、と主張してみたとして、鼻で嗤(わら)われるだけなので言いやしないけどさ。

「行き先を変えるのは良いですが、旅程はどういたしますか？　昨日の襲撃でカストルとポリュデウケスが興奮しているので、落ち着かせるために後一日は休ませてやりたいのですが」

「今まで通りで構わないから、それでいいわ。リプラー子爵はウビオルム伯爵領の端の方にあるから、むしろ少し早く着くくらいだし」

　ならいいんですが。

　私は主人の思惑を推測することの無為さが分かっているし、ついでにこの頭から出てくる発想で政治暗闘に一石を投じられる筈もないのは重々承知。

　ＴＲＰＧの原則は半端なゼネラリストより強力なスペシャリストだ。荒事と雑事に特化した構築をしたならば、〈交渉〉や〈言いくるめ〉は他の人(PC)に任せるに限る。

　うん、これも雇用主が「何があろうと負けないだろ」という安心あっての思考放棄だが、悪いことではなかろうよ。

　どうせ逃げることはできないなら、抗わず最適解を取り続けて終わるのを待つ方が賢い選択だ。

「じゃ、私は帝都で片付ける用事があるから一日空けるわよ。好きに過ごしなさいな」

「昨日あれだけ暴れた渦中の人間なんですから、何処(どこ)に行っても腫れ物扱いで何もできませんよ……」

「なら、主夫婦の弔いでも手伝ってやったら？　随分気にしていたようだし、それくらいしてってもいいわよ」

　あー、本当に心が荒(すさ)んできた。旅暮らしの上に刃傷(にんじょう)沙汰だよ。久しく顔を見られていないエリザやミカ、セス嬢に会いたい。とりとめのない日常の話をして、兵演棋の駒を摘(つ)まんで、ご飯を食べて浴場に行きたい。

　マルギットや家族にも会いたくて仕方がなかった。

　一年、あと一年といえど、人生で最も長い一年になりそうだ。

　早く御家(うち)に帰りたいなぁ………。

【Tips】相続人が絶えた家の持ち主は、大抵その個人が所属していた共同体に接収される。この場合、宿場街の代官が一時的に預かり、親戚などの相続人がいない場合は競売に掛けられることとなる。

少年期
クライマックス

クライマックス

最早語るべきことは語り尽くした。後はデータと賽の出目にて語りたまえ。

ウビオルム伯爵領は交易の中継点であると同時、帝国でも有力な生産業の拠点でもある。

「おああ、すごい……帝都が田舎に見えてきた」

「外交や行政用の都市と産業都市を比べるのが間違ってるわよ」

馬車の窓から見える基幹街道は広く、道行く人々や馬車が途切れることがなく、数百人規模の大規模隊商も見受けられる。初春に差し掛かったこともあり、大勢の人々が活動を始めているのだ。

これだけの人々が物資を持ち込み、同時に持って出て行くことは産業の活発さの証明であり、ひいては人口の多さは帝国でも有数の領地という証拠。帝都と違って結構な都市圏が広範に渡って広がっていることがよく分かる。

帝都は帝都で立派だが、それは一つの都市に人口が密集しているからであって、その周辺には正直言って何もないに等しい。

あれだ、東京みたいなものだ。二三区は何処を見ても人だらけで高層ビルがタケノコみたいに伸びまくっているが、電車でちょっとばかし行けば「え？　ここ本当に都内？」みたいな田園地帯が広がっているのと大体一緒だろう。

帝城のように立派な巨城はないが――そもそも、象徴として以外の城はもう流行していない――見事な市壁を持った人口数万の都市が交易路上に点在しており、馬で進めば一日の距離に最低でも人口千人はある街を目にするのだ。

正直に言えば、どちらが都会かといえば、こちらの方が都会っぽい気がした。

私は大阪の人間だったからな。電車でちょっと行けば巨大な繁華街が点在していた都市に住んでいただけあって、この方が栄えてるって感じがするのだ。

……しかし、ややこしかったとはいえ、よくぞこんな所を半世紀以上天領としてなぁなぁにしておいたな、帝国行政府。日本で言えば名古屋が好き勝手にやってるくらいのもんじゃないか？

それをして揺るぎない屋台骨に感嘆すべきというか、知事に該当する層が持つ権力が強すぎることに呆れるべきか、大変悩ましいところである。

「おおー、何と言う煙突の数……それに全部が煙を吐いているなんて。これぞ大都市って感じですね」

「あれがリプラーよ。この領における金属加工の中心地で、鉄工同業者組合発祥の地でもあるわ。割と由緒正しい街で、人口は一万二千くらいだったかしら」

普段通りの豪奢なローブに着替え、髪と目の色を元に戻したアグリッピナ氏が教えて下さった。直前の宿で先行していた近衛の偽装隊と合流し、今は貴族らしく馬車に揺られているので変装の時間はお終いだ。

しかし、凄まじいな。行政管区の州都でもない街で一万人以上が生活しているとは。周辺には鉱山もあるとくれば、こんな都市を幾つも抱える領地があれば、何百人殺してでも奪い取りたくなる輩が現れるのも頷ける。

「因みにここから一週間ほどで州都ケルニアよ。そこは常時人口四万人程度で、日雇いの労働者や出入りする人間を加えたら六万人を超えるわね」

「ベアーリンの人口が六万人と考えたら凄まじいですね」

「まぁ、だからこそ係争地となった時のゴタゴタが酷かったのよ。最大限権力を振るっても、天領として管理を取り上げるのが限界だったくらいにね」

大きすぎるが故に大鉈を振るえなかった。武器を取るに足る名目を用意するのに苦慮したのだ。

しかし、腐った家を指さして「ありゃ駄目だから建て替えようぜ」と提案されて首を横に振る者はいない。何時倒壊するかも分からぬ家が隣に建っていては、穏やかに日々を過ごすことなどできはしないため、隣人達も笑顔で首を縦に振る。

帝国は待っていたのかもしれない。家人の絶えた家が腐って、誰もが建て替えに合意する日が来るのを。

或いはそれも、単なる案の一つに過ぎなくて、アグリッピナ氏がいないならいないで、別の方法で何とかしたのだろう。

とはいえ、まぁ穏当な方に済むだろうから、皆感謝すべきかもしれないな。

こっそり火ぃ放って、ない方がマシと皆が呆れるまで待たれるよりはずっと。

「リプラー子爵の館は近いのでしょうか」

「もう直の筈よ。行政用の館は市内になるけれど、子爵の邸宅は都市の外れ、閑静な所に
……」

　言葉を遮るように馬車の戸が叩かれた。アグリッピナ氏に目線をやると頷かれたため、市外を眺めていたのとは逆側の窓を開けば、そこには護衛として随伴した近衛――出張扱いなので、近衛の軍装は着ていないが――がいた。

「リプラー子爵より迎えの騎士が寄越されました」

「そう、ご苦労様」

「ご挨拶をと申しておりますが、お通しいたしましょうか？」

「ええ、構わないわ」

　騎士が命ずると御者が馬車を停めた。そして、雇用主に続いて下車して待つこと暫し。馬の轡を取り、脱いだ兜を小脇に抱えた若い騎士が騎手と思しき兵士数名を引き連れてやって来る。

「リプラー子爵配下、ユルゲン・フォン・ユットカース帝国騎士であります。子爵からの命を受け、先導に参りました！」

「ええ、ご苦労様、他の者達も？」

「はっ。ゼレ卿以下四〇名、伯爵をお守りするため、騎士団一同揃っております」

　若く精悍なヒト種の騎士だ。ご婦人が好みそうな顔をしているのは、きっとウケを狙って選出されたに違いない。通用しないだろうが、万が一を狙って人選をするのは諦めていないからだろうか。

　うーん、とはいえ、この段に至って何ができるかね。もう正式に入市してしまったし、護衛も手練れの近衛が一個分隊は常時張り付いていて、呼び寄せようと思えば何十人も人外魔境で錬磨された近衛が集まってくるのだ。

この面子をどうにかできる手段は、私の頭じゃ思いつかん。さて、一体どんな策が飛び出してくるのやら。

「そう、護衛の引き継ぎは問題ないわね？」

「全て御差配の通りに」

ん？　ちょっと待って？　今なんて？

「フォン・ベル、道中世話になったわ」

「はい、恐縮です伯爵。ご命令とあらば、最後まで随伴させていただくところですが……」

「私はウビオルム伯爵よ？　ウビオルム伯爵領に入ったなら、隷下の騎士団を使わないと彼等の沽券に関わるでしょう。今までご苦労でした。皇帝陛下に伯爵が感謝していたと伝えてちょうだい」

「かしこまりました、フォン・ウビオルム。御身の先導ができて光栄でした」

近衛達が一斉に騎士の礼を取ったかと思えば、何やら後からゾロゾロ付いてきた騎士達と立場を次々入れ替えていっている。初めて見ることになる自分達の領主の眼前に自家の旗を掲げている伯爵領由来の騎士達は、その脇に自家の旗を掲げ、跪いた。

「ウビオルム伯爵の御到来を心より御言祝ぎ申し上げます！　我等騎士一同、この命を懸けて御身を終生お守りいたします!!」

「出迎え、大儀だったわね。今後も忠勤を期待するわ。では、リプラー子爵邸までの先導、滞りなく熟しなさい」

「はっ!」

待って、ちょっと待って、聞いてない聞いてない。なんで折角の近衛を帰すの。ねぇ、待って、今まで近衛がいるから暢気に観光客気分だったの！　待ってよ！

できることなら胸ぐらを摑んで問い質したいが、従僕がそんな無礼を働くこともできず、馬車に大人しく戻ってじぃっと主君を睨むばかり。これでも大した不遜だが、睨むくらいの権利はあると思うんだよ。

いや、分からんでもないさ。帝都まで騎士団を呼びつけたら一年は支度や移動でかかるだろうし、自領に着くまでは皇帝から護衛の兵力を借りたというのは。そこから領内に入ったなら、彼等の面子を重んじて護衛を交代させるという理屈も。

しかし、ここは半分敵地なのだろう？　そして、この騎士団を選抜したのは誰だ？　出迎えに来る筈だったエアフトシュタット男爵が〝急病〟とやらで療養に入り、急遽拠点がリプラー子爵の領に変わった時点で何か変だなと思っていたのだ。

私は万一にも聞き耳など立てられぬよう、〈声送り〉で主君に問うた。

「何を企んでいらっしゃるので？」

『まぁ、秘密。いいのよ、これで順調にことは進んでいるんだから』

うっ、うさんくせぇ……。

外連味たっぷりの何時もと変わらぬ外道笑顔に心がへし折れそうだった。ああ、ああ、心から清い笑顔で心の罅を補修したい。エリザの可愛らしい笑顔が恋しすぎて、お兄ちゃん死んでしまいそうだよ。

うぐぐと呻きたい気持ちを抑えつつ——流石に他の騎士の前で醜態は晒せぬ——気を逸らすため外を眺めていると、一団は市壁を越えてリプラーへと入った。

この鉄鋼業が盛んな都市は、三重の市壁に覆われている。今し方潜った最初の市壁は三mほどと比較的低く、厚さも大したものはない。戦争に備えた物というよりは、都市の防犯用で不審者の出入りや密輸入を防ぐ防備だろう。

遠くに見える二層目の市壁は五mもあり、重厚さは大した物だ。あれは旧市街、小国林立時代に建てられた都市国家の名残だそうで、今も重要な製造設備や商会の建物、行政に纏わる諸々が呑み込まれている。

その中央に城館を守る同程度の壁があり、中が行政館となっているそうだが、今日の訪問は一層目の壁と二層目の壁、その間に築かれたリプラー子爵の私邸が目的地だ。

まぁ、真の金持ちは元来ごみごみした都会より、少し時間が掛かっても閑静な町外れに住むものだ。移動など運転手を雇って車で行けばいいのだし、駅がどうたら一般人みたいなことは考えないで芦屋のような場所に住むのである。

仕事で何回か行ったが、本当に金持ちじゃなきゃ住めない立地だったからな。家賃云々ではなく、店とか公共交通機関の立地の都合で。

駅前以外はスーパーやコンビニすらなく、店も小洒落た喫茶店か予約会員制のレストランばかり。ちょっと小腹が空いたら三〇分も歩かなきゃ買い物ができない所で暮らしていけるのは、店の方から御用聞きに来る富豪だけ。

だから、一見不便そうな所にどかんと聳え立っている館も同じ理屈で建っているのだろうよ。御貴族様とあれば、夜中にコンビニへカップ麺や唐揚げを買いに出かけるなんてこともしないからな。

「わー……どんだけ悪いことしたら、あんなデカい館が建つんでしょうな」

『隠し鉱山の二つ三つあれば余裕でしょう。他にも色々持ってるみたいだし』

昔から金持ちの豪邸を見る度、さて一体何人殺しゃああんな家に住めるんだかと冗談めかして笑っていたが、よもやマジな返答がくるとは思わなんだ。

そうか、隠し鉱山か……それだけやれば贅沢にも過ごせるよね。

辿り着いたリプラー子爵の私邸は、それだけの悪事に手を染めているのが納得という豪勢っぷりであった。

四階建ての中央棟の両脇にコの字に伸びる東西の翼。壁は漆喰で真っ白に塗り固め、屋根は何と驚くべきことに見事な青色だ。どれも帝国では一般的ではなく、どちらかと言えば南内海沿いの建築で用いられているもので、調べずとも高価なのが分かる。

漆喰は帝国建築では内装でちょっと使うくらいなので、外壁に使うだけの量を集め、綺麗に塗れる職人を招聘するだけで幾ら掛かるのか。

惜しげもなく大量に使われている青い屋根瓦も、特殊な製法を身に付けた達人が専用の窯を用いて焼かねば作れないため、一枚だけで普通の瓦が何十枚も買えるはずだ。

それをまぁ、よくぞあそこまで大量に揃えたもんだ。

前庭の豪華さも目を見張るものがある。中央に巨大な噴水——もしや、噴水の中央に立ってる趣味の悪い立像は金じゃなかろうな——を据えた左右対称の幾何学模様も美しい庭園は、生け垣の維持費を想像するだけでクラッとする。

更には季節問わず花が咲くよう、魔法で弄った植物を植えているのか、まだ肌寒い初春にも拘わらず季節外れの花まで咲いていると来た。

それに飽き足らず生け垣の迷路なんぞも奥にあり、総硝子張りの温室も構えるとなると、荘園が何個買えるのかという予算が必要となろう。

金ってぇのはある所にはあるもんだ……特に悪いことをしてるヤツの所には、と感じ入らされる豪勢さであった。

それでいて、ぱっと見は上品で趣味がいいんだから性質が悪いよなぁ。

騎士団に守られながら馬車は館の門を潜り、馬留へと到着した。

「ウビオルム伯爵アグリッピナ様、ご到着です！」

仰々しい宣言と共に騎士が扉を開け、アグリッピナ氏の降車を手助けした。そして、後に続く私だが、ちょっと強い意志がなければ無表情を維持するのは困難であった。

「おお、ウビオルム伯爵！　お目にかかれる日を一日千秋の思いでお待ちしておりました!!」

何とまぁ、態々戸外にまで出迎えに来ていたリプラー子爵は、豚鬼だったのだ。

重そうに肥え太った体は、帝都で見かける労働者の豚鬼より更に二回りは巨大だ。屋台などで世話になる彼等は、ヒト種であれば病気を疑う巨体の持ち主ながら、皆肥満というよりも固太りという表現が似合う力士みたいな人達であったが……これは正にデブとしか言い様がない。

立派な青いダブレットや白いタイツがはち切れそうに丸い体と、明らかに肉が余りすぎている豚の顔は悪徳貴族という表現がこれ以上ないほど似合っている。前世でオークが悪役にされがちであった経験を持っている私だけではなく、きっと帝国中の誰が見てもアレな御仁だと察するであろう。

い、いや、だが待て、今日日ここまで露骨な悪役を出すか？　思い出せ、私が主催した卓で如何にも汚職官僚で御座い、といった太った汚いオッサンを出したら、みんな見事に釣られて本命を見逃したじゃないか。彼は数字に強い真面目な官僚だったのにね。

もしかしたら誤解を誘い、油断を誘発するための高度な外見的戦略かもしれないじゃない。人を見た目だけで判断するのは良くないことだよ。上背の低さで嘗められている私が保証する。

「出迎えご苦労様、リプラー子爵」

「いえいえ、なんの！　本当でしたら此の身が手勢を率い帝都にまでお迎えに上がるべきだというのに！　それを態々、伯爵御自ら我が領を訪ねて下さるとは歓喜の極み！　ささ、長旅でお疲れでしょう！　存分に我が家で疲れを癒やしていただきたく存じますぞ!!」

あ、駄目だ、何か違うわ。小物さが全力で滲み出してる。これを演技でできるなら大したもんで、私の器量じゃ計りきれん手合いだ。

あれかな、天領という、ある意味閉じた社交界で泳いでいたからだろうか。帝都で見た立派な御貴族様とは纏ってる空気が違うわ。

こう、一流上場企業の部長職と会った時と、中小の施工会社の社長に会った時の違いというか、何と言うか。

「道中でご不幸があり、お手勢を何名か失われたと聞きました。その場に小職がおれば……」

「大丈夫よ、一番使える子は残ったから」

「そうでしたか！　では、従僕にも休息を与えられては如何でしょう？　側仕えでしたら当家から幾らでもご用立ていたしますので！」

お気遣いなく、と断ろうとしたところ、何を思ったかアグリッピナ氏はそれに首肯なされた。

いや、ちょっと待ってよ、私をここでほっぽり出すの!?

「ゆっくり休ませてやってちょうだい」

驚いて見ていると、彼女はさりげなく口の端を吊り上げて笑ってみせた。

ああ、もう、何がしたいんだこの人。私だって一人だと怖いんだが？

というか、普通ではあるまいよ。護衛を兼ねた従者を到着早々引き離そうとするとは。

私のナリを見てお飾りと思うのは分かるけれど、それでも普通ならば提案するまい。向こうから命じられたならまだしも、下の身分から提案するにはあまりに無粋であるし、代わりを用意するからといって進んで孤立させるような提案は拙かろう。

この場合、従僕とは私設秘書みたいなものなのだ。話をするために必要なこともあるだろうし、普通は追い払おうとせんぞ。

しかし、アグリッピナ氏は乗ってしまわれた。

うーん、この後何考えてるかとかは全然聞いてない、というより教えられてないんだよな。情報漏洩が云々と尤もらしい理屈をつけて。

もしかして、私も囮の一個として何らかの作戦に使われている？

だとしても、この状況は些か歓迎しづらいのだが。

「従僕殿は此方へ。お休みの準備を整えております」

また別の騎士――此方は邸内に控えていたからか、平服で甲冑は着ていなかった――に導かれ、そのまま西棟の勝手口を出て離れに案内された。

三階建ての大きな建物ではあるが、外見は質素で普段使われている気配はない。私に宛てがわれたように、来客の護衛や従僕、人足などを宿泊させる施設であろう。

至れり尽くせりな歓待を受けたが、疲れていると全て断って寝室に通して貰った。護衛の騎士、それも筆頭となるような者が使うような部屋を用意して貰ってなんだが、全く気が休まらんな。

部屋に運んで貰っておいてなんだが、食事にも手を付ける気はしないし、これ見よがしに風呂を沸かして貰っても入ろうと思えなかった。

寝台に浅く腰掛け、さてどうしたものかと頭を捻る。

これはちょっとした予言だが、今晩中に何かが起こるような気がする。

アグリッピナ氏は出不精で怠惰だが、ああ見えて片付けねばならないことに関しては大変せっかちでいらっしゃる。

となると、居心地の好い工房から遠く離れた土地、それも敵地で何日も過ごしたくないだろうから、さっさと本題に入られる筈。

暗殺までしようとした相手の懐に入って話を始めるのだ。決して平和裏には終わるまい。

そこで私を遠ざける意味は……あれかな、もし本当に荒事になって、雇用主が〝全力〟を出さざるを得なかった場合、私を巻き込むからだろうか。

私が脆いことは私が一番分かっている。案の定、あの百足かヤスデか分からない刺客から受けた攻撃で肋骨に罅が入っていたし——魔法で治療済みだ——攻撃と防御には十分熟練度を割いたものの、いざダメージが入った時はとことん脆い。

受け身やらなんやらである程度の軽減はできるが、それも常識的な範囲でだ。

神域の剣士が操る斬撃を受ければ骨も肉も残さず断たれ、空間を歪（ゆが）める規模の魔法を受ければ塵（ちり）も残らぬ。

アグリッピナ氏は〈神域〉（スケールⅨ）に至った剣でも、届かせるには些か人外度合いが足りないぶっ壊れである。まだ幾つか頭の螺旋（ネジ）が飛んだ領域で強力なスキルや特性を取り、私も〝理不尽〟な存在にならねば単騎では勝負にもならん。

そうだな、最低でも魔法を根から消滅させる……因果や現象を破断させる剣技は必要だろう。

それも、渾身（こんしん）の一刀にてやっとではなく、全ての斬撃がその強さに至って漸（よう）くといった感じか。

「なんでぇ、つまり今の私はおみそか」

自分の攻撃の余波で死ぬようでは前衛としては使えない。私達（たち）が笑って味方をファイヤーボールに巻き込むのは、彼等（ら）が火耐性や頑強なＨＰによって問題なく受け止められると分かっているから。流石に死ぬと分かっていれば、敵の前衛諸共（もろとも）魔法の対象に取ったりはしない。

だから、最前線には使えないとして、それはそれなりの働きをと言いたいのだろうさ。敵の一部を惹（ひ）き付けておけ、とか。

あー、冷静になると情けないな。そりゃあ、まだアグリッピナ氏やライゼニッツ卿（きょう）みたいなアークエネミーを熟（こな）せる強さでないことは重々承知だが、あの人にそこまで気を遣わせたという事実が歯痒い。

「クソ、無茶振りされるのは腹立たしいが、いざ気遣われるとそれはそれでムカつくな」

何とも整理しがたい感情を腹に抱えたまま、私は寝台に体を横たえた。畜生、イイもん使ってやがるな、寝るつもりはないのに眠りたくなるじゃねーか……。

【Tips】ライン三重帝国の政治機構上、その領地の領主は県知事にして県庁所在地の市長を兼ねる形態に近い。一方で隷下の領主は、県の中で別の市を預かる市長、騎士や代官は市議階級に近しい。

豪華な食事を楽しみ、招いた楽団の音楽を聴き、更に彼等の演奏を背景に客人が好んでいるらしい演目をウビオルム伯爵領にて高名な一座に公演させるという厚遇は、リプラー子爵が長年の経験上最も無難で相手が喜ぶと学んだ歓待の法則である。

この後で相手が男性であれば、領内からより抜いた美人を宛てがい、女性ならば騎士の中でも顔の良い者に〝個人的〟な饗応をさせる。

今まではこれで何とでもなってきた。中央の貴族を相手にすることは少なかったが、それでも銀色の実弾を用いる方向に話が変わるだけ。

いつも通りにやればいいと自分に言い聞かせてウビオルム伯爵の歓待を済ませた彼は、どうして自分がまだ背中に冷や汗を掻き続けねばならぬのだと苦悩した。

「どうしたのかしら、子爵。お酒が進んでいないようだけど」

「あっ？　いえ、その、ははは、私の舌には上等すぎたようで、胃が驚いてしまいましてな！　流石は伯爵！　葡萄酒も良い物をお持ちで！」

乾いた笑いを上げる豚鬼の子爵は、客観的に見れば羨ましい構図だろうから、誰か代わってくれないかと心の底から思った。

良い酒を挟んでいい女と二人きり。状況だけ見れば垂涎物であろうに。

夜会の後、二人で内密に話がしたいと囁かれ、ウビオルム伯爵とリプラー子爵は邸内でも情報の封鎖が行き届いた茶室にいた。

アグリッピナは夜会の後にお色直しをしてきたのか、訪問時に着ていた物とローブが替わっている。彼女が愛する緋色に染め上げたそれは、淑やかに足下まで覆う正装のようでありながら、両足に深い切れ込みが入って悩ましい肌色を惜しげもなく覗かせている。頼りないとさえ思う細い紐が前後の可動域を制限していなければ、優雅に組んだ脚の〝奥〟が晒されるのではと期待してしまうくらい扇情的な装束であった。

そこに銀色の狐か狼の物と思しき防寒の肩掛けを羽織って、豪奢な扇子を手にした姿は種族が違っても大変魅力的に映る。

だが、子爵はとてもではないが、この伯爵に劣情を催すことはできなかった。

好色であると自覚し、若い妻以外にも愛妾を二〇人以上抱えている性豪の彼でさえ、手前の首に短刀を押しつけられては股ぐらの物が情けないほどに縮み上がってしまう。

恐らく、この見た目ばかりは美しいご婦人の趣味なのだろう。己の言葉に相手が顔色を変え、右往左往する醜態を眺めるのは。

夜会の間中、彼女は手を替え品を替えリプラー子爵の弱点を突いた。

いや、その苛烈さは最早、えぐり取って傷口に岩塩を差し込み、熔鉄を流し込んだ上で傷口を縫い合わされたという方が正確であろうか。

言葉の端々に滲む銀や短刀という単語が全て、文脈と合わさって主張するのだ。お前のやっていることは全てお見通しで、証拠も握っているのだと。

剰え、今彼女が持ち込んだセーヌ王国産の高級葡萄酒――極めて希少な年代物で、館が一つ建つような代物だ――が注がれた酒杯は、これ見よがしに銀器が使われている。

それも、銀無垢の酒杯だ。銀の酒杯はヒ素毒の混入を防ぐため貴種がよく使う物だが、全く混じりけのない、食器に使うには過剰なまでの銀は一種の脅しにしか思えない。

お前が銀山を抱えていることなど、分かっているのだぞと無言で語るように。

「謙遜する必要はないわ。ウビオルム伯爵領内でも名高い子爵と話をするなら、相応の酒をと思って所蔵品の一つを持って来させたのよ。これくらい、頻繁に飲んでいるでしょう？」

「いや、真逆、小職ではとてもとても……」

「謙遜のしすぎは毒よ？」

毒、という単語に肩が跳ねないようにするので必死だった。

リプラー子爵はウビオルム伯爵が自領を滞在先に選んだ時点で、どうにか彼女を殺してしまおうと考えていたのだ。

しかしながら、独力や連帯した他のウビオルム伯爵領に属する貴族達とで事態を解決することは、大金を投じて送った刺客が一人も戻らなかった時点で諦めている。

〝窘(たしな)められた〟際に情報を得ているのだ。

この艶然と微笑(ほほえ)む絶世の美女が戦闘魔導師と名乗って誰に恥じることのない、一人で軍勢を相手にできる怪物であることを。

物理的に口を封じることが難しいならば毒物でと思えど、代謝に優れる長命種(メトシエラ)を殺せる毒は限られるし、ただでさえ殺しにくい魔導師(マギア)であれば尚更(なおさら)だ。毒に対抗する術式を木っ端のような貴族でも魔導具にして持っている以上、専門家に毒を盛るのは無謀以外の何物でもない。

そのため、取りたくなかった手段まで考慮に入れ、今宵(こよい)の支度をした彼はとことん追い詰められていた。

「ところでね、リプラー子爵……少し提案があるのよ」

「はっ、ご提案ですか？」

「そう、とても魅力的な提案……ねぇ、この素敵な銀器を〝国内で〟合法に作れるようにしたくないかしら？」

彼はこれ以上痛めつけることは難しいと思っていた心臓が、止まるのを通り越して爆発するのではないかと思った。

　この女は何を言うのかと。

　隠し鉱山が見つかっていることは、心臓を撫でていくような言葉の数々から理解していた。だからそれに触れられることは今更であるが、よもや裏の……海外に流す商売まで知られていることを彼は知らなかった。

　その上で何を言うのかと。

「貴方の才能を活かせぬまま終わらせるのは惜しいと思ってるのよ……下らない決まり事のせいでなんて更にね」

「な、なな、何を仰って……」

「銀山の一つ二つ、申告漏れ扱いにして帝国に認めさせることは容易いわ。そうすれば、貴方は帝国に新たな財源をもたらした偉人になれるわね」

　真逆そんなと思いつつ、考えてみれば強ち嘘でもない話かと子爵は思い至った。

　彼女は今をときめく皇帝の寵臣であり、帝国の将来を左右する重要な案件に関わる重臣だ。三皇統家との繋がりは深いと聞くし、マルティンI世を通して選帝侯家とも昵懇な間柄と聞く。

　だとすれば、多少の無茶が利くのは納得がいく。帝国において事実とは時に金と権力の前に価値のない物と堕し、望まれたならば烏は黒にも白にも金色にもなってみせる。

　となると、彼女はこのままでは先がないリプラー子爵を救うことが十分に可能な立場にあった。

「リプラーが今宙に浮くのは避けたいのよ。それに、貴方も大変苦労したんじゃないかしら。これだけの物を持っていると思えば、無慈悲な禿鷹に幾ら毟られたか……考えるだけで可哀想で涙が出るわ」

毟られているのは事実だった。元々、リプラー子爵の家系もウビオルム伯爵領の継承関係に関わっており、継承者を掲げて争いに加わっていたのだ。

それが全て破綻したのは、彼に今宵の支度を整えさせた人物が裏で糸を引き始めてからだ。

薄くとも血を引いていた嬰児が死に、こそこそとやっていた銀山の情報まで持って行かれた。そこから先は財布として良いように使われており、受け取った利潤は多いものの、小物である彼にとって心地好い状況ではなかった。

小物は何時だって身に余る理想を掲げるものだ。今、引き攣った笑みでアグリッピナに阿っているのと同じく、相手を褒め称えながら、尻の下に敷いてくる協力者に心の中で中指を立ててきた。

上手くいっていたならば、今頃は隠し銀山がもたらす金の力と、ウビオルム伯爵の親戚であった立場を使って伯爵位を手に入れられていたのにという、確約されざる失った栄光を忘れられずにいる。

定命は恩こそ簡単に忘れるが、恨みだけは世代を超えても忘れないものだ。九州の端っこにいた人々がうん百年以上かけてお江戸の将軍様を滅ぼしたように。リプラー子爵も祖父の代から掻っ攫われた伯爵位を忘れていなかった。

まるで、その恨みそのものが次代の子爵に継承される義務であるかの如く。

「お小遣いが欲しいのは人情ですもの、理解するわ。でも今後、大手を振って誰に恥じるでもなく、今と大差ない利潤を合法的に得られるのと比べれば、ねぇ……?」

小物の心は揺るぎやすい。一瞬の損得勘定が思考の大半を占めていることもあって、少しでも楽になりそうならば揺らぐものだ。

忠誠は金剛の堅さを持つ。当人の拘りは堅く堅く引き締まっているため、削ることはできない。できることは無理矢理に砕いて捨ててしまうか、残骸を掃除して新しい物を添えてやる程度。

恨みは染みつき拭えない。上から絵の具で隠すことができても、塗料が剝がれれば消すことのできない染みが顔を出す。

しかし、利害関係は簡単だ。一〇年先は分からずとも、明日大金が手に入るとあれば簡単に転ぶ。その一〇年先が、今より酷い地獄ではないとの確証もないのに。

「簡単なこと。私に忠誠を誓ってくれれば良い。そうすれば……御嫡男か次男殿を養子に貰おうかしら。結婚する予定もないし、ご存じでしょ? 長命種は……」

「こ、子供をあまり残さない、ですか」

「ええ、そう。私に〝万が一〟がないとも限らないから、有能な跡取りが欲しいのよ。結婚する予定もないしね……陛下がこう仰るの。余計な婚姻を結んで、親戚が航空艦事業に口を出してくるのは好ましくないと」

薄く紅を塗ったのか、肉感的で艶やかな赤い唇から漏れる言葉は、恐ろしく魅力的であった。

伯爵家に養子を出せれば伯爵位はぐっと近くにやって来る。仮にアグリッピナの代で継承が叶わずとも、継承の正当性が残る血筋が手に入る。そうなれば、ほんの少しの偶然で爵位が手の中に収まることもある。

もしかしたら、自分が生きている間にでも。

「だからリプラー子爵……どうかしら。もし、私の手を取ってくれるというのならば……貴方が欲しい物をあげるわ。貴方に〝道を踏み外させた者〟を教えてくれるだけでいいのよ。そうすれば、全てが貴方の良いように転び始める」

「しょ、しょう、小職は帝国の忠実なる藩屏であり、恥じるような事業は……」

「子爵、ここには私達しかいないのよ？　何を恐れる必要があるの？　さぁ、聞かせてちょうだい。それだけで展望が開けるの。それとも……太い首飾りが欲しい？」

悍ましい脅迫を添えた甘露の如き飴を前にして、子爵はいつの間にか顔をびっしりと埋め尽くしていた脂汗を拭いつつ唾を飲んだ。

既に〝コト〟は動き始めてしまっているが、今からでも配下に中止させるべきかと思考が乱れる。いや、時刻が来れば何があろうと断行しろと命じてしまったため、既に手遅れの可能性は高い。

しかし、子童一人でそこまで怒りは買わぬかとの打算も過ぎる。

固い固い、形を結んで喉を裂かれたと錯覚する程に重い唾を飲み込みつつ、子爵は口を開こうとして……。

「それはいけないな、子爵」

別の声に窘められた。

「なっ!? はっ、こ、この声……」

弾かれたように顔を左右させるものの、狭い茶室にはアグリッピナとリプラー子爵以外の姿はない。幾つかの美術品、小さな机に飾られた花瓶、二人が着く卓しかない部屋はなにも変わっていない。

彼は大いに驚き、必死に声の発生源を探した。この部屋には魔導を通さぬ結界が敷かれている上、物理的な防音も効いている。盗み聞きすることなど不可能であり、斯様な下世話なことを許す奇跡は聞いたこともない。

では、この声は何処からと慌てる子爵を余所に、アグリッピナは酒杯を取って葡萄酒で唇を湿らせつつ、何てこともなさそうに返した。

「あら、いらしてたの侯爵」

「ああ、君が来るなら吾も顔を出さぬ訳にはいかないと思ってね。子爵に請われ、準備していたよ」

「いっ、いずこだ！　いずこにおわず！　ドナースマルク侯!!」

伯爵の誘惑を遮ったのは、子爵に知恵を授け、本人の意志と思わせながら裏で操っていた人物。ドナースマルク侯爵に他ならなかった。

鈍い子爵に呆れたアグリッピナが、あそこと指をさしてみれば、彼は慌てて示された花瓶を持ち上げた。

するとだ、そこには何と伝声管が口を開けていたではないか。音をかき集める術式が刻まれた受話口は壁の意匠に溶け込んで巧妙に隠されており、更には花瓶をどけて調べてみなければ分からない。

これがあるなら、どれだけ部屋自体を防音し、内外の魔導伝達を妨害しようと無意味だ。声は伝声管が繋がっている部屋へと届けられてしまう。

「こっ、これは!?　何でこんなものが!?」

「作ったら作りっぱなしはいかんよ、子爵。自分の家といえど、留守にすることも多いのだ。その間に何をされているかなど、調べねば分かるまい？」

「あっ、ああ、ああああ～～～～～～～!!」

咲き誇る薔薇を満たした輸入品の青磁が力任せに地面に打ち付けられた。それでも怒りは治まらぬのか、子爵は伝声管を摑んだかと思えば力任せに引っこ抜いてしまったではないか。

壁の木材が割れ、漆喰に固められた内壁から管が引き摺り出される。どうやらそれは、地面へと伸びて下の階へ続いているようだった。

「まぁ、古典的な仕掛けね……駄目じゃない、子爵。帰参したならば、信の置ける者か、自らが館を検めなければ」

「だっ、黙れぇ!! わっ、罠か!? 俺を罠に掛けようと侯爵と共謀を……」

「そんなことして何になるのよ……」

「全く、その通りだ」

鍵が掛かっていた筈の扉が気軽に開き、望まれていなかった新たな来客を迎え入れた。

近年流行している細身の脚絆とベストを合わせた夜会服姿のドナースマルク侯爵である。

協力者であった男に無断で密会用の部屋を改造したことに一切悪びれる様子もなく、顔に張り付いた笑みは平時と変わらず柔和で穏やか。人を貶めたことなど、生涯で一度もなさそうな人畜無害な笑顔が、どこまでも異質な輝きを放つ。

「リプラー子爵、君には失望した……吾の教え通りにすれば問題ないと言っておいたのに、あんな見え透いた甘言に釣られるなど。何を囁かれても心を許すなと助言しただろう? ウビオルム伯爵が君を本当に生かしておくとでも思ったのかい?」

「あら、心外ね侯爵、これでも慈悲深い方なのよ、私は。五年は生きていられたんじゃないかしら」

「ん? それが君の〝素〟かいアグリッピナ。なる程、実に良い、吾の前ではそのままで通して貰いたいものだ」

わなわなと震えながら拳を握るリプラー子爵を余所に、侯爵は彼が立ち上がって空いた席に座ると、徐に葡萄酒に手を伸ばしてラベルを読んだ。

「おお、セーヌのバ＝ランの赤、それも二二四年！　更には〝処女の血〟の刻印。大した逸品じゃないか、アグリッピナ。吾とて何本も持っていない品だよ。リプラー子爵と交わすには些か勿体なかったのではないかい？」

「私は私の趣味以外の酒を嗜む趣味はないの。公的な夜会となれば黙って出された物を飲むけれど、選べる場所なら選ぶわよ」

「おっ、俺を無視するな！　貴様、ドナースマルク侯爵！　これはいくら何でも無礼が過ぎっ……!?」

己を置き去りに葡萄酒話に花を咲かせようとする二人に我慢ができなかったのか、抗議の声を上げたリプラー子爵であるものの、言葉を最後まで繋ぐことはできなかった。

侯爵がついと指を向けた途端、ぱくぱくと餌を求める魚のように口を開閉し首に手を添える。追い詰められて蒼白になった顔は一転して朱に染まり始めるが、それは怒りによってではなく〝酸欠〟によるものだ。

彼の叫び声が不快であった侯爵は、彼の口周りの酸素だけを奪ってしまったのである。

倒れて藻掻く子爵であったが、侯爵が手酌で酒杯に注いだ——飲み口は丁寧に手巾で拭ったようだ——葡萄酒が空になる頃には静かになった。

「いいの？　アレ」

助けるでもなく、ただ眺めていたアグリッピナがリプラー子爵であった物を指さして問えば、侯爵は虫も殺さぬ笑顔で答える。

「君にここまで露見すれば、最早使い所はないだろう？　それに、指し手を選ぶ厄介な駒は要らないよ。正直、彼がいずとも銀の輸出は回るんだ。僕の養子に何人かリプラーの血も入っていてね、もっと据わりの良い駒が幾らでもある」

「ああ、そう、仕え甲斐のないことを言うものね……どんな端役や雑魚駒でも、やりようはあるでしょうに。しかし、駒が多いのは羨ましいわ。帝国で活動してきた期間の差かしら」

「そこでも負けたら、流石の吾とて立場がないよ。こうも華麗に盤面をひっくり返された手前、勝っているところで勝負するしかないのだから」

死人が部屋に転がっていることなどお構いなしに笑顔で酒杯を交わす二人であったが、アグリッピナの耳がぴくりと動いた。

　この部屋は防音が効いているが、外からの音はある程度入ってくる。

来客用の離れで何かが起こっているようだ。金属がぶつかる派手な音は、決して親善会のような和やかな内容ではあるまい。

内から外で起こっていることを知ることはできないし、丁稚に思念波を飛ばして確認することもできない。

とはいえ、格付けは済んでいる。アグリッピナは焦ることはないと己に言い聞かせ、ゆっくりと懐に手を伸ばして問うた。

「一服、失礼しても？」

「女性が煙草を吸うのかい？　あまり感心しないな……」

「あら、侯爵は言うことが古くていらっしゃる。今は、女性の嗜みでもあるのよ」

あの丁稚を殺そうと思えば、アグリッピナでも多少は難儀するのだ。

ならば、何が襲ってこようが簡単に対処するだろう。

丁稚が丁稚の仕事を片付けている間に、此方は主人らしく仕事を片付けるべきだ…………。


【Tips】司法取引とは近いようで違う物だが、帝国の益となる条件を代価に罪が恩赦されることがある。これは明文化されておらず、あくまで帝室典範の中で例外規定として一文が設けられているに過ぎない。

要は皇帝に許された〝ちょっとした我が儘〟や帝国存続のために求められる必要悪を合法化する規定である。


衣擦れのしない衣服を纏い、密かに進む一団があった。

彼等はリプラー子爵邸の脇に設けられた、来客の使用人を受け入れる離れを進んでいる。

廊下の中、一等上等な貴賓室の前に辿り着くと、先頭の小柄な一人が懐から細い筒を取りだした。両側が漏斗形に広がり、一方は狭く、一方は大きいそれは、扉の向こうの音を拾う聴診器だ。本来は医者が患者の胸の音を聞くための道具ではあるものの、部屋の中で誰かが動いていないかを確かめる役にも立つ。

耳を添え、息を殺したっぷり数分。部屋の中からは何の音もしない。

外から確認した際にも窓に灯りはなかった。客人は宣言通り、早い内に眠ってしまったようだ。

それも当然ではある。食事にも飲み物にも弱い睡眠薬を混ぜてあったのだ。その場で直ぐ眠るようなことはないが、飲めば誰でも普段より早く床に就くような調整がされている。リプラー子爵家では、こういった小細工は日常茶飯事なのだ。薬剤師も兼ねている料理人が分量を誤る筈もなし。

音を聞いていた者が頷いて扉の前を譲れば、大柄な一人が懐から鍵を取りだした。この別館の全ての鍵が開く親鍵だ。子鍵をなくした時の備えも、使いようによっては暗殺の助けとなる。

こういった時に備えて常に油を注し、最高の精度を誇る鍵はゆっくり回せば音もなく開く仕組みとなっていた。

彼等は鍵が開いても即座に大きく開けるような真似はせず、ほんの僅かに開けて中を慎重に窺った。

やはり灯りはなく、人が動く気配もない。更に念を入れ、手鏡をそっと差し込んで中を探るも、扉の脇に潜む者もいない。

代わりに寝台が人型に盛り上がっている。灯りや音を遮断するためか、毛布を頭まで被って深く寝入っているようだ。分厚い毛布や布団のせいで胸の上下までは確認できないが、よく寝ていることは確かである。

ここまで入念に確認してから、漸く彼等は部屋に踏み込んだ。

そして、寝台の前に横一列に並んだかと思えば、外套に隠していた武器を取り出す。

東方式の弩弓だ。

第二次東方征伐時、砂漠の騎馬民族が騎射に用いて大いに三重帝国軍を苦しめた逸品は、中程から二つに折れるような機構になっており、肩に当てる銃床を折ると〝爪〟が前にせり出して前進した弦を掴み、後は元に戻す際に梃子の力で軽く引けるようになっていた。

これにより鞍上でも装填できる上質な弩弓は、遠征軍によって鹵獲されて広まりつつある。散々に悩まされ、敵を恨んだ兵士達も武器は良い物だと認めざるを得なかったのだ。

異国にて生まれ、帝国に持ち込まれた武器を静かに構えた彼等は、寝台で眠る人物へ一斉に矢を放った。

連続して突き刺さる五本の太矢。当たれば頑強な騎士の胸甲さえ貫く威力を持つため〝騎士殺し〟なる異名を持つ武器を用いるには、過剰とさえ言える行為。

それでも彼等は一切の油断を切り捨て、素早く次弾を装填して構えた。

五本もの矢に射貫かれて寝台に串刺しにされた対象は動かない。万が一を考えて数秒様子を見た後、鍵を開けた大柄な男が手信号を出した。

小さく手で二度対象を示し、生死を調べるよう命じたのである。一人は弩弓を構えたまま支援の態勢をとり、もう一人が勢いよく毛布を剝ぐ。

両脇の二人が心得たと寝台を迂回して対象に接近した。一人は弩弓を構えたまま支援の態勢をとり、もう一人が勢いよく毛布を剝ぐ。

「いない……!?」

小声の驚愕の通り、対象はそこにいなかった。代わりに露わになったのは、予備の毛布を丸めて作られた人形である。

「拙い、逃げられたか!?」

捜せ、と大柄な男が続ける必要はなかった。

部屋に据えられた衣装棚、その中から〝完全武装〟の殺害対象が剣を片手に飛び出してきたのだから……。


【Tips】東方式弩弓。元々は東方の砂漠帯に縄張りを持っていた諸侯が用いていた弩弓であり、更に東の帝国から伝来した品。現在はライン三重帝国でも有用と認められて、鹵獲された品の分解・研究が進められている。

従来型の弩弓に威力は劣るものの装塡が容易であり、馬上でも再装塡ができる上、熟練した射手であれば一分間に一五回も発射できる点が大いに評価され、今後の新基準になると見られている。

まぁ、何と言うかあれだよね、明確に敵地と分かっているところで暢気（のんき）に飲み食いしたり寝る訳ないだろって話ですよ。

相手さんは手勢まで帰して乗り込んで来た時点で、我々が全く警戒してないだろうと油断したかもしれないが、小心者の私は違うんだよ。

だから食事も水もひっそり捨てたし、身代わりを立てて鎧（よろい）を着込み、〝送り狼（シュッツヴォルフ）〟を抱きながら衣装箪笥（だんす）の中で座って寝ていた。誰も来なければ、凝り固まった体を解（ほぐ）しつつ猜疑（さいぎ）心（しん）が強すぎる自分を笑ってお終（しま）いにして、来たら来たで全員斬って捨てるだけと思って備えたとも。

とはいえ、本当に斬って捨てる覚悟をせにゃならんとは。

さて、面倒だな。敵も私と同じく腹ぁ括（くく）ってるだろうし、死なさないように加減して……ああ、いや、取り繕うのはやめるか。

私が殺したくないから、という手加減込みで戦うのは難しいだろう。

普段相手をしている野盗やチンピラとは訳が違うからな。生かして捕らえた方が儲かるでもなく、むしろ危険だ。

事態がこの段に至って殺しに来るということは、失敗すれば向こうも後がないのだ。それを分かっているから、生きてる限り向かってくるし、意識を刈り取っても気が付けば直ぐに襲いかかってくる。お家の浮沈が掛かった時、騎士や騎手は子や嫁、家名のため容易（たやす）

く命を捨てて特攻してくる。

　となると、もう命のやりとりしか残ってないよなぁ。

「がっ!?」

　飛び出した勢いを剣に乗せ、如何にも指揮官で御座いと言った風情で指揮を執っていた男を袈裟懸けに切り伏せた。手には硬い感覚があるが、恐らく前面に比べると薄い着込みを断ち斬って肉に届いている。

　この手応えだと背骨を割ったかな。

「隊長……がふっ!?」

　振り下ろした剣を床に当てることなく、低い軌道で横に薙いで隣の男の膝を刈る。かなり深く斬り込んだので、左膝から下は辛うじてくっついている程度だろう。魔法や奇跡の助けがなければ、二度と手前の脚では立てまい。

　いや、その前に失血で死ぬか。

「何処からっ……ぎゃぁ!?」

「クソ！　増援！　ぐあっ!?」

　既に衣装棚の中から使い方を見ていて、それの活用法は知っているんだ。構築した〈見えざる手〉に倒した二人が取り落とした弩弓を握らせ、寝台の向こうの二人を射貫いた。

　一人は肩に、一人は腹に当たった。腹に当たった方は、ありゃ位置的によろしくないか。胃を貫いただろうから、腹の中身をちゃんと洗わんと早晩死ぬ。

さて、四人始末した、あと一人……おっと。

やっと反応した最後の一人が弩弓を向けてきたので、膝をやられて跪（ひざまず）いていた男を引っ張り寄せて盾にした。すると、運悪く額のど真ん中に弩弓が刺さってしまったな。

多分、私の胴体を狙っていたようだから、身長差の都合でこうなったか。

悪いことをした……とは思うが、今更だよな。

私はもうヘルガを殺している。仕方がなかったと言い訳をすることはできるが、自分が生きている未来を選び、彼女のことを〝諦めて〟殺してしまっているのだ。

怒りに任せて旅籠（はたご）で暗殺者も一人殺している。あの夜は気分が悪くて、膝を抱きながら延々月を眺めて過ごしたが、それも三日すれば忘れて普通に食事ができてしまう。

私はもう、殺し殺されの世界に踏み込んでいると、その時に自覚できたのだ。

もう、汚れた手を自分の未来のために更に汚したって、何も変わらん。

それにだ、君らも殺す気で来てるんだ……私に殺されたって、文句を言える立場じゃなかろう？

「がふっ!?」

「すまんね、手加減する余裕がない」

再装塡の暇を与えず、送り狼（シュッツヴォルフ）を地面に水平に、そして右手は脇に添え、左手は刀身の中程に添えて刺突で繰り出した。切っ先は首を守る甲を抜いて顎の下から頭に潜り込んだ。

気管を貫いた刃は脳幹を切断している。切っ先を僅かに抉（えぐ）って傷口を広げると同時、肉に刃が噛まれないように引き抜けば、彼は垂直に頽れた。

即死だ。延髄を表側から抜かれれば指さえ動かせない。体に動きを伝える神経が断たれたのだから。

さて、これで確実に殺したのが二人、半生半死が二人。

「う、ぐ、いた……ぎっ!?」

「折角拾った命だ、そこで大人しくしてろ」

で、奪った弩弓で肩を撃った一人の無事な方の肩も潰して完全無力化と。

一方的に見えるやもしれないが、手は抜けなかった。相手が動く前に一気に畳みかけたからこその優勢。手を抜いていたら、思わぬ反撃を受けて手傷を負ったやもしれない。

死兵というのは、それだけおっかないからな。

そして、それがまだまだお代わりしてくると。

廊下をドタバタ走ってくる音がする。万が一失敗した時、逃がさないように何人も控えていたか。

では、リプラー子爵子飼い騎士の力を見せていただこうか。

悪いが、最初から全力だ。

術式を練るために手を掲げれば、月明かりを反射したヘルガの宝石が咎めるように光った気がした。

「何事だ！　たかが一人を仕留め損ねる……と……は……」

「一人に見えるか？　なら残念だ」

扉を開け放して駆けつけた増援諸氏は、中々見事なポカンとした面を見せてくれた。題名でもつけて額に飾っておいてやりたい驚愕度合いである。

「七人相手だ、ちと数が足りていないようにお見受けするが？」

まぁ、宙に浮かんだ五挺の弩弓と一本の剣、そして見るも悍ましき黒き剣を携えた私を見れば、事態が飲み込めぬのも無理はなかろうよ。

弩弓の斉射が増援を文字通りに迎え撃つ。扉を開けた隊長格と思しき人狼の騎士は、毛を逆立て鍛え抜いた筋骨隆々の体を見せ付けていたが、それでも弩弓の集中射撃には堪えかねて後ろに吹き飛んだ。

撃ち終えた弩弓を三挺は捨て、空いた二本を装填に用い、残った一本で最初の刺客が持っていた長剣を奪い取った。

そして、倒れ伏した隊長格を飛び越えて廊下に出る。

おお、いるわいるわ、押っ取り刀でやって来た控えの騎士達が沢山だ。私一人と思っていたからか、皆殆ど防具を着込んでいないのがやりやすくて有り難い。

このまま突っ込んで遮二無二に突き出される手槍や剣のまぐれ当たりを受けたくなかったので、懐から取りだした触媒で〈轟音と閃光〉の術式を叩き込む。怯んだ敵の中に飛び込み、三本の剣を縦横に振るえば、あっという間に増援は壊滅した。

目が見えぬ相手に苦労する理屈もなし。簡単な仕事だった。

「さて、どうするかな」

　血をたっぷり吸った廊下を歩きつつ考える。

　夜闇に沈んでいるとは言え、今宵は隠の月が殆ど姿を隠しており、夜陰の神体が投げかける光がかなり強い。妖精達の助けは期待できない。呼んでも姿を現すことができるだろうか。

　懐に呑んだ触媒は、〈轟音と閃光〉の術式があと五つ。焼夷テルミット術式があと三つ。〈雛菊の華〉は、状況を考えて使えないので——流石に無関係の使用人を巻き込むのは、細やかなりし良心が咎める——手札はこれで全部。

　魔法に頼ったゴリ押しは無理だな。子爵の館だから衛兵も騎士も山ほどいるだろうし、今日はアグリッピナ氏を迎えているのだから人数は殊更に多かろう。

　よし、とりあえず館に向かうか。私だけ先に始末するとは考えがたいので、アグリッピナ氏も何らかの攻撃を受けているに違いない。とりあえず、分散されたなら合流するのが定石。

　あとは、出会った敵は片端から斬り伏せていけばいいだけのことよ。

「おっ、お代わりか。存外早いじゃないの」

　上が静かになって不安になったのか、後詰めも上がってきた。とはいえ、たった三人か……話にならんな。此方には最低限だけ差し向けて、殆ど館でアグリッピナ氏を襲っているのかな。

まー、どっちが幸運かは議論が分かれそうだが、私の方がまだマシだろう。

運が良ければ、生き残る可能性もあるのだから。

裂帛(れっぱく)の気合いで斬り込んできた一人の剣を弾(はじ)いて体勢を崩させ、〝手〟が握る剣が右手の肘を叩き切った。

そして二本の剣がそれぞれ残った二人に鍔迫(つばぜ)り合いを強い、動きが止まった所で一人につき一本太矢が刺さる。

技巧も何もない一方的な攻撃。これが行き着くところまで行き着いた固定値の力だ。

賽子(さいころ)は振って結構、私も形だけは振ろう。だが、どの目が出ても大差ない。大変な幸運(クリティカル)に恵まれるかどうしようもない不運(ファンブル)を踏まないなら結果は同じ。

人によってはクソゲーと詰るやもしれないが、私はこの形が一番〝気持ちいい〟んだ。運を極力廃し、鍛えた性能だけが物を言う戦闘。これこそがデータに拘(こだわ)る美しさだよ。

下に降りるまでに残っていた何人かを切り捨てて、外に出る。春先の夜風はまだ寒く、修復された鎧を着込んだ体の下で皮膚が粟立(あわだ)った。

おお、寒い寒い……本当ならこんな晩は、家で大人しく暖炉にでも当たっていたいところなんだが。

あ、そうだ、良いことを思いついた。館にただ踏み入るんじゃ芸がないし……ちょっと混乱させるために火でも点(つ)けてやるか。防火処置はしてあるだろうが、焼夷テルミット術式の温度にまでは対応してないだろう。

江戸の貧民も、むしゃくしゃしたり、寒かったりしたら火を点けたと聞くし私も倣ってやろうじゃないか。きっと派手で暖かくなる。

そう思って館に歩いていると、薄く鈍い殺気が背中を撫でた。

〈常在戦場〉の特性が報せる殺気に反応して前転して飛び出せば、先程まで私が立っていた位置に何かが突き立った。

数は恐らく四つ。だが、地面に埋まっていてよく見えない。矢ではなさそうだ。

音の重々しさからして、何らかの投擲物……屋根の上から投石器で石でも投げつけてきたか？　いや、貴族の私兵や騎士が使う武器じゃないし、それはなさそうだ。

続いて、回避することを見越していたのか襲いかかってくる何かの気配。投げつけられるそれ自体は〝凄まじい速度〟であるため視認できないが、体の何処に襲いかかってくるかは何となく分かる。

見えざる手が握る四本の剣——適宜装塡に使う手にも剣を持たせてある——と渇望の剣を掲げて剣の盾を構築すれば、顔や喉、鳩尾などの人体急所を貫くはずであった総計一二個の飛翔体が弾き飛ばされた。

……分銅？　また珍しい物を。

弾き飛ばされて皓々と照らす月明かりの下に姿を晒したのは、鈍い光を反射する円錐台。上面に鎖が繋がれた鉛の分銅は、操り手の操作に従って彼等の下に返っていった。

鎖の後を追えば、闇から滲むように四人の刺客が姿を現す。

二人は館の壁に張り付き、もう一人は離れの二階に。そして、もう一人は私の行く手を阻むように。

なるほど、この前は暗さと逆光で分からなかったが、これだけ月明かりがあれば分かる。彼等は百足人(センチピードニィ)だ。そして、私と対峙(たいじ)した一人は、見覚えがある殺気を放っていた。この一件が始まってから知り合った人物で間違いあるまい。

「知った殺気だ。相変わらず薄くて鈍いが恐ろしい。罅(ひび)を入れられた肋骨(ろっこつ)の仇(かたき)を討つ機会をくれるのか？」

剣を突きつけて挑発するものの、返事はない。

代わりの返答は、今日は一切隠す気のないらしい〝四本〟の腕が振り回す、両端に鎖分銅を備えた鉄棍(てっこん)二本による立体攻撃であった。

何という異形の武器！ ヒト種(メンシュ)に準ずる体では絶対に扱えない得物！ たしかに多くの種族が存在するのだから、そういったブツも出てくるか！

初見がこういう時でなければ興奮できるのだが、異形の鉄棍から放たれる四つの分銅を躱(かわ)しながらともなると喜んではいられない。生物的で動きが読みづらい軌道で放たれる分銅は、間違いなく音速を突破しており当たれば鎧(よろい)を着ていても大打撃は必至。頭に当たれば兜(かぶと)ごと頭蓋が拉(ひしゃ)げて死ぬだろう。

他の三人も連動して攻撃を開始し、襲いかかる分銅は都合一六個……やばいな、嵐の中で巻き上げられた木の葉を避けるような難易度になって来た。

　しかも狙いが単純じゃないのがえげつない。急所だけを狙ってくるなら回避も楽だが、手足や賺し(フェイント)の一撃も織り交ぜられているため、正確に読んで防がねばならない。

　くそ、揃(そろ)いも揃ってかなりの使い手だな。あの日は本気の装備じゃなかったって訳か。

　今のところ、増やした手数でどうにかしているが早晩限界が来るだろう。今こうやって防いでいるのもギリギリで、精神力と集中力がゴリゴリ削られる。早いこと決着を付けねば、分銅で殴られまくって血の詰まった皮袋に仕立て上げられてしまう。

　ええい、とはいえ斬り付けようにも三人は壁に張り付いてやがるし、唯一地上にいる敵手も追いかけようとすれば後退し、横やりもあって追いつけぬ。

　となると……まず対処すべきは分銅！

「っ……!?」

　鎖越しに敵の動揺が伝わってきた。脚を狙って這(は)うように飛んで来た一撃を回避した後、引き戻される前に踏んづけて動きを止めてやった。

　勿論(もちろん)、それだけで動きを止められるとは思っていない。相手の方が体格に優れているので、綱引きになれば私に勝ち目はないからな。

　なので、今まで牽制(けんせい)に使っていた弩弓(クロスボウ)を捨て、〈見えざる手〉で太矢を鎖の隙間に突き刺して地面に縫い付けてやった。

　これで一人分の分銅二本を無力化した……って、それ取れんの!?　んで、一本でも扱えるの!?　ズルじゃん!!

地面に縫い付けられた分銅が付いた鎖を鉄棍本体から外し、残った片側で攻撃を掛けてくる刺客。そこまで高機能だとはちょっと予想外だったわ。てっきり強度確保のため完全に溶接しているものだとばかり。

ええい、じゃあ次だ。目の前を横切っていった分銅、その鎖が伸びきった瞬間を狙って捕まえた。

流石の〈神域(スケールIX)〉に至った剣技と人外の切れ味を誇る渇望の剣とて、有機的に波打つ鎖を虚空で切ることは難しい。

それでも、こうやって一瞬でも固定してピンと張っていれば……！

ギンと重い音を立てて鎖が千切れ飛んだ。こうあっては半端な長さの鎖でしかなく、分銅という支点を失い精妙な制御はできまい。

ある分銅は拡大した〈見えざる手〉で受け止め、ある分銅は二本の剣で搦(から)め捕り、次々に鎖を斬り飛ばしていった。襲いかかる鎖が減れば、それだけ活動できる空間が広がり、同時に防御に回す剣も減って反撃に回すことができる。

半分も数を減らした時、好機が来た。

私の〈見えざる手〉はアドオンを幾重にも重ねているため、普通であれば落ちた物を拾える程度の出力しかないものを成人男性の――それもかなり鍛えた――腕力並みに高めている。

勿論一本では綱引きには勝てないが……六本全部使えたら？

一六の分銅が荒れ狂う中なら、一瞬でも防御以外に集中させることはできないが、今ならできる。歯抜けになった嵐の中で、一本の鎖を捕まえ全力で引き寄せた。

一瞬とは言え防御の殆どを捨てるのは賭けであったが、結果は私の勝ちだ。

壁から引き剝がされた百足(むかで)がジタバタ暴れながら降ってくる。

〝手〟に剣の壁を再構築させながら背中を守って、引っぺがした百足の着地点へ駆け出す。敵も虚空でどうにか天地を把握しようと努めているが、無理矢理空を飛ばされた経験などないのか対処が遅い。

防御しようと鉄棍を翳(かざ)しているものの、空中で姿勢の制御もままならずに取った防御など苦し紛れでしかない。長い胴体ががら空きだ！

まず一つ！　着地の軌道に合わせるよう、特大両手剣に戻して両手で振り抜いた渇望の剣が、防御の間を縫って百足人(センチピードニイ)の胴を半ばほどで両断した。

手には外骨格と内骨格を併せ持つ硬い生物を斬った手応えと、重力加速度を受け止めた痺(しび)れがあるが、確かに断ち切った。

敵は悲鳴を上げ、こればかりはヒト種(メンシュ)と同じ赤い血をまき散らしながら悶(もだ)えている。

それでもまだ死なんか。百足は生命力が強く、体を切っても死なず、そのままで噛(か)みついてくることさえある強い虫だ。田舎の祖母宅に泊まった夏休みは、デカい百足に何度も泣かされた覚えがある。

あの時は熱湯や洗剤で殺していたが、今は手元にないし、数少ない焼夷テルミット術式をとどめ刺しに使うのは勿体ない。

所詮は人類、首を飛ばしてやれば確実に死ぬ。

そう思って飛び出せば、館の壁に張り付いていた残りの一人が好位置を捨てて飛びかかってきた。

仲間を思い遣るその意気や良し！　だが、間合いに入れば有利なのは私だぞ！

長い鉄棍が仇となり、更には同士討ちを厭うて分銅の攻撃も止んだ。思うように得物を振るえない刺客の隙を突いて、私は何度も細かく斬り付ける。力任せの大ぶりは剣を四本束ねて止め、無手の〝手〟二本で邪魔そうな鎖を引っ張って姿勢を崩し、一撃の重さよりも確実に攻撃を通すことに専念した。

あっという間に刺客は膾斬りだ。指が何本も飛び、手首も一つ落ちた。鎧の硬さで上体に致命傷は入っていないものの、時間の問題。

そろそろトドメをと思った時、分銅の攻撃が再開した。

そして、刺客は旅籠の屋根で食らった攻撃と同じ、脚をのたくらせる蹴りを放って逃げていく。

む、いつの間にか、胴体を半ばから切り離した刺客の姿がなくなっていた。

ふむ、じゃあ今のは時間稼ぎ？　刺客にしては珍しく、しくじれば死といった姿勢で働いていないのか。醜くとも生きて帰り、再戦の機会を逃さぬようにするとか？

まぁ、侯爵家級の金持ちであれば、胴体を真っ二つにされても生きてさえいれば、何とかなりそうなのも事実。

生きてこそ浮かぶ瀬もあるというし、賢い選択といえるか。

しかし、息が上がってきた……さしもの私も体力は無尽蔵ではない。かれこれ何十分戦っているんだ？　そろそろしんどくなってきたぞ。

離れの壁に摑まっていた刺客と、私の行く手を遮っていた、あの日戦った刺客が一気に距離を詰めようとしている。

そこいらの悪党と違い、連携は今までの動きを見ていれば完璧なのは間違いない。なにせ、一六本の分銅を振り回しながら、一度も仲間の攻撃とかち合って絡み合うようなことがなかったのだ。

となると、ここでは二対一を上手く切り抜ける最善手……片方を先に潰すとするか。

私は自分から、離れの壁に張り付いていた刺客に肉薄した。牽制で飛んでくる二本の鎖を弾いて避け、後ろから足を掬おうとする二本を〈見えざる手〉の剣で防ぎ、更に最初に弾いた二本が鎖の操作を受け、空中で軌道を変えて後頭部に向かってきたのも屈んで回避。

丁度よい距離に入った所で、私は触媒を投げた。

人に使うことはあるまい、作った時はそう暢気していた〈焼夷テルミット術式〉の触媒を。

強烈な発光に備えて渇望の剣を翳して防いでいても、目が焼けそうな強い光。数千度の炎が瞬間的に生み出され、刺客を焼いた。

文字にできぬ強烈な悲鳴。剣を下ろせば、火だるまになって刺客が転げ回っている。

悪いが、それじゃ消えないんだ、そいつは。化学反応で燃えているから水をかけても酸素を断っても、土をかけても止まらない。派手な動きで少しずつ振り払われはするが、触媒が反応を終えるまで尽きることはないとも。

しかし、思ったより燃え方が鈍い。反応が持続するから、一瞬で焼き切れないのか？

いや、実験した時はそうじゃなかったな。となると、着ている外套や鎧が炎耐性を持っているのかもしれん。

それでも顔は焼け、目は役に立つまい。触角も顔に付いている以上、被害を受けている筈。もうアレは数の内に入らない。持続する燃焼で死ぬかどうかは分からないけれど、戦線離脱は確実。

後は、残った一人を片付けるだけ……って、危なっ!?

急なことなので、呆気に取られて反応が一瞬遅れた。

なにせ、敵は大事な得物の一本を丸ごと此方に投擲してきたのだから。

猛烈な回転のあまり一枚の円盤のように見える鉄棍と鎖をしゃがんで回避すれば、その間に残った敵は、鉄棍の両脇から鎖を外し、下側の二本の手で摑み直したではないか。

「そうか、それが本来の近距離戦の構え」

後ろで苦悶の声が遠ざかるのが分かる。体を焼かれながらも逃げているのだ。

止める余裕はないので結構、好きにするといい。私はまだこれから館に踏み込み、アグリッピナ氏を援護しに行かねばならんのだ。

「決着を付けようか」

「……語るに、及ばず」

　ここで始めて彼女が口を開いた。待合室で聞いた時と変わらず、可愛（かわい）らしくていい声だ。恨みがたっぷり籠もった低い声でなければ、聞き惚（ほ）れたかもしれない。

あと、左右の空間を切り取って、移動を阻むように分銅が投擲（とうてき）されていなければ。

　大上段に両手で掲げた鉄棍が回転翼もかくやの勢いで振り回されている。左右に角度を付けた動きは、遠心力で鉄棍の破壊力を増すと同時に出足を読ませなくするためのもの。前世では映画で見る度に派手さの演出程度と思っていたが、実際にやられると威圧感もあって大変に厄介だ。

　これは剣で受け止めるのは無理だな。上を取られた位置熱量の優位、ヒト種（メンシュ）では持ち上げるのも困難な重量と長さの鉄棍が持つ質量、そして凄（すさ）まじい回転によってもたらされる遠心力。

　五本の剣を全て重ね、二本の手で補助しても叩（たた）き潰される。渇望の剣だけは折れずに済むだろうが、送り狼（シュッツヴォルフ）を含めた他の剣が耐えられないし、何より持っている私の腕自体が保たぬ。

　そして、ああも勢いが強いと受け流すことも不可能だ。鉄砲水に戸板を斜めに掲げたところで吹き飛ばされるのと同じく、強度不足の壁では流す前に壊されてしまう。

いいね、一撃に全力を懸けた、外れれば死ぬ示現のような一撃。嫌いじゃないぞ、潔くて格好好いじゃない。

むしろ、そこまでやって漸く〝勝てるかもしれない〟と判断されたのが嬉しい。

私もちょっとは強キャラっぽくなってきたみたいじゃないの。

では、全力で迎えるとしよう。

小細工なし、完全に後の先を取る。

全てを一刀に集中するため〈見えざる手〉を解き、全神経を攻撃を受けることだけに集中する。

焦点を敵に結びきらず、見るともなく見る〈観見〉により微細な仕草さえ余さず捉え、〈常在戦場〉が意識を拡大し後方への注意すら可能とする。

そして極限まで高めた集中が〈雷光反射〉の発動を励起した。

時間が引き延ばされた遅い世界。スポーツ界隈ではゾーンとも呼ばれる領域でゆっくりと、確実に動いていく流れに全てを合わせる。

鎖が撓る音……手元の微妙な動きで制御し、後方で鎖が跳ねて後頭部と胸めがけて襲ってくるのだろう。それを半身になることだけで回避した。

体の左右を駆け抜けていく鎖が大きく逸れ、鉄棍を掲げ突貫する持ち主の進路を空ける。

紐の付いた遠隔武装の使い手にありがちな、攻撃を逆用されて自滅なんて安い展開は期待しちゃいなかったが、やはり良い腕をしてる。〈器用〉さだけなら私とタメを張るんじゃなかろうか。

出足が読めぬ足運び、外套によって隠された視線、これらのせいで意図を先読みすることは困難となっているが、流石に慣れてきたよ。

無数の脚の動きを見ても無駄だ。大事なのは胴がのたくる角度。力を込める時は、胴と脚の角度がいつも一定になっていたから間違いない。

そう、ここ！

気合いの声もなく、劇的なオーラが上がるような演出もなく、ただ偏に殺すためだけの技が振るわれた。軌道は大上段から逆袈裟に体を叩き潰すもので、受け流すのも回避するのも難しい一撃だ。

なので、私は鉄棍の軌道を読むと同時、相手の懐に向かって飛び込んだ。

鉄棍の間合いの深さは懐に飛び込むことも難しくさせるが、それは攻撃の軌道が読めていない時だ。遅ければ攻撃を避けきれず叩き潰され、早ければ修正されて撥ね除けられる。

紙一枚ほどの極めて薄い好機に活路がある。

地味だって？　達人同士の攻防はこんなもんさ。時代劇の最後、剣士の決闘は大抵が一瞬の交錯で終わるだろう。それと同じさ。

後の先を制して攻撃を掻い潜り、私が放ったのは切り上げの一撃。振り下ろされる腕を迎えるように切り上げた渇望の剣は、敵の両腕を前腕から叩き切った。

いや、まだ終わっていない。敵には私を上回る巨体があるのだ。そのまま前進し、勢いのまま押し倒して長い胴体で巻き取れば、勝ち目は残されている。

いつの間にやら分銅を放棄した残った腕が広げられ、進路を阻むように突進してきた。

ただ、これも読んでいたのだ。

私は腕をひょいと潜り、小さく跳んでのたうつ敵の胴体の背を一歩踏み。追いすがろうと反転する敵の背に、跳躍しつつ体を半回転して一撃を見舞う。

本当は首を狙っていたが、摑みかかろうとしていた左手を咄嗟に差し出されて防がれてしまった。

それでも腕三本、安い代価ではあるまい。何度も後ろ跳びで間合いを空けて観察した敵は、腕から大量に出血している。

傷口は三つ、残った腕は一本、最早どうにもなるまい。

「ぐっ……くぅ……」

流石に腕を三本落とされれば堪えかねたのか、苦痛の声が暗渠の如き覆いの中から漏れている。残った腕一本でも抗おうとしているのか、懐から予備の分銅を取り出す闘志には感服する。

格好好いじゃない、今まで出会った敵の中で一番の熱意だ。人攫いの魔法使いよりずっと高潔で、ただ荒ぶるヘルガより純粋で、そして継承のため死ぬことが目的でさえあった魔剣の剣士より生に焦がれ、仮面の貴人よりひたむきで真摯。

ここまで純粋な感情を向けられたことは人生で何度もない。惚れちゃいそうだよ。

いいだろう、このまま放っておいても大したことはできまいが、最後まで踊ってやろうじゃないか。この煮えたぎる殺気に応えなければ、男が廃るというものよ。

せめて一撃で首を刎ね、これ以上苦しまないよう刺客としての本分を果たさせてやる。

今度は私から行くかと脇構えに取ったところ、宙を裂く甲高い音が響いた。

何かが投擲されている。見れば、月明かりの下で分銅に結ばれた何かが鏑矢のような音を立てながら飛んでいるではないか。

しかし、私を狙った物ではない。最後まで戦わんとしていた刺客の下へ飛来物が到達したかと思えば、夜を塗り替えるような派手な閃光が生まれる。

咄嗟に腕で庇い、光が収まるのを待って下ろせば、そこに刺客の姿はなかった。

分銅の出所を探れば、いつの間にか焚かれた煙幕に紛れて走り去る姿が見える。大外套に焦げで幾つも穴が空いた姿は、焼夷テルミット術式で焼いた刺客ではないか。まだ動けて、機を窺っていたとは驚きだな。

「……鮮やかな引き際だな」

やられた。敵は死して一花咲かせるより、生きて再戦と汚辱を雪ぐことを願う者達。死を覚悟した味方を無理矢理に逃げさせたか。

先程の閃光は、単なる目眩ましではないな。濃い魔法の痕跡が見られる。

もしや、遺失技術に近しい〈空間遷移〉を魔導具か魔法薬で発動させたというのか？

一体どれだけの貴重品か想像もできんぞ。たとえ使い捨てであっても、万金を積んで欲しがる者が幾らでもいように。

「しかもご丁寧に斬り落とした体の部分まで回収していくとは。こりゃ後で文句を付けるのは難しそうだ」

体の一部があれば魔法で持ち主を特定して苦情を入れることもできたが、地面に染み込んだ血では些か弱い。

ううむ、消化不良。折角良い戦いだったのだが。殺したかった訳ではないけれど、最後までやれないのはどうにも無念だ。

結果的に無傷とはいえ、一撃貰ったら終了に近い脆いヒト種の私としては、これが基本ということもあってなんとも。

周りからは、呆気なさ過ぎてつまらない戦いだ、とか好き勝手言われそう。

まぁいいか、それならばアグリッピナ氏と合流するという本懐を……。

と、思っていると腰の小物入れがぶるりと震えた。この位置はウルスラの枯れない薔薇をしまっている所だ。

この隠の月が隠れて、彼女達が力を落とした中で無理をして震えるのには覚えがある。

魔剣の迷宮がある樹海に踏み入ろうとした時のことだ。

あの時、ヤバいと思って引き返していれば、ミカ共々死ぬような目に遭わずに済んだ筈。

……と、いうことは館に行くなってことか。

一度警告を警告と受け取れずに前進して酷い目に遭ったし、二度目をやらかすと本気でキレられて薄暮の丘へ拉致されかねないので、素直に受け取ろう。

一旦館から離れて、アグリッピナ氏と連絡を試みようとした瞬間。

背後で盛大な爆発が発生し、私の体は木の葉のように吹き飛ばされた………。


【Tips】この世界において死体を残すのは大きな情報を相手に与えることとなるため、刺客や密偵は生還、或(ある)いは死体の隠匿を任務の成功に次いで重要視する。


甘い果実の香りを想起させる煙草(たばこ)の煙が立ちこめる部屋で向かい合う長命種(メトシエラ)は、女が吸う葉が燃え尽き、男が嘗(な)める酒杯の底が見えた頃に自然と新しい話題に移った。

「さて、アグリッピナ、一つ贈り物があるんだ」

「贈り物？」

「ああ、是非受け取って貰いたい」

侯爵が懐に手を差し込み、蓋を開けて差し出したのは上品な小箱であった。

外を真紅の羅紗(らしゃ)でくるまれた箱の中には、一つの指輪が収まっている。

神銀(ミスタリレ)の台座に据えられたのは、親指の先ほどもある特大の翠玉(エメラルド)。帝国語ではスマラクトとも呼ばれる石は宝飾品の原料として大変人気がある品だが、近年ではとある魔法的な性質に注目して贈り物にも珍重される。

それは毒を退けると同時、誘惑を撥ね除け貞淑さを保つと言われているからだ。

斯様な言い伝えがある翠玉を指輪に仕立て、男性から女性に贈る意味は一つ。

　婚姻の誘いかけである。

「……またつまらない冗談ね。下町の吟遊詩人にでも入れ知恵されたのかしら」

「いやいや、吾は本気だよアグリッピナ。良い響きだとは思わないかい？　アグリッピナ・ヴォアザン・フォン・ウビオルム伯爵にしてアグリッピナ・ヴォアザン・フォン・ドナースマルク侯爵夫人。とても素敵だと思うのだが」

「いいえ、全く思えないわね。酒で焼けた調子外れの三文詩の方が幾分かマシってくらい。それに……」

　アグリッピナは小箱から指輪をつまみ上げ、光源に晒してつまらなそうに眺める。

　品質は良い。神銀の加工も完璧で、宝石の研磨も難易度の高い複雑な形を高い技術で纏め上げており、意匠も時を経ようと古くさくならない伝統的な構図。

　しかし、彼女の好みではなかった。

「古くさくて趣味が悪いわ。田舎の老婦人の指でも飾ってるのが似合いよ。孝行の証としてお母様にでも進呈したら如何？」

「それは、それは酷いねアグリッピナ……君の綺麗な翠玉の目に映えると思ったのだが」

「あら、此方の目がお好み？　それはお目が高いわね」

　笑顔のまま相対する二人の空気が軋んでいく。体内で練り上げた魔力がうねり、微かな発露として空間を歪めつつある。上で輝いていた魔導光源が揺れ、地面に散らばっていた花瓶の残骸が堪えかねて砕け散る。

「でも、お断りよ。もっと口説き文句を考えて出直していただける？　状況も良くないわね。死んだ豚鬼が横に転がって、漏れた糞尿の臭いが混じってる茶室なんて……百年の恋だって冷めるわ」

「百年の恋といわず、千年の愛にしようとしているのさ、アグリッピナ。吾と君が手を組めば、帝国の多くを掌握できる。五〇年もすれば選帝侯家の席が入れ替わるかもしれない。上手くいけば、皇帝の外戚になることだってできるだろう」

「そう。で、その幸せな未来図の中、私は何年後に死ぬのかしら？」

毒が混じる凄絶な笑顔を向け合う二人。口説き文句にもなっていない口説きをいなされて、ドナースマルク侯は小さく頭を振った。

「吾は君を案じて誘っているんだ。このウビオルム伯爵領の貴族は過半がこの手の下にあると言ってもいい。もし君が一人でやるというなら、多くが反旗を翻し役に立たなくなるだろう」

「最初から何も期待していないわ。陛下からは切り取り自由、のお約束もいただいているし、むしろ望む所ね。殴る相手が減って暇を持て余しているグラウフロックの血統が、嬉々として遠足に来てくれるんじゃないかしら」

「……それでは、この領は君の物ではなくなってしまうよ？　本質的に多くの権利が絡み、君の勝手にはできなくなる。それでは困るだろう」

「私が一体何時、そんなことを望んだと？」

煙管を掌中から消したアグリッピナは、頬杖を突いて全ての虚飾を剝がし、本来の外連味という言葉では足りぬ邪悪な笑みを晒して言った。

「正直、こんな領地、どうなろうと私の迷惑にならなきゃどうでもいいのよ。この館にいる二〇〇人が死のうが、全領民二五万人が死のうが知ったこっちゃないわ」

「アグリッピナ……君は……」

「ドナースマルク侯爵、貴方は大変な心得違いをしている。私は政治も権力にも興味はない……私はね、世界の面白い物語を全て知りたいだけなの。現在綴られている物も、過去に散逸し失われた傑作も、そして未だ紡がれぬ未来の果てにある物も」

精神と感情の高ぶりに反応し、薄柳色の左目が蕩けた。瞳孔を構築していた黒い円環が曖昧になり、どろりと崩れて渦を描く。長く魔導に触れ、多くの邪悪を呑み込んできたドナースマルク侯爵であっても、心胆が冷え切る気味の悪い悍ましさを直視すれば背筋が震えるのを抑えきれない。

「だからね、飾らず婚姻の誘いに回答するわ、ドナースマルク侯」

「……ああ、聞こう。良い答えを期待する。吾と君は手を取り合える。そうすれば、お互いにとって良い未来がより手早く手に入るだろう」

表面上は焦りを一切見せぬ美男の貴公子であっても、唐突に手が伸びてきて襟首を引っ摑み、目と目が触れあわんほどの間近に引き寄せられれば平静を保つことはできなかった。

額に汗が一筋垂れ、漸く分かる。

この目は、いいや、この女は。

「私の邪魔をするなら死ね、勘違い野郎」

狂っている。

刹那、世界が爆ぜた。階下から膨れ上がった熱でも光でもない、純粋なる魔力の暴走によって全てを〝虚無〟に返す魔力の暴力が館を呑み込んだ。

ドナースマルク侯の手引きにより、彼が首輪を嵌めた何名かの魔導師によって構築させた戦術級術式である。館の地下に術式陣を構築させ、遠隔詠唱により起爆する罠。これによって、ウビオルム伯爵を陣営に取り込むことのできなかった場合、館諸共に吹き飛ばすことを計画していたのだ。

言い訳も考えてある。リプラー子爵が最近買い入れた収集品の中に〝竜〟の卵、それも帝国で飼い馴らされている亜竜の卵ではなく、本物の竜の卵が紛れていたため、怒りに駆られた親が襲撃してきたのだと。

カメラも電信もない時代であるから、どうとでも誤魔化せる。目撃者は消え、たまたま夜半に行政府に緊急の用件で呼び出されたリプラー子爵だけが助かるという筋書きを書いていた。

証言する者がなく、魔導院から調査員が送られる頃には残滓も消える。さすれば、都合の悪い物は全て竜による災害で消えてしまったことになるのだから。

「くっ……流石に死んだか……？」

魔法によって宙に浮き、幾つも身に着けた魔導具の助けもあって戦術級術式を防いだ侯爵が瓦礫の山と化した館を見て呟いた。本当は自分ごと吹き飛ばす予定ではなかったが、一瞬でも遅れれば〝殺される〟と思い、発動を命じてしまった。

壊れた伝声管によって解れた結界の一部から、微かに通じた起動命令によって館はリプラー子爵の一家、護衛の騎士や私兵、使用人諸共に蒸発し濛々と煙の立ちこめる廃墟と成り果てたものの、未だ形は残っている。

そして、その靄が夜風によって払われた時……彼女は何の影響も受けず、その場に立っていた。

豪奢に編んだ髪に乱れはなく、真紅のローブには塵一つない。

爆発の最中にあっても何の影響も受けていなかったかのように振る舞う女は、その実たしかに何の影響も受けていなかった。

炸裂の刹那、この場に存在していなかったのだから。

「はは……アグリッピナ、君は不死身かな？」

「真逆、殺せば死ぬわよ。ただ、殺すに届かなかっただけのこと……どれだけ高威力の術式でも、一一次元の彼方には届かないでしょう？」

彼女は術式の起動を察知した瞬間、〈空間遷移〉にて異相空間に逃れていたのだ。そして、魔力爆発が収まる数秒後に同じ座標に帰ってきただけのことである。

ここまで素早く、複雑極まる〈空間遷移〉術式を構築できるとはドナースマルク侯爵も予想できなかった。

「……なるほど、吾の落ち度だね、それは。できないと高をくくらず、妨害しておくべきだったよ」

「だとしたら、貴方も防御術式を張れなかったでしょうけどね。で、お次はどうやって楽しませてくれるのかしら？　つまらない殿方は嫌いなのよ」

「君は本当に面白い女性だ、アグリッピナ……益々欲しくなったが、それ以上に死んで欲しくもあるよ」

とはいえだ、それも彼が分かっていれば妨害できる。そのまま遠くに逃げ去るのではなく、帰ってきたのが悪かった。

たとえ序でのように本気の武装と思しき杖を持って来ていても、ドナースマルク侯爵には次善の策がある。

万が一、術式が起動しなかった時に備え、周囲に手勢を伏せてあったのだ。

「ああ、そうくるの。芸がないわね。まるで公共劇場でやってる、当たり障りのない演劇のよう」

戦術級術式は館のみを範囲としていたため、周囲に散らしていた配下は何の影響も受けていない。何人もの魔法使い、射手、騎士、そして黒喪を纏った百足人の軍団が十重二十重に彼女を包囲する。

リプラー子爵の手引きで領内へ密かに侵入していた、侯爵子飼いの私兵達だ。

これだけの戦力があれば、空間を飛んで逃げようとしても術式を妨害し、圧倒的な暴力で取り囲んで殺すことができる。魔導師など、魔法を練る集中が維持できなければ、ただの人間に過ぎないのだから。

「最後の提案だよ、アグリッピナ。孤立無援、如何に強力な魔導師とて、前衛もなく乗り越えられる場面ではないだろう。署名したまえ、そうすれば助かる」

一枚の用紙が一人きりの魔導師に投げつけられた。

それは術式が刻まれた自己誓約術式。破れば死ぬ、絶対遵守の契約書。

結婚に際して署名するにしては、あまりに色気のないそれに目を通した後、アグリッピナは鼻で嗤って焼き捨てた。

「つまらない男は最後までつまらないものねぇ……下らない酒場の冗談の方がまだ笑えるわ。あと、一つ聞くけど……」

そっと手が顔に添えられ、殆ど外されることのない片眼鏡に触れる。

「私、いつ貴方に名前で呼んでいいって許可したかしら？」

「残念だよ。さようなら、アグリッピナ」

別れの言葉に従い、あらゆる攻撃が叩き込まれた。炎熱や低温といった基本的な魔法から、一息吸えば死ぬ瘴気の術式、そこに追い打ちをかけるのは無数の矢玉と爆発の魔導具。

重装備の騎士団でさえ殲滅できるような弾幕が形勢され、同時に騎士と刺客が前進する。

味方の侵攻に合わせて攻撃が誘導能力の高い物に絞られた。前衛達は遠距離攻撃が減って空いた空間を進み、攻撃の余波で巻き上がった粉塵を越えて突撃する。

そして、敵の張る防御術式によって靄がきっかりと晴れた空間に踏み入った瞬間……。

嵐のように吹き荒れる爪と牙によって千々に引き裂かれた。

「なっ……!?」

靄の中で悲鳴が反響し、強力無比な私兵達が一方的に屠られていく。血飛沫が大気を赤く染め上げ、断末魔の声が木霊する中へ攻撃術式や矢玉が雨霰と叩き込まれても殺戮の嵐は吹き止まない。最早味方を助けることは適わぬと見た魔法使い達が、遠慮のない広範囲術式を叩き込んでも同じだ。

そして、分を弁えず近づいてきた愚か者を存分に食い荒らした〝ナニカ〟は、次の獲物を求めて宙高く舞い上がった。

「何だこれは!?」

円形に張った防御結界に齧り付き、爪を立てる異形を直視して尚、ドナースマルク侯爵にはそれが何か分からなかった。膨大な人生経験によって積み上げた知識を総動員しても、多数の詩を詠んできた卓越した言語能力を以てしても形容することは能わない。

強いて言うならば、それは青黒い不定形の靄にして泥。腐れ爛れた脳漿を思わせる半固体の粘液から無数の牙や爪が不揃いに現れては消え、悍ましい膿をまき散らして暴れ回る、飢えた唸り声を絶やさず上げ続ける異形。

ただ内から溢れる穢れた飢えに突き動かされた汚濁は、不規則に出現と消失を繰り返す爪牙で以て対象を捕食せんと食らい付く。攻城砲にさえ耐える術式に罅が入り、一枚、また一枚と壊れ、役割を果たさなくなった護符や指輪が砕けて散った。

魔法使い達が主を救わんと放つ攻撃も、全て無駄だった。効いていないというよりも、粘液のようであり、泥のようであり、ほんの数秒だけ飢えきって皮に骨を張り付かせた〝犬〟のような姿を取る異形に食われているのだ。

現象や概念さえ食らう怪物に襲われ、このままでは拙いとドナースマルク侯は咄嗟に結界の向きを変えた。

自分を守る内側の物から、食らい付いた怪物を閉じ込める外側への結界へ。

真球の結界に捕らわれた怪物は、食らい付く縁を失って地に墜ちた。それでも一切の損傷を受けた様子はなく、荒れ狂い結界を削り続けている。

「なっ、何だ!? 何なんだこれは!?」

「私の飼い犬よ、ドナースマルク侯爵」

「っ!?」

背後から聞こえた声に慌てて跳びのけば、そこには虚空に立つ令嬢の姿がある。攻撃するでもなく、気怠げに、怠惰な雰囲気を纏って立つ彼女は、また煙管を取りだして煙草を吹かしていた。

不愉快に甘い匂いをまき散らす女を睨み付け、彼は気付いた。

彼が甘い言葉を囁いた左目が伏せられ、血が溢れていることを。

そして、薄い靄が伏せた瞼の間から微かに燻っていた。暴れ回る怪物へ微かに、しかし確実に形を結んで伸びてゆく不定形のソレは、緑に霞む臍帯の如くあった。

「なっ、なっ、きみ、君は何をした⁉　何を解き放った⁉」

「私も実の所、アレが何なのかは知らないわ。ただ、帝国に来る少し前、ちょっと魔素の溜まりすぎて忌み地と化した場所を見つけた時……時間の乱れに出会ってね」

帝国では誰も知らないことだが、アグリッピナは生まれながらの金銀妖眼ではない。両親から貰ったのは、左右共に麗しい宝石のような紺碧の瞳であった。

「素晴らしい出来事だったわ。時間の意味、世界の意義、存在の流れに魔力の本質……それを垣間見せてくれた偶然に、柄にもなく神々に感謝したくらい。私が最も欲しい物と、それを手に入れる方法を教えてくれたのだから」

その片割れは失われてしまった。時間が狂って罅割れた、世界の狭間を覗き込んだその日に。

「ただね、世の中どんな素晴らしい物にも鑑賞料とやらが課されているようなのよ。優れた美術館には入館料が、楽しい演劇には観覧料が、綺麗な風景でさえ、そこに行くための労力が代金として求められるように」

剰りの悍ましさに名状する術を持たぬ粘液の獣は、十数秒ほどで自らを捕らえた結界を破壊し、手近な存在への攻撃を再開する。靄の中での殺戮に巻き込まれなかった騎士が粘

液に捕らえられ、無数の牙と歯で鎧諸共挽肉に仕立て上げられ、それを助けようとした兵士が縦に両断された後に、やはり粘液に取り込まれた。

異形は頓着しないのだ。殺す物に、食らう物に、飢えを満たせるならば何でもいい。己を〝直視する〟という大罪を犯した存在であれば、此岸における善悪など関係なく。

彼岸の法則の前で、人の知恵や法、果ては善悪さえ何の意味も持たないのである。

「世界の真理に触れた代金は、本来命なんでしょうね。アレに襲われて、まぁ酷い目に遭ったわ。片目を失うなんて、思いもしなかった」

若きアグリッピナは偶然により、彼女が人生の命題として掲げる物を形にする好機を得て、同時に罰を受けた。

あの常に形を結ばず、永劫の飢えに突き動かされた不浄にて汚穢の存在に襲われたのだ。辛くもそれを退けた彼女は、ただ命が助かったことを喜ばず……倒した敵の一部に興味を持つ。

さて、この世ならざる物の視界から世界を見れば、どんな真理を手繰り寄せられるだろうかと。

「だから、奪われた代わりをアレから徴収したのよ」

「で、では、その目は、伏せた左目は……繋がる臍帯は……！」

「ええ、ご想像の通り、アレを収め、アレを通して世界の半分を見ているの」

にっこりと満面の笑みを浮かべるアグリッピナ。

同時、煙草の煙に混ぜて構築した術式が形を結ぶ。

彼女が得手とする空間の正と負の境界を乱し、完全な負の境界を司る黒き真球と仕立て上げ、触れた物を世界の果てに追放する攻防一体の術式を。

「っ……!?」

ドナースマルク侯は、その黒球が秘めた暴威を察し、距離を取りつつ攻撃術式を編んだ。常人の身では制御も発動も困難とされる雷轟の術式を。

天より降り注ぐ稲妻は神の権能に近しい。その威力は無比なるもので、三万度という恒星の熱を上回る熱気と、空間を薙ぎ払う衝撃波によって全てを吹き飛ばす。更には、音さえ置き去りにする光の速さで飛ぶ物を認識して回避することは不可能だ。

不可能な筈、であった。

様々な角度からアグリッピナを取り囲むように放たれた雷撃は、全てたった一つの黒球によって阻まれた。分散する軌道、分かれた後に集束する軌道、放った本人にさえ読めぬよう完全に無作為で放った一撃さえ。

それはまるで、直近の未来を見てきたかのような挙動。

「馬鹿な！　そんなことがあり得るのか！　人類に！　長命種といえど、その精神が耐えられるのか!?」

「やろうと思えば何とでもなるものよ、侯爵。こんな具合に、ね」

雷雲の中に踏み込んだかの如き雷の乱舞を軽くいなしながら、アグリッピナが煙を吐き出した。ちょっとした術式を噛ませた呼気は、宙を彷徨って侯爵の下へ辿り着くと一つの式を編んだ。

「がぁっ!?」

〝たった今〟練られたばかりの術式に、完璧な妨害術式で以て干渉し暴発させたのだ。

しなやかにして優美な体が弾き飛ばされ、地面に落ちる。己の術式の余波で、彼の端整な顔は焼かれ、まるで電子回路のような傷が頬に走っていた。

「ああ、可哀想。目玉が煮えてなければいいんだけど」

「ひっ!?」

久しく感じることのなかった、痛みという生物が備える当然の感覚に苛まれつつ顔を上げれば、そこには当然といったようにアグリッピナが立っていた。哀れみの表情を浮かべて見下ろしているが、〈空間遷移〉でも間に合わない筈なのだ。

「お、おま、お前は……」

「あら、君とは呼んでくれないの？　寂しいわね、あんなに馴れ馴れしく名前を呼んでいたのに」

「未来が……見えている……のか？」

是とも否とも答えず、アグリッピナは嗤った。しかし、それが雄弁に答えを物語る。

彼女は未来が見えているのだ。それはほんの数秒先に限られ、更に多くの不確定要素に左右されてしまうものではあるが、確実に見えている。

まだ数秒、ほんの僅かな確率の揺らぎに覆される不確定な未来。それであっても常時発動できる訳ではなく、肉体と脳に大きな負荷をもたらそうとも、人の身に許された領域を飛び越えて。

勝てない、そう悟ったドナースマルク侯は悔しさのあまり唇を噛んだ。

これでは道化だ。どれだけ策を練り、どれだけ周到な攻撃を企画したところで、ここまで強力な魔導師(マギア)が数秒先の未来を読めばないも同じだ。自分だけ手札の晒(さら)された札遊びで、どうやって勝てというのか。

確実に有効な手段をその場その場で打たれて潰される。

絶対に勝てない。深い絶望に初めて侯爵は打ちのめされた。

勝ち続け、勝てないにしても敗北せず社交界を泳ぎ続けてきた怪物も……外洋に出れば大魚のエサに過ぎなかった。その事実が堪えがたかったのだ。

「あれ、ほっといていいの？　もう随分減っちゃったけど……虎の子でしょう？」

しかし、悲嘆に暮れている暇はなかった。

制御されることなく満たされぬ飢餓を購(あがな)おうとする不定形の犬が暴れ回り、大事な配下を食い荒らしていた。彼等(ら)は全て侯爵が大事に育ててきた手勢であり、特に刺客の一団は換えが利かない。

リプラー子爵と違って一山幾らで雇った無頼共ではないのだ。既に子爵がし損じた時のために離れへ配置していた者達(たち)も撃退されていると思(おぼ)しき状態では、もう一人も失えない。

彼は人を駒と見ているが、その駒に愛着を抱いているのだから。

「ど、どうすればいい!? どうすれば止めてくれる!?」

「別に何も要らないわよ。ウビオルム伯爵領に関わるちょっかいを一切止めろとも言わない。貴方程度、何時だってどうにもでもできるんですもの……ただね、人にお願いする時、大事な一言ってのがあるんじゃなくって?」

地べたに這いずる、立場上は格上の貴族を見下ろして伯爵は艶然と微笑み、その麗しい唇から吐き捨てるように言った。

「お願いします、ってね」

それは剰りにも屈辱的な一言。格付けは終わった、とばかりに一方的に向けられる評価なれど、異を唱えることはできない。

ここで矜持を選ぶことは死ぬことだ。彼にはアグリッピナと違って、あの獣をどうこうする力もなければ、配下を助けることもできない。秘蔵の逸品を使えば逃げ落ちることはできるが、この手勢を完全に失うのは左手を失うのに等しい。

ぶつりと鈍い音が響いた。噛み締めた歯が端整な唇を噛み切る音だった。

そして、血と共に絞り出される一言。

「……おっ……お願い……します……」

今までの全てを崩す覚悟で吐き出された一言に、まるでつまらない冗談でも聞いたような冷笑を返し、アグリッピナは結構と呟いた。

指が一つ打ち鳴らされ、空間が切り取られる。彼女を守るように旋回していた黒い球が六つに分裂し、暴れ回る青黒い粘液の獣を取り囲んだ。

八面の賽子のように空間を削り取る結界に取り込まれた獣は、苛烈に攻撃を加えるが脱出は適わない。彼岸と此岸の地平に立つ概念には、ねじくれた時間の爪も突き立てられぬのだ。

「今の内に引き払いなさいな、生きているのを連れて。……追ったりしないから安心なさい。今宵の狂騒は追い詰められたリプラー子爵の仕業。そうでしょう？」

「……捨て台詞を残して吾の前を去って行った者達の気持ちが今まで分からなかったが、今はよく分かるよ〝ウビオルム伯爵〟」

矜恃を砕かれ、策をねじ伏せられ、多くをこの一夜で失ったが、それでも彼は服から粉塵を払って貴族らしく立ち上がった。

未だに衝撃から立ち直れてはいないものの、成すべきことは多い。被害の補塡は勿論……。

「しかし、生かして吾を帰すことを……いつか後悔させて進ぜよう」

練り続けた策を、生涯を掛けて打ち込んでいる〝謀略〟という名の趣味を今更止めることなどできないのだから。

「楽しみにしてるわ。貴方が生きてることで、私にとってやりやすいことも多いから見逃すだけだけど、物語にはどんでん返しが付きものだものね」

片足を引き摺って——落ちた時に怪我でもしたようだ——去って行く背中を見送りながら、アグリッピナは結界の方へ向かった。

未だ諦め悪く唸り、吠え、壁に向かって攻撃を緩める気配のない汚穢の犬が暴れる様を暫し眺めていた彼女であるが、やがて諦めたように「懐くコトを知らない子ねぇ」と呟いて、一つ指を鳴らした。

「おすわり」

すると、結界を構築していた黒球が中央に向かって一気に詰め寄り内容物を圧壊させる。汚らしい音を立てて異相空間より這いだした犬は潰れ……ただ、黒球が消えた後に一つの目玉が残る。

転がった目玉を拾い上げると、彼女はそれにふっと息を吐きかけて埃を払い、やがて眼鏡を掛けるような気軽さで左の眼窩へねじ込んだではないか。

数度の瞬きの後、収まりが良くなったのか満足した彼女は目元を拭って血と粘液を払い、懐にしまっていた片眼鏡をかけ直す。

それから、ふと思い出すのだ。

そういえば、家の金色をした猟犬は何処に行ったのだろうと………。

【Tips】汚穢の猟犬。歪んだ、基底現実空間では存在し得ない角形が成立する次元に存在するナニカ。ねじれた時空を視認した物を追いかけて貪る、不定形の汚濁した青とも緑とも付かぬ粘液の塊。朧気ながら犬の形を取るため、これをアグリッピナは猟犬と呼ぶ。

他の次元において別の名が付けられている可能性もあるが、それは多元の宇宙を司るより高位の神々しか知らぬことである。

終章

刃にて語った以上、多くの不幸があるだろう。しかし、その不幸が新たな関係性を築くこともある。新たな不倶戴天の敵、ないしは腐れ縁のハッキリしない間柄なども……。

朝日が昇る向こう、瓦礫（がれき）の山を眺めながら、私は栓を抜いたなんか高価そうな葡萄酒（ぶどうしゅ）を瓶から直接呷（あお）った。

もうね、飲まなきゃやってらんないよね。

唐突に衝撃波に吹っ飛ばされて、離れの壁にぶつかって気絶して。

んで、渇望の剣が上げる罅（ひび）割れた声に起こされたと思ったら、目の前では怪獣大決戦が始まってるんだよ。

勿論逃げたさ。見るからにヤベー神話生物的なテイストを感じる化物のいる所になんて、一秒でもいられるか。私は探索者だった経験もあるから、あの手の生物にはトラウマしかないんだよ。

うっかり未来が見える鏡を覗（のぞ）いたとかでもないのに、もののついでみたいな勢いで殺されて堪（たま）るか。

急いでその場から離れ――勿論、送り狼（シュッツヴォルフ）は回収した。渇望の剣は黙ってても付いてくるから、そのままにしたが――戦闘の余波が届かない所まで逃げてから、このままどうなるか分からんので厩（うまや）まで走ってカストルとポリュデウケスを連れ出した。

そっから人間の争いに巻き込まれるのは不憫（ふびん）だと思ったので、他の馬は全部逃がしてやり、館を遠間に眺められる丘まで一緒に連れてきた次第だ。

因（ちな）みに、この葡萄酒は逃げる時にちょっと蔵っぽい建物があったので、中を漁（あさ）って失敬してきた。戦って喉が渇いたのに何も持たずに逃げ出したから、水が欲しかったのだ。

これだけ酷い目に遭わされたのだし、これくらいは良いだろうさ。

さて、戦闘が終わって結構経つようだが、アグリッピナ氏はどうしたのだろう。他に人が来ないことからして、負けた訳ではないと思うのだが。

きっと、リプラー子爵やドナースマルク侯が勝利したなら、今頃こうはなっていないだろう。門の外で遠巻きに見ているリプラーの衛兵や野次馬が集まっているようだが、何があっても勝手に人を入れるなと外周の警備に命じているから、誰も来ないのだろうし。

うーむ、どうしたものか。雇用主を捜しに行くか？　とはいえ、あの獣がまだ残っている可能性もあるし行きたくないなぁ。

私では勝ち目がないのだから、無理はするべきじゃないと思うんだ。一見しただけで〝世界の内側〟にしか影響を及ぼせない状態では勝てないヤツに向かっていく勇気なんて持ち合わせてもいないし。

などと二本目の葡萄酒に手を伸ばしつつ考えていると、館で誰かが動くのが見えた。距離があるので正確には分からないが、人間だ。

今までは〈遠見〉を使うと獣に喧嘩を売られるんじゃなかろうかと不安だったのでやらなかったが、人間がいれば話は別だ。

生き残りがいるということは、アレが何とかされたに違いない。

視界を遠くに飛ばして見てみれば……案の定、壮健そうなアグリッピナ氏がいらっしゃった。

あっ、やべ、気付かれた。私の遠見の術式を見つけたのか、見上げて指をちょいちょいっと曲げて「来い」と命じていらっしゃる。

急いでカストルに跨がり、ポリュデウケスの手綱も握って迎えに行くと、妙に煙草の臭いを濃く纏った雇用主が不機嫌そうに立っていた。

「えー……ご無事で何よりです、我が主」

「そ。遠くでのんびりしていたようで、私も従僕に恵まれたものね」

「私は私で結構な目に遭ったんですよ!?」

頬を膨らまさんばかりに文句を仰るアグリッピナ氏に抗議するも、彼女は手近に転がっていた瓦礫に腰を下ろして手を差し出した。

「喉渇いたんだけど」

「アッハイ」

どうやら目聡くカストルの鞍袋に突っ込んだ酒を見つけられたらしい。彼女は受け取った葡萄酒の附票を読み、これくらいなら我慢してやるかと魔法で栓を引っこ抜いて、さっきまでの私と同じく直接中身を呷った。

「管理が甘いわね、味が落ちてる」

「ところで、ご無事なのは分かりましたが、戦闘が終わって今まで何をしてらしたんで？」

「んー？　情報集め。それとちょっとした細工。で、あと私も流石に疲れたから、魔力が回復するまで煙草吹かしてたのよ」

疲れる!?　この人が!?

似合わない言葉にちょっと驚いてしまったが、どうやら昨晩の怪獣大決戦は彼女であっても疲れる難事であったらしい。何かスゲー化物もいたし、それもそうか。

自称殺されたら死ぬ存在なので、疲れくらいするよな。多分、きっと。

「しかし、これからどうなさるんですか？」

「あー……？　そーねぇ……まずケルニアまで向かって、そっから帝城に遣いを出して事件の収拾に掛かろうかしら。やること多すぎて大変だわ。それより先に、こっちの混乱も収めなきゃなんないわねぇ……行政館に顔出さなきゃ」

それあまぁ、たしかに大変でしょうね。あの感じだと生存者がいるか怪しいし、そうなるとリプラー子爵領が宙に浮くんだが、そこはどうするんだろう。

「ねぇ、エーリヒ、ふと思ったんだけど」

「何でしょう」

「貴方(あなた)、やっぱり来年出て行くのやめて、私の騎士にならない？」

「はぁ!?」

唐突に何を言い出すのだこの人は。また突拍子もなく、それでいてとんでもないことを。

「今後も厄介なことが増えそうだし、次に貴方くらい〝使える〟のが出てくるとも限らないし」

「いや、だからってそんな気軽に……」

「でも後々のことを考えたら、やっぱりいて欲しいのよね。駄目？　何年かしたら私の養子ってことにして、ウビオルム伯爵家を相続させてあげてもいいわよ？　今なら特別にリプラー子爵領もおまけでつけちゃう！」

何を考えているかは大体分かった。

そりゃーそうだ。彼女にとって伯爵位など面倒以外の何物でもない。それでいて、ほっぽり出す訳にはいかないので、酷い目に遭った序でに〝どうすれば合法的に投げ捨てられるか〟を考えたんだろう。

そして、手っ取り早い人身御供が私だった訳だ。

うんうん、分かる分かる。でもね。

「ぜってぇー嫌です」

これ以上の面倒はご免なのは私も同じなので、今生で一番良い笑顔を作って断ってやった……。

【Tips】平民でも相応の活躍を見せれば叙爵されることはある。今回の場合、伯爵の危難を何度も救い、その治世に大いなる貢献をしたといえば養子に取り上げられ、爵位を継承することは十分に認められるであろう。

また、かなりの〝無茶〟ではあるが、尊い血筋が市井に紛れていたと強弁することも可能なのだ……。

標高の高さから中々白い外套を脱がなかった山々から残雪が去ろうとしている、帝国でも有数の療養地に一軒の庵があった。

癒者の資格を持ちながらも、宮廷での物騒な仕事ばかりが持ち込まれる社交界に嫌気が差して隠遁を決めた、半ば隠居状態にある教授の庵だった。

こぢんまりとした診療所が併設されたそこは、専ら温泉地であるこの療養地に訪れた貴族達が、職業病として伴侶より深く連れ添った肩こりや腰痛、あとは痔——大変不名誉として、皆こっそり訪れる——を癒やそうとして訪ねてくるばかり。

しかしながら、時折厄介な客が訪れることもある。

癒者はそれを断らない。いや、断れない。中央の面倒極まる情勢から離れ、隠居するのは何も「やーめた！」と本人が宣言するだけでは叶わないからだ。

この隠居を強力に支援した者との繋がりにより、癒者は本来嫌いなはずの政治暗闘により傷ついた者でも受け入れなければならない。そして、時には本来魔導院や行政の許可がなければ振るうことを許されぬ、四肢再生施術を請け負うことすらも。

一人の患者が個室にて腕を覆っていた包帯をゆっくりと解いていた。複雑な術式陣が刻まれた呪符交じりの包帯を剝げば、その下から現れるのは修復された蜂蜜色の肌。

窓から差し込む穏やかな陽光に腕を晒しつつ、縋るような慎重さで指を動かした。

微かな痺れ、微妙な違和感は残るものの鍛錬による幾重もの胼胝が重なった指が、ゆるゆると動いた。

一本ずつ、恐る恐る曲げられた指が拳を作り、次いで確かめるように様々な形を取り始める。

動くことを認めた患者は、次に己の腕に触れて触覚があることに驚く。

指が触れれば、素肌であっても薄布を通したようなぼやけた感覚が返ってくるものの、強く押し込めば、肉がしっかと掴まれた感覚が返ってきた。

指は皮膚の上をなぞり、やがて傷に至って止まる。

他の肌より薄い色合いをした、蚯蚓が走ったが如き腕を一周する疵痕。

その疵痕は、患者の上部両腕、そして下部左腕に走っていた。

二対四本の過半以上。断ち切られた筈の腕は、癒者の文字通り魔法のような腕前によって見事に接がれていた。骨、血管、神経の一本に至るまで完璧に。

暫くは両断された神経が接合された継ぎ目に慣れるまで違和感が付きまとうであろうが、それも鍛錬によって克服できる。癒者は経過を見て、切り口が鋭利過ぎたために損傷は最低限であったが故、平均の何倍も早く回復できるであろうと告げていた。

「ああ、よかった、動くようになったか」

噛み締めるかのように腕の動きをゆっくりと確かめていた患者に声が掛けられた。彼女が包帯を解くのを沈痛な面持ちで、最初から部屋の片隅にて眺めていた見舞客だ。

彼は褐色の肌に触れると、痛々しい疵痕をなぞって小さく唇を噛んだ。柔和にして人好きのする笑みばかりを見た社交界の人間なら、さぞ驚いたであろう。

彼の名高きドナースマルク侯爵が、人目も憚らず渋面を作るなどと。それも、未だ貴族に列する者のない種族。百足人の少女を前にしてとあっては。

「もしもちゃんと繋がらなかったらと思えば、夜も眠れぬ思いであったよ、吾の可愛いナケイシャ」

「ドナースマルク侯、ご心配をかけて申し訳ありませんでした」

「いいのだ、いいのだよナケイシャ。それに、ここに余人はいないのだ、どうか……」

蜂蜜色の手に縋り付き、額に押し抱く彼の言葉をノックが遮った。些か不機嫌そうに応じれば、返ってきたのは老いた配下の声であった。

「侯爵、ここは防諜が行き届いておりますが、発言にはどうかご留意いただきたく存じ上げます」

訪ねてきたのは、薬湯と茶の載った盆を持った百足人の老爺だ。彼もナケイシャと同様に手足には呪符交じりの包帯を隙間なく貼り付けており、唯一晒された頭部も痛々しい火傷の疵痕に覆われている。

白髪交じりの頭髪は全て剃り落とされ、褐色の肌に走る瘢痕は魔法の治癒によっても癒えきらなかった戦傷の名残。漸う見れば、厳めしい瞳が宿す紫水晶の輝きは、魔導義眼の毒々しい黄色の光へと変じていた。

瘢痕も治療を重ねれば癒え、義眼も体に馴染めば元の色を取り戻すとはいえど、未だ痛々しい有り様を見せる老翁に侯爵は唇を尖らせて言った。

「細かいことを言うなラシッド。どうせ皆知っておる。お前が我が義父にあたることもな。こんな温泉地でまで気を張っては、吾は何処で休めばよい」

「我が娘を気に入り、その孫にご寵愛を注いで下さることに感謝はしておりますが、一族の体面というものが御座いますれば。ここには他の者も療養に参っております。どうか、控えていただきたく」

「全く、口うるさい爺だ……人は皆、歳を取ればこうなるのか？　吾は、こうはなりたくはないな」

「……私よりドナースマルク侯は何百歳年上であらせられたでしょうか？」

些か不快そうに傷まみれの顔を歪めた老爺に対し、長命種は臆面もなく見た目はお前の孫でも通ろうと宣った。

実際は、彼より年上どころか、彼の一族が故国から逃れてきた時より面倒を見ているというのに。

ドナースマルク侯が密偵と重用する百足人の一族は、南方大陸のさる王家に仕えていた密偵の一族であったが、その王家は政争の果てに潰え新たな王朝が立つこととなる。新王はかつての王を護れなかった一族に疑念を抱き、一族は〝処分〟される前にと新天地を目指して故国を捨てて逃亡した。

その行き着いた先が帝国であり、当時まだ若かったドナースマルク侯の下であった。紆余曲折を経て彼等の一族は侯爵によって復興され、今や一番の重臣として――無論、表面上は別だが――仕えている。

　その愛の深さは、とある密偵が愛妾として見出され、正妻と同等の待遇で囲われていることからも窺えよう。

　そして、その妾に産ませた子が、次代の密偵頭として大事に養育されていることも。

「……ドナースマルク侯。娘として、一つ我が儘を言ってもよいでしょうか」

　祖父と、公にそう呼ぶことの許されぬ父の下らない応酬を聞いていた娘は、詮なき話題を断ち切るように問いかけた。

　子煩悩な父親は、それに何でも言うがよいと嬉しそうに応えてみせる。次代の統領として一族を継がせるため、きつい任務にも放り込んではいるが、彼は間違いなく自分の娘を愛していた。

　此度は酷い傷を負うこととなり、任を達せなかったため褒美を渡すことはできないが、個人的に何か一つ願いを聞いてやろうとは思っていたのだ。

　しくじったのは彼も同じなのだから。それも、今回の失態は全て、彼の予測が甘かったことに端を発してもいる。

「私の次代を作る種は、私に選ばせてくれると仰っていましたね」

「ああ、勿論だ。お前が好む男を用意してやるとも。正式な娘として遇してやれぬが故、それくらいの自由は利くからね」

「では、私は……あのウビオルム伯爵の従者が欲しく存じます」

「……は？」

貴族らしからぬ声を上げ、侯爵は呆然と口を開いた。

言っていることは分かる。相手も知っている。伯爵が懐剣のように常に連れ歩いている金髪の従僕で、他ならぬ娘に始末しておくよう命じた相手だった。

緊急時の連絡用魔導具を与えられているやもしれぬし、手練れであることも分かっていたため隊を一つ割いてまで相手をさせていたが、何故それをと侯爵は理解が及ばなかった。

呆ける父を余所に、娘は斬り落とされた三本の腕を掲げて、ほぅと感じ入りながら見入った。

「あそこまで……あそこまで完膚なきまでに負かされたのは初めてです。それこそ、加減さえされたように」

蕩けた目は、未だ消えぬ継ぎ合わされた疵痕を眺めていた。あの晩、受けた剣筋は燃えるように激しく、同時に凍てつくように鋭利で抗えなかった。

一端の密偵として訓練を終え、実戦に出るようになって初めて負う大きな痛手。いや、明確に土を付けられたことさえ初めてのことであった。

瞼を閉じれば鮮明に思い出すことができる。兜の下で月明かりを反射して煌々と輝く青い目が。躍動する小柄な肉体が。一刀一刀から致死の気迫を感じる、恐ろしき剣の群れが。

首が冷えると共に、久しく感じることのなかった命の危機に体が熱を帯びたのを、今将

に殺気に晒されているかのように思い出すことができる。

脈打つ心臓から伝わった熱は、今も下っ腹で燃えている。

生命が危機に瀕して子を残せと警鐘を発していることによる、一種の思い込みであることは冷静になれば分かっていた。

それでも、それでもだ。一度宿した熱は、錯覚であると言い聞かせても消えない。

そして、考えてしまう。あの才能を持つ種で芽吹く新しい才覚は、一体どんな怪物であろうかと。

ヒト種であろうと、百足人であろうと構わない。雌雄の別にも拘らぬ。産まれてさえくれれば、きっと輝かしい才能を見せてくれる。

目映い金色の髪と碧い目を受け継げば尚のこと良い。

彼女は月の下で映える、あの色彩に酔っていた。

「いつか雪辱を果たし、その首を肴に酒を飲むのもよいとは思います。しかし、まだ胴についている首を胸に抱きたいという欲もある……分かりますか？」

「ちょ、ちょっと吾には難しい……かな……うん。どうだ？　祖父として、分かるか？」

「私に振らんでください。父親として分からんなら、祖父としても尚分かりますまい」

祖父と父は陶然として疵痕を眺める娘子を見て、理解できぬ感情に大いに悩んだ。

恋愛をするのは結構だが、アレかぁ……という所が一つ。そして、更にはそれを自覚する感情がソレか、という困惑が一つ。

処理し辛い感慨を抱える親族を置いてけぼりにして、娘は疵痕をそれぞれの手で隠すように体を掻き抱いた。

「より強くなり、いつか認めさせてやろうと思います。そして向こうから跪かせてやろうかと。父上、どうかより困難な任務をお与えください。我が身を錬磨するために」

「……ああ、そうだね、お前が望むならそうしよう、ナケイシャ」

「それに……父上も、まだ諦めていないのでしょう？」

娘からの指摘にドナースマルク侯爵は大いに驚いた。表に出しておらず、ウビオルム伯爵領から手を引こうとしているとしか見えぬ人員の再配置案を受け、配下達は皆火傷して諦めたのだとばかり信じていた。

しかし、娘は悟っていたし、分かってもいた。

この柔和で如何にも人のよさそうな長命種が無類の負けず嫌いであり、諦めの悪い男であることを。

あの久しくなかった、状況が状況とはいえ手も足も出ない程に負かしてくる指し手を諦める道理が何処にあろうかと、娘だけは分かっていた。

今は一旦引くことで、新たな網を構築しようとしているだけのことだ。今度はより深く、広くへ手を伸ばして完全に搦め捕る。どれだけの暴威を飼い馴らそうが、この世に絶対も無敵もありはしないのだから、策を練れば叩いて潰すことは必ず叶う。

今は薪を枕にし、苦い肝を嘗めて新たな策謀を生み出す時だ。生半可な、半ば惰性でやっていたウビオルム伯爵領にまつわる温い謀略で打倒できぬ相手であることは分かった。ならば、何世紀がかりの大きな策謀になろうとも、確実な策で迎え撃つまで。

「……そうさな、吾もあの薬指が本気で欲しくなってきた。悍ましい中に美しさのある獣を手懐けるのは、男の喜びだからな」

「……それで、母も手込めにしたのですか？」

娘からのどぎついツッコミに、思わず侯爵は噴き出し、祖父も滅多に歪めぬ表情筋に仕事をさせる破目となった。

あたふたと言い訳を始める父に背を向け、密偵の少女は拳を握る。

ああ、次に相まみえるのは何時だろうかと、脳内でさえ組み敷くことのできない金色の狼と対峙する日を夢見て………。

【Tips】本能的に凶暴とされる虫の血を汲む人類は、時に伴侶の選定基準に強さを何処までも追い求めることがある。

ヘンダーソンスケール2.0

Ver0.2

ヘンダーソンスケール2.0
【Henderson Scale 2.0】
メインシナリオの崩壊。キャンペーンの終了。

貴族の集まりというものは実に有機的なものであり、上下のみならず他の閥との繋がりによるものも多い。

　ここでいう閥とは、魔導院の一身専属的な閥とは異なり、帝国から公認されている訳でもなければ、より流動的かつ広範的な性質を持つ一種の同好会めいたものだ。たとえば某伯爵隷下のA男爵は、直属の主君である伯爵が親皇帝派の閥に属しているため自身も親皇帝派を名乗って閥に参画しているが、その中でも自らの信条に従ってB侯爵が主導する経済政策に重点を置いて皇帝を支援しようとする閥にも顔を出し、更に自領との交易によって繋がりを持つC男爵の海運業促進を目的とする閥にも所属している。

　斯様な掛け持ちが当たり前であるため、ずぼらなエンジニアが仕事をした後のように何本もの配線が絡み合った様相が常態化しているのがライン三重帝国の社交界である。

　そして、ちょっとしたお家騒動や政変の度、ただでさえ混沌としていた勢力図が入れ替わるため乱雑さはいや増していくばかり。休養中でも名代を送るなどしなければ、三日で置いて行かれると言われる社交界の混迷度合いは伊達ではない。

　時に三重帝国成立から七〇〇年。先の皇帝崩御により近年では――といっても、数百年スパンで――三度目のエールストライヒ公の即位に伴い勢力図の大転換が巻き起こる中、とある選帝侯が主催する夜会に一組の参列者が現れた。

　大扉に控える侍従が朗々と響き渡る中音男声で彼の者の来臨を知らせると、優美な夜会曲が奏でられ、上品な笑いに満ちていた舞踏場が俄にざわめいた。

珍しい人物が顔を出したからだけではない。彼の者が誇る権勢と経済力の絶大さが故、ただ訪れるだけで政治力学的な〝圧〟が発生するのだ。

夜会への参列は友誼、あるいは興味の表明。ひいては閥の主導者同士の同盟から、新規に閥へ参画することの意思表示となる。

故に今日、その伯爵の来臨は参列者にとっても、そして、断られるだろうと予想しつつ、お義理程度の心持ちで招待状を送っていた主催者にとっても意表を突くものであった。

いや、やってきた伯爵は、そのざわめきが欲しくて夜会に訪れたに違いない。ちょっとしたざわめきでさえ、政治を動かす切っ掛けとしては十分過ぎることもあるのだから。

城の正門を思わせる壮麗にして重厚な装飾の施された大扉が緩やかに開き、伯爵の姿を露わにする。

正確には、伯爵夫妻の姿を。

「おお、相変わらず美しい……」

「あの睦まじさ、相変わらずか」

「たしか卿はあのご夫婦の婚姻式に参列していたのだったたか。あの頃から？」

「うむ、何も変わらぬとも」

悠然と絨毯の敷かれた道を征き、会場の最奥で来賓を値踏みするように佇んでいた主催者へ歩み寄る夫婦を見て大勢の貴種が囁き声で言葉を交わし合う。ただ現れ、何事もないように歩むだけで話題を生む。それが真の権勢を誇る貴族の気配である。

腕を組み楚々と進む一組の夫婦は、確実に届いているであろう自分たちに纏わる会話を驟雨の如く浴びせられて尚も艶然と微笑み続ける。己の隣に相手がいる、それだけで幸福なのだと言わんばかりの柔らかな笑み。

数百年連れ添って褪せぬ愛情、彼の夫婦の家名を以て〝仲睦まじき様〟とするほど愛情深さが知れ渡ったカップルは、寄り添う者以外には決して聞こえぬような小声で呟いた。

「ねぇ、もう帰っちゃだめかしら？　面倒くさくなっちゃった」

「ざっけんな、アンタが行くって言い出したんでしょうが」

互いに顔を寄せ合い、鼻が触れあう距離にて笑顔のまま囁き合う姿は、愛情深き夫婦そのもの。会話の刺々しさをおくびにも出さず、夫婦は主催に挨拶するため貴種として相応しいゆっくりした歩調で歩む。

「しかし、あの愛情深さには驚かされたものだよ」

会場の視線を独占する夫婦を結婚当時から知る一人の貴種は酒を嗜みながら呟いた。

「なにせ本来不可能であると言われた、死後時間の経った〝魂〟の人格を保ちながら死霊に仕立てる大魔法を実現までさせたのだから」

さて、深紅の絨毯を踏みしめる夫婦の話をしよう。

奥さまの名前は〝アグリッピナ〟。そして旦那様の名前は〝エーリヒ〟。ごく普通の二人は、ごく当然の様に三重帝国においても〝スタール伯爵〟としての貴族位を与えられ、ごく普通の結婚をしました。

でも一つ違っていたのは、二人の種族は定命と非定命に別(わか)たれていたのです。

それから、定命であった旦那様はごくありふれた帰結として、寿命を果たして死んでしまいました。

百六歳というヒト種(メンシュ)にしては希(まれ)に見る大往生をした旦那様を惜しみ、奥さまは決して後夫を迎え入れませんでした。縁談の話を持ってこられても、私の連れ合いはあの人だけですので、と寂しげな笑みを浮かべて婚姻の指輪をそっと見せながら。

ただ、彼女は本当に諦めが悪かったのです。去ってしまった夫をもう一度、それだけを願って懇々と自分が持つ〝魔導院教授〟にしてライゼニッツ閥の筆頭教授という肩書きの全てを利用し、あらゆる方法を模索し尽くして。

そしてついに、夫の没後四〇年にして、奥さまは旦那様を死霊(レイス)として甦(よみがえ)らせることに成功したのです。ある意味において、自分と同じく非定命の存在として、永遠に一緒にいられるように。

悲恋にしてハッピーエンドの物語。聞く者は技術的な不可能を踏破した奥さまの情熱に驚くと共に涙しました。

これほどに深い愛情など、この世にそうある物かと。

ですが、彼等(ら)は知りません。

旦那様の末期の言葉が、やっと終わった……であったことを………。

【Tips】死霊化。強力な魔法の操り手が、この世への強い心残りを残して果てる時、希に起こる現象。誰もが死霊と化す訳ではなく、法則性すら分かっていないため人為的に狙って引き起こすことは不可能だとされていた。

しかし、アグリッピナ・デュ・スタール伯爵夫人ともう一人の魔導院教授の共同著作論文にて、極めて限定的な条件ながら、過去に没した人間を死霊として甦らせる方法が発見され論壇に一大事件を巻き起こした。


「ああ～つっかれたぁ！」

風呂上がりのオッサンみたいな声を発しながら、諸悪の根源が長椅子に身を投げ出した。

そこにはさっきまで完璧に被っていた、華やかさで視線のタゲを集めきる美女としての装いは欠片もない。

この様を見て一体誰が信じようか。〈見えざる手〉でもって水差しを引き寄せ、コップに注ぐこともなく直接呷る女性が社交界の華である、名高き〝アグリッピナ・デュ・スタール伯爵夫人〟であると。

まぁ、尤も信じられない……というより信じたくないのが、私が単なるケーニヒスシュトゥール荘のエーリヒではなく、〝エーリヒ・デュ・スタール伯爵〟とかいう、意味不明な存在として人生を浪費した挙げ句、やっとこ終の眠りについてゆっくりできると思ったら、死霊として強引に蘇生されてしまったことだが。

「みっともないからやめなさい。皺になる」

「また細かいことを……貴族になって二〇〇年以上経つっていうのに。良い加減に服を使い潰すことに慣れなさいな」

　なんでこうなったか、というのはぶっちゃけよく覚えていない。全てが激流の如く押し寄せ、あっと言う間に決まり、瞬きの間に全て終わっていたからだ。

　気がつくと私は貴族になっていた。それでも私は荘に帰りたかった。だけど荘の人達は私に余所余所しいスタール伯爵という敬称を向ける。

　いやほんと、何があってどうなったんだ。

　それでも原因だけはハッキリしている。公爵に目ぇ付けられて、教授位の取得と三重帝国貴族位の獲得が確実化した外道は自分の将来を予見していたのだ。

　魔導院の一大閥に所属していることと、外国の大貴族の娘でもある〝蜜〟に引き寄せられた貴族から死ぬほどの縁談が舞い込み、不幸を面白がったライゼニッツ卿から山ほど晩餐会などの誘いが投げつけられる将来を。

　その面倒を一挙に解決する方法を、この腐れ外道は見つけやがったのだ。

　丁度よい弾除けになる伴侶を迎え入れるという方法を。

　そして人身御供に選出されたのが、哀れな私というわけだ。

　理由は知らん。多分既存の誰かを迎え入れると、最初から付帯する厄介な貴族関係がネックになるとか打算的な考えがあったに違いない。

家系図ロンダリング、汚ぃ金、半ば脅迫染みた交渉……この世に存在するありとあらゆる横車を押し倒し、私はどーいう訳か昔に滅んだ貴族の末裔ということにされ、棚ぼた的に家の家族まで貴種にされてしまった。

筋書きとしては暗殺から逃れた祖父が何時か再興を夢見て田舎の荘に身を潜めていた、ということにされてしまったのだが、何やら家紋が刻まれていた〝送り狼〟が根拠の一端にされてしまったのはなんというかね、もうね……。

「それより、招待状の処理はすんだー？」

「今やってるよ」

まぁ、逃げずに旦那をやり遂げて、その後二周目も旦那をきちんとやっている私も私だけど。

うーん、なんだろうね、これ。いや、ほんと自分でも整理がつかないのだが、嫌いではないっていうのが不思議でならない。

情を交わしたからか、曲がりなりに子供まで作ったからか、あるいは何らかの精神疾患か。将来の夢を悉く潰されたのだし、憎みに憎みきってもおかしくないと精神の冷静な部分は考えているんだけども……。

だのに甲斐甲斐しく働いてしまう辺り、本当に病気だな。今度医者にかかろう。頭と精神の方の。悪くする肉体は、失って久しいのだし。

「ケッフェンバッハ侯から庭園茶会のお誘いが来てるよ。この間、下の子の昇進祝いを貰（もら）っただろう。顔を出さない訳にはいくまい」

「ええ～？　北方まで顔出すの？　面倒ねぇ……」

「そんなに面倒なら私だけで行ってもいいが」

ただ、分からないことがある。

「そうもいかないでしょ、一緒に行くわよ。直接お礼言わせないとダメでしょうし、魔導院からあの子も引っ張って行くわよ。捕まえるの手伝ってちょうだいな」

妻は私を弾除けにしたかっただろうに、誰ぞに挨拶したり礼を言いに行く時、基本的に同道するのだ。場合によっては、一体誰に似たのか落ち着きなく方々へ遊びに行きたがる娘達をとっ捕まえてまで。

勝手に人を死霊（レイス）に仕立ててくれたことといい、この本来の目的から大いに外れる同道にしたところで彼女の本意がよく分からない。

愛情、なんて夢見がちなことは言うまいよ。そんなフワッとした砂糖菓子みたいな関係ではないし、腹立ち紛れにやった浮気を軽くスルーされ、子供を認知しといたら？　なんて当然の様に言われた時点で分かりきっている。

彼女がヒト種（メンシュ）とは精神性が大いに異なる長命種（メトシエラ）であったとして、流石（さすが）にここまでやられて怒らないのは変だろう？

普通、愛しているなら私か相手がどうこうされてしまっていただろうに。

何故（なぜ）なら、私がそういう性質の人間だからだ。

NTR、駄目絶対。

もしやられたなら、私だったら相手も裏切った元相方も徹底的に叩き潰す。前世でたまに踏んだ地雷のように泣き寝入りなど絶対にせず、どれだけ強大な敵にも死ぬまで食らい付いて、死ぬ方がマシだというほど後悔させる。

当時から不思議でならなかったのだ。何故連中は揃いも揃って折れて、泣いて終わるのか。少なくとも今生においては戦闘力も金もある私は、暫し悲嘆に暮れた後に〝然るべき手続き〟を省いた阿呆共を地獄に叩き落とす気満々である。

だから多分、これは愛情ではない。少なくとも私が知る形での愛では。

「ねぇ、座ったら？　手紙を読みながらウロウロ飛ばれると落ち着かないんだけど」

家宰から「最低限これだけは御裁可いただきたく」との一筆を添えて寄越された招待状の処理をしていると、急に妻がそう言って起き上がった。

隣に座れという無言の誘いに乗って、大人しく長椅子に腰を落とす。ここ百ウン十年で、こういう迂遠な〝お誘い〟にもすっかりと受け慣れてしまった。

死霊として仮初めの形を結びながら座り、丁度よい腰の落ち着きを見出すと同時に彼女は私の膝に上体を凭れさせてきた。もう三百歳を超えているというのに長命種特有の均整が取れた肉体に衰えはなく、初めて肌に触れた時と同じ魅惑的な感触が膝に伝う。

彼女は本当に変わらない。私は老いて死に、何故か若い姿で死霊になって還ってきてしまったというのに。

「ふぅー……おちつく……」

「このまま寝ないでくれよ。シュファーフェンベルグ男爵夫人から観劇のお誘いが君宛てに来てるが、どうする？」

ダラダラと人の膝を枕にしてくれる妻らしき物体をあしらいながら、私がいてもいなくてもいい招待の話をする。このご婦人、観劇好きなのはいいのだが、一人で見るのは寂しいとか言ってしょっちゅう誘いをかけてくるのだ。映画館も劇場も一人で行きたい派の私とは、対極にあるようなお人だ。

因みにアグリッピナ氏は、そもそも行かずに家で見たい派である。もし前世にいたならば、全ての配信サービスに登録し、欲しい円盤は迷わず買った上、豪勢なお家映画館なんぞを仕立ててゆっくり楽しんだだろう。

まぁ、現世でも気になった題目があれば、平然と劇団を家に呼びつけて公演させたりしていたけどね。

「観劇？　どこかしら。シュファーフェンベルグ男爵夫人ということは、帝都の幻燈座かしら。あそこの首座、最近代わったせいで演技の質が好みじゃなくなっちゃったのよねぇ」

代替わりして二〇年も経つというのに、まだ最近扱いされる首座が哀れだった。ここは一〇〇年前に移り住んでもつい最近来た余所の人扱いされる京都か何かか。

「まぁいいわ、演目は？」

「えーと……げっ……」

書かれている演目を目にして、思わず貴族らしからぬ呻きが出てしまった。気を付けないとな、普段していることはついつい人前でも出てしまいがちなのだし。

「どうしたの。演目は？」

「……永久鳴る愛を　だってさ」

「うげぇ……」

私の呻きに合わせ、彼女も反吐でも吐きそうな呻きをこぼした。

というのも、この歌劇の題材は他ならぬ私達なのだ。

妻を喪った長命種の夫が、冥府に降りていって妻を取り戻そうとするという約束されしバッドエンドな話の筋なのだが、永遠の愛を形にした鐘だけを頼りに冥府へ向かう夫に胸を打たれた神々が目こぼしてくれるという、砂糖菓子を通り越してサッカリンの塊みたいな筋をしたゲロ甘恋愛歌劇である。

男女を逆にしたのは脚本の都合なのだろうが、何でも今回は首座が力を入れて改稿を行い、〝妻〟が冥府から夫を救いに行く現実に則した脚本に変わっているらしく、是非ともご夫婦揃って一緒に見に行きたいというお誘いであった。

ネタにされた当の本人達に誘いかけるとか、何考えてんだこのおばちゃん。頭どっかおかしいんじゃないの？

「……断っといて」

「ああ」

〝手〟を伸ばして手近な文机で並列して書いていた何枚もの返信に、この断りも紛れ込ませる。

永久なる愛、なんてガラじゃないだろ。ねぇ？

認めないよ私は。この外道が膝に顔を埋めているのが、照れ隠しだとかそんなのは。

きっと、この断りを利用して腹黒いこと考えてんだよ。

きっと、きっとね………。


【Tips】永久鳴る愛を。主人公が喪った伴侶を取り戻そうと、深い情愛が形になった〝鐘〟の音だけを頼りに冥府を冒険する感動巨編。劇的かつ甘い筋書きが年代問わず人気があり、後に多数の派生形や元ネタとした物語が作られる。

特に帝都幻燈座脚本の〈永久鳴る愛を　男爵令嬢の愛慕〉という派生作品が人気となり、以後千数百年に亘って各地で演じられるロングラン脚本となるだけではなく、遠い未来では映画や小説、漫画にもなった。

尚、関係者諸氏は微妙な顔でコメントを差し控えている。


引き締まった肉の硬い感覚と、不死者であるにも拘わらず感じられる淡い体温を後頭部に受けながら、デュ・スタール伯爵夫人は回想する。

この夫ということになっている元丁稚が生きていた頃と、死ぬ前のこと、そして死んだ後のことを。

深い意味はない。夜会で疲れた脳味噌(のうみそ)が意味のない思考を回して、次の策略を練るための暖気を欲しているだけのこと。

あと、本当に困ったおばちゃんだな、などと無礼なことを呟(つぶや)きながら演劇の誘いを断っている夫が読み上げた題名。

永久鳴る愛。なんて柄ではない言葉が記憶野を擽(くすぐ)り、自然と忘れることをしない長命種(メトシエラ)の思い出を引っ張り出してしまったのだろうか。

思えば長い付き合いになったものだ。

結婚した時は、まぁ分かっていたが大変だった。貰って来た仔犬(こいぬ)がやっと懐いた頃に予防接種にでも連れて行かれたかのように、反発は激烈で丁稚は酷(ひど)い人間不信に陥った。

成人もしていなかった彼が叩き付けてくる殺意混じりの抗議を一つ一つ潰しながら、じっくりと囲っていった過程はとても愛情とは呼べないものだから、それも仕方がないのやもしれぬと今になって長命種(メトシエラ)は反省した。

何を焦っていたかは、本腰を入れねば思い出せぬが、冷静に俯瞰(ふかん)するともっとやりようもあったろうにと。

結婚を納得、より正確に形容するならば、諦めさせてからも中々にギスギスした空気が絶えなかった。他人の思惑によって冒険者という夢を絶たれ、故郷の幼馴染(おさななじ)みに〝不義理〟を働くことになった少年が気を許すことなど常識的に考えてあり得ない。

それこそアグリッピナが少しでも彼に劣っていたならば、殺し合いに発展していたであろう。

彼は冒険を愛しているが、無謀な阿呆ではなく、生きてこそ先があることを理解している。一時の怒りに任せて家族の命を危険に晒すより、耐えることを選べる程度には聡明でもあった。

弟子からも散々に文句を言われ続けて数年間。怯えた仔犬のような夫から当て擦りのように喧嘩を売られたり、言い合いになったこともあるが、人間何時までも怒りを燃やし続けるのは難しい物。

一つ目の転機は、彼がすっかり伯爵と呼ばれるのに慣れた三十歳頃であろうか。

何ともまぁ、当時では考えがたいことにアグリッピナの腹へ新しい魂が宿ったのだ。

一応不便させている自覚はあったので、夫婦っぽいことくらいさせてやろう程度の心づもりで交わした行為であったが、真逆〝当たる〟とは思っていなかった。

長命種は、その生命としての完成度故に繁殖の欲求が薄いことは勿論、体自体がそこまで子供を作ることに特化しておらず、排卵期間は年に一度あるかないかであったからだ。

どうにも奇妙な巡り合わせを感じながら、一応、〝種〟を提供された相手なので相談くらいはするかと報告してみたが、正直アグリッピナとしては産もうという気は殆どなかった。

老いず朽ちぬ彼女は、こればかりは他の長命種と同じく〝次代〟に興味を抱けなかったのだ。

別に後継者を作って自分の血統を栄えさせようなんて気は湧かなかったし、況してや自分が死んだ後に後を継ぐ者がいなければ、誰かが困るだろうなんてことも考えるわけもない。それこそ、死後伯爵家がどうなろうが、最早関係ないことだから至極どうでもよかったのである。

故に水に流すという選択肢もアグリッピナの中にはあった。どうしても後継が必要なら、それは養子でも構わないのだ。態々育つのに一〇〇年もかかる、面倒な同族を股の間から取り出す必要性は何処にもなかった。

何なら、若い頃に当てつけになると勘違いでもしたのか、エーリヒが余所でこさえてきた子を養子にしてやっても構わないくらいなのだから。

しかし、子供ができたという言葉を聞いて、酷く呆気に取られた顔をした彼は、ふらふらと近づいてきたかと思えば腹に手を添え、暫し黙り込んだ後に「そうか」と呟いた。

何故か、その言葉を聞き、微かにゆるんだ表情を見て「産んでやるか」という気になったのだった。

この心変わりは精神の持ち主であるアグリッピナにも、何が原因で起こったかよく分からなかった。

頑なだった夫役が急に軟化したのが面白かったか、それとも生物の本能として薄い母性とやらが仕事をしたのか。未だに計りかねており、こうやって考えても正答を求めることは適わない。

子供ができたからといって、一気に全てが変わりはしなかった。

ただ時折ふらりと公務の合間を縫って姿を消していた夫が、行き先を告げてから出かけるようになり、帰ってくる度に土産なんぞを持ってくるようになった程度。

彼女自身も殊更に気を遣ってやるようなことはせず、努めて普段通りの対応を続けた。

しかし、実際に子供が産まれてくると勝手が違う。

何とも甲斐甲斐しいことに、作ったら作りっぱなしが多い男の中では珍しく、エーリヒは都度都度世話を焼きたがった。

出産には産婆から怪訝な顔をされつつも立ち会って、魔法により痛みも何も感じていないアグリッピナの手を握っていた。苦労を感じることもなく産み落とした子供を抱かされて「ふーん、これがねぇ」程度の感慨を抱いていたところ、急に子供を取り上げて涙が滲む目で「ようこそ……よく、来てくれたね」と赤子に語りかける光景が、アグリッピナの瞼に焼き付いている。

産まれた後もエーリヒの甲斐甲斐しさが薄れることはなかった。やれ産後の肥立ちがどうのと様子を見に来たかと思えば、雇った乳母から娘を取り上げて——顔だけ見せられた時は、男女の区別が付かなかったのは今でも秘密にしている——抱きながら公務をするなど、大分入れ込んでいた。

その時だろうか、何の気の迷いか、もう止めようと思っていたのにまた臥所を共にした後、共に煙草を燻らせていた夫に妻は聞いた。

どうしてああも子供に構うのかと。

そうするとだ、彼は大変言いにくそうに、そして極めて恥じ入るように紫煙に混ぜて吐き出した。

不純な動機が一片でも残っている内は子供に会わせない、そう怒られた意味が分かったからと。

まぁ、要するに彼が慰めを求めた相手は、彼にとって完全に都合が良い相手ではなかったということ。その女のことをアグリッピナは名前すら知らないが、自分を慰めや現実逃避に使われることは許せても、子供まで逃避に使われることだけは我慢できない、実に人間らしい感情の持ち主であったらしい。

それがどうしてか面白く、腸が捩れるほど笑い倒し、遂にはキレられたことをよく覚えていた。

さて、夫婦の間に流れる空気が緩み、子供の手間が少しずつ掛からなくなる頃、一度あることは二度あるものかと驚かされた。

最初の子が五歳になり、乳離れを終えた時分にあろうことかまたアグリッピナの腹が膨れてしまったのだ。

これには彼女も驚いた。今度は少し気を遣っていたし、これ以上子供は要るまいと思って避妊の術式なども使っていたのである。

しかし、何とも奇運に恵まれて、子は腹に宿ってしまった。

全く覚えがないとは言わない。乱されすぎて疲れ果て、そのまま眠ってしまった日も間々あったため、全てを完璧に熟せていたと断言はできないのだから。

流石に二人目は要らない……と言おうとした時、彼がまた腹に手を当て「そうか……」と呟き、娘を連れて来て同じように腹を触らせると、何でかまた産んでやってもいいかという気持ちになってしまった。

それが四度も続けば大したものだ。二番目と三番目の子は、恐ろしいことに年子であったこともあって社交界が、すわ天変地異の前触れかとざわめいたものである。

その頃には仲良し夫婦ごっこも自然と板に付いたので、名誉なのか不名誉なのかはさておき「スタールの如し」という言葉が浸透していたが、それをして長命種が一代でここまで子を産むことは希だったのである。

長い生涯に二人産めば良い方で、三人産めば殆ど奇跡。これ程まで繁殖に興味が薄いからこそ、長命種という種が惑星の覇権種族となることはなかった。

にも拘わらず三人目、それも年子である。行く先々で祝福されながらも驚かれたのが鬱陶しいと同時にむず痒く、計画が遅れるのを分かって尚も夜会に赴く機会を減らしたのは、夫も納得したため誰にも文句を言わせない。

自分さえよければそれでいい、自己中心的な長命種の典型であるアグリッピナも、その手の風聞には羞恥心を擽られるようだった。

最初の子が三十歳になって魔導院に入った頃、夫はもう老境といっていい年齢であったが、足腰もしゃんとして歯も全部残っていたため、人から言われてもそんな気はしなかった。

よくよく見れば肌の張りが少しずつ失せてきて、綺麗な金色だった髪の色が褪せ白銀に近づいていたものの、未だに自分で馬に乗って移動する精悍さを見せられれば実感できぬのも無理はなかろう。

なにより、男は女と違って歳を取っても性欲が萎えにくいとは聞くものの、〝そっち方面〟でも現役だった点が大きい。

それでも歳は歳。六十を超えれば流石に子もできぬだろうと油断していると、真逆の四人目である。

年子を産んだ時と同じくらいに社交界が激震したものだ。誰もが繋ぎを作りたいスタール伯爵家の子供が増えた！　という喜びよりも、本当にあの伯爵はヒト種か？　そして夫人も長命種か？　という驚きの方が勝っていた。

実に数奇な運命を辿ったものだ。ケーニヒスシュトゥールのエーリヒであった丁稚もそうであるが、ずっと一人のままで生きて死ぬのだろうと思っていたアグリッピナ・デュ・スタールにとっても。

子供達の成長や、たまにやらかす大騒動——さて、一体誰に似たのやら——に翻弄されて、忙しさに時の流れを忘れても揺るぎなく時間は過ぎて行ってしまう。

それは、あまりの闊達さのせいで定命であることを忘れていたエーリヒにとっても例外ではない。

八十歳を過ぎた頃、息子を抱いて平気で走り回っていた彼が杖を突くようになった。

八五歳の時には、馬にすら乗れなくなった。

九十歳を数える頃には歯が抜けて、食べられる物が随分と減ったことを嘆いていた。

九五歳にもなると起きていられる時間が格段に減り、百歳を数えた頃は一日の殆どを臥所で過ごすようになる。

そして、別れは百六歳の冬にやって来た。

子供達の成人を祝えなかったことを詫び、そして喧嘩別れに近く魔導院に引き籠もって顔を出さぬ次女に渡してくれと手紙を託した後、長きに亘って妻の代わりに矢面に立ち続けた伯爵は「やっと終わった」の一言と共に人生に幕を下ろした。

土に埋められる棺の表面を見ながらも、アグリッピナは何も変わっていない……つもりであった。

されど、事あるごとに彼に用事を頼もうと名を呼んでもういないことに気付いたり、誰が見る訳でもないのに新しい夜着を仕立ててみたり、もしかしたら帰ってくるかもなどとあり得ないことを考えつつ彼の書斎に座ったりする自分に気付き、彼女は己にこう言い聞かせた。

これはきっと、便利な弾除けが〝勝手に〟いなくなったのが不満なだけだと。

その考えに至ったアグリッピナは、途端に腹が立ってきた。

誰が勝手に死んで良いと。誰が夫の任を解いて、神々の御許で安穏と寝ていて良いと言ったのだと。

彼女は沸々と湧き上がる身勝手な怒りを原動力に研究を推し進め、遂に今に至る。

生きていた頃と同じく、長椅子の上で自分の枕を忠実に果たしている夫を見て、長命種は小さく笑った。

これは、歌劇で詠われているような愛などではないと。

ただの自分勝手の結果なのだ…………。


【Tips】死霊化術式。アグリッピナ・デュ・スタール伯爵夫人が考案した、人為的に、強力な魔力を持つ人間を死霊として現世に復活させる術式。マグダレーネ・フォン・ライゼニッツ教授他数名の共同研究者と共に開発された。

対象となる当人が極めて強力な魔法使いである前提、魂と深く繋がった物品の存在、遺体の損壊が少ないこと他数十の限定的な要件が成立に不可欠であるため、現状二例目の成功は確認されておらず、唯一の成功例であるエーリヒ・デュ・スタール伯爵の復活後に研究会は目的を果たしたとして解散している。

家庭のおかしさというものは、大人にならないと分からないものである。

「ああ、帰ってたの」
久しぶりに母の顔を見て、しみじみとそう思った。
息子にかけるにしてはあまりに素っ気ない台詞にも慣れたものだ。この母親は、たまに
鬱陶しくなってしまうほど構ってくる親父と違って俺の人生に殆ど干渉してこなかった。
なにも俺が見放されているという訳じゃない。姉貴共も似たような対応だった。
「また随分なお出迎えですね、母上」
むしろ俺は塩っ辛い母親と比べれば、孝行息子と賞賛されていい方だと思うんだけどね。
出不精の母親と忙しくてどうしようもねぇ親父の代わりに社交界の隙間を埋めてやり、
方々で迷惑を掛けまくる――この間、ちぃ姉がこじらせた縁談の後始末は死ぬほど大変
だった――姉共の尻を拭う。普通だったら嫌気がさしてどっかに婿に出るか逐電してるぞ。
今日も今日とて茶会を巡り、親父殿と縁故を結びたい連中との繋ぎをしたところだ。信
じられるか？　俺まだ成人してねぇのにこの働きっぷりだぜ。
そして、ちょっとした催し物の前に疲れを癒やそうと喫茶室に足を運べば、久しぶりに
拝んだ母親から頂戴する言葉がこれだ。また何ヶ月も家そっちのけで書庫に籠もってたと
いうのに自由極まりないな。
というより、この人忘れてんのかね。孝行息子が態々予定を調整して帰ってきた理由が
あるってのに。普通の家庭だったらグレて家出しててもおかしくないぞ。
貴種らしさを脱ぎ捨てていらだちを打ち消すために頭を掻けば、母は身を投げ出してい

た長椅子から自然と立ち上がって俺の側(そば)にやってきた。そして間合いを詰めると、母親だとしても一瞬ドキッとする美貌を首筋に寄せてくるじゃないか。

「ちょっ、なっ……」

「また日も高いのに香水の移り香を漂わせて豪儀なことね」

別の意味でドキッとさせられた。

ちゃうねん、これはちゃうんや。ほら、娘さんからの印象が良ければ繋ぎもしやすくなるから……。

「まったく、どうして貴方(あなた)はこうも遊び人になっちゃったのやら」

「お、俺から誘いをかけているわけじゃ……」

「それでも乗って〝いただいて〟しまっているなら話は別でしょう」

馬鹿にするように一つ鼻で笑って、母は長椅子に戻って手紙の検分を始めた。しかし目は手紙に移っていても、意識だけは俺から外してはくれないらしい。

「ヒト種(メンシュ)と遊ぶのはそこそこにしときなさい」

「なんで分かるんだよ……」

「そんなに必死こいて香を焚(た)きしめるのは、大抵ヒト種(メンシュ)だからよ」

相手まで当てられると実にヒヤッとする。世の人々は一体どうやって母親と付き合っているのだろうか。こんなおっかない生き物の股ぐらから取り出されたなんて、考えるだけで股間が縮こまる。

「……そういう母上はお父上と番われたのでは？」

叩かれっぱなしは癪に障るので反撃してみれば、小馬鹿にしたようにまた鼻で笑われた。

「私は良いのよ」

笑いながらの言葉の後、なんといってもくたばるまで面倒を見たんだから、と続ける母の言葉を親父に教えたらどんな顔をするだろう。多分、悪くなった苺を気付かず囓った時と同じ、苦くて酸っぱいものを噛んだような顔だろうな。

「ヒト種というのはね、私達よりずっと感傷的なのよ。時間の密度が違うから」

手紙を間断なく開けながらも母親の語りは止まらない。どこか学術的な持論は、母親が定命、とくにヒト種に抱く感慨を理性的な言葉に組み替えたものか。

ヒトは脆く、その生は俺達長命種と比べると瞬きの間のようだ。俺と同じ時期に生まれた子供がとっくに成人し、年老いて現役に幕を下ろして墓穴に収まっていく姿は見ていてあまりに忙しない。

だからだろうか、俺達とヒト種では考え方を似せることはできても、感じ方を寄せることは難しい。

ヒト種の感情はどんなものでも俺にとっては激発的に思える。なんでたかだか一瞬、この一日一時間のため、そこまで全てを擲てるのかと思うほど。

「ヒト種は思い入れし易い生き物なのよ。気に入られたなら、その瞬きのような生の全てを貴方に注ごうとする……それを受け止めきれる器があって？」

問われ、思わず唸ってしまった。

事実、そういった思い入れを持たれることは多かったからだ。

貴方のためなら、君が喜ぶから、卿が望むなら安いものだ。そんな言葉と共に多くの贈り物と便宜を定命の友人知人――時に一時の恋仲と呼べる者からも――から捧げられてきた身には痛いほど覚えがある。

その中には、きっと比喩ではなく望めば心臓を差し出してくれるほどの想いを抱く者もいたのだから。

血族を差し置いて、臨終の床で最期まで手を握って欲しいと頼まれるなんてよっぽどであろう。

「覚悟がないなら適当にあしらっておきなさい。どうせ貴方は当主になりたくないのでしょう？」

「それは……まぁ」

「いいのよ、別に。あの人は期待してるみたいだけど、別に三重帝国貴族の頭首なんて男でも女でも能力があれば成り立つんですから。特に家みたいに直系の一門だけで纏まってるこぢんまりした家はね」

手紙を淡々と処理しつつ、時に返事を書くためか覚え書きをする母――本来必要もないのに紙に書き出しているのは、親父から移ったクセだろうか――の言葉に俺は曖昧に応えることしかできなかった。

し掛かる。

スタール家の当主位、考えれば局所的に重力に異常が生じたと錯覚するほどの重みがの
言っては何だが、母が言う〝こぢんまり〟という言葉が似合わないくらいに家は結構な勢力だ。血族は俺達しかないほど小さく、領地だけ見れば中小規模の広さに過ぎない割に政治力で言えば七選帝侯家に劣らぬ、いや一部では上回るほどの力を持っている。

帝室との繋がりも深く、一時は比類無き忠臣扱いされたこともあれば、社交界の覚えも広くて友好関係はかなりの規模。唯一の欠点と言えば、成人したのにふらふら落ち着きのない姉貴共のせいで姻戚関係がちぃとも結べていないところか。

財力においては帝国広しといえど間違いなく十指に入り、武力においては俺の製造責任者や……それが手に負えない長姉を思えば大した物。一時期親父殿が力を入れて編制した即応軍——他領からは狂気の沙汰とも言われるが——により一般の兵力も頭一つ抜けて高練度だ。

うん、〝灰の捲き手〟なんて言われてる戦闘魔導師のお姉様が出張ると聞けば、大抵相手は顔色を悪くするから、通常兵力以前にヤベー奴ら扱いされているので何とも言えないのだけど。

まぁ、家の歩く戦略兵器の存在はさておくとして、海外の有力貴族であるフォレ男爵とも血族となれば、政治的な立場も更に補強されて倍率ドンってところ。

こんな家の当主とか、相当の精神的超人でなくばやっていけまいよ。

　その点、今のところは後継者として有力視されている大ねぇ様は良いよな。見た目は母親と親父殿の良い所取りって具合で整ってるし、何をすりゃ殺せるんだという恒常的に張り巡らせた結界防護や身体賦活術式を維持する膨大な魔力、その上で親父が「ティルトウェイトや……」とか謎の感嘆をこぼした広域殲滅(せんめつ)秘匿術式まで抱えてる規格外の戦闘魔導師だから暗殺の心配もない。

　剰(あまつさ)え、これだけ畏れられて未婚の乙女には不釣り合いに物騒な異名がダース単位で囁(ささや)かれているのに、欠片(かけら)ほども気にしない魔導合金とタメを張る肝の太さ。きっと血族の誰よりも上手(うま)く当主を熟(こな)してくれることだろう。

　さしあたって、当主位を継承する気も自覚も欠片もなく、趣味に没頭して遊び呆(ほう)けてやがるのが玉に瑕(きず)だが。

　仮にも最年長なんだから、もうちっとしっかりしてほしいもんだ。何時(いつ)までも王子様がどうのこうのと、お伽噺(とぎばなし)を鼻から吸引したみたいなことを宣(のたま)ってないで、どっか良い所の旦那さんを捕まえて家を継いでくれ。

　そして、そろそろ親父殿を楽にしてやってくれ。

「気に入ったヒトを囲いたいなら当主位は存外役に立つわ。番うにせよ囲うにせよ、下に付けて働かせるにせよ思うがままですもの」

「……そこまでする気はないですよ」

　幾らあっという間に過ぎ去る時間とは言え、俺は定命の人生を全て見届けたいとは思わない。彼らが自儘に生きた結果、俺と友人になるのはいいさ。その人生の中で俺を好きになってくれて、最後まで生き生きとした輝きを見せてくれるなら、これ以上の幸福はないとさえ思っている。

けど、親父みたいにお袋に囲われて一生を終えさせるのは……なんだ、一個の命として考えるに余りに忍びなかろう。

飾らずに言おう。俺はヒト種を始めとする定命が好きだ。俺たち非定命にとっては激発的に過ぎる感情は花火の様に艶やかで、意識しなければあっという間に錆付く感情を鮮烈に溶かしてくれる。

かといって、温室の薔薇や菊のように飾って愛でたい訳じゃないんだ。

俺が憧れた彼等の輝きは、過酷で短い時間の中でこそ咲き誇る一夏の華なのだから。

俺の考えが非定命の傲慢なものだとは分かっている。彼らは彼らなりに苦労し、その目映い感情に悩まされていることとくらい触れあう内に理解しているさ。

そして、どうあっても俺が同じように感じてやれないことも。

分からないから美しい。分からないから愛おしい。手に入らないが故、狂おしいほどに目映い。

ああ、母は一体どうして親父を掌中に収めていられたのだろう。あんな放っておけば、もっと面白く生きてくれたかもしれない人を。俺の父親として、俺を膝に乗せて本を捲らせておくには息子ながら惜しいと思っていたのに。

俺が物心ついた頃には、もう親父は老人になって杖を突いていた。それでも飽きないほど面白く、愉快な生き方をしている人だった。

家庭教師みたいに色々なことを教えてくれて、乳母の代わりに俺を寝かしつけようと寝物語を語ってくれる親父を見て常々思ったものさ。

今でさえこんなに楽しい人なんだから、若い頃に自由に動いていたら、どれだけ楽しい輝きを見せてくれたのだろうと。

そんな目映い人を……どうして長命種の旦那なんかとして寿命を浪費させた挙げ句、死霊なんかにしちまったのか。

これじゃあまるで、最高に面白い戯曲の筋書きを誰にも演じさせず、燃やしちまったようなもんだ。

「おや、もう帰っていたのかい」

自身をして処理しづらい感情とも呼べぬナニカを持て余していると、ドアを開きもせず後背に気配が湧いた。

振り返らずとも分かる。落ち着いた声音、静かな気配、また面倒がって物体を透過して抜けてきたのだろう。

「おかえり。茶会は楽しかったかい?」

「ええ、父上もおかえりなさいませ」

穏やかな笑みを浮かべる、俺が産まれた時よりもずっと若々しい姿をした親父殿。後ろが微かに透ける死霊の姿、あの頃に肉を持っていた親父は、どんな人間だったのか。どんな感情を咲かせ、どんな色をして母の隣に侍っていたのやら。

色々な物を父譲りの薄く曖昧な笑みに溶かして隠し、俺は浅く腰を折った。

「あら、どうしたの貴方まで」

「どうしたも何も、忘れたのかい？」

「……なにかあったかしら？　まぁいいわ、来たなら代わってちょうだいな」

呆れたことを宣う母は起き上がると親父殿の手に書簡の束を押しつけ、強引に座らせたと思ったらその膝に上体を投げ出したではないか。この人は本当に働こうという気がないのだな。貴種の友人は当主位を譲られても父からの口出しが五月蝿くて、と苦悩していたが、我が家では無縁の悩みになることは疑いの余地もないな。

あと、それを唯々諾々と受け止めてやる父も父ではなかろうか。嫌なら実体化を解いて頭をスカしてやればいいものを。溜息を吐きつつも受け止めてやるからいかんのだ。甘やかしたから、今の母があるのだろう。

「随分と誘いが来ているね……そして、隙あらば断ろうとしない。流石にヴェルディアン子爵の婚姻式典には参列しないと拙いだろう。交易路整備の話をしているんだから」

「もー、いいじゃないの……次女の輿入れでしょ……祝いの文でも送ればいいでしょ、あんな木っ端……」

「皇統家の傍流を捕まえて木っ端扱いしない。それに一番溺愛している子だ、晴れ姿を自慢したいのが文章から丸分かりじゃないか。ほら、何やらうちの子達も連れてきて欲しいみたいだし、ちょうどいいさ」

「姻戚関係になりたいの丸出しだから嫌なのよぉ……治水にしくじって金がないのが分かってるし……」

空気が弛緩し、途端に情けないことを言い出す母親に息子として実に反応しづらい。なんかこの人、親父殿が帰ってきてからポンコツ化が進んでないか？　あれだ、親父不在の数十年間、頭首として気を張っていた時間を取り戻すように適当になってきている。

父が冥府で休暇を取っていた頃なら、一も二も無く俺達を捕まえて豪奢に飾らせ、楚々とした笑みを引き連れ参列していただろうに。こんな政治的に美味しい所を見逃してまで自分の趣味に没頭したがるほど、色々擲ってなかった筈だ。

ああ、老いた父が足を悪くして、いよいよ歩けなくなった時だってもっとしっかりしてたろうに。

親父が居るから反比例して駄目になるなら、甘やかさず尻を叩いて母にきちんと貴種をさせればいい。そうすれば、貴方は貴方でしたいことができたのだ。

本当に、我が血に二人の因子が流れているとは思えぬほど不可解な夫婦である。

あれやこれやと書簡に文句をつけつつ手早く片付けた父は、隔離した空間から物を取り出して溜息を吐く。ふと気付けば、廊下に喧しい魔導波長が三つ……間違いようのない、我が優秀にして不出来極まる姉貴共の気配だ。母からの呼びつけにはシカトを決めることもある彼女達も、今回は父からの呼びかけなので流石に無視しなかったか。

「……なにこれ？」

急に押しつけられた小箱を見て怪訝な顔をする母。ただ、俺は知っている。この人、どうせ祝われることが気恥ずかしくて、わざと脳を弄って〝忘れた〟ことにしているのだ。

これくらいは一〇〇年近く親子をやっていれば、察することもできるとも。

まぁ、一〇〇年以上夫婦やっている父上が気付かないのは、元定命であることを考慮してもどうかと思うけどね。

「お母様、結婚記念日おめでとぉー、ご馳走食べましょー。ねぇ、父様、お祝いなんだしセーヌの五四四年物開けてもいいよねぇ？」

「目出度いのかしらねぇ、果たして……私達が産まれてしまった原因の日なのに」

「おめでとうございます、母上、そしてご愁傷様、父上。今回は厄介な縁談を持ってきていませんよね？」

ろくでもない挨拶をしながら――親相手でもここまで無礼なら、普通の家ならどうにかされてしまいそうだが――扉を開ける姉達を見て察したらしい母上は、つまらなそうに押しつけられた小箱をつまみ上げ「ああ、なるほどね」と胡乱な目を注いだ。

婚姻の日にちょっとした食事会を催すのは、たしか元々父が意趣返しとして始めたものらしい。誰から聞いた訳でもないが、当時の日記を見れば分かる。そういえば、父の没後に日記を読んだこと、バレてないよな？

「まぁ、そういうことだ。おめでとう、これからもよろしく」

「はいはい、ありがとありがと」

おざなりに返事をしつつ、しかし慎重極まる手付きで小箱の包装を解いた母は中身を取り出して灯りに翳す。

中に入っていたのは新しい簪だった。血のように朱い小さな宝石が数珠繋ぎになった飾りが数本先端に連なる、飴を思わせる美麗な光沢を放つ木の簪。

親父殿の魔力波長の残滓が残るそれは、間違いなく手作りの一品だ。かなり強い守りの魔法が込められており、素材も貴種が身に付けて恥じることのない物だと一目で分かる。

なるほど、こないだ帝都の帰りに「ちょっと用事が」と言って姿を消したのは、これを調達しに行っていたのか。

本当に我が父ながら分からない人だ。

さて、アレの後に祝いを出させられるのはちょっと悩ましいな。

「管理が面倒なんだけど……」

そんなことを吐かしつつ、いそいそ髪に挿している姿を見せられると絶対に勝てる気がしないから………。

【Tips】 婚姻日を祝う習慣というものは特になかったが、スタールの如しというオシドリ夫婦と同意の言葉が広がるにつれ、彼の家の習慣であるとして少しずつ貴種の間に広まりつつある。

宴もたけなわという頃になって、俺はふと貴族の着く卓にしては小さすぎる席で盛り上がっている一族を見て考えた。

本当に妙な連中ばかりが揃ったものだ。

我が姉共の中の長女、専ら大ねぇと呼んでいる彼女は、見た目だけを見れば親父殿と母親のいいとこ取りをした容姿をしている。

緩やかに波打つ黄金の髪、こぼれ落ちそうな程大きくてつぶらな紺碧の瞳。背はすらりと高くて、乳はデカいし、これぞ女性美の理想といった穏やかなお嬢さんといったナリだが、ぱっと見の印象に騙されてはならん。

ライン三重帝国魔導院払暁派ライゼニッツ閥にて、その当主ライゼニッツ卿の直弟子として名高く、更には〝灰の捲き手〟なる物騒極まる異名が他国にまで轟く戦闘魔導師。

天が二物も三物も与えたが、代償として常識と正気をカタに持っていってしまったような問題児である。

家族の贔屓目をしてヤベー女としか言い様がない。

貴族としての自覚なんて欠片もなくて、何が切っ掛けでハマったか知らんが古生物学に没頭して一年の大半を外国で過ごしていやがるのだ。この間は、南内海で竜の前身にあたる生物の化石を掘り出したとか吐かして、山ほどの〝石塊〟を持って帰ってきて屋敷の蔵を圧迫したりとやりたい放題ときた。

その上、誰が婚姻話を持っていっても「私より強い王子様に迎えに来て欲しいなぁ」と夢見がちなコトを吐かしやがるので性質が悪い。悪いけど、俺の見立てじゃそんなヤツは人類に数える程もいないから、さっさと現実に帰って適当な男を捕まえてくれ。

あと、親父殿と同じ甲斐性や慈愛の深さを求めるのも止めろ。その人の忍耐強さと懐の深さも規格外だから。母親と同じ幸運に恵まれるなんてうぬぼれは止めてくれ。

まだ可愛い盛りと思ってるらしい――もうそろそろ母親が結婚した歳に並ぶってのに――親父殿の甘やかしのせいで遊びほうけている大ねぇ。今も親父と楽しそうに話しているが、その人が隠している苦労やらなんやらを分かっているのかね。

次に三人いる姉の二人目、昔は姉さんと呼んでいたが、近年は引きこもりが過ぎて言葉を交わすことも希になった次女君も結構な面倒くささだ。

親父殿がそのまま女性になったようなんて言われる顔はさておき――まぁ、若い今の姿を見れば、殆ど変わらないような気もするけど――母方の隔世遺伝で黒い髪を持って生まれた彼女は、今や魔導院の極夜派（魔法嫌いのひねくれ者共）にて小さな閥を主催する教授殿と来た。

皇帝から勲章を授かるような結界を作り出した功績を上げ、〝魔導嫌いの墨染め姫〟なんて呼ばれるようになって一端を気取ってはいるが、家に帰れば親父殿から一番離れた席に座って、その顔をチラチラ見ている小心者でしかない。

貴族の次男や三男を気怠げで退廃的な、こればっかりは母親から引き継いだらしい雰囲気でたらし込んで囲っているが、俺は知っている。親父殿が死ぬ前にやらかした喧嘩を引き摺って、死に目に会わなかったことを何十年もウダウダと後悔した挙げ句、いざ帰ってきてくれたら真面に話もできない困ったちゃんであることを。

　いや、まぁアレは親父も悪いと思うけどね。幾ら出来が良かったからって、姉さんが書き溜めていた詩を詩集に仕立てて贈ったのは。

　我が身のこととして考えたら、親父贔屓の俺だってキレるよ。出版まではしなかった、と擁護にもならない擁護をする気はないけど、勝手に見た挙げ句、少ないとはいえ他人に見せたらねぇ。幾ら褒められている、という前提があっても許せんわ。

　とはいえ、やっぱり最後の方はやり過ぎだと思うけども。それにこうやって一所に集まっているんだから、何年もモジモジしてないで声をかければいいんだ。そうすれば親父は笑って許して、同時に謝りもするんだから。

　長女と次女も度しがたいが、じゃあ三女がマシかっていったら、こっちはこっちでかなりアレな人だ。

　俺がちぃ姉と呼び、ちょっと前は散々に拗らせてくれた縁談の後始末で奔走させられた彼女も魔導院に属する魔導師で、これまた若くして教授位に登られた天才であらせられるが、姉さんとはまた違った拗らせ方を見せる過激派だ。

　何と言っても、ちぃ姉は黎明派の〝シュポンハイム閥〟。親父の終生の友にして、時々あらぬ噂を囁かれていたミカ・フォン・シュポンハイム卿最後の弟子なのだ。

それがまぁ、どんな発酵具合を来したらこうなるのか分からんが、どうして母親なんかと結婚してシュポンハイム卿と番（つが）わなかったのかと言って憚（はばか）らぬ妙な拗らせ方をしているのだ。

シュポンハイム卿に傾倒するのは分かるよ。俺だってあの人は大好きだった。親父と同じく、俺が物心ついた頃には優しいお婆（ばあ）ちゃんであり、お爺（じい）さんでもあったあの人は、本当によくできた人だったからな。ヒト種（メンシュ）に近い中性人（ティーウィスコー）だけあって、何十年も前に逝ってしまわれた時には泣きはらしたさ。

ただね、未（いま）だに酒を飲んだらシュポンハイム卿を選ばなかった――現実的には選べなかった、だと思うが――ことを理由に親父殿に絡むのはどうかと思うよ。あと、どうして死霊（レイス）になって残ってくれなかったのかと愚痴り続けるのも。

仕方ないじゃないか。死霊（レイス）になるには強い未練や恨みがいるのだ。でも、あの穏やかな、午睡に微睡（まどろ）んでいるような死に顔を見て、どうして死霊（レイス）になれると思うのさ。

そして、そんなシュポンハイム卿に操を立てている二重の拗れ度合いのせいで、〝凍った黄金〟なんて微妙な異名を頂戴するのだよ。普通、貴族の依頼で引っ張り蛸（だこ）の建築家にして造成魔導師なんて、縁談が選（よ）り取（ど）り見取（みど）りであろうに。

……うわ、冷静になると、家（うち）の姉貴共酷（ひど）すぎ……？

それに比べて、俺のなんと平凡なことか。魔導院には属しているけど、まだ成人前だから研究員止まりで真面目な官僚として帝国にご奉公している。

閥だって母親と同じくライゼニッツ閥で、親子二代に亘ってお世話になりながらも無難に人付き合いをしているさ。

これはきっと、他の姉貴共が母親の腹の中に置いてきた、親父殿から遺伝すべきだった真面目さとか実直さを全部俺が受け継いだからなんだろうな。

だから、奔放すぎて困る連中の尻拭いに方々を走らされているのだ。

親父殿も母親に関して同じことをしてきたから、これも遺伝だろうか。

わざと魔法で代謝を落として酒に酔って騒いでいる面々を醒めた目で見ていた俺だったが、ふと親父殿と目が合った。

なので、気になっていることを聞いてみた。

親父殿は、婚姻を結んで幸せでしたか？　と。

返ってきたのは、いつも通りの優しくて曖昧な笑顔だけだった……。

【Tips】狼の後継。スタール家長男の異名。若年時のスタール伯を更に愛らしくした容姿とは裏腹に、切れ味鋭い政治的手腕により密かに囁かれるようになった異名。大勢の信奉者が囲み、それとなく自分達の都合の良いよう動かす手腕で知られ、そのため実は最も始末が悪い男なのではと噂されている。

非定命という存在を昔は大変恐れていた。

だって、私が知っている非定命共は何奴(どいつ)も此奴(こいつ)も色々な意味で〝極まった〟連中ばかりだったから。

初めて相対した非定命は怠惰の極みにある長命種(メトシエラ)で、お次は今も元気に生命礼賛を続ける死霊(レイス)。次にぶつかったのは愛剣の相続人を求めた魔宮の冒険者(アンデッド)。それ以後は数百歳級の吸血種(ヴァンピーレ)だとか、普通ならキャンペーンシナリオのラスボスなんぞに据えられる怪物ばかり。

当時はただただ恐ろしく、こうはなるまいと思っていたものの……。

「ねぇ」

「ん……？」

久しく紙面をめくり、書き付けをする以外の音が存在しなかった世界に色が差した。

耳によく染みる聞き慣れた声に首を巡らせれば、そこには迷惑な連れ合いの姿がある。

どれほど見ても見慣れることのない均整の取れた肉体と美術品の如き美貌。薄い夜着一枚だけを纏(まと)った姿は知り合って一〇〇年以上の時が経(た)っても変わることも褪(あ)せることもない。

結い上げた銀糸の髪は淡い魔導灯の光りを反射して艶(なま)めかしく輝き、億劫(おっくう)そうに撓(たわ)んだ紺碧と薄柳(うすやなぎ)の金銀妖瞳(ヘテロクロミア)は、今でも魅入ってしまうほどに麗しい。

長椅子に寝そべる私に互い違いになる形で横臥(おうが)した連れ合い。アグリッピナ・デュ・スタール伯爵夫人は欠伸(あくび)を一つこぼして私に問うた。

「今日って何日？」

問われてぱっと答えが出てこなかった。

「あー……そういえば何日だろう」

読書に没頭するあまり、時間の経過を忘れていた。いや、正確には〝魔導院の書庫〟に設けられた個室に陣取ってどれくらい経ったのかを。

簡素な文机と軽い休憩のために置かれた長椅子だけがあり、後は持ち込んだ本が山脈を成す部屋は魔導院最下層の読書室。通称〝禁書庫〟と呼ばれる、理由さえあれば紐解くことが許される禁忌の海に私達はどっぷり浸っていた。

それもこれも全て、我が厄介な伴侶でさえ疲弊する社交期の閉幕に伴って「暫く好きなことだけして過ごしたい」と我が儘を仰ったのが始まりだった。

彼女が好きなことといえば、当然ながら引きこもって本を読むこと。我が家にも彼女たっての要望で——そも設計も施工も全部任せた訳だが——巨大な書架に直結した書斎があるので、疲れた時はよく引きこもっていた。

今回も書庫に引きこもるので些事の一切は任せる、という話だと思っていたのだが、今期は譲位——女帝がまた出家したいと泣き言を言い出したらしい——の気配もあって、大荒れに荒れた社交界の荒波を親皇帝派の有力貴族として泳ぎ切った疲れは一入であったらしい。

いつもの贅沢では癒やしきれぬ、として彼女は私を此処に引っ張ってやって来た。簀巻きにした我らが愚息と愚娘を伴って。

子供達を連れてきた理由？　禁書庫の使用許可と封印書架の鍵の使用権限、それと長期引きこもっても文句を言わない約束、ついでに写本までは許さなくても良いからメモくらいは取って退出する許可を生命礼賛主義の変態から引き出すためだ。一つの条件につき子供一人、我が伴侶にとっては安い取引であったらしい。

今頃は変態の死霊に揉まれ、それはそれは贅沢に身を飾られていることだろう。心配すべきは特にお気に入りらしい唯一の息子が多義的に食われ、ライゼニッツの名を得ることになったりしないかってところか。

いやー、割と洒落にならんな。親も嫁も死霊とかどんな業を背負って産まれてきたらそうなるのやら。我が子ながらちょっと可哀想になってきた。童顔で小柄なまま成長が止まった生まれの不幸を呪われたらどうしよう。

「結構経った気もするけれど、一瞬だったような気もするのよね」

「分かる」

めっちゃ分かる。これればかりはヒト種であった時には得られない感覚だ。

永劫の生というものは感覚を狂わせる。熱中すれば時は早くなり、外界からあっと言う間に置いて行かれる。文字通り寝食を忘れることができる不死者にとって、時間という感覚は時に取るに足らないものと成り果てるのだ。

私達が時間を気にすることは少ない。予め決まっていることがある場合か、目を離せば瞬く間に流されてしまう〝定命〟を見守っている時くらいだ。そう考えるなら、ヒトであった時の私をアグリッピナ氏は相当慎重に見ていたのだと改めて実感した。

「何冊読んだ？」

「えーと……三二冊」

「私は六二冊」

大きく水をあけられてしまったが、これはシンプルに彼女が発禁にされた品や、僧会が表に出すなと言って禁忌になった物語や歴史書を好んで読んだのに対し、私は魔導論文なんぞの読み込みが難しい本を選んで読んだからだろう。

一時、永劫の時間に飽かせて術式が本を解析し直接脳に内容をブチ込む〈書籍解読〉の術式を構築してみたこともあったが、あまりの味気なさにすぐ使うことをやめてしまった。代わりに〈速読法〉とか〈文脈速解〉なんぞをつまみ食いしたので本を読むのは速い方だと自負している。

が、積み上がった本の数を見て時間を推察することはできなかった。お互い、気に入った本は噛(か)み締めるように同じ頁(ページ)を何度も読む癖があるから、単純に一冊読んだから何時間という目安がないのだ。

そして私は死霊(レイス)であり、彼女は長命種(メトシェラ)。どちらも飲食・排泄(はいせつ)が不要であるという性質上、腹の空(す)き具合や最後にいつトイレに行ったかなんぞでも時間を計れない。メシは食おうと思えば食えるし、見れば食欲も湧くけど本質的には不要というのも面倒な話だ。

何も与えず軟禁するのが至上の刑罰になるのも頷(うなず)けよう。

「どんなの読んだの？」

「あー、基底現実空間上における異相空間物転移に際する熱量散逸の逆用に関して、という三〇〇年前の構想本が興味深かった。シメの辺りで異相空間から負の熱量を持つ物体を引き出せば反動で世界を終わらせられるのでは？　という走り書きのせいで禁書庫にブチ込まれたんだろうなと」

「それ若い頃読んだわね。割と楽しかったわ」

「ちょっと試せそうだなとか思っただろう」

「まぁね」

　ふふんと誇らしそうに鼻を鳴らす彼女は悪戯好きな子供のようにも見えるが、その実単身で最悪のテロをやらかせる怪物だから困る。

　まぁ、私もここ一〇〇年くらいで真似できるようになったから、下手するとアーチエネミーとしてグランドキャンペーンとかのエネミーにされても見劣りすることはないと思うけれど。ラスボスとして冒険者に立ち向かってください、と託宣がきたらそりゃあもうハチャメチャに張り切るよ。

　どれくらい経ったかを考えていてもキリが無いので、怒られてないからまだ平気だろうと駄目人間みたいな開き直りをし、私達は読書に戻った。ここに陣取るまでに興味を擽られて持ち込んだ本は、まだまだ山を成しているのだから。

　再び紙面上の文字列と黙考する自我のみが存在する空間に立ち返り、どれほど経ったか。

ふと半実体化していた足が擽られた。

ちらと目線を落としてみれば、絡んだ伴侶の足指がもじもじ蠢いている。無意識に蠢動する指で私を擽る彼女の手には、何やら甘ったるそうな表題の本が。

多分、破廉恥に過ぎたかモチーフがセンセーショナル過ぎて発禁処分でも喰らった恋物語か何かだろう。三重帝国のモラル基準は多種族国家だけあって微妙な範囲で細かく変動することが多いので、エロ本としか思えないものが公然と出回る時期と、ちょっとストイックになる時期とが入り乱れているのだ。

あれは多分、ストイックな時期に禁忌として放り込まれ、それ以降「まぁいいんじゃね？　面倒だし」として再分類されぬまま放置されつづけた品だと思われる。

気に入った本を読みテンションが上がった時、指を動かしてしまう癖は私が色々と〝諦めて〟から知った癖である。服を束縛として嫌い、夜着一枚やともすれば全裸で徘徊することもあった彼女の癖を長い間知らなかったので、本当にリラックスして本を読んでいる時にだけ出る癖なのだろう。

はて、となると私にも似たような癖があるのだろうか。

そんなことを考えながら頁を捲る。もし斯様な癖があったとして、癖だけに自分では分からないことに違いない。

自分が知っているように癖を知られていると考えれば……別に嫌な気分にならない自分がいることに気付き、私はちょっとだけ妙な気分になった……。

【Tips】禁書庫には技術的な意味で禁忌とされた本以外にも、時流によって相応しくないとされた本も納められている。

文学的修辞法に優れ、直截な表現など全くないのに男女の蠱惑的な交わりを描いた物語を丁寧に咀嚼した脳髄が満足の吐息をこぼす。正しく至福の一時であった。学がなければエロティシズムを微塵も得られないだろう、高度な技量の文脈にはただただ感じ入るばかりである。

ほうと吐息して本を下ろし、今度帝国の行政府に禁忌指定の解除を上奏し、写本を作らせようと脳内にメモを取ってから、アグリッピナは難しい顔をして論文を読み込む伴侶を見た。

本を置く時に絡んだ体が動いても気にならぬほど没頭している姿は、こうなってから実に見慣れたものだ。凝る体もないというのに、時折首を回す癖は何度見てもおかしみが薄れることはない。

安穏と寝ていた魂を冥府より拾い上げ、嫌に適応が早いなと感心してからどれほど経ったか。

吸血種や死霊のような人間から転ぶ非定命の類は、かなり長い間定命であった頃の習慣を引き摺ると聞いた。

娯楽以上の意味は無いのに毎食きちんと食事を摂り寝床に入る吸血種や、体臭を気にして風呂にどうやって入れば良いのかを考える死霊が居ると聞いて大いに笑ったものだ。最初から非定命であった者に定命の行動が理解できぬように、定命に非定命の道理と感覚を理解させるのは難しい。

だが、この世紀を跨いだ付き合いになった連れ合いの適応速度はちょっと異常であった。油断すれば体が物をすり抜けることにその日の内に慣れ、ドアを開けなくて良いってのは便利だなと宣い始める。飲食が不要になったことも、「キリが良いとこまでだから」と前から一度没頭すると長い仕事に読書に、これ幸いとばかりに活用し始める有り様。

その上で残った癖が〝首のコリを気にすること〟なのだから、何とも奇妙な男である。

一〇〇年もヒトとして生きたんだから、もうちょっと何かあるだろうと突っ込んでしまったほどだ。密かにとっていた実験レポートも、被験者がこれではあまり一般には当てはめられないなと嘆息するばかり。

最悪、蘇生からのギャップで発狂することさえ覚悟し、計画に組み込んでいたというのに。

まぁ、別に経過が良好な分にはいいのだ。発狂しようが押さえ込んで説得し、真面にする計画を準備するのは大変だったが、万全を期しただけで〝試したかった〟訳でもない。

いや、それほどまでに狂した魂を落ち着けさせたなら、今後の関係で大きなアドバンテージになったのでは。物語に耽溺し、結果に不満足で〝もしも〟を並列で幾つも考えていた脳味噌が、ついには自分達のもしもさえ考え始めてしまった。

「……悪くないわね」

「は？」

ドロドロした妄想に思わず感想がこぼれ、声に反応してエーリヒは小難しげな論文から顔を上げた。

「何でもないわ。今読み終わったの、悪くなかったなと思っただけ」

「へぇ、貴女が感想をこぼすとは珍しい。後で私も読もう」

「そ、じゃあ分かりやすいところに積んどくわ」

どこまでも自然な態度で失態を包み隠し、追及から華麗に逃れる。

たしかに妄想としては面白かったかもしれない。無理矢理貴種として取り上げられたことにエーリヒは当初激怒していた。それこそ親でも殺さない限りここまで怒ることはなかろうよ、という程の赫怒を瞳に籠めていた姿をよく覚えている。

一番酷く燃えた瞳を見たのは、自分が選んだ婚姻装束を着せ、戯曲の皇子のように身を飾らせた時であろうか。ライゼニッツ卿が存在を薄れさせるほど感動する見栄えの中、眼だけが世界さえ滅ぼせそうな憎悪に燃えていたことが記憶に焼き付いている。

長い付き合いだけあって色々とあった。忘れることができない長命種の脳において尚も色濃く残る凄絶な眼で睨まれた。だが今やどうだ。死霊として甦った時、仔猫目色の淡い色合いから鮮烈な蒼氷色に色合いを変えた瞳は、油断しきって本を読んでいる。

長椅子に互い違いに寝そべって、足を絡め合う行儀の悪い姿勢で。ヒトであった時は、肌身離さず持ち歩いた寸鉄――あのナイフは壮大な姉弟喧嘩の末、たしか長女の愛用品になったのだったか――さえ帯びていない。

今であれば容易くとは言わぬが、油断につけ込めば最低でも相打ちに持ち込めるほど気が抜けている。

ただ、逆を返せばこれは自分も同じこと。

魔力を増幅し魔法の投影を補助する器具は全て外し、髪は夫が結婚四三年目の祝いだとかで調達してきた竜の鱗――この時にはもう六十近かった筈だが、どうやってもぎ取ってきたのやら――製のバレッタで留めただけ。

本気を出したエーリヒに不意を打たれたなら、これほど気を抜いていれば相打ちまで持っていくのが精一杯といったところか。

「うん、こっちの方がいいわね」

自分にしか聞こえない程度に呟き、アグリッピナは次に目当てを付けていた本を〈見えざる手〉で摑み上げた。

さっき想像した未来は面白かったが、悪くない止まりだ。こっちと比べてどちらか取れるなら、指は迷わず現在を指すだろう。

鬱陶しいほど後夫に収まろうとしてやってくる阿呆共の縁談は止まり、再び有能な夫が機能して面倒な誘いや書類は全部向こうでストップだ。子供も手がかからなくなり――今でもたまに何か吹っ飛ばしたとかぶっ壊したとかでクレームが来るが――穏やかな時間も増えた。

研究の楽しみはあるが、好きに引きこもって本を読み漁る幸福には敵うまい。

だからきっと、これでいいのだ。

表紙を捲りながら彼女は笑い、ひっそりと張り巡らせた隔離結界の密度を上げた。どうせなら、この穏やかな至福の一時が今暫く邪魔されぬようにと。

そして、色々な妨害を受けつつ、夫婦は次の社交シーズン開幕間近まで書架での引きこもりを続け、結果として山積した仕事を前に夫の顔色は死者である事実を含めて尚も酷いものになるのだった………。

【Tips】貴種は特権と正比例する膨大な義務と責務を負う。

Aims for the Strongest
Build Up Character
The TRPG Player Develop Himself
in Different World
Mr. Henderson
Preach the Gospel

CHARACTER

名前

ナケイシャ

Nakeisha

種族

Centipedeny

分類

エネミー

特技

俊敏〈最良(スケールⅧ)〉

技能

◆〈王朝式鉄鎖鉄棍術〉
達人※鉄棍術相当
◆隠密
◆上流宮廷作法

特性

◆転ばずの脚
◆長い間合い
◆非感覚的知覚

TRPG

Aims for the Strongest
Build Up Character
The TRPG Player Develop Himself
in Different World
Mr. Henderson
Preach the Gospel

CHARACTER

名前

アグリッピナ

Agrippina de Staël oder von Ubiorum

※正式名称は20程列挙されるため省略。

種族

Methuselah

分類

エネミー・コネクション

特技

■■■

技能

- ■■■魔導
- ■■■
- ■■■

技能

- 朽ちず、然れど倦むモノ
- もうもくにして
ぜんちたるを
のぞむもの
- ■■■

あとがき

先ずは、どれだけ経とうと寂しさの薄れぬ祖母へ。それから、毎度の如く遅い進行に根気よく付き合ってくださり、しかし断固として小指などで誤魔化されない担当氏。そして、私の異形フェチをこれでもかと満たして下さったランサネ様。何より今回も書籍を手に取ってくださった読者諸氏に感謝を。

皆様のご支援もあって、今回も滞りなく……うん、発売自体はされているので滞りなく上梓できたことを、この上なく嬉しく思います。

今回も割と分厚くなり、更にはＷｅｂ版にてさらっと流した件を大幅に加筆を超えて新規に書き出しました。出したかったから出したはいいものの、アグリッピナ氏が強大な敵に睨まれたのだなということを表現するに留まった、例の彼女がキャラとしてしっかり機能しています。今まで出ていなかった名前も判明です！

これだけ書き下ろしをてんこ盛りにしてＷｅｂ版読者に「あれ、俺コレ知らねぇな……」となる話を延々続けていれば、そろそろ編集部の上の人も折れて、完全書き下ろしのヘンダーソンスケール集にお許しが出るのでは、という密かな目論見は未だ達成できておりませんが、悲願とも呼べる目標が一つ達成されました。

既に帯で見て「やっとか！」と思って下さった読者諸氏もいらっしゃるでしょうが、そうです、なろう作家の到達点の一つであるコミカライズですよ。

担当は一迅社のゲーム・アニメコミック賞や角川漫画新人大賞にて少年エース特別賞を受賞なされ、アンソロ漫画などで活躍中の内田テモ氏（Twitter ID：@utida_temo）です。ご自身もKPを熟す瓶に詰められた脳味噌仲間（TRPGプレイヤー）ですので、実に有り難い起用となりました。奇遇にも今回はCall of 某（なにがし）っぽい風情を出したので、宇宙の果てで煮詰まっている虹色の泡とか、南太平洋で寝ぼけている頭足類の親玉のご加護による人選でしょうか。

どうあれ宿願の一つを果たし、ラノベとしては大台とも言える五巻を――実質六冊目ですが――上梓できたため、そろそろ私も〝自称作家〟ではなく、ちゃんと〝作家〟というテロップが出ることでしょう。ナニカをやらかした時に。

いえ、そんな予定はないのですが、一応ね？

冗談はさておき、コミカライズですよコミカライズ。読者諸氏からは「作画カロリー高すぎて過労死必至」とか「街並みや小物描写に凝らないとケチが付きそうな苦行」やら「モブに人外を山程描く必要がある地獄」などと色々言われ――内何割かは私の発言――実現性が薄いと思われていましたが、書籍化から二年程でやっと実現いたしました。

活躍の場を漫画に変えて、色々やらかしていく変な金髪の更なる活躍をご期待ください。

さて、宣伝だけというのも味気ないので、ネタバレにならない程度に本編のお話をいたしますと、Web版の連載が長期にわたれば、ここまで要らんだろというくらいに綿密なプロットを用意していても取りこぼす所が出て来ます。筆者のポカしかり、後々の思いつきによる設定の変更しかり。

セス嬢が人化できるのをＷｅｂ版では書けなかったことや、アグリッピナ氏が戦闘能力的にもヤベー存在であることを直接の活躍で表現できていなかったことなど、後々になって「あー、これ入れたら良かった」と思うことが多々ありました。

しかし、如何にＷｅｂ版といえど改稿だけを続けていれば話が先に進まず、飽きられてしまうでしょう。また改稿前の話との違いなどで読者諸氏の混乱は避けられないとなれば、どうしても更新の方が優先されてしまいます。実際、今やっている話は後悔したことも多いですが、何を今更と先に進むしかなくなっていますし。

故に、それらの事情を鑑みて、書籍版で好き勝手させていただいております。出したかったから出しただけのキャラや、用意していたが間が悪くて開示できなかった設定などが次々出せてご満悦です。四巻上でもアグリッピナ氏の左目が厄い代物であることは示唆しておりましたが、ずっと開帳したかった設定ではあったため最終目標と一緒に開示できて幸せです。

あと、やはり進行優先でミカやセス嬢と楽しくやっている描写を省き、あっという間に十五歳になって帝都を出てしまったことも心残りだったため、楽しげな日常パートを増量できたのも喜びの一つ。仲良くなった、以上！　解散！　ではなく、仲良くなった結果彼等はこうやって楽しくやっていますという光景を描くのも小説の、そして脱線してキャラ達が雑談をしがちなＴＲＰＧにおける楽しみの一つですから。

もし皆様のご支援のおかげで七巻に繋がることができたならば、次もまた殆ど書き下ろしによって、エーリヒが帰郷するまでに味わった大変な困難の数々をどうこうする話になるかと思います。

あれです、回想で片付けた「クソわよ」と言いたくなった単発キャンペーンの数々を改めて省略しないでやりたいなぁと。感想欄で省略せず読ませて欲しかった、とのご意見を多々伺ったのと、私も書きたくなったため需要と欲望を果たせれば何よりです。

さて、世は未だ彼の疫病が治まる気配を見せず混迷の中にありますが、幸いなことに私は久し振りにTRPGを楽しむことが二度もできました。その喜びを糧に物語を紡ぎ、皆様にも「ああ、俺も卓回してぇなぁ」と思っていただき、終息の暁には楽しくセッションをする切っ掛けを作れればと思います。

それでは、また次回も皆様に拙著を楽しんでいただけることをお祈りしつつ、あとがきを締めさせていただきたく存じます。

くれぐれもお体にお気を付けて、またライン三重帝国でお会いいたしましょう。

【Tips】作者はTwitter（ID：@schuld3157）にて〝ルルブの片隅〟や〝リプレイの外側〟と称して本編で書けなかった設定や小話を不定期に公開している。

多腕
フェチ

TRPGプレイヤーが異世界で最強ビルドを目指す 5
～ヘンダーソン氏の福音を～

発　　行　2022年2月25日　初版第一刷発行
　　　　　2024年11月27日　　第二刷発行

著　　者　Schuld

発 行 者　永田勝治

発 行 所　株式会社オーバーラップ
〒141-0031　東京都品川区西五反田 8-1-5

校正・DTP　株式会社鷗来堂

印刷・製本　大日本印刷株式会社

Printed in Japan　ISBN 978-4-8240-0108-5 C0193

オーバーラップ　カスタマーサポート
電話：03-6219-0850 ／受付時間 10:00～18:00（土日祝日をのぞく）

作品のご感想、ファンレターをお待ちしています

あて先：〒141-0031　東京都品川区西五反田 8-1-5 五反田光和ビル4階　ライトノベル編集部
「Schuld」先生係／「ランサネ」先生係